Oscar Wilde

Das Bil[illegible]
Dorian Gray

W0361600

Aus dem Englischen von
Meike Breitkreutz

Anaconda

Titel der englischen Originalausgabe: *The Picture of Dorian Gray* (London: Ward, Lock & Co. 1891). Die Übertragung von Meike Breitkreutz erschien zuerst in der zweisprachigen Ausgabe *The Picture of Dorian Gray / Das Bildnis des Dorian Gray*. Köln: Anaconda Verlag 2007.

Die Deutsche Nationalbibliothek verzeichnet diese Publikation in der Deutschen Nationalbibliografie; detaillierte bibliografische Daten sind im Internet unter http://dnb.d-nb.de abrufbar.

© 2013 Anaconda Verlag GmbH, Köln
Alle Rechte vorbehalten.
Umschlaggestaltung: Druckfrei. Dagmar Herrmann, Köln
Satz und Layout: GEM mbH, Ratingen
Printed in Czech Republic 2013
ISBN 978-3-7306-0067-2
www.anacondaverlag.de
info@anacondaverlag.de

Die Vorrede

Der Künstler ist der Schöpfer schöner Dinge.

Kunst zu offenbaren und den Künstler zu verbergen ist die Aufgabe der Kunst.

Der Kritiker ist der, der seinen Eindruck von schönen Dingen in eine andere Form oder in ein neues Material übertragen kann.

Die höchste wie die niederste Form der Kritik ist eine Art Autobiografie.

Jene, die in schönen Dingen Hässlichkeit entdecken, sind verdorben, ohne anmutig zu sein. Das ist ein Fehler.

Jene, die in schönen Dingen Schönheit entdecken, sind kultiviert. Für sie besteht Hoffnung.

Das sind die Auserwählten, denen schöne Dinge einzig Schönheit bedeuten.

Es gibt kein moralisches oder unmoralisches Buch.

Bücher sind entweder gut oder schlecht geschrieben. Das ist alles.

Die Abneigung des neunzehnten Jahrhunderts gegen den Realismus ist die Wut Kalibans, der sein eigenes Gesicht im Spiegel sieht.

Die Abneigung des neunzehnten Jahrhunderts gegen die Romantik ist die Wut Kalibans, der sein eigenes Gesicht nicht im Spiegel sieht.

Das moralische Leben des Menschen bildet einen Teil des Stoffgebiets des Künstlers, doch die Moralität der Kunst besteht im vollkommenen Gebrauch eines unvollkommenen Mittels.

Kein Künstler will etwas beweisen. Selbst Dinge, die wahr sind, können bewiesen werden.

Kein Künstler hat sittliche Vorlieben. Eine sittliche Vorliebe bei einem Künstler ist eine unverzeihliche Manieriertheit des Stils.

Ein Künstler ist niemals unsittlich. Der Künstler kann alles ausdrücken.

Denken und Sprechen sind für den Künstler Werkzeuge einer Kunst.

Laster und Tugend sind für den Künstler Materialien einer Kunst.

Unter dem Gesichtspunkt der Form ist die Kunst des Musikers die Urform aller Künste. Unter dem Gesichtspunkt des Gefühls ist die Schauspielkunst die Urform.

Alle Kunst ist zugleich Oberfläche und Symbol.

Jene, die sich unter die Oberfläche begeben, tun dies auf eigene Gefahr.

Jene, die das Symbol deuten, tun dies auf eigene Gefahr.

In Wirklichkeit spiegelt die Kunst den Betrachter und nicht das Leben wider.

Meinungsvielfalt über ein Kunstwerk zeigt, dass das Werk neuartig, vielschichtig und lebendig ist.

Wenn die Kritiker uneins sind, steht der Künstler im Einklang mit sich selbst.

Wir können einem Menschen verzeihen, dass er etwas Nützliches schafft, solange er es nicht bewundert. Die einzige Entschuldigung dafür, dass er etwas Nutzloses schafft, ist, dass man es zutiefst bewundert.

Alle Kunst ist völlig nutzlos.

Oscar Wilde

Kapitel 1

Das Atelier war von starkem Rosenduft erfüllt, und wenn der leichte Sommerwind die Bäume des Gartens hin und her wiegte, strömte durch die offene Tür das schwere Aroma des Flieders oder das zartere Parfum des Rotdorns.

Von der Ecke des Diwans aus persischem Satteltaschenstoff, auf dem er lag und wie gewöhnlich unzählige Zigaretten rauchte, konnte Lord Henry Wotton gerade noch den Schimmer der honigsüßen und honigfarbenen Blüten eines Goldregens erspähen, dessen zitternde Zweige die Last ihrer flammengleichen Schönheit kaum zu tragen vermochten; dann und wann huschten die fantastischen Schatten vorbeifliegender Vögel über die langen Vorhänge aus Tussahseide, die vor das riesige Fenster gezogen waren, was für einen Augenblick eine Art japanischer Stimmung erzeugte und ihn an die bleichen, jadegesichtigen Maler Tokios denken ließ, die mittels einer Kunst, die naturgemäß unbeweglich ist, den Eindruck von Schnelligkeit und Bewegung zu erwecken suchen. Das träge Summen der Bienen, die sich ihren Weg durch das hohe, ungemähte Gras bahnten oder mit eintöniger Beharrlichkeit um die staubig goldenen Blütenkelche des wuchernden Geißblatts kreisten, ließ die Stille noch drückender erscheinen. Das dumpfe Dröhnen Londons glich dem Basston einer fernen Orgel.

In der Mitte des Raumes, auf einer hoch aufgerichteten Staffelei befestigt, stand das lebensgroße Porträt eines jungen Mannes von außergewöhnlicher Schönheit, und ihm gegenüber, etwas entfernt davon, saß der Künstler selbst, Basil Hallward, dessen plötzliches Verschwinden vor einigen Jahren seinerzeit so viel Aufsehen in der Öffentlichkeit erregt und zu so vielen seltsamen Vermutungen Anlass gegeben hatte.

Als der Maler die anmutige und hübsche Gestalt betrachtete, die er so meisterhaft in seiner Kunst widergespiegelt hatte, glitt ein vergnügtes Lächeln über seine Züge und schien dort verweilen zu wollen. Plötzlich aber fuhr er auf, schloss die Augen und legte seine Finger über die Lider, als wolle er in seinem Hirn einen seltsamen Traum einsperren, aus dem zu erwachen er fürchtete.

»Es ist deine beste Arbeit, Basil, das Beste, was du je gemacht hast«, sagte Lord Henry mit träger Stimme. »Du musst es nächstes Jahr unbedingt zur Grosvenor schicken. Die Akademie ist zu groß und zu gewöhnlich. Jedes Mal, wenn ich dort war, waren entweder so viele Leute dort, dass ich die Bilder nicht sehen konnte, was schrecklich war, oder so viele Bilder, dass ich die Leute nicht sehen konnte, und das war noch schlimmer. Die Grosvenor ist wirklich der einzig richtige Ort.«

»Ich glaube nicht, dass ich es überhaupt irgendwohin schicken werde«, antwortete er und warf seinen Kopf auf jene merkwürdige Art zurück, die bereits seine Freunde in Oxford immer zum Lachen gebracht hatte. »Nein, ich werde es nirgendwo hinschicken.«

Lord Henry hob die Augenbrauen und sah ihn durch die dünnen blauen Rauchkringel, die sich in fantastischen Wirbeln von seiner starken, opiumhaltigen Zigarette emporkräuselten, erstaunt an. »Es nirgendwo hinschicken? Aber warum nicht, mein Lieber? Hast du irgendeinen Grund dafür? Ihr Maler seid wirklich komische Kerle! Ihr tut alles in der Welt, um euch einen Namen zu machen. Sobald ihr ihn habt, scheint ihr ihn wieder loswerden zu wollen. Das ist töricht von dir, denn es gibt nur eine Sache auf der Welt, die schlimmer ist, als dass über einen geredet wird, nämlich, dass nicht über einen geredet wird. Ein Porträt wie dieses würde dich weit über alle jungen Männer in England erheben und die alten ziemlich eifersüchtig machen, sofern alte Männer überhaupt noch einer Gefühlsregung fähig sind.«

»Ich weiß, du wirst mich auslachen«, entgegnete er, »aber ich kann es wirklich nicht ausstellen. Ich habe zu viel von mir selbst hineingelegt.«

Lord Henry streckte sich auf dem Diwan aus und lachte.

»Ja, ich wusste, du würdest lachen; aber es ist trotzdem wahr.«

»Zu viel von dir selbst darin! Auf mein Wort, Basil, ich wusste nicht, dass du so eitel bist; ich kann wirklich keinerlei Ähnlichkeit zwischen dir mit deinem derben, markanten Gesicht und deinem kohlschwarzen Haar und diesem jungen Adonis entdecken, der aussieht, als sei er aus Elfenbein und Rosenblättern erschaffen. Weshalb er, mein lieber Basil, ein Narziss ist, und du – nun, natürlich hast du ein gebildetes Aussehen und so weiter. Aber Schönheit, wahre Schönheit, hört da auf, wo ein gebildetes Aussehen anfängt. Verstand ist an sich schon eine Form der Übertreibung und zerstört die Ebenmäßigkeit jedes Gesichts. In dem Augenblick, da man sich hinsetzt, um zu denken, wird man ganz Nase oder ganz Stirn oder sonst etwas Grässliches. Sieh dir die Männer an, die in irgendeinem gelehrten Beruf Erfolg haben. Wie vollkommen hässlich sie sind! Bis auf die in der Kirche, natürlich. Aber in der Kirche denken sie ja auch nicht. Ein Bischof gibt noch mit achtzig Jahren dasselbe von sich, was ihm als achtzehnjährigem Jungen beigebracht wurde, und als natürliche Folge davon sieht er immer ganz wonnig aus. Dein geheimnisvoller junger Freund, dessen Namen du mir nie genannt hast, dessen Bild mich aber wahrhaftig fasziniert, denkt niemals. Da bin ich mir ganz sicher. Er ist irgendein hirnloses, schönes Geschöpf, das im Winter stets hier sein sollte, wenn wir keine Blumen zum Anschauen haben, und das im Sommer stets hier sein sollte, wenn wir etwas zur Abkühlung unseres Geistes brauchen. Schmeichle dir nicht selbst, Basil, du hast nicht die geringste Ähnlichkeit mit ihm.«

»Du verstehst mich nicht, Harry«, antwortete der Künstler. »Natürlich bin ich nicht wie er. Das weiß ich sehr wohl. Ich wäre sogar bekümmert, wenn ich so aussähe wie er. Du zuckst mit den Schultern? Ich sage dir die Wahrheit. Über jeder körperlichen und geistigen Auszeichnung schwebt ein Verhängnis, die Art von Verhängnis, die durch die Geschichte hindurch den schwankenden Schritten der Könige zu folgen scheint. Es ist besser, sich von seinen Mitmenschen nicht zu unterscheiden. Die Hässlichen und die Dummen haben es am besten auf dieser Welt. Sie können bequem dasitzen und das Schauspiel begaffen. Wenn sie auch nichts vom Sieg wissen, so bleibt ihnen wenigstens die Bekanntschaft mit der Niederlage erspart. Sie leben, wie wir alle leben sollten, ungestört, gleichgültig und ohne Sorge. Weder bringen sie Verderben über andere noch empfangen sie es von fremder Hand. Dein Rang und dein Reichtum, Harry; mein Verstand, soviel ich davon habe – meine Kunst, was immer sie wert sein mag; Dorian Grays blendendes Aussehen – wir alle werden unter dem, was uns die Götter mitgegeben haben, leiden, schrecklich leiden.«

»Dorian Gray? So heißt er?«, fragte Lord Henry und ging durch das Atelier auf Basil Hallward zu.

»Ja, so heißt er. Ich wollte dir seinen Namen eigentlich nicht sagen.«

»Warum denn nicht?«

»Ach, das kann ich nicht erklären. Wenn ich Menschen ganz besonders gern habe, verrate ich niemandem ihren Namen. Es ist, als gäbe ich einen Teil von ihnen preis. Ich habe eine Vorliebe für Geheimhaltung entwickelt. Sie scheint das Einzige zu sein, was unser Leben heutzutage noch geheimnisvoll und wunderbar machen kann. Das alltäglichste Ding wird reizvoll, wenn man es nur verbirgt. Wenn ich jetzt die Stadt verlasse, sage ich meinen Leuten nie, wohin ich gehe. Täte ich es, wäre mein ganzes Vergnügen dahin. Es ist eine törichte Gewohnheit, das gebe ich zu, aber irgendwie scheint sie ein großes Maß an Romantik ins Leben zu bringen. Vermutlich hältst du mich deswegen für schrecklich albern?«

»Nicht im Geringsten«, antwortete Lord Henry, »nicht im Geringsten, mein lieber Basil. Du scheinst zu vergessen, dass ich verheiratet bin und dass der einzige Reiz der Ehe darin liegt, dass es für beide Parteien absolut notwendig ist, einander zu täuschen. Ich weiß nie, wo meine Frau ist, und meine Frau weiß nie, was ich treibe. Wenn wir uns treffen – wir treffen uns gelegentlich, wenn wir zusammen Essen gehen oder zum Herzog aufs Land fahren –, erzählen wir uns mit den ernsthaftesten Mienen die abwegigsten Geschichten. Meine Frau versteht sich vorzüglich darauf – ohne Frage viel besser als ich. Sie bringt ihre Termine nie durcheinander, ich hingegen ständig. Aber wenn sie mich ertappt, macht sie mir überhaupt keine Szene. Manchmal wünschte ich, sie täte es; aber sie lacht mich nur aus.«

»Ich verabscheue die Art, wie du über deine Ehe sprichst, Harry«, sagte Basil Hallward und schlenderte auf die Tür zu, die in den Garten führte. »Ich glaube, in Wirklichkeit bist du ein sehr guter Ehemann, schämst dich aber zutiefst deiner eigenen Tugenden. Du bist ein sonderbarer Bursche. Du sagst nie etwas Moralisches und tust nie etwas Schlechtes. Dein Zynismus ist lediglich eine Pose.«

»Natürlich zu sein ist lediglich eine Pose, und zwar die ärgerlichste Pose, die ich kenne«, rief Lord Henry lachend aus; die beiden jungen Männer gingen zusammen in den Garten und ließen sich auf einer langen Bambusbank nieder, die im Schatten eines hohen Lorbeerbusches stand. Das Sonnenlicht glitt über die glänzenden Blätter. Weiße Gänseblümchen zitterten im Gras.

Nach einer Weile zog Lord Henry seine Uhr hervor: »Ich fürchte, ich muss gleich gehen, Basil«, murmelte er, »und bevor ich gehe, bestehe ich darauf, dass du mir eine Frage beantwortest, die ich dir vorhin gestellt habe.«

»Welche denn?«, fragte der Maler, den Blick fest auf den Boden geheftet.

»Das weißt du ganz genau.«

»Ich weiß es nicht, Harry.«

»Nun, dann will ich's dir sagen. Du sollst mir erklären, warum du Dorian Grays Porträt nicht ausstellen willst. Ich will den wahren Grund dafür wissen.«

»Ich habe dir den wahren Grund bereits genannt.«

»Nein, das hast du nicht. Du hast gesagt, weil zu viel von dir selbst darin sei. Das ist doch kindisch.«

»Harry«, sagte Basil Hallward und sah ihm offen ins Gesicht, »jedes Porträt, das mit Gefühl gemalt ist, ist ein Porträt des Künstlers, nicht des Modells. Das Modell ist lediglich der Anlass, die Gelegenheit. Nicht dieses wird vom Maler offenbart; es ist vielmehr der Maler, der sich auf der farbigen Leinwand selbst offenbart. Ich fürchte, das Geheimnis meiner eigenen Seele darin aufgedeckt zu haben, das ist der Grund, weshalb ich dieses Bild nicht ausstellen werde.«

Lord Henry lachte. »Und das wäre?«, fragte er.

»Ich will es dir erklären«, begann Hallward, doch ein Ausdruck von Ratlosigkeit legte sich über sein Gesicht.

»Ich bin ganz Ohr, Basil«, fuhr sein Freund fort und blickte ihn an.

»Ach, da gibt es wirklich nicht viel zu erzählen, Harry«, antwortete der Maler, »und ich fürchte, du wirst es kaum verstehen. Vielleicht wirst du es kaum glauben.«

Lord Henry lächelte, dann bückte er sich, um ein rosablättriges Gänseblümchen aus dem Gras zu pflücken, und betrachtete es. »Ich bin ganz sicher, dass ich es verstehen werde«, erwiderte er, den Blick aufmerksam auf das kleine goldene, weißgefiederte Rund gerichtet, »und was das Glauben von irgendwelchen Dingen angeht, so kann ich alles glauben, vorausgesetzt, es ist unwahrscheinlich genug.«

Der Wind schüttelte ein paar Blüten von den Bäumen und die schwere Fliederflor mit ihren dicht gedrängten Sternen bewegte sich in der schwülen Luft hin und her. Ein Grashüpfer begann an der Gartenmauer zu zirpen und eine lange, schlanke Libelle schwebte wie ein blauer Faden auf ihren braunen Gazeflügeln vorbei. Lord Henry war, als könne er Basil Hallwards Herz pochen hören, und er war gespannt, was wohl kommen mochte.

»Die Geschichte ist einfach die«, sagte der Maler nach einer Weile. »Vor zwei Monaten ging ich zu einem völlig überlaufenen Empfang bei Lady Brandon. Du weißt, wir armen Künstler müssen uns von Zeit zu Zeit in der Gesellschaft zeigen, um das Publikum daran zu erinnern, dass wir keine Wilden sind. In Frack und Fliege, wie du mir einmal gesagt hast, kann selbst ein Börsenmakler in den Ruf eines zivilisierten Menschen kommen. Nun, nachdem ich mich etwa zehn Minuten in dem Raum aufgehalten und mit korpulenten, aufgeputzten adeligen Witwen und langweiligen Akademiemitgliedern geplaudert hatte, wurde mir plötzlich bewusst, dass mich jemand ansah. Ich wandte mich halb um und sah Dorian Gray zum ersten Mal. Als unsere Blicke sich trafen, spürte ich, dass ich blass wurde. Ein seltsames Gefühl von Angst überkam mich. Ich wusste, ich stand einem Menschen gegenüber, dessen bloße Persönlichkeit so faszinierend war, dass sie, wenn ich sie gewähren ließe, meine ganze Natur, meine ganze Seele, ja, selbst meine Kunst an sich reißen würde. Ich wollte keinerlei äußeren Einfluss auf mein Leben. Du weißt selbst, Harry, wie unabhängig ich von Natur aus bin. Ich bin immer mein eigener Herr gewesen; war es zumindest immer gewesen, bis ich Dorian Gray traf. Dann – aber ich weiß nicht, wie ich es dir erklären soll. Etwas schien mir zu sagen, dass ich kurz vor einer schrecklichen Lebenskrise stand. Ich hatte das seltsame Gefühl, das Schicksal halte erlesene Freuden und erlesene Schmerzen für mich bereit. Mir wurde angst und bange und ich wandte mich zum Gehen. Es war nicht das Gewissen, was mich dazu trieb: es war eine Art Feigheit. Ich bilde mir nichts darauf ein, dass ich zu fliehen versuchte.«

»Gewissen und Feigheit sind in Wahrheit ein und dasselbe, Basil. Gewissen ist der eingetragene Name der Firma. Weiter nichts.«

»Das glaube ich nicht, Harry, und ich glaube, du ebenso wenig. Doch einerlei, was mein Beweggrund war – es mag Stolz gewesen sein, denn ich bin immer sehr stolz gewesen –, jedenfalls schlug ich mich zur Tür durch. Dort stieß ich natürlich mit Lady Brandon zusammen. ›Sie wollen doch nicht so zeitig davonlaufen, Mr. Hallward?‹, kreischte sie. Du kennst doch ihre merkwürdig schrille Stimme?«

»Ja, von der Schönheit abgesehen ist sie ein Pfau in allem«, sagte Lord Henry und zerpflückte das Gänseblümchen mit seinen langen, nervösen Fingern.

»Ich konnte sie nicht loswerden. Sie schleppte mich zu königlichen Hoheiten, zu Leuten mit Orden und Sternen und zu älteren Damen mit riesigen Diademen und Papageiennasen. Sie sprach von mir als von ihrem besten Freund. Ich war ihr zuvor erst einmal begegnet, aber sie hatte sich in den Kopf gesetzt, mich als Berühmtheit zu behandeln. Ich glaube, ein Bild von mir hatte damals gerade großen Erfolg gehabt oder zumindest war in den Abendzeitungen darüber geklatscht worden, was im neunzehnten Jahrhundert der Maßstab für Unsterblichkeit ist. Plötzlich fand ich mich dem jungen Mann gegenüber, dessen Erscheinung mich so sonderbar erregt hatte. Wir waren einander sehr nahe und berührten uns fast. Unsere Blicke trafen sich wieder. Es war unbesonnen von mir, aber ich bat Lady Brandon, mich ihm vorzustellen. Vielleicht war es letztlich doch nicht so unbesonnen. Es war einfach unumgänglich. Wir hätten auch ohne jede Vorstellung miteinander gesprochen, da bin ich mir sicher. Dorian sagte es mir später. Auch er spürte, dass wir dazu bestimmt waren, einander kennenzulernen.«

»Und wie hat Lady Brandon diesen wunderbaren jungen Mann beschrieben?«, fragte sein Freund. »Ich weiß, sie liebt es, ein rasches *précis* von jedem ihrer Gäste zu liefern. Ich erinnere mich, wie sie mich einmal einem grimmigen, rotgesichtigen alten Herrn vorstellte, der über und über mit Orden und Bändern bedeckt war, und mir in einem tragischen Flüsterton, der für jedermann im Zimmer hörbar gewesen sein muss, die erstaunlichsten Details ins Ohr zischte. Ich bin schlicht geflohen. Ich mache mir gern selbst ein Bild von den Leuten. Aber Lady Brandon behandelt ihre Gäste genau so, wie ein Auktionator seine Waren behandelt. Entweder sie erklärt sie vollständig hinweg oder erzählt einem alles über sie, ausgenommen das, was man wissen will.«

»Arme Lady Brandon! Du bist hart gegen sie, Harry!«, sagte Hallward zerstreut.

»Mein lieber Freund, sie wollte einen *salon* gründen und schaffte es lediglich, ein Restaurant zu eröffnen. Wie könnte ich sie bewundern? Aber sag mir, was hat sie über Mr. Dorian Gray erzählt?«

»Ach, so etwas wie ›Entzückender Junge – die liebe arme Mutter und ich ganz unzertrennlich. Vergaß ganz, was er tut – fürchte, er – tut gar nichts – ach ja, spielt Klavier – oder war es Geige, lieber Mr. Gray?‹ Wir mussten beide lachen und wurden sofort Freunde.«

»Lachen ist durchaus kein schlechter Anfang für eine Freundschaft, und es ist bei Weitem ihr bestes Ende«, sagte der junge Lord und pflückte noch ein Gänseblümchen.

Hallward schüttelte den Kopf. »Du verstehst nicht, was Freundschaft ist, Harry«, murmelte er, »und ebenso wenig, was

Feindschaft ist. Du hast alle Welt gern; mit anderen Worten: Dir sind alle gleichgültig.«

»Wie schrecklich ungerecht von dir!«, rief Lord Henry, schob seinen Hut in den Nacken und sah zu den Wölkchen empor, die wie aufgelöste Stränge glänzend weißer Seide über das Türkisgewölbe des Sommerhimmels zogen. »Ja, schrecklich ungerecht von dir. Ich mache große Unterschiede zwischen den Leuten. Ich wähle meine Freunde nach ihrem guten Aussehen, meine Bekannten nach ihrem guten Charakter und meine Feinde nach ihrem guten Verstand. Bei der Wahl seiner Feinde kann ein Mann nicht vorsichtig genug sein. Ich habe keinen Einzigen, der ein Dummkopf ist. Es sind alles Leute mit gewissen geistigen Fähigkeiten und daher schätzen sie mich alle. Ist das sehr eitel von mir? Ich glaube, es ist ziemlich eitel.«

»Ich glaube auch, Harry. Aber nach deiner Klassifizierung kann ich nur ein Bekannter sein.«

»Mein lieber alter Basil, du bist viel mehr als ein Bekannter.«

»Und viel weniger als ein Freund. Wohl so eine Art Bruder?«

»Oh, Brüder! Ich mache mir nichts aus Brüdern. Mein ältester Bruder will nicht sterben und meine jüngeren Brüder scheinen nichts anderes zu tun.«

»Harry!«, rief Basil missbilligend.

»Mein Lieber, ich meine es nicht ganz ernst. Aber ich kann mir nicht helfen, ich verabscheue meine Verwandten. Ich vermute, das kommt daher, dass keiner von uns andere Leute ausstehen kann, die dieselben Fehler haben wie wir. Ich habe durchaus Verständnis für die Wut der englischen Demokraten auf das, was sie die Laster der Oberschicht nennen. Die Massen spüren, dass Trunkenheit, Dummheit und Unmoral ihre besonderen Eigenarten sein sollten und dass jeder von uns, der sich zum Narren macht, in ihrem Revier wildert. Als der arme Southwark vor dem Scheidungsgericht stand, war ihre Empörung wirklich großartig. Und dennoch glaube ich kaum, dass mehr als zehn Prozent des Proletariats untadelig leben.«

»Ich stimme keinem einzigen Wort zu, das du gesagt hast, und, mehr noch, Harry, ich bin mir sicher, du auch nicht.«

Lord Henry strich sich über seinen spitzen braunen Bart und tippte mit einem quastenverzierten Stock aus Ebenholz gegen die Kappe seines Lackschuhs. »Wie englisch du bist, Basil! Diese Bemerkung hast du jetzt schon zum zweiten Mal gemacht. Wenn man einem echten Engländer eine Idee vorträgt – was immer leichtsinnig ist –, denkt er nicht im Traum daran zu erwägen, ob die Idee richtig oder falsch ist. Das Einzige, was ihm von Bedeutung scheint, ist, ob man selbst daran glaubt. Aber der Wert einer Idee hat nicht das Geringste mit der Aufrichtigkeit des Menschen zu tun, der sie ausspricht. Vielmehr ist es wahrscheinlicher, dass, je unaufrichtiger der Mensch ist, desto geistreicher die Idee sein wird, weil sie in diesem Fall weder von seinen Bedürfnissen und Wünschen noch von seinen Vorurteilen gefärbt sein wird. Ich habe allerdings nicht die Absicht, mit dir über Politik, Soziologie oder Metaphysik zu diskutieren. Mir sind Menschen lieber als Grundsätze, und Menschen ohne Grundsätze sind mir lieber als alles andere auf der Welt. Erzähle mir mehr von Dorian Gray. Wie oft siehst du ihn?«

»Jeden Tag. Ich könnte nicht glücklich sein, sähe ich ihn nicht jeden Tag. Er ist mir völlig unentbehrlich.«

»Wie merkwürdig! Ich dachte, du würdest dich nie für etwas anderes als für deine Kunst interessieren.«

»Er ist mir jetzt meine ganze Kunst«, sagte der Maler ernst. »Manchmal glaube ich, Harry, dass es nur zwei wichtige Zeitalter in der Weltgeschichte gibt. Das erste ist das Aufkommen eines neuen künstlerischen Ausdrucksmittels und das zweite das Auftreten einer neuen Persönlichkeit, ebenfalls in der Kunst. Was die Erfindung der Ölmalerei für die Venezianer war, das war das Gesicht des Antinoos für die spätgriechische

Skulptur und das wird eines Tages das Gesicht Dorian Grays für mich sein. Es ist nicht nur, dass ich ihn male, zeichne, skizziere. Natürlich habe ich all das getan. Aber er ist weit mehr für mich als eine Person, die mir Modell sitzt. Ich will damit nicht sagen, dass ich unzufrieden bin mit den Porträts, die ich von ihm gemacht habe, oder dass seine Schönheit durch die Kunst nicht ausgedrückt werden kann. Es gibt nichts, was die Kunst nicht ausdrücken kann, und ich weiß: Was ich gemacht habe, seit ich Dorian Gray begegnet bin, ist gute Arbeit, ist die beste Arbeit meines Lebens. Aber auf seltsame Weise – ich frage mich, ob du mich verstehen wirst? – hat mir seine Persönlichkeit eine völlig neue Art der Kunst, einen völlig neuen Stil offenbart. Ich sehe die Dinge anders, ich denke anders über sie. Ich kann jetzt das Leben in einer Weise nachbilden, die mir bisher verschlossen war. ›Ein Traum von Form in Tagen des Denkens‹ – wer hat das gesagt? Ich habe es vergessen; aber das ist Dorian Gray für mich geworden. Die bloße sichtbare Gegenwart dieses Jungen – denn für mich ist er kaum mehr als ein Junge, obwohl er in Wirklichkeit über zwanzig ist –, seine bloße sichtbare Gegenwart – ach! Ich frage mich, ob du dir vorstellen kannst, was all das bedeutet? Ohne es zu wissen zeigt er mir die Richtung einer neuen Schule auf, einer Schule, die bestimmt ist, die ganze Leidenschaft des romantischen Geistes und die gesamte Vollkommenheit des griechischen Geistes in sich zu tragen. Die Harmonie von Seele und Körper – wie viel ist das! In unserem Wahnsinn haben wir die beiden voneinander getrennt und haben einen Realismus begründet, der vulgär ist, und einen Idealismus, der leer ist. Harry! Wenn du nur wüsstest, was Dorian Gray mir bedeutet! Erinnerst du dich an die Landschaft, für die Agnew mir eine so gewaltige Summe geboten hat, von der ich mich aber nicht trennen wollte? Sie gehört zu dem Besten, was ich je gemacht habe. Und warum? Weil Dorian Gray neben mir saß, während ich sie malte. Irgendein geheimnisvoller Einfluss ging von ihm auf mich über und zum ersten Mal in meinem Leben sah ich in der einfachen Waldlandschaft das Wunder, nach dem ich immer gesucht und das ich nie gefunden hatte.«

»Basil, das ist außerordentlich! Ich muss Dorian Gray treffen.«

Hallward stand von der Bank auf und ging im Garten auf und ab. Nach einer Weile kam er zurück. »Harry«, sagte er, »Dorian Gray ist nur ein Kunstmotiv für mich. Vielleicht sähest du gar nichts in ihm. Ich sehe alles in ihm. Er ist in meiner Arbeit niemals mehr gegenwärtig, als wenn kein Abbild von ihm darin ist. Er ist, wie ich sagte, die Anregung zu einem neuen Stil. Ich finde ihn in den Schwüngen gewisser Linien wieder, in der Schönheit und Zartheit gewisser Farben. Das ist alles.«

»Warum willst du dann sein Porträt nicht ausstellen?«, fragte Lord Henry.

»Weil ich, ohne es zu wollen, einen gewissen Ausdruck all dieser merkwürdigen künstlerischen Vergötterung hineingelegt habe, von der ich ihm natürlich nie erzählt habe. Er weiß nichts davon. Er soll nie etwas davon erfahren. Aber die Welt könnte es erraten; und ich will meine Seele nicht vor ihren oberflächlichen, neugierigen Augen entblößen. Mein Herz soll nie unter ihr Mikroskop kommen. Es ist zu viel von mir selbst in dieser Arbeit, Harry – zu viel von mir selbst.«

»Dichter sind nicht so gewissenhaft wie du. Sie wissen, wie sehr Leidenschaft einer Publikation nützt. Heutzutage bringt ein gebrochenes Herz viele Auflagen.«

»Dafür hasse ich sie!«, rief Hallward aus. »Ein Künstler sollte schöne Dinge schaffen, aber nichts von seinem eigenen Leben in sie hineinlegen. Wir leben in einer Zeit, in der Menschen Kunst als etwas begreifen, das dazu bestimmt sei, eine Art Autobiografie zu sein. Wir haben den abstrakten Sinn für Schönheit verloren. Eines Tages werde ich der Welt zeigen, was das ist; und aus diesem Grund soll die Welt mein Porträt von Dorian Gray niemals sehen.«

»Ich glaube, du hast unrecht, Basil, aber ich will nicht mit dir streiten. Nur die geistig Verirrten streiten sich. Sag mir, hat Dorian Gray dich sehr gern?«

Der Maler überlegte einige Augenblicke. »Er mag mich«, antwortete er nach einer Weile. »Ich weiß, dass er mich mag. Natürlich schmeichle ich ihm schrecklich. Ich empfinde ein merkwürdiges Vergnügen dabei, ihm Dinge zu sagen, von denen ich weiß, dass es mir leidtun wird, sie geäußert zu haben. In der Regel ist er reizend zu mir, wir sitzen im Atelier und reden über tausend Dinge. Hin und wieder ist er allerdings schrecklich gedankenlos und es scheint ihm wahre Freude zu bereiten, mir weh zu tun. Dann fühle ich, Harry, dass ich meine ganze Seele an einen hingegeben habe, der sie behandelt wie eine Blume, die man sich ins Knopfloch steckt, wie ein kleines Schmuckstück zur Befriedigung seiner Eitelkeit, einen Zierrat für einen Sommertag.«

»Sommertage, Basil, neigen dazu, lang zu sein«, murmelte Lord Henry. »Vielleicht wirst du seiner eher überdrüssig als er deiner. Eine traurige Sache, wenn man sie bedenkt, aber es besteht kein Zweifel, dass Genie Schönheit überdauert. Das erklärt auch die Tatsache, warum wir solche Mühen auf uns nehmen, um uns übermäßig zu bilden. In dem wilden Kampf ums Dasein ersehnen wir etwas, das von Dauer ist, und deshalb füllen wir unser Hirn mit Unsinn und Fakten in der törichten Hoffnung, dadurch unseren Platz zu behaupten. Der wohl unterrichtete Mensch – das ist das moderne Ideal. Und der Geist dieses wohl unterrichteten Menschen ist etwas Grauenvolles. Er gleicht einem Trödelladen voller Ungeheuerlichkeiten und Staub, in dem alles über seinem wahren Wert ausgezeichnet ist. Jedenfalls glaube ich, dass du seiner zuerst überdrüssig wirst. Eines Tages wirst du deinen Freund anschauen und er wird dir ein wenig verzeichnet vorkommen oder dir wird sein Farbton nicht gefallen oder sonst etwas. Du wirst ihm in deinem Herzen bittere Vorwürfe machen und ernsthaft glauben, dass er sich dir gegenüber sehr schlecht benommen hat. Wenn er dich das nächste Mal besucht, wirst du vollkommen kühl und gleichgültig sein. Das wird sehr bedauerlich sein, denn es wird dich verändern. Was du mir erzählt hast, ist eine richtige Romanze, eine Romanze der Kunst könnte man es nennen, und das Schlimmste an jeder Romanze ist, dass sie einen so unromantisch zurücklässt.«

»Harry, sprich nicht so. Solange ich lebe, wird Dorian Grays Persönlichkeit mich beherrschen. Du kannst nicht empfinden, was ich empfinde. Du bist zu wankelmütig.«

»Oh, mein lieber Basil, gerade darum kann ich es nachempfinden. Treue Menschen kennen nur die triviale Seite der Liebe: Allein die Treulosen kennen die Tragödien der Liebe.« Und Lord Henry entzündete an einem zierlichen Silberetui ein Streichholz und begann mit selbstbewusster und zufriedener Miene eine Zigarette zu rauchen, als hätte er die Welt in einem Satz zusammengefasst. In den grün glänzenden Efeublättern vernahm man das Geraschel zwitschernder Spatzen und die blauen Wolkenschatten jagten einander wie Schwalben über den Rasen. Wie angenehm war es doch im Garten! Und wie reizvoll waren die Gefühlsregungen anderer Leute! – Viel reizvoller als ihre Gedanken, so schien es ihm. Die eigene Seele und die Leidenschaften der Freunde – das waren die faszinierenden Dinge im Leben. Er stellte sich mit stillem Vergnügen das langweilige Mittagessen vor, das er versäumt hatte, weil er so lange bei Basil Hallward geblieben war. Wäre er zu seiner Tante gegangen, hätte er dort sicher Lord Goodbody getroffen und die ganze Unterhaltung hätte sich um die Armenspeisung und die Notwendigkeit von vorbildlichen Wohnheimen gedreht. Jeder Stand hätte die Bedeutung jener Tugenden gepredigt, für die er in seinem eigenen Leben keine Verwendung hatte. Der Reiche hätte vom Wert der Sparsamkeit gesprochen und der Müßiggänger hätte sich beredt über die Würde der Arbeit ausgelassen. Es war herrlich, all dem entgangen zu sein! Als er an seine Tante dachte, schien ihm ein Gedanke zu kommen. Er wandte sich an Hallward und sagte: »Mein Lieber, gerade fiel es mir ein.«

»Fiel dir was ein, Harry?«

»Wo ich den Namen Dorian Grays gehört habe.«

»Wo war das?«, fragte Hallward mit leichtem Stirnrunzeln.

»Schau nicht so grimmig drein, Basil. Es war bei meiner Tante, Lady Agatha. Sie erzählte mir, sie habe einen wunderbaren jungen Mann aufgetan, der sie im East End unterstützen wolle, und sein Name sei Dorian Gray. Ich muss zugeben, sie hat mir nie erzählt, dass er gut aussieht. Frauen wissen gutes Aussehen nicht zu schätzen, zumindest ehrbare Frauen nicht. Sie sagte, dass er sehr ernsthaft sei und ein edles Wesen habe. Ich stellte mir natürlich sofort ein Geschöpf mit Brille und strähnigem Haar vor, schrecklich sommersprossig und auf riesigen Füßen daherstapfend. Ich wünschte, ich hätte gewusst, dass es sich um deinen Freund handelte.«

»Ich bin sehr froh, dass du es nicht wusstest, Harry.«

»Warum?«

»Ich will nicht, dass du ihn kennenlernst.«

»Du willst nicht, dass ich ihn kennenlerne?«

»Nein.«

»Mr. Dorian Gray ist im Atelier«, sagte der Butler, der in den Garten hinaustrat.

»Jetzt musst du mich vorstellen!«, rief Lord Henry lachend.

Der Maler wandte sich seinem Diener zu, der blinzelnd im Sonnenlicht stand. »Bitten Sie Mr. Gray zu warten, Parker: Ich komme in ein paar Minuten.« Der Mann verbeugte sich und ging ins Haus zurück.

Dann sah er Lord Henry an. »Dorian Gray ist mein teuerster Freund«, sagte er. »Er hat ein schlichtes und edles Wesen.

Deine Tante hatte ganz recht mit dem, was sie über ihn sagte. Verdirb ihn nicht. Versuche nicht, ihn zu beeinflussen. Dein Einfluss wäre schlecht. Die Welt ist groß und es gibt viele wunderbare Menschen in ihr. Nimm mir nicht den einzigen Menschen, der meiner Kunst allen Zauber verleiht, den sie besitzt: Mein Leben als Künstler hängt von ihm ab. Denke daran, Harry, ich vertraue dir.« Er sprach sehr langsam und die Worte schienen sich ihm fast gegen seinen Willen zu entringen.

»Was für einen Unsinn du redest!«, sagte Lord Henry lächelnd, nahm Hallward beim Arm und zog ihn beinahe ins Haus.

Kapitel 2

Als sie eintraten, erblickten sie Dorian Gray. Er saß am Klavier, hatte ihnen den Rücken zugewandt und blätterte in einem Band mit Schumanns Waldszenen. »Die musst du mir leihen, Basil«, rief er. »Ich möchte sie einstudieren. Sie sind einfach bezaubernd.«

»Das hängt ganz davon ab, wie du mir heute Modell stehst, Dorian.«

»Ach, ich habe das Modellstehen satt und ich will gar kein lebensgroßes Porträt von mir«, antwortete der junge Mann und drehte sich widerspenstig und launisch auf dem Klavierhocker herum.

Als er Lord Henry erblickte, färbte eine leichte Röte für einen Augenblick seine Wangen und er sprang auf. »Ich bitte um Verzeihung, Basil, aber ich wusste nicht, dass jemand bei dir ist.«

»Das ist Lord Henry Wotton, Dorian, ein alter Freund aus Oxforder Tagen. Ich habe ihm gerade erzählt, was für ein hervorragendes Modell du bist, und jetzt hast du alles verdorben.«

»Mein Vergnügen, Sie kennenzulernen, haben Sie nicht verdorben, Mr. Gray«, sagte Lord Henry, der vortrat und die Hand ausstreckte. »Meine Tante hat oft von Ihnen gesprochen. Sie sind einer ihrer Lieblinge und, wie ich fürchte, auch eines ihrer Opfer.«

»Ich stehe zur Zeit auf Lady Agathas schwarzer Liste«, antwortete Dorian mit schelmisch reuevollem Blick. »Ich hatte versprochen, sie am letzten Dienstag zu einem Klub in Whitechapel zu begleiten, und habe das Ganze völlig vergessen. Wir hätten vierhändig zusammen spielen sollen – drei Stücke, glaube ich. Ich weiß nicht, was sie mir sagen wird. Ich fürchte mich zu sehr, um sie aufzusuchen.«

»Ach, ich werde Sie mit meiner Tante versöhnen. Sie ist Ihnen äußerst zugetan. Und ich glaube nicht, dass es eine große Rolle spielt, dass Sie nicht dort waren. Dem Publikum kam es wahrscheinlich so vor, als sei vierhändig gespielt worden. Wenn sich Tante Agatha ans Klavier setzt, macht sie Lärm genug für zwei.«

»Das ist sehr abscheulich ihr gegenüber und nicht sehr schmeichelhaft für mich«, antwortete Dorian lachend.

Lord Henry sah ihn an. Ja, er war in der Tat außerordentlich hübsch mit seinen fein geschwungenen scharlachroten Lippen, seinen offenen blauen Augen, seinem gewellten, goldblonden Haar. In seinen Gesichtszügen war etwas, das sofort Vertrauen erweckte. Die ganze Aufrichtigkeit der Jugend lag darin und ebenso die ganze leidenschaftliche Reinheit der Jugend. Man spürte, dass er sich von der Welt unbefleckt bewahrt hatte. Kein Wunder, dass Basil Hallward ihn anbetete.

»Sie sind viel zu bezaubernd, um sich mit Philanthropie abzugeben, Mr. Gray – viel zu bezaubernd!« Lord Henry ließ sich auf den Diwan fallen und öffnete sein Zigarettenetui.

Der Maler war damit beschäftigt gewesen, seine Farben zu mischen und seine Pinsel bereitzulegen. Er sah beunruhigt aus und als er Lord Henrys letzte Bemerkung hörte, warf er ihm einen Blick zu, zögerte einen Augenblick und sagte dann: »Harry, ich möchte dieses Bild heute fertigstellen. Fändest du es sehr unhöflich von mir, wenn ich dich bäte zu gehen?«

Lord Henry lächelte und sah Dorian Gray an. »Soll ich gehen, Mr. Gray?«, fragte er.

»Oh, bitte nicht, Lord Henry. Ich sehe, dass Basil wieder einmal schlechte Laune hat, und ich kann ihn nicht ausstehen, wenn er schmollt. Außerdem möchte ich, dass Sie mir erklären, warum ich mich nicht mit Philanthropie abgeben soll.«

»Ich weiß nicht, ob ich Ihnen das sagen soll, Mr. Gray. Es ist ein so langweiliges Thema, dass man darüber ernsthaft reden müsste. Aber selbstverständlich werde ich nicht davonlaufen, nachdem Sie mich gebeten haben zu bleiben. Es macht dir doch nicht wirklich etwas aus, Basil, oder? Du hast mir oft gesagt, es gefalle dir, wenn deine Modelle jemanden zum Plaudern haben.«

Hallward biss sich auf die Lippen. »Wenn Dorian es wünscht, musst du natürlich bleiben. Dorians Launen sind Gesetz für jedermann, außer für ihn selbst.«

Lord Henry nahm seinen Hut und seine Handschuhe. »Du bist sehr hartnäckig, Basil, aber ich fürchte, ich muss gehen. Ich habe einem Herrn versprochen, ihn im Orleans zu treffen. Auf Wiedersehen, Mr. Gray. Besuchen Sie mich doch einmal nachmittags in der Curzon Street. Um fünf Uhr bin ich fast immer zu Hause. Schreiben Sie mir, wann Sie kommen. Es täte mir leid, Sie zu verfehlen.«

»Basil«, rief Dorian Gray, »wenn Lord Henry Wotton geht, dann gehe ich auch. Du machst nie den Mund auf, während du malst, und es ist entsetzlich langweilig, auf einem Podest zu stehen und zu versuchen, freundlich dreinzublicken. Bitte ihn zu bleiben. Ich bestehe darauf.«

»Bleib, Harry, Dorian zuliebe und mir zuliebe«, sagte Hallward, den Blick aufmerksam auf sein Bild gerichtet. »Es ist schon wahr, ich spreche nie, wenn ich arbeite, und höre auch nicht zu, und das muss schrecklich langweilig für meine bedauernswerten Modelle sein. Ich bitte dich zu bleiben.«

»Aber was ist mit meiner Verabredung im Orleans?«

Der Maler lachte. »Ich denke nicht, dass es damit irgendein Problem geben wird. Setz dich wieder, Harry. Und jetzt, Dorian, geh auf das Podest und bewege dich nicht zuviel und achte nicht auf das, was Lord Henry sagt. Er hat einen sehr schlechten Einfluss auf alle seine Freunde, mich allein ausgenommen.«

Dorian Gray bestieg das Podest mit der Miene eines jungen griechischen Märtyrers und zog einen kleinen, missvergnügten

Schmollmund in Lord Henrys Richtung, zu dem er eine gewisse Zuneigung gefasst hatte. Er war so ganz anders als Basil. Sie bildeten einen reizvollen Gegensatz. Und er hatte eine so schöne Stimme. Nach ein paar Augenblicken sagte er zu ihm: »Haben Sie wirklich einen sehr schlechten Einfluss, Lord Henry? Einen so schlechten, wie Basil behauptet?«

»So etwas wie einen guten Einfluss gibt es nicht, Mr. Gray. Jeder Einfluss ist unmoralisch – unmoralisch vom wissenschaftlichen Standpunkt aus.«

»Warum?«

»Weil einen Menschen zu beeinflussen bedeutet, ihm seine eigene Seele zu geben. Er denkt nicht mehr seine natürlichen Gedanken oder wird nicht mehr von seinen natürlichen Leidenschaften entflammt. Seine Tugenden erscheinen ihm unwirklich. Seine Sünden, falls es so etwas wie Sünden überhaupt gibt, sind geborgt. Er wird zum Echo der Musik eines anderen, zum Schauspieler einer Rolle, die nicht für ihn geschrieben wurde. Das Ziel des Lebens ist Selbstentfaltung. Das eigene Wesen vollkommen zu verwirklichen – dazu ist jeder von uns hier. Die Menschen haben heutzutage Angst vor sich selbst. Sie haben die höchste aller Pflichten vergessen, die Pflicht, die man sich selbst schuldet. Natürlich sind sie wohltätig. Sie nähren den Hungernden und kleiden den Bettler. Aber ihre eigenen Seelen hungern und sind nackt. Der Mut ist unserem Geschlecht abhanden gekommen. Vielleicht haben wir nie wirklich welchen besessen. Die Furcht vor der Gesellschaft, das ist die Grundlage der Moral, die Furcht vor Gott, das ist das Geheimnis der Religion – dies sind die beiden Dinge, die uns beherrschen. Und doch –«

»Dreh einmal deinen Kopf ein wenig mehr nach rechts, Dorian, sei ein braver Junge«, sagte der Maler, der ganz in seine Arbeit vertieft war und nur merkte, dass in das Gesicht des jungen Mannes ein Ausdruck getreten war, den er vorher nie an ihm gesehen hatte.

»Und doch«, fuhr Lord Henry mit seiner leisen, musikalischen Stimme und mit jener anmutigen Handbewegung fort, die von jeher charakteristisch für ihn war und die er bereits in Eton an sich gehabt hatte, »ich glaube, wenn ein einziger Mensch sein Leben voll und ganz auslebte, jedem Gefühl Gestalt, jedem Gedanken Ausdruck, jedem Traum Wirklichkeit verliehe – ich glaube, die Welt erhielte einen derartig frischen Impuls der Freude, dass wir das gesamte Siechtum des mittelalterlichen Geistes vergäßen und zum hellenischen Ideal zurückkehrten – vielleicht sogar zu etwas Edlerem und Reicherem als dem hellenischen Ideal. Aber der Mutigste unter uns hat Angst vor sich selbst. Die Selbstverstümmelung des Wilden findet ihre tragische Fortsetzung in der Selbstverleugnung, die unser Leben zerstört. Wir werden bestraft für unsere Entsagungen. Jeder Trieb, den wir zu ersticken suchen, nistet weiter in unserer Seele und vergiftet uns. Der Körper sündigt einmal und hat dann mit seiner Sünde abgeschlossen, denn Tat ist immer eine Form der Läuterung. Nichts bleibt dann zurück außer der Erinnerung an eine Lust oder der köstliche Schmerz einer Reue. Der einzige Weg, eine Versuchung loszuwerden, ist, ihr zu erliegen. Widerstehe ihr, und deine Seele wird krank vor Sehnsucht nach den Dingen, die sie sich selbst verboten hat, vor Verlangen nach dem, was ihre ungeheuerlichen Gesetze zu etwas Ungeheuerlichem und Ungesetzlichem gemacht haben. Es heißt, dass die großen Ereignisse der Welt im Kopf stattfinden. Im Kopf, und im Kopf allein, vollziehen sich auch die großen Sünden der Welt. Sie, Mr. Gray, Sie selber mit Ihrer rosenroten Jugend und Ihrer Knabenhaftigkeit, die weißen Rosen gleicht, Sie haben bereits Leidenschaften erlebt, die Ihnen Angst machten, Vorstellungen, die Sie mit Schrecken erfüllten, Tagträume und Träume der Nacht, die, wenn sie nur daran denken, Ihre Wangen vor Scham verfärben könnten –«

»Hören Sie auf«, stammelte Dorian Gray, »hören Sie auf! Sie verwirren mich. Ich weiß nicht, was ich sagen soll. Es gibt eine Antwort auf Ihre Worte, aber ich kann sie nicht finden. Sagen Sie nichts. Lassen Sie mich nachdenken. Oder vielmehr, lassen Sie mich versuchen, nicht nachzudenken.«

Fast zehn Minuten lang stand er da, reglos, mit geöffneten Lippen und seltsam glänzenden Augen. Er war sich vage bewusst, dass vollkommen neue Einflüsse in ihm am Werk waren. Und doch schienen sie eigentlich aus seinem Innersten gekommen zu sein. Die wenigen Worte, die Basils Freund zu ihm gesagt hatte – zufällig gesprochene Worte, zweifellos, und voll absichtlichem Widerspruch –, hatten eine geheime Saite in ihm berührt, die nie zuvor berührt worden war, die er aber jetzt in seltsamem Takt vibrieren und pulsieren fühlte.

Musik hatte ihn ähnlich aufgewühlt. Musik hatte ihn oft in Aufruhr gebracht. Aber Musik war nicht fassbar. Sie erschuf keine neue Welt, sondern eher ein neues Chaos in uns. Worte! Bloße Worte! Wie schrecklich sie waren! Wie klar und lebendig und grausam! Man konnte ihnen nicht entrinnen. Und doch, welch verborgener Zauber lag in ihnen! Sie schienen imstande, formlosen Dingen eine greifbare Gestalt zu geben und eine eigene Musik zu besitzen, so süß wie die einer Gambe oder Laute. Bloße Worte! Gab es etwas, das so wirklich war wie Worte?

Ja; in seiner Kindheit hatte es Dinge gegeben, die er nicht verstanden hatte. Jetzt verstand er sie. Das Leben trug für ihn plötzlich glühende Farben. Ihm war, als sei er durch Feuer gegangen. Warum hatte er es nicht gewusst?

Lord Henry beobachtete ihn mit seinem feinen Lächeln. Er wusste um den exakten psychologischen Moment, in dem man nichts sagen darf. Er empfand höchstes Interesse. Er war erstaunt über die unmittelbare Wirkung, die seine Worte hervorgerufen hatten, er dachte an ein Buch, das er mit sechzehn gelesen hatte, ein Buch, das ihm vieles enthüllt hatte, was er bis dahin nicht gewusst hatte, und fragte sich, ob Dorian Gray gerade eine ähnliche Erfahrung durchlief. Er hatte nur einen Pfeil in die Luft geschossen. Hatte er ins Schwarze getroffen? Wie faszinierend der junge Mann war!

Hallward malte mit dem ihm eigenen wunderbar kühnen Pinselstrich weiter, der jene wahre Feinheit und vollkommene Zartheit besaß, die, in der Kunst jedenfalls, aus Stärke erwachsen. Er hatte das Schweigen gar nicht bemerkt.

»Basil, ich habe genug vom Stehen!«, rief Dorian Gray plötzlich. »Ich muss hinaus und mich im Garten hinsetzen. Die Luft hier ist zum Ersticken.«

»Mein Lieber, das tut mir wirklich leid. Wenn ich male, kann ich an nichts anderes denken. Aber du hast nie besser Modell gestanden. Du warst vollkommen ruhig. Und ich habe die Wirkung eingefangen, die ich wollte – die halb geöffneten Lippen und der Glanz in den Augen. Ich weiß nicht, was Harry zu dir gesagt hat, aber er hat auf jeden Fall bewirkt, dass du diesen äußerst wunderbaren Ausdruck hattest. Ich nehme an, er hat dir Komplimente gemacht. Du darfst nicht ein einziges Wort glauben, das er sagt.«

»Er hat mir keineswegs Komplimente gemacht. Vielleicht ist das der Grund, warum ich nichts von dem glaube, was er mir erzählt hat.«

»Sie wissen, dass Sie alles glauben«, sagte Lord Henry, der ihn mit versonnenem, trägem Blick ansah. »Ich werde mit Ihnen in den Garten hinausgehen. Es ist schrecklich heiß im Atelier. Basil, lass uns etwas Eisgekühltes zum Trinken bringen, etwas mit Erdbeeren darin.«

»Gewiss, Harry. Läute einfach die Glocke, und wenn Parker kommt, werde ich ihm sagen, was ihr haben wollt. Ich muss noch diesen Hintergrund ausarbeiten, deshalb werde ich mich euch erst später anschließen. Halte Dorian nicht zu lange auf.

Ich war nie in besserer Form zum Malen als heute. Dies wird mein Meisterwerk werden. Es ist schon mein Meisterwerk, wie es da steht.«

Lord Henry ging in den Garten hinaus und sah, wie Dorian Gray sein Gesicht in den großen, kühlen Fliederblüten vergrub und fieberhaft ihren Duft trank, als wäre es Wein. Er trat nahe an ihn heran und legte ihm seine Hand auf die Schulter. »Sie haben ganz recht, das zu tun«, murmelte er. »Nichts kann die Seele heilen als die Sinne, genauso wie nichts die Sinne heilen kann als die Seele.«

Der junge Mann schreckte auf und wich zurück. Er war barhäuptig, die Blätter hatten seine widerspenstigen Locken durcheinander gebracht und all ihre goldenen Strähnen verwirrt. In seinen Augen lag ein Ausdruck von Furcht, wie Menschen ihn haben, wenn sie jäh aufgeweckt werden. Seine fein geformten Nasenflügel bebten und irgendein verborgener Nerv durchzuckte das Scharlachrot seiner Lippen und ließ sie erzittern.

»Ja«, fuhr Lord Henry fort, »das ist eines der großen Geheimnisse des Lebens – die Seele durch die Sinne und die Sinne durch die Seele zu heilen. Sie sind ein wunderbares Geschöpf. Sie wissen mehr, als Sie glauben zu wissen, genauso wie Sie weniger wissen, als Sie möchten.«

Dorian Gray runzelte die Stirn und wandte seinen Kopf ab. Er konnte nicht umhin, den hochgewachsenen, eleganten jungen Mann, der neben ihm stand, zu mögen. Sein romantisches, olivfarbenes Gesicht und der abgespannte Ausdruck darin zogen ihn an. Es war etwas in seiner leisen, trägen Stimme, was einen völlig in Bann schlug. Selbst seine kühlen, weißen, blumengleichen Hände hatten einen seltsamen Reiz. Wenn er sprach, bewegten sie sich wie Musik und schienen eine eigene Sprache zu besitzen. Aber er empfand Angst vor ihm und zugleich schämte er sich dieser Angst. Warum war es einem

Fremden vorbehalten geblieben, ihn sich selbst zu offenbaren? Er kannte Basil Hallward seit Monaten, aber die Freundschaft zwischen ihnen hatte ihn überhaupt nicht verändert. Nun war plötzlich jemand in sein Leben getreten, der ihm das Geheimnis des Lebens aufgedeckt zu haben schien. Und doch, wovor sollte er Angst haben? Er war kein Schuljunge oder ein Mädchen. Es war töricht, sich zu fürchten.

»Lassen Sie uns gehen und uns in den Schatten setzen«, sagte Lord Henry. »Parker hat die Getränke herausgebracht, und wenn Sie noch länger in diesem grellen Sonnenlicht stehen bleiben, werden Sie ganz verderben und Basil wird Sie nie wieder malen. Sie dürfen sich wirklich keinen Sonnenbrand holen. Es würde Ihnen nicht stehen.«

»Was bedeutet das schon?«, rief Dorian Gray lachend, als er sich auf eine Bank am Ende des Gartens setzte.

»Es sollte Ihnen alles bedeuten, Mr. Gray.«

»Warum?«

»Weil Sie die wunderbarste Jugend besitzen, und Jugend ist das Einzige, das zu besitzen sich lohnt.«

»Ich empfinde das nicht so, Lord Henry.«

»Nein, jetzt empfinden Sie es nicht. Später einmal, wenn Sie alt und runzlig und hässlich sind, wenn das Denken Ihre Stirn mit seinen Furchen verwüstet und die Leidenschaft Ihre Lippen mit ihren grausamen Feuern gebrandmarkt hat, werden Sie es empfinden, werden Sie es auf schreckliche Art und Weise empfinden! Heute, wo Sie auch hingehen, bezaubern Sie die Welt. Wird das immer so sein? … Sie haben ein hinreißend schönes Gesicht, Mr. Gray. Runzeln Sie nicht die Stirn. Sie haben es. Und Schönheit ist eine Form des Genies – sie steht in Wahrheit noch höher als das Genie, da sie keiner Erklärung bedarf. Sie ist eine der großen Gesetzmäßigkeiten der Welt, wie das Sonnenlicht oder der Frühling oder wie in dunklen Wassern die Spiegelung jener Silbermuschel, die wir Mond nennen. Sie kann nicht in Frage gestellt werden. Sie hat ihr göttliches Hoheitsrecht. Sie macht jene zu Prinzen, die sie besitzen. Sie lächeln? Oh, wenn Sie sie verloren haben, lächeln Sie nicht mehr … Die Leute sagen manchmal, dass Schönheit nur etwas Oberflächliches ist. Das mag so sein. Aber zumindest ist sie nicht so oberflächlich wie das Denken. Für mich ist Schönheit das Wunder aller Wunder. Nur dumme Menschen urteilen nicht nach dem Äußeren. Das wahre Geheimnis der Welt ist das Sichtbare, nicht das Unsichtbare … Ja, Mr. Gray, die Götter waren gut zu Ihnen. Aber was die Götter geben, das nehmen sie schnell wieder fort. Sie haben nur ein paar Jahre, in denen Sie wahrhaftig, vollkommen und im Überfluss leben können. Wenn Ihre Jugend vergeht, wird Ihre Schönheit mit ihr vergehen, und dann werden Sie plötzlich entdecken, dass es keine Triumphe mehr für Sie gibt oder dass Sie sich mit jenen armseligen Triumphen zufrieden geben müssen, die Ihnen die Erinnerung an Ihre Vergangenheit noch bitterer machen wird als Niederlagen. Jeder Monat, der dahingeht, bringt Sie etwas Schrecklichem näher. Die Zeit ist eifersüchtig auf Sie und kämpft gegen Ihre Lilien und Rosen. Sie werden fahl und hohlwangig und Ihre Augen werden trübe werden. Sie werden entsetzlich leiden … Ach! Verwirklichen Sie Ihre Jugend, solange Sie sie haben. Vergeuden Sie nicht das Gold Ihrer Tage, indem Sie Langweilern zuhören, hoffnungslose Versager zu bessern versuchen oder Ihr Leben an die Dummen, Einfachen und Gemeinen verschleudern. Das sind die krankhaften Ziele, die falschen Ideale unserer Zeit. Leben Sie! Leben Sie das wunderbare Leben, das in Ihnen ist! Lassen Sie sich nichts entgehen! Seien Sie stets auf der Suche nach neuen Empfindungen. Fürchten Sie nichts … Ein neuer Hedonismus – das ist es, was unser Jahrhundert braucht. Sie könnten sein sichtbares Symbol sein. Bei Ihrer Persönlichkeit gibt es nichts, was Sie nicht tun könnten. Die Welt gehört eine Saison lang Ihnen. In dem Augenblick, als ich Ihnen begegnete, erkannte ich, dass Ihnen gar nicht bewusst war, was Sie wirklich sind, was Sie wirklich sein könnten. An Ihnen entzückte mich so vieles, dass ich das Gefühl hatte, ich müsste Ihnen etwas über Sie selbst erzählen. Ich dachte daran, wie tragisch es wäre, wenn Sie sich verschwendeten. Denn Ihre Jugend wird nur eine so kurze Zeit währen – eine so kurze Zeit. Die gewöhnlichen Bergblumen verwelken, aber sie blühen wieder. Der Goldregen wird im nächsten Juni genauso gelb sein wie heute. In einem Monat wird die Klematis purpurne Sterne tragen und Jahr für Jahr wird die grüne Nacht ihrer Blätter purpurne Sterne tragen. Doch wir erhalten unsere Jugend niemals zurück. Der Puls der Freude, der mit zwanzig in uns pocht, wird schleppend. Unsere Glieder versagen, unsere Sinne vermodern. Wir verkommen zu hässlichen Marionetten, verfolgt von der Erinnerung an die Leidenschaften, vor denen wir uns zu sehr fürchteten, und an die köstlichen Versuchungen, denen zu erliegen wir nicht den Mut hatten. Jugend! Jugend! Es gibt absolut nichts in der Welt außer Jugend!«

Dorian Gray lauschte staunend und mit großen Augen. Der Fliederzweig in seiner Hand fiel auf den Kies. Eine pelzige Biene kam heran und umschwirrte ihn einen Augenblick. Dann begann sie hurtig über das längliche Rund aus winzigen Blüten zu krabbeln. Er beobachtete sie mit dem seltsamen Interesse an einfachen Dingen, das wir zu entwickeln suchen, wenn Dinge von großer Bedeutung uns Angst machen oder wenn ein neues Gefühl uns aufwühlt, für das wir keine Worte finden können, oder wenn ein Gedanke, der uns erschreckt, plötzlich den Geist bestürmt und uns auffordert, ihm nachzugeben. Nach einer Weile flog die Biene davon. Er sah sie in die gefleckte Trompete einer violetten Windenblüte krabbeln. Die Blume schien zu erzittern und schwang dann sachte hin und her.

Plötzlich erschien der Maler in der Tür des Ateliers und forderte sie mit hastigen Bewegungen auf, hineinzukommen. Sie wandten sich einander zu und lächelten.

»Ich warte«, rief er. »Kommt bitte herein. Das Licht ist ganz ausgezeichnet und ihr könnt eure Getränke mitbringen.«

Sie standen auf und schlenderten zusammen den Weg hinunter. Zwei grünweiße Schmetterlinge flatterten an ihnen vorüber und in dem Birnbaum in der Ecke des Gartens begann eine Drossel zu singen.

»Sie sind froh, mir begegnet zu sein, Mr. Gray«, sagte Lord Henry und blickte ihn an.

»Ja, jetzt bin ich froh. Ich frage mich allerdings, ob ich immer froh darüber sein werde?«

»Immer! Das ist ein schreckliches Wort. Es lässt mich schaudern, wenn ich es höre. Frauen gebrauchen es so gern. Sie verderben jede Romanze, indem sie versuchen, ihr ewige Dauer zu verleihen. Außerdem ist es ein sinnloses Wort. Der einzige Unterschied zwischen einer Laune und einer lebenslangen Leidenschaft ist, dass die Laune ein bisschen länger dauert.«

Als sie das Atelier betraten, legte Dorian Gray seine Hand auf Lord Henrys Arm. »Wenn das der Fall ist, dann lassen Sie unsere Freundschaft eine Laune sein«, murmelte er, errötend über seine eigene Kühnheit, bestieg dann das Podest und nahm seine Pose wieder ein.

Lord Henry warf sich in einen großen Korbsessel und beobachtete ihn. Das Hin und Her des Pinselstrichs auf der Leinwand war das einzige Geräusch, das die Stille unterbrach, außer wenn Hallward dann und wann zurücktrat, um sein Werk aus der Entfernung zu betrachten. In den schrägen Strahlen, die durch die offene Tür fluteten, tanzte der Staub und war golden. Der schwere Duft der Rosen schien alles einzuhüllen.

Nach ungefähr einer Viertelstunde hörte Hallward auf zu malen, blickte lange auf Dorian Gray, dann lange auf das Bild, wobei er auf dem Ende eines seiner großen Pinsel herumbiss und die Stirn runzelte. »Jetzt ist es fertig«, rief er endlich, bückte sich und schrieb in großen, zinnoberroten Buchstaben seinen Namen in die linke Ecke der Leinwand.

Lord Henry trat hinzu und begutachtete das Bild. Es war in der Tat ein wunderbares Kunstwerk und außerdem von wunderbarer Ähnlichkeit.

»Mein Lieber, ich gratuliere dir sehr herzlich«, sagte er. »Es ist das beste Porträt der Moderne. Mr. Gray, sehen Sie selbst.«

Der junge Mann fuhr zusammen, als sei er aus einem Traum erwacht. »Ist es wirklich fertig?«, murmelte er, als er vom Podest herabstieg.

»Vollkommen fertig«, sagte der Maler. »Und du hast heute glänzend Modell gestanden. Ich bin dir außerordentlich dankbar.«

»Das ist ganz und gar mein Verdienst«, unterbrach Lord Henry. »Nicht wahr, Mr. Gray?«

Dorian gab keine Antwort, sondern trat gleichgültig vor sein Bild und wandte sich ihm zu. Als er es sah, wich er zurück und einen Augenblick lang röteten sich seine Wangen vor Begeisterung. Ein freudiger Ausdruck trat in seine Augen, als ob er sich selbst zum ersten Mal erkannt hätte. Er stand reglos und verwundert da und nahm dunkel wahr, dass Hallward mit ihm sprach, ohne dass er den Sinn seiner Worte erfasste. Das Gefühl seiner eigenen Schönheit kam über ihn wie eine Offenbarung. Er hatte sie bis dahin nie empfunden. Basil Hallwards Komplimente hatte er lediglich für liebenswürdige Übertreibungen der Freundschaft gehalten. Er hatte sie sich angehört, über sie gelacht und sie vergessen. Sie hatten sein Wesen nicht beeinflusst. Dann war Lord Henry Wotton gekommen, mit seiner sonderbaren Lobrede auf die Jugend, seiner schrecklichen Warnung vor ihrer Kürze. Das hatte ihn aufgerüttelt und jetzt, als er dastand und das Abbild seiner eigenen Schönheit bestaunte, wurde ihm blitzartig die volle Wirklichkeit dieser Schilderung bewusst. Ja, der Tag würde kommen, an dem sein Gesicht faltig und runzlig sein würde, die

Augen trübe und farblos, die Anmut seiner Gestalt gebrochen und entstellt. Das Scharlachrot würde aus seinen Lippen weichen und das Gold würde sich aus seinen Haaren stehlen. Das Leben, das seine Seele ausmachen sollte, würde seinen Körper zerstören. Er würde abscheulich, hässlich und plump werden.

Als er daran dachte, durchfuhr ihn ein scharfer Schmerz wie ein Messer und ließ jede feine Faser seines Wesens erzittern. Seine Augen verdunkelten sich zu Amethysten und ein Tränenschleier legte sich über sie. Er fühlte sich, als sei ihm eine Hand aus Eis auf sein Herz gelegt worden.

»Gefällt es dir nicht?«, rief Hallward schließlich, ein wenig gereizt durch das Schweigen des jungen Mannes, da er nicht begriff, was es bedeutete.

»Natürlich gefällt es ihm«, sagte Lord Henry. »Wem würde es nicht gefallen? Es ist eines der größten Werke der modernen Kunst. Ich werde dir alles geben, was du dafür verlangst. Ich muss es haben.«

»Es ist nicht mein Eigentum, Harry.«

»Wessen Eigentum ist es?«

»Dorians natürlich«, antwortete der Maler.

»Er ist ein wahrer Glückspilz.«

»Wie traurig das ist!«, murmelte Dorian Gray, die Augen noch immer fest auf sein eigenes Porträt gerichtet. »Wie traurig das ist! Ich werde alt werden und hässlich und abscheulich. Aber dieses Bild wird immer jung bleiben. Es wird nie älter werden als dieser besagte Junitag ... Wenn es doch nur umgekehrt wäre! Wenn ich es wäre, der ewig jung bliebe, und das Bild dafür altern müsste. Dafür – dafür – würde ich alles geben! Ja, es gibt nichts auf der ganzen Welt, das ich nicht dafür gäbe! Ich gäbe meine Seele dafür!«

»Du würdest dir kaum etwas aus einem solchen Handel machen, Basil«, rief Lord Henry lachend. »Das wären schlechte Aussichten für dein Werk.«

»Ich würde entschieden Einspruch erheben, Harry«, sagte Hallward.

Dorian Gray wandte sich um und sah ihn an. »Davon bin ich überzeugt, Basil. Dir liegt mehr an deiner Kunst als an deinen Freunden. Ich bedeute dir nicht mehr als eine grüne Bronzestatue. Vermutlich nicht einmal so viel.«

Der Maler war starr vor Erstaunen. So zu sprechen war gar nicht Dorians Art. Was war geschehen? Er wirkte ziemlich aufgebracht. Sein Gesicht war gerötet und seine Wangen brannten.

»Ja«, fuhr er fort, »ich bedeute dir weniger als dein elfenbeinerner Hermes oder dein silberner Faun. Die wirst du immer gern haben. Wie lange wirst du mich gern haben? Bis ich meine erste Falte bekomme, nehme ich an. Jetzt weiß ich, wenn man erst sein gutes Aussehen verliert, wie immer es auch sein mag, verliert man alles. Dein Bild hat mich das gelehrt. Lord Henry Wotton hat vollkommen recht. Jugend ist das Einzige, das zu besitzen sich lohnt. Sobald ich entdecke, dass ich alt werde, bringe ich mich um.«

Hallward wurde bleich und ergriff seine Hand. »Dorian! Dorian!«, rief er. »Sprich nicht so. Ich habe nie einen Freund wie dich gehabt und ich werde nie wieder einen solchen haben. Du bist doch nicht eifersüchtig auf materielle Dinge, oder? Du, der schöner ist als irgendeines von ihnen!«

»Ich bin eifersüchtig auf alles, dessen Schönheit nicht stirbt. Ich bin eifersüchtig auf das Porträt, das du von mir gemalt hast. Warum soll es behalten, was ich verlieren muss? Jeder Augenblick, der verstreicht, nimmt mir etwas und gibt ihm etwas. Oh, wenn es doch nur umgekehrt wäre! Wenn sich das Bild verändern könnte und ich immer bleiben könnte, wie ich jetzt bin! Warum hast du es gemalt? Es wird mich eines Tages verhöhnen – furchtbar verhöhnen!« Die heißen Tränen traten ihm in die Augen; er riss seine Hand weg, warf sich auf den Diwan und vergrub sein Gesicht in den Kissen, als bete er.

»Das ist dein Werk, Harry«, sagte der Maler bitter.

Lord Henry zuckte mit den Schultern. »Es ist der wahre Dorian Gray – das ist alles.«

»Das ist er nicht.«

»Wenn er es nicht ist, was habe ich damit zu schaffen?«

»Du hättest gehen sollen, als ich dich darum bat«, murmelte er.

»Ich blieb, als du mich darum batest«, war Lord Henrys Antwort.

»Harry, ich kann nicht mit meinen beiden besten Freunden gleichzeitig streiten, aber ihr beide seid schuld daran, dass ich das beste Werk, das ich je geschaffen habe, hasse, und ich werde es zerstören. Was ist es anderes als Leinwand und Farbe? Ich werde es nicht über unsere drei Leben kommen und sie zerstören lassen.«

Dorian Gray erhob sein goldenes Haupt von dem Kissen und beobachtete ihn mit bleichem Gesicht und verweinten Augen, als er zu dem Maltisch aus Kiefernholz hinüberging, der unter dem hohen, verdunkelten Fenster stand. Was tat er dort? Seine Finger wühlten sich durch das Gewirr von Blechtuben und trockenen Pinseln und suchten etwas. Ja, sie suchten nach dem langen Spachtelmesser mit seiner schmalen Klinge aus biegsamem Stahl. Endlich hatte er es gefunden. Er wollte die Leinwand aufschlitzen.

Mit einem erstickten Schluchzen sprang der junge Mann vom Sofa auf, stürzte zu Hallward hinüber, riss ihm das Messer aus der Hand und schleuderte es ans andere Ende des Ateliers. »Nicht, Basil, nicht!«, rief er. »Das wäre Mord!«

»Freut mich, dass du mein Werk letztlich doch zu schätzen weißt, Dorian«, sagte der Maler kühl, als er sich von seiner Überraschung erholt hatte. »Daran habe ich gar nicht mehr geglaubt.«

»Es schätzen? Ich bin verliebt in das Bild, Basil. Es ist ein Teil von mir. Das spüre ich.«

»Schön, sobald du trocken bist, wirst du gefirnisst, gerahmt und nach Hause geschickt. Dann kannst du mit dir machen, was du willst.« Er durchquerte den Raum und läutete nach dem Tee. »Du trinkst doch sicherlich Tee, Dorian? Und du auch, Harry? Oder habt ihr etwas gegen solch einfache Genüsse?«

»Ich bin verrückt nach einfachen Genüssen«, sagte Lord Henry. »Sie sind die letzte Zuflucht der Komplizierten. Aber ich mag keine Szenen, außer auf der Bühne. Was für lächerliche Kerle ihr doch seid, alle beide! Ich frage mich, wer es war, der den Menschen als ein vernunftbegabtes Tier bezeichnete. Das war die voreiligste Definition, die je aufgestellt wurde. Der Mensch ist vielerlei, aber vernunftbegabt ist er nicht. Im Grunde bin ich froh, dass er es nicht ist, obwohl ich mir wünschte, ihr Burschen würdet euch nicht wegen des Bildes zanken. Du hättest es lieber mir überlassen sollen, Basil. Dieser dumme Junge will es ja eigentlich gar nicht, ich dagegen wirklich sehr.«

»Wenn du es jemand anderem als mir überlässt, Basil, werde ich dir das nie verzeihen!«, rief Dorian Gray. »Und ich erlaube niemandem, mich einen dummen Jungen zu nennen.«

»Du weißt, das Bild gehört dir, Dorian. Ich habe es dir geschenkt, noch bevor es existierte.«

»Und Sie wissen, dass Sie sich ein wenig dumm benommen haben, Mr. Gray, und dass Sie in Wirklichkeit gar nichts dagegen haben, daran erinnert zu werden, dass Sie außerordentlich jung sind.«

»Heute Morgen hätte ich sehr große Einwände dagegen gehabt, Lord Henry.«

»Ach! Heute Morgen! Seither haben Sie gelebt.«

Es klopfte an der Tür, der Butler trat mit einem vollen Teebrett ein und stellte es auf einem kleinen japanischen Tisch ab. Man hörte das Klappern von Tassen und Tellern und das Zischen eines kannelierten georgischen Samowars. Zwei kugelförmige Porzellanschüsseln wurden von einem Diener hereingebracht. Dorian Gray ging hinüber und schenkte den Tee ein. Die beiden Männer gingen langsam zum Tisch hinüber und prüften, was sich unter den Deckeln befand.

»Lasst uns heute Abend ins Theater gehen«, sagte Lord Henry. »Irgendwo wird sicher etwas los sein. Ich habe zwar versprochen, im Whites zu speisen, aber nur mit einem alten Freund, also kann ich ihm ein Telegramm schicken, dass ich krank sei oder eine spätere Verabredung mein Kommen verhindere. Ich finde, das wäre eine recht nette Entschuldigung: Sie besäße die ganze Überraschung der Aufrichtigkeit.«

»Es ist so langweilig, sich den Frack anzuziehen«, brummte Hallward. »Und wenn man ihn anhat, sieht man so grässlich darin aus.«

»Ja«, erwiderte Lord Henry versonnen, »die Kleidung des neunzehnten Jahrhunderts ist abscheulich. Sie ist so düster, so bedrückend. Die Sünde ist der einzige Farbtupfer, der im modernen Leben übrig geblieben ist.«

»Solche Dinge darfst du wirklich nicht vor Dorian sagen, Harry.«

»Vor welchem Dorian? Vor dem, der uns Tee einschenkt, oder vor dem auf dem Bild?«

»Vor keinem.«

»Ich würde gerne mit Ihnen ins Theater gehen, Lord Henry«, sagte der junge Mann.

»Dann werden Sie mitkommen; und du wirst auch mitkommen, Basil, nicht wahr?«

»Ich kann nicht, wirklich. Ich möchte lieber nicht. Ich habe eine Menge Arbeit zu erledigen.«

»Nun, dann werden Sie und ich eben alleine gehen, Mr. Gray.«

»Das würde ich schrecklich gern.«

Der Maler biss sich auf die Lippen und ging, die Tasse in der Hand, zu dem Bild hinüber. »Ich werde bei dem echten Dorian bleiben«, sagte er traurig.

»Ist das der echte Dorian?«, rief das Original des Porträts und schlenderte zu ihm hinüber. »Bin ich wirklich so?«

»Ja, genau so bist du.«

»Wie wunderbar, Basil!«

»Zumindest gleichst du ihm dem Aussehen nach. Aber es wird sich niemals verändern«, seufzte Hallward. »Das ist schon etwas.«

»Was für ein Aufheben die Leute um Treue machen!«, rief Lord Henry aus. »Und dabei ist sie selbst in der Liebe nur eine Frage der Physiologie. Sie hat nichts mit unserem eigenen Willen zu tun. Junge Männer wollen treu sein und sind es nicht; alte Männer wollen untreu sein und können es nicht: Das ist alles, was sich darüber sagen lässt.«

»Geh heute Abend nicht ins Theater, Dorian«, sagte Hallward. »Bleib und iss mit mir.«

»Ich kann nicht, Basil.«

»Warum?«

»Weil ich Lord Henry Wotton versprochen habe, ihn zu begleiten.«

»Er wird dich nicht lieber mögen, wenn du deine Versprechen hältst. Er bricht seine ständig. Ich bitte dich, nicht zu gehen.«

Dorian Gray lachte und schüttelte den Kopf.

»Ich flehe dich an.«

Der junge Mann zögerte und schaute zu Lord Henry hinüber, der sie vom Teetisch aus mit einem amüsierten Lächeln beobachtete.

»Ich muss gehen, Basil«, antwortete er.

»Nun gut«, sagte Hallward; und er ging hinüber und stellte seine Tasse auf dem Tablett ab. »Es ist ziemlich spät und da ihr euch noch umziehen müsst, solltet ihr keine Zeit verlieren. Auf Wiedersehen, Harry. Auf Wiedersehen, Dorian. Komm mich bald besuchen. Komm morgen.«

»Bestimmt.«

»Du wirst es nicht vergessen?«

»Nein, natürlich nicht!«, rief Dorian.

»Und … Harry!«

»Ja, Basil?«

»Denk an das, worum ich dich bat, als wir heute Morgen im Garten waren.«

»Ich habe es vergessen.«

»Ich vertraue dir.«

»Ich wünschte, ich könnte mir selbst vertrauen«, sagte Lord Henry lachend. »Kommen Sie, Mr. Gray, mein Hansom steht draußen und ich kann Sie bei Ihrer Wohnung absetzen. Auf Wiedersehen, Basil. Es war ein höchst interessanter Nachmittag.«

Als sich die Tür hinter ihnen schloss, warf sich der Maler auf ein Sofa und ein schmerzlicher Ausdruck trat in sein Gesicht.

Kapitel 3

Um halb eins am nächsten Tag spazierte Lord Henry Wotton von der Curzon Street zum Albany hinüber, um seinen Onkel Lord Fermor zu besuchen, einen freundlichen, wenn auch etwas raubeinigen alten Junggesellen, den seine Umwelt egoistisch nannte, weil sie keinen besonderen Nutzen von ihm hatte, der aber bei der besseren Gesellschaft als großzügig galt, weil er die Leute ernährte, die ihn amüsierten. Sein Vater war unser Botschafter in Madrid gewesen, als Isabella jung war und noch niemand an Prim dachte, hatte sich aber in einem launenhaften Augenblick der Verärgerung aus dem diplomatischen Dienst zurückgezogen, weil man ihm nicht die Botschaft in Paris angeboten hatte, einen Posten, zu dem er sich vollauf berechtigt geglaubt hatte durch seine Geburt, seine Trägheit, das gute Englisch in seinen Depeschen und seine hemmungslose Vergnügungssucht. Der Sohn, der seines Vaters Sekretär gewesen war, war zusammen mit seinem Vorgesetzten ausgeschieden, was man damals für ziemlich töricht hielt, und als einige Monate später der Titel auf ihn überging, hatte er mit dem ernsthaften Studium der hohen aristokratischen Kunst des völligen Nichtstuns begonnen. Er besaß zwei große Stadthäuser, zog es aber vor, in einem Apartment zu wohnen, weil das weniger Umstände machte, und nahm die meisten seiner Mahlzeiten in seinem Klub ein. Er widmete der Verwaltung seiner Kohlegruben in den Grafschaften der Midlands ein wenig Aufmerksamkeit und entschuldigte sich für dieses schmutzige Gewerbe mit der Begründung, der einzige Vorteil, Kohle zu besitzen, bestehe darin, dass er es einem Gentleman erlaube, in seinem eigenen Kamin Holz zu verbrennen. Politisch gesehen war er ein Tory, außer wenn die Tories an der Regierung waren; in dieser Zeit beschimpfte er sie rundheraus als eine Bande von Radikalen. Er war ein Held für seinen Kammerdiener, der ihn herumkommandierte, und ein Schrecken für die meisten seiner Verwandten, die er herumkommandierte. Allein England konnte ihn hervorgebracht haben, und er behauptete stets, das Land gehe vor die Hunde. Seine Grundsätze waren überholt, aber für seine Vorurteile sprach eine ganze Menge.

Als Lord Henry das Zimmer betrat, fand er seinen Onkel in einem derben Jagdrock dasitzend, einen Stumpen rauchend und über der *Times* grummelnd. »Nun, Harry«, sagte der alte Herr, »was treibt dich so früh aus dem Haus? Ich dachte, ihr Dandys würdet nie vor zwei aufstehen und wärt nie vor fünf sichtbar.«

»Reine Familienliebe, das versichere ich dir, Onkel George. Ich brauche etwas von dir.«

»Geld vermutlich«, sagte Lord Fermor und verzog das Gesicht. »Also, setz dich und erzähl mir alles darüber. Die jungen Leute heutzutage bilden sich ein, Geld sei alles.«

»Ja«, murmelte Lord Henry, während er die Knopflochblume an seinem Überrock zurechtrückte; »und wenn sie älter werden, wissen sie es. Aber ich brauche kein Geld. Das brauchen nur Leute, die ihre Rechnungen bezahlen, Onkel George, und ich bezahle meine nie. Kredit ist das Kapital eines jüngeren Sohnes und man lebt herrlich damit. Außerdem mache ich meine Geschäfte stets mit Händlern aus Dartmoor und folglich behelligen sie mich nie. Was ich brauche, ist eine Auskunft; keine nützliche Auskunft natürlich, nur eine unnütze Auskunft.«

»Nun, ich kann dir alles sagen, was in einem englischen Blaubuch steht, Harry, obwohl diese Burschen heutzutage eine Menge Unsinn schreiben. Als ich noch im diplomatischen Dienst war, lagen die Dinge viel besser. Aber wie ich höre, stellen sie die Leute jetzt aufgrund einer Prüfung ein. Was kann man da erwarten? Prüfungen, mein Bester, sind der reine Humbug vom Anfang bis zum Ende. Wenn ein Mann ein

Gentleman ist, weiß er wirklich genug, und wenn er kein Gentleman ist, ist alles, was er weiß, schlecht für ihn.«

»Mr. Dorian Gray steht nicht in den Blaubüchern, Onkel George«, sagte Lord Henry träge.

»Mr. Dorian Gray? Wer ist das?«, fragte Lord Fermor und zog seine buschigen weißen Augenbrauen zusammen.

»Um das zu erfahren, bin ich gekommen, Onkel George. Oder vielmehr, ich weiß, wer er ist. Er ist der Enkel des verstorbenen Lord Kelso. Seine Mutter war eine Devereux, Lady Margaret Devereux. Ich möchte, dass du mir von seiner Mutter erzählst. Wie war sie? Wen hat sie geheiratet? Du hast zu deiner Zeit fast jeden gekannt, also könntest du sie auch gekannt haben. Ich bin im Augenblick sehr an Mr. Gray interessiert. Ich habe ihn gerade erst kennengelernt.«

»Kelsos Enkel!«, wiederholte der alte Herr. »Kelsos Enkel! … Natürlich … Ich kannte seine Mutter gut. Ich glaube, ich war bei ihrer Taufe. Sie war ein außergewöhnlich schönes Mädchen, Margaret Devereux, und machte alle Männer rasend, als sie mit einem mittellosen jungen Burschen durchbrannte, einem absoluten Niemand, mein Bester, einem Fähnrich bei der Infanterie oder etwas Ähnliches. Natürlich. Ich erinnere mich an die ganze Geschichte, als wäre sie erst gestern passiert. Der arme Kerl wurde bei einem Duell in Spa getötet, ein paar Monate nach der Hochzeit. Es kursierte ein hässliches Gerücht. Es heißt, der alte Kelso habe irgendeinen schurkenhaften Abenteurer, einen belgischen Rohling, angeheuert, um seinen Schwiegersohn öffentlich zu beleidigen, er habe ihn dafür bezahlt, ja, mein Bester, dafür bezahlt, und dieser Kerl habe sein Opfer dann aufgespießt wie eine Taube. Die Sache wurde vertuscht, aber, bei Gott, Kelso hat danach eine Weile sein Kotelett im Klub allein verspeist. Mir wurde erzählt, er brachte seine Tochter mit sich zurück und sie sprach nie wieder mit ihm. Oh ja, das war eine böse Sache. Das Mädchen starb auch, starb binnen eines Jahres. Also hat sie einen Sohn hinterlassen, ja? Das hatte ich vergessen. Was für ein Junge ist er? Wenn er seiner Mutter gleicht, muss er ein hübscher Bursche sein.«

»Er ist sehr hübsch«, bestätigte Lord Henry.

»Ich hoffe, er kommt in gute Hände«, fuhr der alte Mann fort. »Auf ihn sollte ein Haufen Geld warten, wenn Kelso ihn rechtmäßig behandelt hat. Auch seine Mutter hatte Geld. Der ganze Selby-Besitz fiel ihr zu, durch ihren Großvater. Ihr Großvater hasste Kelso, hielt ihn für einen gemeinen Hund. Das war er auch. Kam einmal nach Madrid, als ich dort war. Bei Gott, habe ich mich seinetwegen geschämt. Die Königin pflegte mich nach dem englischen Adligen zu fragen, der sich ständig mit den Kutschern über das Fahrgeld zankte. Man machte dort eine große Geschichte daraus. Einen Monat lang wagte ich es nicht, mein Gesicht bei Hof zu zeigen. Ich hoffe, er behandelte seinen Enkel besser als die Droschkenkutscher.«

»Ich weiß es nicht«, antwortete Lord Henry. »Ich denke, der Junge wird einmal wohlhabend sein. Er ist noch nicht volljährig. Selby gehört ihm, das weiß ich. Er hat es mir erzählt. Und … seine Mutter war sehr schön?«

»Margaret Devereux war eines der entzückendsten Geschöpfe, die ich je gesehen habe, Harry. Was in aller Welt sie dazu bewogen hat, sich so zu benehmen, wie sie es tat, konnte ich nie begreifen. Sie hätte heiraten können, wen sie wollte. Carlington war verrückt nach ihr. Doch sie war romantisch. Alle Frauen in dieser Familie waren so. Die Männer waren ein armseliger Haufen, aber, bei Gott, die Frauen waren wunderbar. Carlington ging auf Knien zu ihr. Hat er mir selber erzählt. Sie lachte ihn aus, und es gab damals in London kein Mädchen, das nicht hinter ihm her gewesen wäre. Übrigens, Harry, da wir schon über törichte Eheschließungen reden, was ist das für ein Humbug, den mir dein Vater erzählt: dass

Dartmoor eine Amerikanerin heiraten will? Sind ihm englische Mädchen nicht gut genug?«

»Es ist gerade ziemlich in Mode, Amerikanerinnen zu heiraten, Onkel George.«

»Ich werde gegen die ganze Welt auf die englischen Frauen setzen, Harry«, sagte Lord Fermor und schlug mit der Faust auf den Tisch.

»Die Wetten stehen gut für die Amerikanerinnen.«

»Sie halten nicht lange durch, hat man mir gesagt«, brummte sein Onkel.

»Eine lange Bindung erschöpft sie, aber beim Hürdenlauf sind sie großartig. Sie nehmen die Dinge im Flug. Ich glaube nicht, dass Dartmoor eine Chance hat.«

»Was ist mit ihrer Familie?«, brummte der alte Herr. »Hat sie überhaupt eine?«

Lord Henry schüttelte den Kopf. »Amerikanische Mädchen sind ebenso geschickt darin, ihre Eltern zu verheimlichen, wie englische Frauen ihre Vergangenheit«, sagte er und erhob sich zum Gehen.

»Dann sind sie vermutlich Schweinefleischpacker?«

»Das hoffe ich, Onkel George, in Dartmoors Interesse. Ich habe gehört, dass Schweinefleischpacken der einträglichste Beruf in Amerika sein soll, gleich nach der Politik.«

»Ist sie hübsch?«

»Sie benimmt sich, als wäre sie schön. Das tun die meisten Amerikanerinnen. Es ist das Geheimnis ihres Charmes.«

»Warum können diese Amerikanerinnen nicht in ihrem eigenen Land bleiben? Sie erzählen uns doch immer, es sei das Paradies für Frauen.«

»Das ist es auch. Das ist der Grund, warum sie, wie Eva, so übermäßig bestrebt sind, es zu verlassen«, sagte Lord Henry. »Auf Wiedersehen, Onkel George. Ich komme zu spät zum Mittagessen, wenn ich noch länger bleibe. Danke für die Auskunft, die ich brauchte. Ich weiß immer gern alles über meine neuen Freunde und nichts über meine alten.«

»Wo isst du zu Mittag, Harry?«

»Bei Tante Agatha. Ich habe mich und Mr. Gray dort eingeladen. Er ist ihr neuester Protegé.«

»Hm! Sag deiner Tante Agatha, Harry, dass sie mich mit ihren Wohltätigkeitsaufrufen künftig nicht mehr behelligen soll. Ich habe sie satt. Die gute Frau glaubt wohl, ich hätte nichts anderes zu tun als Schecks für ihre albernen Launen auszustellen.«

»In Ordnung, Onkel George, ich werde es ihr sagen, aber es wird nichts nützen. Philanthropische Menschen verlieren jedes Gespür für Menschlichkeit. Das ist ihr charakteristisches Merkmal.«

Der alte Herr brummte zustimmend und läutete nach seinem Diener. Lord Henry ging durch die niedrigen Arkaden zur Burlington Street hinauf und lenkte seine Schritte in Richtung Berkeley Square.

Das war also die Geschichte von Dorian Grays Herkunft. So grob umrissen sie ihm auch geschildert worden war, hatte sie ihn doch durch ihre Andeutung einer außergewöhnlichen, fast modernen Romanze bewegt. Eine schöne Frau, die für eine wahnsinnige Leidenschaft alles aufs Spiel setzt. Ein paar stürmische Wochen des Glücks, jäh abgeschnitten durch ein abscheuliches, heimtückisches Verbrechen. Monate stummer Qual und dann ein unter Schmerzen geborenes Kind. Die Mutter vom Tode dahingerafft, der Junge der Einsamkeit und der Tyrannei eines alten und lieblosen Mannes überlassen. Ja, das war eine interessante Herkunft. Es hob den jungen Mann hervor, machte ihn gleichsam noch vollkommener. Hinter allem Erlesenen in der Welt lag etwas Tragisches. Welten mussten in Wehen liegen, damit die kleinste Blume erblühen konnte … Und wie bezaubernd er beim Essen am Vorabend gewesen war, als er ihm, mit staunenden Augen und vor ängstlichem Entzücken halb geöffneten Lippen, im Klub gegenüber gesessen hatte und die roten Kerzenschirme das erwachende Wunder seines Gesichts in ein noch tieferes Rosa tauchten. Sich mit ihm zu unterhalten war, wie auf einer kostbaren Geige zu spielen. Er reagierte auf jede Berührung und jedes Zittern des Bogens … Es lag etwas außerordentlich Fesselndes darin, Einfluss auszuüben. Keine andere Tätigkeit kam dem gleich. Seine Seele in eine anmutige Form zu übertragen und sie darin einen Augenblick verweilen zu lassen; seine eigenen intellektuellen Ansichten als Echo zu hören, bereichert um die Musik der Leidenschaft und Jugend; sein Temperament in ein anderes hineinzulegen, als wäre es ein feines Fluidum oder ein fremdartiger Duft: darin lag eine wahre Lust – vielleicht die befriedigendste Lust, die uns geblieben ist in einer so beschränkten und vulgären Zeit wie der unseren, einer Zeit, so derb sinnlich in ihren Genüssen und so schrecklich gewöhnlich in ihren Zielen … Er war auch ein wunderbarer Menschentypus, dieser junge Mann, den er durch einen so merkwürdigen Zufall in Basils Atelier getroffen hatte, oder konnte zumindest zu einem wunderbaren Typus geformt werden. Er besaß Anmut und die unberührte Reinheit der Jugend und Schönheit, wie sie uns die Marmorstatuen der alten Griechen bewahrt haben. Es gab nichts, was man aus ihm nicht machen konnte. Man konnte ihn in einen Titanen oder ein Spielzeug verwandeln. Wie schade, dass solche Schönheit vergehen musste! … Und Basil? Wie interessant war er doch in psychologischer Hinsicht! Dieser neue Stil in der Kunst, die frische Art, das Leben zu betrachten, auf so merkwürdige Weise angeregt durch die bloße sichtbare Gegenwart eines Menschen, der sich all dessen gar nicht bewusst war; der stille Geist, der im dunklen Wald hauste und ungesehen über das offene Feld schritt, um sich plötzlich zu zeigen, dryadengleich und ohne

Scheu, weil in der Seele dessen, der ihn suchte, jene wundersame Vision erwacht war, der sich nur die wunderbaren Dinge enthüllen; die bloßen Formen und Modelle der Dinge wurden gleichsam veredelt und bekamen eine Art symbolische Bedeutung, als wären sie selbst Modelle einer anderen und vollkommeneren Form, deren Schatten durch sie Wirklichkeit erhielt: Wie merkwürdig das alles war! Er erinnerte sich an etwas Ähnliches in der Geschichte. War es nicht Plato, dieser Künstler des Denkens, der es zuerst untersucht hatte? War es nicht Buonarotti, der es in den farbigen Marmor einer Sonettfolge gemeißelt hatte? Doch in unserem eigenen Jahrhundert war so etwas unüblich ... Ja, er wollte versuchen, für Dorian Gray das zu sein, was der junge Mann, ohne es zu wissen, für den Maler war, der das wunderbare Porträt geschaffen hatte. Er wollte danach streben, ihn zu beherrschen – hatte dies ja schon halb erreicht. Er wollte sich diesen wunderbaren Geist zu eigen machen. Es war etwas Faszinierendes an diesem Abkömmling von Liebe und Tod.

Plötzlich blieb er stehen und sah zu den Häusern hinauf. Er stellte fest, dass er an dem Haus seiner Tante schon ein ganzes Stück vorbeigegangen war, und machte, still vor sich hinlächelnd, kehrt. Als er die etwas düstere Eingangshalle betrat, sagte ihm der Butler, sie seien bereits zu Tisch gegangen. Er gab einem der Dienstboten seinen Hut und Stock und ging ins Speisezimmer.

»Wie gewöhnlich verspätet, Harry«, rief seine Tante und schüttelte missbilligend den Kopf.

Er erfand eine gefällige Ausrede und nachdem er den leeren Platz neben ihr eingenommen hatte, blickte er in die Runde, um zu sehen, wer da war. Dorian nickte ihm vom Ende des Tisches her schüchtern zu und ein freudiges Erröten stahl sich in seine Wangen. Ihm gegenüber saß die Herzogin von Harley, eine Dame von bewundernswerter Gutmütigkeit und guter Laune, sehr beliebt bei allen, die sie kannten, und von jenen üppigen architektonischen Ausmaßen, welche von zeitgenössischen Geschichtsschreibern bei Frauen, die keine Herzoginnen sind, als Beleibtheit bezeichnet wird. Neben ihr, zu ihrer Rechten, saß Sir Thomas Burdon, ein radikaler Parlamentarier, der im öffentlichen Leben seinem Parteichef und im Privatleben den besten Köchen folgte, indem er einer weisen und wohlbekannten Regel gemäß mit den Tories speiste und mit den Liberalen dachte. Den Platz zu ihrer Linken nahm Mr. Erskine of Treadley ein, ein überaus charmanter und kultivierter alter Herr, der allerdings der schlechten Gewohnheit des Schweigens verfallen war, da er, wie er einmal Lady Agatha erklärte, schon vor seinem dreißigsten Lebensjahr alles gesagt hatte, was er zu sagen hatte. Seine Nachbarin wiederum war Mrs. Vandeleur, eine der ältesten Freundinnen seiner Tante, eine vollkommene Heilige unter den Frauen, aber so schrecklich nachlässig gekleidet, dass sie einen an ein schlecht gebundenes Gesangbuch erinnerte. Zu seinem Glück saß an ihrer anderen Seite Lord Faudel, ein äußerst intelligenter Kleingeist mittleren Alters, so kahl wie der Bericht eines Ministers im Unterhaus, mit dem sie sich auf jene ungemein ernsthafte Art unterhielt, die, wie er selbst einmal anmerkte, der einzige unverzeihliche Fehler ist, den alle wirklich guten Menschen begehen und den keiner von ihnen jemals gänzlich ablegt.

»Wir sprechen gerade über den bedauernswerten Dartmoor, Henry«, rief die Herzogin und nickte ihm über den Tisch hinweg freundlich zu. »Denken Sie, er wird diese faszinierende junge Person tatsächlich heiraten?«

»Ich glaube, sie ist entschlossen, ihm einen Antrag zu machen, Herzogin.«

»Wie schrecklich!«, rief Lady Agatha aus. »Da sollte wirklich jemand einschreiten.«

»Ich habe aus erstklassiger Quelle erfahren, dass ihr Vater einen amerikanischen Kurzwarenladen unterhält«, sagte Sir Thomas Burdon mit herablassender Miene.

»Mein Onkel vermutete schon Schweinefleischpacker, Sir Thomas.«

»Kurzwaren! Was sind amerikanische Kurzwaren?«, fragte die Herzogin, wobei sie erstaunt ihre großen Hände hob und das Verb besonders betonte.

»Amerikanische Romane«, antwortete Lord Henry, während er sich ein Stück Wachtel nahm.

Die Herzogin schaute verdutzt drein.

»Achten Sie nicht auf ihn, meine Liebe«, flüsterte Lady Agatha. »Er meint nie, was er sagt.«

»Als Amerika entdeckt wurde«, sagte der radikale Abgeordnete und begann, einige langweilige Fakten aufzuzählen. Wie alle Leute, die versuchen, ein Thema erschöpfend zu behandeln, erschöpfte er seine Zuhörer. Die Herzogin seufzte und machte von ihrem Vorrecht, jemanden zu unterbrechen, Gebrauch. »Wollte Gott, es wäre überhaupt nicht entdeckt worden«, rief sie aus. »Wirklich, unsere Töchter haben heutzutage keine Chance. Das ist höchst ungerecht.«

»Vielleicht ist Amerika ja überhaupt nicht entdeckt worden«, wandte Mr. Erskine ein. »Ich persönlich würde sagen, dass es lediglich aufgespürt wurde.«

»Ach! Ich habe aber schon einige Exemplare seiner Bewohnerinnen gesehen«, antwortete die Herzogin zerstreut. »Ich muss zugeben, dass die meisten von ihnen ausgesprochen hübsch sind. Und sie kleiden sich auch gut. Sie kaufen all ihre Kleider in Paris. Ich wünschte, ich könnte mir das auch leisten.«

»Man sagt, wenn gute Amerikaner sterben, gehen sie nach Paris«, gluckste Sir Thomas, der über eine große Garderobe voller abgelegter Scherze verfügte.

»Tatsächlich! Und wohin gehen schlechte Amerikaner, wenn sie sterben?«, erkundigte sich die Herzogin.

»Sie gehen nach Amerika«, murmelte Lord Henry.

Sir Thomas runzelte die Stirn. »Ich fürchte, Ihr Neffe ist gegen diese große Land voreingenommen«, sagte er zu Lady Agatha. »Ich habe es ausgiebig bereist, in Eisenbahnwagen, welche die Direktoren zur Verfügung stellten, die in solchen Dingen äußerst zuvorkommend sind. Ich versichere Ihnen, es ist eine Bildungsreise, dort hinzufahren.«

»Aber müssen wir wirklich Chicago sehen, um gebildet zu sein?«, fragte Mr. Erskine jammernd. »Ich fühle mich einer solchen Reise nicht gewachsen.«

Sir Thomas winkte ab. »Mr. Erskine of Treadley hat die Welt in seinen Bücherregalen. Wir Männer der Praxis schätzen es, die Dinge zu sehen, nicht darüber zu lesen. Die Amerikaner sind ein höchst interessantes Volk. Sie sind durch und durch vernünftig. Ich denke, das ist ihr charakteristisches Merkmal. Ja, Mr. Erskine, ein durch und durch vernünftiges Volk. Ich versichere Ihnen, bei den Amerikanern gibt es keinerlei Unsinn.«

»Wie schrecklich!«, rief Lord Henry. »Ich kann rohe Gewalt vertragen, aber rohe Vernunft ist ganz unerträglich. Ihr Gebrauch hat etwas Unredliches an sich. Sie ist ein Schlag unter die Gürtellinie des Intellekts.«

»Ich verstehe Sie nicht«, sagte Sir Thomas und wurde dabei ziemlich rot.

»Ich schon, Lord Henry«, murmelte Mr. Erskine mit einem Lächeln.

»Paradoxe sind ja an und für sich ganz schön …«, erwiderte der Baronet.

»War das ein Paradox?«, fragte Mr. Erskine. »Mir kam es nicht so vor. Vielleicht war es eins. Nun, der Weg der Paradoxe ist der Weg der Wahrheit. Um die Wirklichkeit zu prüfen, müssen wir sie auf dem Seil tanzen sehen. Erst wenn die Wahrheiten zu Akrobaten werden, können wir sie beurteilen.«

»Du liebe Zeit!«, sagte Lady Agatha. »Wie ihr Männer argumentiert! Ich werde wohl nie herausfinden, worüber ihr redet. Oh! Harry, ich bin ganz böse mit dir. Warum versuchst du, unseren lieben Mr. Dorian Gray zu überreden, das East End aufzugeben? Ich versichere dir, er wäre von unschätzbarem Wert. Sie würden sein Spiel lieben.«

»Ich möchte, dass er für mich spielt«, rief Lord Henry lächelnd, sah zum Tischende und fing einen strahlenden Blick als Antwort auf.

»Aber sie sind so unglücklich in Whitechapel«, beharrte Lady Agatha.

»Ich kann für alles Mitgefühl aufbringen, außer für das Leid«, sagte Lord Henry und zuckte mit den Schultern. »Dafür kann ich kein Mitgefühl aufbringen. Es ist zu hässlich, zu grauenvoll, zu bedrückend. Das heutige Mitgefühl mit dem Schmerz hat etwas schrecklich Morbides an sich. Man sollte mit der Farbe, der Schönheit, der Lebensfreude mitfühlen. Je weniger über die wunden Stellen des Lebens geredet wird, desto besser.«

»Dennoch ist das East End ein sehr wichtiges Problem«, bemerkte Sir Thomas mit ernstem Kopfschütteln.

»Ganz recht«, antwortete der junge Lord. »Es ist das Problem der Sklaverei und wir versuchen es zu lösen, indem wir die Sklaven unterhalten.«

Der Politiker sah ihn scharf an. »Welche Veränderung schlagen Sie also vor?«, fragte er.

Lord Henry lachte. »Ich habe nicht den Wunsch, in England irgendetwas zu verändern, bis auf das Wetter«, antwortete er. »Ich gebe mich mit philosophischen Betrachtungen völlig zufrieden. Da jedoch das neunzehnte Jahrhundert durch einen übermäßigen Verbrauch an Mitgefühl Bankrott gemacht hat, möchte ich vorschlagen, dass wir die Wissenschaft bitten, uns wieder ins Lot zu bringen. Der Vorteil von Gefühlen liegt darin, dass sie uns in die Irre führen, und der Vorteil der Wissenschaft liegt darin, dass sie nicht von Gefühlen bestimmt ist.«

»Aber wir haben so schwerwiegende Verpflichtungen«, wagte Mrs. Vandeleur schüchtern einzuwenden.

»Schrecklich schwerwiegende«, wiederholte Lady Agatha.

Lord Henry sah zu Mr. Erskine hinüber. »Die Menschheit nimmt sich selbst zu ernst. Das ist die Erbsünde der Welt. Hätte der Höhlenmensch gewusst, wie man lacht, die Geschichte wäre anders verlaufen.«

»Sie sind wirklich sehr tröstlich«, flötete die Herzogin. »Ich habe mich immer ziemlich schuldig gefühlt, wenn ich Ihre liebe Tante besuchte, weil ich nicht das geringste Interesse für das East End aufbringe. In Zukunft werde ich ihr ins Gesicht sehen können, ohne zu erröten.«

»Erröten ist sehr apart, Herzogin«, bemerkte Lord Henry.

»Nur wenn man jung ist«, erwiderte sie. »Wenn eine alte Frau wie ich errötet, ist das ein sehr schlechtes Zeichen. Ach, Lord Henry, ich wünschte, Sie könnten mir sagen, wie man wieder jung wird.«

Er dachte einen Augenblick nach. »Können Sie sich an irgendeinen großen Fehler erinnern, den Sie in jungen Jahren begangen haben, Herzogin?«, fragte er und sah sie über den Tisch hinweg an.

»An sehr viele, fürchte ich!«, rief sie.

»Dann begehen Sie sie noch einmal«, sagte er ernst. »Um seine Jugend zurückzubekommen, braucht man lediglich seine Torheiten zu wiederholen.«

»Eine herrliche Theorie!«, rief sie aus. »Ich muss sie in die Tat umsetzen.«

»Eine gefährliche Theorie«, kam es von Sir Thomas' zusammengepressten Lippen. Lady Agatha schüttelte zwar den Kopf, war aber wider Willen amüsiert. Mr. Erskine lauschte.

»Ja«, fuhr Lord Henry fort, »das ist eines der großen Geheimnisse des Lebens. Heutzutage sterben die meisten Leute an einer Art schleichender Vernunft und erst wenn es zu spät ist, entdecken sie, dass die einzigen Dinge, die man niemals bereut, die eigenen Fehler sind.«

Ein Lachen ging um den Tisch.

Er spielte mit dem Einfall und wurde mutwillig; warf ihn in die Luft und wandelte ihn ab; ließ ihn entwischen und fing ihn wieder ein; ließ ihn fantasievoll schillern und beflügelte ihn mit einem Paradox. Als er fortfuhr, schwang sich das Lob der Torheit zu einer Philosophie auf und die Philosophie selbst wurde jung und tanzte, angeregt durch die wilde Musik des Genusses und – so könnte man sich vorstellen – mit ihrem weinbefleckten Gewand und einem Efeukranz bekleidet, wie eine Bacchantin über die Hügel des Lebens und verspottete den langsamen Silen, weil er nüchtern blieb. Tatsachen flohen vor ihr wie aufgeschreckte Waldbewohner. Ihre weißen Füße stampften in der riesigen Kelter, an welcher der weise Omar sitzt, bis der schäumende Traubensaft in Wogen von purpurnen Blasen um ihre bloßen Glieder aufstieg oder in rotem Schaum über die schwarzen, triefenden, gewölbten Seitenwände des Fasses kroch. Es war eine außergewöhnliche Improvisation. Er spürte, dass die Augen Dorian Grays auf ihn gerichtet waren, und das Bewusstsein, dass es unter seinen Zuhörern einen gab, dessen Gemüt er bezaubern wollte, schien seinem Verstand Schärfe und seiner Vorstellungskraft Farbe zu verleihen. Er war brillant, fantastisch, verantwortungslos. Er lockte seine Zuhörer aus sich heraus und lachend folgten sie seiner Pfeife. Dorian Gray wandte seinen Blick nicht von ihm ab, sondern saß da wie gebannt, während ein Lächeln nach dem anderen über seine Lippen huschte und das Staunen in seinen umdunkelten Augen sich vertiefte.

Schließlich betrat, in zeitgemäßem Livree, die Wirklichkeit in Gestalt eines Dieners das Zimmer, um der Herzogin mitzuteilen, dass ihre Kutsche warte. Sie rang die Hände in gespielter Verzweiflung. »Wie ärgerlich!«, rief sie. »Ich muss fort. Ich muss meinen Mann im Klub abholen, um ihn zu irgendeiner albernen Versammlung bei Willis's Rooms zu bringen, bei der er den Vorsitz führt. Wenn ich zu spät komme, wird er bestimmt wütend, und in diesem Hut könnte ich keine Szene ertragen. Er ist viel zu empfindlich. Ein barsches Wort würde ihn ruinieren. Nein, ich muss fort, liebe Agatha. Leben Sie wohl, Lord Henry, Sie sind ganz entzückend und schrecklich demoralisierend. Ich weiß wahrhaftig nicht, was ich zu Ihren Ansichten sagen soll. Sie müssen uns einmal besuchen und mit uns zu Abend essen. Dienstag? Sind Sie am Dienstag frei?«

»Für Sie würde ich jeden anderen versetzen, Herzogin«, sagte Lord Henry und verbeugte sich.

»Oh! Das ist sehr freundlich und sehr unrecht von Ihnen«, rief sie; »also vergessen Sie nicht zu kommen«; und sie rauschte aus dem Zimmer, gefolgt von Lady Agatha und den anderen Damen.

Als Lord Henry sich wieder gesetzt hatte, umrundete Mr. Erskine den Tisch, setzte sich auf einen Stuhl neben ihm und legte seine Hand auf seinen Arm.

»Sie reden wie ein Buch«, sagte er; »warum schreiben Sie keines?«

»Ich lese zu gerne Bücher, als dass ich Lust hätte, welche zu schreiben, Mr. Erskine. Natürlich würde ich gerne einen Roman schreiben, einen Roman, der so schön wie ein Perserteppich wäre und genauso unwirklich. Aber in England gibt es kein literarisches Publikum für etwas anderes als Zeitungen, Lehrbücher und Enzyklopädien. Von allen Völkern der Erde haben die Engländer am wenigsten Sinn für die Schönheit der Literatur.«

»Ich fürchte, Sie haben recht«, antwortete Mr. Erskine. »Ich hatte auch literarische Ambitionen, aber ich habe sie schon vor langer Zeit aufgegeben. Und jetzt, mein lieber junger Freund, wenn Sie mir gestatten wollen, Sie so zu nennen, darf ich Sie fragen, ob Sie all das wirklich ernst meinten, was Sie bei Tisch sagten?«

»Ich habe völlig vergessen, was ich sagte«, lächelte Lord Henry. »War es sehr schlimm?«

»Allerdings, sehr schlimm. In der Tat halte ich Sie für äußerst gefährlich und wenn unserer guten Herzogin irgendetwas zustößt, werden wir Sie alle als den Hauptverantwortlichen betrachten. Aber ich würde mich gerne mit Ihnen über das Leben unterhalten. Die Generation, in die ich hineingeboren wurde, war langweilig. Wenn Sie einmal genug von London haben, kommen Sie doch nach Treadley und erklären Sie mir Ihre Philosophie des Genusses bei einem erstklassigen Burgunder, den zu besitzen ich mich glücklich schätze.«

»Es wird mir ein Vergnügen sein. Ein Besuch in Treadley wäre eine große Ehre für mich. Es hat einen vollkommenen Gastgeber und eine vollkommene Bibliothek.«

»Die mit Ihnen vollständig sein wird«, antwortete der alte Herr mit einer höflichen Verbeugung. »Und nun muss ich mich von Ihrer vortrefflichen Tante verabschieden. Ich muss ins Athenäum. Um diese Stunde schlafen wir dort.«

»Sie alle, Mr. Erskine?«

»Vierzig von uns in vierzig Lehnstühlen. Wir trainieren für eine englische Akademie der Literatur.«

Lord Henry lachte und erhob sich. »Ich gehe in den Park!«, rief er.

Als er zur Tür hinausging, berührte ihn Dorian Gray am Arm. »Lassen Sie mich mitkommen«, murmelte er.

»Aber ich dachte, Sie hätten Basil Hallward versprochen, ihn zu besuchen«, antwortete Lord Henry.

»Ich möchte lieber mit Ihnen gehen; ja, ich fühle, ich muss mit Ihnen gehen. Bitte gestatten Sie es mir. Und versprechen

Sie mir, die ganze Zeit mit mir zu reden? Niemand spricht so wunderbar wie Sie.«

»Ach, für heute habe ich schon genug geredet«, sagte Lord Henry lächelnd. »Alles, was ich jetzt möchte, ist, das Leben zu betrachten. Wenn Sie möchten, dürfen Sie mitkommen und es mit mir betrachten.«

Kapitel 4

Eines Nachmittags, einen Monat später, saß Dorian Gray zurückgelehnt in einem bequemen Sessel in der kleinen Bibliothek von Lord Henrys Haus in Mayfair. Auf seine Art war es ein sehr ansprechender Raum mit einer hohen Wandtäfelung aus olivfarben gebeizter Eiche, einem cremefarbenen Fries und der mit Stuckreliefs verzierten Decke und dem ziegelroten, mit langfransigen seidenen Perserbrücken bedeckten Filzteppich. Auf einem winzigen Tischchen aus Satinholz stand eine Statuette von Clodion und daneben lag eine Ausgabe von *Les Cent Nouvelles*, von Clovis Eve für Margaret von Valois gebunden und mit den goldenen Gänseblümchen übersät, welche die Königin sich als Wahrzeichen auserkoren hatte. Ein paar große blaue Porzellangefäße mit Papageientulpen waren auf dem Kaminsims arrangiert und durch die kleinen Bleiglasfenster strömte das aprikosenfarbene Licht eines Londoner Sommertages herein.

Lord Henry war noch nicht nach Hause gekommen. Er kam aus Prinzip immer zu spät und sein Prinzip besagte, Pünktlichkeit sei der Dieb der Zeit. Daher sah der junge Mann ziemlich gelangweilt drein, während er mit teilnahmslosen Fingern die Seiten einer kunstvoll illustrierten Ausgabe von *Manon Lescaut* umblätterte, die er in einem der Bücherschränke gefunden hatte. Das abgemessene, monotone Ticken der Louis-Quatorze-Uhr machte ihn nervös. Ein- oder zweimal dachte er daran, wegzugehen.

Endlich hörte er draußen einen Schritt und die Tür öffnete sich. »Du kommst sehr spät, Harry!«, murmelte er.

»Leider ist es nicht Harry, Mr. Gray«, entgegnete eine schrille Stimme.

Er blickte sich rasch um und erhob sich. »Ich bitte um Entschuldigung. Ich dachte –«

»Sie dachten, es sei mein Mann. Es ist nur seine Frau. Erlauben Sie, dass ich mich selbst vorstelle. Ich kenne Sie recht gut von Ihren Fotografien. Ich glaube, mein Mann besitzt siebzehn davon.«

»Doch nicht siebzehn, Lady Henry?«

»Nun, dann eben achtzehn. Und ich sah Sie neulich abends mit ihm in der Oper.« Sie lachte nervös, während sie sprach, und beobachtete ihn mit ihren blassen Vergissmeinnichtaugen. Sie war eine sonderbare Frau, deren Kleider immer so aussahen, als seien sie in einem Wutanfall entworfen und während eines Sturms angezogen worden. Sie war für gewöhnlich in irgendjemanden verliebt, und da ihre Leidenschaft nie erwidert wurde, hatte sie sich all ihre Illusionen bewahrt. Sie versuchte, malerisch auszusehen, es gelang ihr aber nur, unordentlich zu sein. Ihr Name war Victoria und sie hatte eine ausgesprochen krankhafte Neigung, in die Kirche zu gehen.

»Das war bei Lohengrin, Lady Henry, vermute ich?«

»Ja, es war bei dem lieben Lohengrin. Mir gefällt Wagners Musik mehr als die irgendeines anderen. Sie ist so laut, dass man sich die ganze Zeit über unterhalten kann, ohne dass andere Leute hören, was man sagt. Das ist ein großer Vorteil, finden Sie nicht auch, Mr. Gray?«

Dasselbe nervöse Stakkatolachen kam von ihren dünnen Lippen, und ihre Finger begannen mit einem langen Brieföffner aus Schildpatt zu spielen.

Dorian lächelte und schüttelte den Kopf: »Ich fürchte, das finde ich nicht, Lady Henry. Ich rede nie bei Musik – zumindest nicht bei guter Musik. Wenn man schlechte Musik hört, hat man allerdings die Pflicht, sie durch Konversation zu übertönen.«

»Ah, das ist eine von Harrys Ansichten, nicht wahr, Mr. Gray? Ich höre Harrys Ansichten immer von seinen Freunden. Es ist die einzige Art, auf die ich sie erfahre. Aber Sie dürfen nicht glauben, dass ich gute Musik nicht mag. Ich verehre sie, aber ich fürchte mich vor ihr. Sie macht mich zu romantisch. Ich habe Pianisten geradezu angebetet – manchmal zwei auf einmal, sagt Harry. Ich weiß nicht, was sie an sich haben. Vielleicht rührt es daher, dass sie Ausländer sind. Das sind sie doch alle, nicht wahr? Selbst jene, die in England geboren wurden, werden nach einiger Zeit Ausländer, nicht wahr? Das ist so klug von ihnen und solch eine Ehre für die Kunst. Macht sie ganz kosmopolitisch, nicht wahr? Sie waren noch nie auf einer meiner Gesellschaften, nicht wahr, Mr. Gray? Sie müssen einmal kommen. Ich kann mir keine Orchideen leisten, aber bei Ausländern scheue ich keine Kosten. Sie geben den eigenen Gemächern ein so malerisches Aussehen. Aber da ist Harry! – Harry, ich kam her, um dich zu suchen, weil ich dich etwas fragen wollte – ich habe vergessen, was es war –, und fand Mr. Gray hier vor. Wir haben ganz reizend über Musik geplaudert. Wir haben genau die gleichen Ansichten. Nein, ich glaube, unsere Ansichten sind völlig verschieden. Aber er ist ganz reizend gewesen. Ich bin so froh, dass ich ihn getroffen habe.«

»Ich bin entzückt, meine Liebe, ganz entzückt«, sagte Lord Henry, hob seine dunklen, halbmondförmigen Augenbrauen und betrachtete beide mit einem vergnügten Lächeln. »Es tut mir so leid, dass ich mich verspätet habe, Dorian. Ich war in der Wardour Street, um mir einen alten Brokatstoff anzusehen, und musste stundenlang darum feilschen. Heutzutage kennen die Leute von allem den Preis und von nichts den Wert.«

»Ich muss jetzt leider gehen«, rief Lady Henry aus und brach mit ihrem plötzlichen albernen Lachen ein verlegenes Schweigen. »Ich habe versprochen, mit der Herzogin auszufahren. Auf Wiedersehen, Mr. Gray. Auf Wiedersehen, Harry. Ich nehme an, du speist außer Haus? Ich auch. Vielleicht sehe ich dich bei Lady Thornbury.«

»Vermutlich, meine Liebe«, sagte Lord Henry und schloss die Tür hinter ihr, als sie einem Paradiesvogel gleich, der die ganze Nacht im Regen draußen verbracht hatte, aus dem Zimmer huschte, einen schwachen Jasminduft hinterlassend. Dann zündete er sich eine Zigarette an und ließ sich auf das Sofa fallen.

»Heirate nie eine Frau mit strohblondem Haar, Dorian«, sagte er nach einigen Zügen.

»Warum nicht, Harry?«

»Weil sie so sentimental sind.«

»Aber ich mag sentimentale Menschen.«

»Heirate überhaupt nie, Dorian. Männer heiraten, weil sie müde sind, Frauen, weil sie neugierig sind: Beide werden enttäuscht.«

»Ich glaube kaum, dass ich heiraten werde, Harry. Dazu bin ich zu verliebt. Das ist einer deiner Aphorismen. Ich setze ihn in die Tat um, wie alles, was du sagst.«

»In wen bist du verliebt?«, fragte Lord Henry nach einer Pause.

»In eine Schauspielerin«, sagte Dorian Gray errötend.

Lord Henry zuckte mit den Schultern. »Das ist ein ziemlich gewöhnliches *début*.«

»Das würdest du nicht sagen, wenn du sie gesehen hättest, Harry.«

»Wer ist sie?«

»Ihr Name ist Sibyl Vane.«

»Nie von ihr gehört.«

»Das hat niemand. Aber eines Tages wird man von ihr hören. Sie ist ein Genie.«

»Mein lieber Junge, keine Frau ist ein Genie. Frauen sind ein dekoratives Geschlecht. Sie haben nie etwas zu sagen, aber sie sagen es auf charmante Weise. Frauen verkörpern den Triumph der Materie über den Geist, so wie Männer den Triumph des Geistes über die Moral verkörpern.«

»Harry, wie kannst du nur?«

»Mein lieber Dorian, es ist vollkommen wahr. Ich bin gegenwärtig dabei, Frauen zu analysieren, also sollte ich es wissen. Das Thema ist nicht so verworren, wie ich gedacht hatte. Ich stelle fest, dass es letztendlich nur zwei Arten von Frauen gibt, die unscheinbaren und die angemalten. Die unscheinbaren Frauen sind sehr nützlich. Wenn du dir einen Ruf der Ehrbarkeit erwerben willst, brauchst du sie nur zum Abendessen auszuführen. Die anderen Frauen sind höchst bezaubernd. Aber sie begehen einen Fehler. Sie schminken sich, um jung auszusehen. Unsere Großmütter schminkten sich, um geistreich zu plaudern. *Rouge* und *esprit* gingen damals Hand in Hand. Das ist jetzt alles vorbei. Solange eine Frau zehn Jahre jünger aussehen kann als ihre eigene Tochter, ist sie vollkommen zufrieden. Was die Konversation angeht, so gibt es in London nur fünf Frauen, mit denen es sich zu reden lohnt, und zwei von ihnen können nicht in die feine Gesellschaft aufgenommen werden. Aber erzähle mir von deinem Genie. Wie lange kennst du sie schon?«

»Ach Harry, deine Ansichten entsetzen mich.«

»Mach dir nichts draus. Wie lange kennst du sie?«

»Ungefähr drei Wochen.«

»Und wo bist du ihr begegnet?«

»Ich werde es dir erzählen, Harry, aber du darfst dabei nicht gefühllos sein. Schließlich wäre es nie dazu gekommen, wenn ich dich nicht kennengelernt hätte. Du fülltest mich mit einem unbändigen Verlangen, alles über das Leben zu wissen. Noch Tage, nachdem ich dir begegnet war, schien etwas in meinen Adern zu pochen. Wenn ich im Park faulenzte oder die Piccadilly Street hinabschlenderte, schaute ich jeden an, der mir begegnete, und fragte mich mit unersättlicher Neugier, welche Art von Leben sie führten. Einige von ihnen faszinierten mich. Andere erfüllten mich mit Schrecken. Es lag ein köstliches Gift in der Luft. In mir war ein Verlangen nach Sinneseindrücken …

Nun, eines Abends gegen sieben Uhr beschloss ich, mich auf die Suche nach einem Abenteuer zu begeben. Ich spürte, dass unser graues, ungeheuerliches London mit seinen Myriaden von Menschen, seinen schmutzigen Sündern und seinen prachtvollen Sünden, wie du es einmal ausgedrückt hast, etwas für mich bereithalten musste. Ich stellte mir tausend Dinge vor. Schon die bloße Gefahr schenkte mir ein Gefühl des Entzückens. Ich erinnerte mich an das, was du mir an diesem wunderbaren Abend sagtest, als wir das erste Mal zusammen speisten: dass die Suche nach Schönheit das eigentliche Geheimnis des Lebens sei. Ich weiß nicht, was ich erwartete, aber ich ging aus und wanderte ostwärts, wo ich mich bald in einem Labyrinth aus rußigen Straßen und schwarzen, unbewachsenen Plätzen verirrte. Gegen halb neun kam ich an einem lächerlich kleinen Theater mit großen, flackernden Gaslaternen und grellbunten Plakaten vorbei. Ein widerwärtiger Jude in der unglaublichsten Weste, die ich je in meinem Leben gesehen habe, stand am Eingang und rauchte eine billige Zigarre. Er hatte fettige Locken und mitten auf seinem schmutzigen Hemd funkelte ein riesiger Diamant. »Eine Loge gefällig, mein Herr?«, sagte er, als er mich sah, und zog mit einer Geste großartiger Unterwürfigkeit seinen Hut. Er hatte etwas an sich, Harry, das mich amüsierte. Er war ein solches Monstrum. Du wirst mich auslachen, ich weiß, aber ich ging tatsächlich hinein und zahlte eine ganze Guinee für die Proszeniumsloge. Bis heute kann ich mir nicht erklären, warum ich das tat; und doch, hätte ich es nicht getan – mein lieber Harry, hätte ich es nicht getan, dann hätte ich die größte Romanze meines Lebens verpasst. Ich sehe, dass du lachst. Das ist abscheulich von dir!«

»Ich lache nicht, Dorian, wenigstens lache ich nicht über dich. Aber du solltest nicht von der größten Romanze deines Lebens sprechen. Du solltest sagen, die erste Romanze deines Lebens. Du wirst immer geliebt werden und du wirst immer in die Liebe verliebt sein. Eine *grande passion* ist das Vorrecht von Leuten, die nichts zu tun haben. Das ist der einzige Nutzen der untätigen Gesellschaftsschichten eines Landes. Hab keine Angst. Köstliche Dinge warten auf dich. Das ist erst der Anfang.«

»Hältst du mein Wesen für so oberflächlich?«, rief Dorian Gray verärgert.

»Nein, ich halte dein Wesen für so tiefgründig.«

»Wie meinst du das?«

»Mein lieber Junge, die Menschen, die nur einmal im Leben lieben, sind in Wahrheit die Oberflächlichen. Was sie ihre Ergebenheit und ihre Treue nennen, nenne ich entweder die Trägheit der Gewohnheit oder ihren Mangel an Einbildungskraft. Treue ist für das Gefühlsleben, was Konsequenz für das geistige Leben ist – nur ein Eingeständnis des Versagens. Treue! Ich muss sie einmal analysieren! Das Verlangen nach Besitz steckt darin. Es gibt viele Dinge, die wir wegwerfen würden, wenn wir nicht fürchteten, dass andere sie aufheben könnten. Aber ich will dich nicht unterbrechen. Erzähle weiter.«

»Ich fand mich also in einer schauderhaften kleinen Privatloge wieder und ein schäbiger Vorhang starrte mir ins Gesicht. Ich schaute hinter dem Vorhang hervor und sah mich im Haus um. Es war eine schrillbunte Angelegenheit, überall Liebesgötter und Füllhörner wie auf einer drittklassigen Hochzeitstorte. Galerie und Parkett waren recht gut besetzt, aber die zwei schmuddeligen Sperrsitzreihen waren ganz leer, und dort, wo vermutlich der erste Rang war, saß kaum ein Mensch. Frauen gingen mit Orangen und Ingwerlimonade herum und es wurden schrecklich viele Nüsse verzehrt.«

»Es muss genau so wie in den glorreichen Tagen des britischen Dramas gewesen sein.«

»Ganz genau so, könnte ich mir vorstellen, und sehr deprimierend. Ich begann mich zu fragen, was um alles in der Welt ich tun sollte, als mein Blick auf den Programmzettel fiel. Was glaubst du, welches Stück gespielt wurde, Harry?«

»Ich vermute, ›Der jugendliche Idiot‹ oder ›Stumm, aber unschuldig‹. Unsere Väter liebten diese Art Stücke, glaube ich. Je länger ich lebe, Dorian, umso deutlicher fühle ich, dass alles, was für unsere Väter gut genug war, nicht gut genug ist für uns. In der Kunst wie in der Politik *les grand-pères ont toujours tort*.«

»Dieses Stück war gut genug für uns, Harry. Es war ›Romeo und Julia‹. Ich muss zugeben, dass mich der Gedanke ziemlich ärgerte, Shakespeare in einem so elenden Loch aufgeführt zu sehen. Doch in gewisser Weise interessierte es mich. Jedenfalls beschloss ich, den ersten Akt abzuwarten. Es gab ein grauenvolles Orchester, dirigiert von einem jungen Hebräer, der an einem verstimmten Klavier saß, was mich beinahe vertrieben hätte, aber schließlich wurde der Vorhang emporgezogen und die Aufführung begann. Romeo war ein untersetzter älterer Herr mit geschwärzten Augenbrauen, einer heiseren Tragödenstimme und einer Figur wie ein Bierfass. Mercutio war fast genauso schlimm. Er wurde von einem derben Komödianten gespielt, der eigene Witze einbrachte und mit dem Parkett bestens vertraut war. Sie waren beide genauso grotesk wie das Bühnenbild, und das sah aus, als stamme es von einer Jahrmarktsbude auf dem Land. Aber Julia! Harry, stell dir ein Mädchen vor, kaum siebzehn Jahre alt, mit einem kleinen, blumengleichen Gesicht, einem schmalen, griechischen Kopf mit geflochtenen Locken dunkelbraunen Haars, Augen, die veilchenblaue Quellen der Leidenschaft, Lippen, die wie die Blütenblätter einer Rose waren. Sie war das lieblichste Geschöpf, das ich je in meinem Leben gesehen hatte. Du sagtest einmal zu mir, Pathos ließe dich ungerührt, aber Schönheit, bloße Schönheit, könnte deine Augen mit Tränen füllen. Ich sage dir, Harry, ich konnte dieses Mädchen durch den aufsteigenden Tränenschleier kaum sehen. Und ihre Stimme – ich hatte noch nie eine solche Stimme gehört. Sie war zuerst sehr leise mit tiefen, weichen Tönen, die einem einzeln ins Ohr zu sinken schienen. Dann wurde sie ein wenig lauter und klang wie eine Flöte oder eine ferne Oboe. In der Gartenszene hatte sie jene bebende Verzückung, die man kurz vor Tagesanbruch hört, wenn die Nachtigallen singen. Es gab später dann Augenblicke, in denen sie die ungestüme Leidenschaft von Violinen hatte. Du weißt, wie eine Stimme einen aufwühlen kann. Deine Stimme und die Stimme von Sibyl Vane, das sind zwei Dinge, die ich niemals vergessen werde. Wenn ich meine Augen schließe, höre ich sie, und jede von ihnen sagt etwas anderes. Ich weiß nicht, welcher ich folgen soll. Warum sollte ich sie nicht lieben? Harry, ich liebe sie. Sie bedeutet mir alles im Leben. Abend für Abend gehe ich hin, um sie spielen zu sehen. An einem Abend ist sie Rosalinde, am nächsten Abend ist sie Imogen. Ich habe sie im Dunkel einer italienischen Gruft sterben sehen, das Gift von den Lippen ihres Geliebten saugend. Ich habe ihr zugeschaut, wie sie den Wald von Arden durchwanderte, verkleidet als hübscher Knabe in Kniehose, Wams und zierlicher Mütze. Sie war wahnsinnig und ist vor einen schuldigen König getreten, hat ihm Raute zu tragen und bittere Kräuter zu kosten gegeben. Sie war unschuldig und die schwarzen Hände der Eifersucht haben ihren schilfrohrgleichen Hals zugedrückt. Ich habe sie in jeder Epoche und in jedem Kostüm gesehen. Gewöhnliche Frauen regen unsere Fantasie nie an. Sie sind auf ihr Jahrhundert beschränkt. Kein Zauber verwandelt sie je. Man kennt ihre Psyche ebenso schnell wie ihre Hüte. Man kann sie immer finden. Es gibt kein Geheimnis in ihnen. Sie reiten am Morgen im Park und plaudern am Nachmittag auf Teegesellschaften. Sie haben ihr stereotypes Lächeln und ihr elegantes Benehmen. Sie sind leicht zu durchschauen. Aber eine Schauspielerin! Wie anders eine Schauspielerin ist! Harry! Warum hast du mir nicht gesagt, dass das Einzige, das zu lieben sich lohnt, eine Schauspielerin ist?«

»Weil ich so viele von ihnen geliebt habe, Dorian.«

»Oh ja, grauenvolle Geschöpfe mit gefärbtem Haar und geschminkten Gesichtern.«

»Rede nicht so abfällig über gefärbtes Haar und geschminkte Gesichter. Darin liegt manchmal ein außerordentlicher Reiz«, erwiderte Lord Henry.

»Jetzt wünschte ich, ich hätte dir nichts von Sibyl Vane erzählt.«

»Du hättest gar nicht anders gekonnt, Dorian. Dein ganzes Leben lang wirst du mir alles erzählen, was du tust.«

»Ja, Harry, ich glaube, das ist wahr. Ich kann nicht anders, als dir alles zu erzählen. Du übst einen seltsamen Einfluss auf mich aus. Wenn ich je ein Verbrechen beginge, würde ich zu dir kommen und es dir beichten. Du würdest mich verstehen.«

»Menschen wie du – die eigenwilligen Sonnenstrahlen des Lebens – begehen keine Verbrechen, Dorian. Aber ich bin dir trotzdem sehr zu Dank verpflichtet für das Kompliment. Und nun sage mir – reiche mir bitte die Streichhölzer, sei so gut, danke –, wie sehen deine tatsächlichen Beziehungen zu Sibyl Vane aus?«

Dorian Gray sprang auf, mit geröteten Wangen und glühenden Augen. »Harry! Sibyl Vane ist heilig!«

»Nur die heiligen Dinge sind es wert, berührt zu werden, Dorian«, sagte Lord Henry mit einem seltsamen Anflug von Pathos in der Stimme. »Aber warum solltest du dich aufregen? Ich nehme an, sie wird dir eines Tages gehören. Wenn man verliebt ist, fängt man immer damit an, sich selbst zu betrügen, und man endet immer damit, andere zu betrügen. Das ist das, was die Welt eine Romanze nennt. Ich nehme an, du kennst sie zumindest?«

»Natürlich kenne ich sie. Am ersten Abend, als ich im Theater war, kam der grässliche alte Jude nach der Vorstellung in meine Loge und bot mir an, mich hinter die Kulissen zu führen und ihr vorzustellen. Ich war wütend auf ihn und sagte ihm, dass Julia seit Hunderten von Jahren tot sei und ihr Leichnam in einer Marmorgruft in Verona liege. Aus seinem verwirrten und erstaunten Blick schloss ich, dass er den Eindruck hatte, ich hätte zu viel Champagner oder dergleichen getrunken.«

»Das überrascht mich nicht.«

»Dann fragte er mich, ob ich für irgendeine der Zeitungen schriebe. Ich sagte ihm, dass ich sie nicht einmal läse. Darüber schien er furchtbar enttäuscht und vertraute mir an, dass sich alle Theaterkritiker gegen ihn verschworen hätten und dass jeder Einzelne von ihnen käuflich sei.«

»Es sollte mich nicht wundern, wenn er damit völlig recht hätte. Doch andererseits, ihrem Erscheinungsbild nach zu urteilen, können die meisten von ihnen keineswegs teuer sein.«

»Nun, er schien zu glauben, dass sie seine Mittel überstiegen«, lachte Dorian. »Jedenfalls wurden inzwischen die Lichter im Theater gelöscht und ich musste gehen. Er wollte noch, dass ich irgendwelche Zigarren probierte, die er nachdrücklich empfahl. Ich lehnte ab. Am nächsten Abend ging ich natürlich wieder dorthin. Als er mich sah, machte er eine tiefe Verbeugung und versicherte mir, ich sei ein großzügiger Gönner der Kunst. Er war eine äußerst abstoßende Kreatur, obwohl er eine außergewöhnliche Leidenschaft für Shakespeare hegte. Er erzählte mir einmal mit einem Anflug von Stolz, dass er seine fünf Bankrotte ausschließlich dem ›Barden‹ zu verdanken habe, wie er ihn beharrlich nannte. Er schien das für eine Auszeichnung zu halten.«

»Es war eine Auszeichnung, mein lieber Dorian – eine große Auszeichnung. Die meisten Leute machen Bankrott, weil sie zu viel in die Prosa des Lebens investiert haben. Sich durch Poesie ruiniert zu haben ist eine Ehre. Aber wann hast du das erste Mal mit Miss Sibyl Vane gesprochen?«

»Am dritten Abend. Sie hatte die Rosalinde gespielt. Ich musste einfach nach hinten gehen. Ich hatte ihr ein paar Blumen zugeworfen und sie hatte mich angesehen, wenigstens bildete ich mir ein, dass sie es tat. Der alte Jude war hartnäckig. Er schien entschlossen, mich nach hinten zu führen, also willigte ich ein. Es war merkwürdig, dass ich sie nicht kennenlernen wollte, nicht wahr?«

»Nein, das finde ich nicht.«

»Warum nicht, mein lieber Harry?«

»Das erkläre ich dir ein andermal. Jetzt möchte ich etwas über das Mädchen erfahren.«

»Sibyl? Oh, sie war so schüchtern und so zart. Sie hat etwas von einem Kind an sich. Ihre Augen öffneten sich weit vor köstlichem Staunen, als ich ihr sagte, was ich von ihrem Spiel hielt, und sie schien sich ihrer Begabung gar nicht bewusst zu sein. Ich glaube, wir waren beide recht nervös. Der alte Jude stand grinsend an der Tür der staubigen Garderobe und hielt weitschweifige Reden über uns beide, während wir dastanden und einander ansahen wie Kinder. Er beharrte darauf, mich Mylord zu nennen, daher musste ich Sibyl versichern, dass ich nichts dergleichen sei. Sie sagte ganz schlicht zu mir: ›Sie sehen eher aus wie ein Prinz. Ich muss Sie Märchenprinz nennen.‹«

»Auf mein Wort, Dorian, Miss Sibyl versteht es, Komplimente zu machen.«

»Du verstehst sie nicht, Harry. Sie betrachtete mich nur wie eine Figur in einem Theaterstück. Sie weiß nichts vom Leben. Sie wohnt bei ihrer Mutter, einer verwelkten, müden Frau, die am ersten Abend in einer Art magentarotem Morgenrock Lady Capulet spielte und die aussieht, als hätte sie bessere Tage gesehen.«

»Dieses Aussehen kenne ich. Es deprimiert mich«, murmelte Lord Henry und betrachtete seine Ringe.

»Der Jude wollte mir ihre Lebensgeschichte erzählen, aber ich sagte, sie interessiere mich nicht.«

»Damit hattest du völlig recht. Die Tragödien anderer Leute haben immer etwas unendlich Gewöhnliches an sich.«

»Sibyl ist das Einzige, woran mir etwas liegt. Was geht es mich an, woher sie stammt? Von ihrem kleinen Kopf bis zu ihren kleinen Füßen ist sie absolut und vollkommen göttlich. Jeden Abend meines Lebens gehe ich hin, um sie spielen zu sehen, und jeden Abend ist sie wunderbarer.«

»Das ist vermutlich der Grund, warum du neuerdings nicht mehr mit mir speist. Ich dachte mir schon, dass du irgendeine merkwürdige Romanze hast. Das hast du, aber es ist nicht ganz das, was ich erwartete.«

»Mein lieber Harry, wir essen jeden Tag zusammen zu Mittag oder zu Abend und ich bin mehrere Male mit dir in der Oper gewesen«, sagte Dorian und riss verwundert seine blauen Augen auf.

»Du kommst immer schrecklich spät.«

»Ja, ich kann nicht anders als hinzugehen und Sibyl spielen zu sehen«, rief er, »wenn auch nur einen einzigen Akt lang. Ich hungere nach ihrer Gegenwart; und wenn ich an die wunderbare Seele denke, die in diesem kleinen Elfenbeinleib verborgen ist, erfasst mich Ehrfurcht.«

»Heute Abend kannst du doch mit mir essen, Dorian, oder nicht?«

Er schüttelte den Kopf. »Heute Abend ist sie Imogen«, antwortete er, »und morgen Abend wird sie Julia sein.«

»Wann ist sie Sibyl Vane?«

»Niemals.«

»Ich gratuliere dir.«

»Wie abscheulich du bist! Sie ist all die großen Heldinnen der Welt in einer Person. Sie ist mehr als eine Person. Du lachst, aber ich sage dir, sie hat Genie. Ich liebe sie und ich muss erreichen, dass sie mich liebt. Du, der du alle Geheimnisse des Lebens kennst, sag mir, wie ich Sibyl Vane so bezaubern kann, dass sie mich liebt! Ich will Romeo eifersüchtig machen. Ich will, dass die toten Liebhaber der Welt unser Lachen hören und traurig werden. Ich will, dass ein Hauch unserer Leidenschaft in ihrem Staub Bewusstsein erregt und ihre Asche zu Schmerzen erweckt. Mein Gott, Harry, wie ich sie anbete!« Während er sprach, ging er im Zimmer auf und ab. Hektische rote Flecken brannten auf seinen Wangen. Er war schrecklich erregt.

Lord Henry betrachtete ihn mit heimlichem Vergnügen. Wie anders er jetzt war als jener verlegene, schüchterne Junge, den er in Basil Hallwards Atelier kennengelernt hatte! Seine Natur hatte sich wie eine Blume entfaltet und Blüten von flammendrotem Scharlach hervorgebracht. Seine Seele war aus ihrem geheimen Versteck hervorgekrochen und das Verlangen kam ihr auf dem Weg entgegen.

»Und was schlägst du nun vor?«, sagte Lord Henry schließlich.

»Ich will, dass du und Basil mich an einem Abend begleitet und sie spielen seht. Ich habe nicht die geringste Furcht vor dem Ergebnis. Ihr werdet ihr Genie zweifellos anerkennen. Dann müssen wir sie aus den Händen des Juden befreien. Sie ist für drei Jahre an ihn gebunden – zumindest zwei Jahre und acht Monate – von heute an. Ich werde ihm natürlich etwas zahlen müssen. Wenn das alles geregelt ist, werde ich ein Theater im West End mieten und sie richtig herausbringen. Sie wird die Welt genauso verrückt machen wie mich.«

»Das dürfte unmöglich sein, mein lieber Junge!«

»Doch, das wird sie. Sie besitzt nicht nur Kunstfertigkeit, vollendeten künstlerischen Instinkt, sondern sie hat auch Persönlichkeit; und du hast mir selbst oft gesagt, dass Persönlichkeiten, nicht Prinzipien, die Welt bewegen.«

»Nun gut, an welchem Abend sollen wir hingehen?«

»Lass mich überlegen. Heute ist Dienstag. Wir wollen uns für morgen verabreden. Sie spielt morgen die Julia.«

»Abgemacht. Um acht Uhr im Bristol; und ich werde Basil mitbringen.«

»Nicht um acht, Harry, bitte. Halb sieben. Wir müssen dort sein, bevor der Vorhang aufgeht. Ihr müsst sie im ersten Akt sehen, wenn sie Romeo begegnet.«

»Halb sieben! Was für eine Zeit! Das wäre so, wie am Nachmittag Abendbrot zu essen oder einen englischen Roman zu lesen. Nicht vor sieben. Kein Gentleman speist vor sieben. Wirst du Basil bis dahin noch sehen? Oder soll ich ihm schreiben?«

»Der gute Basil! Ich habe ihn seit einer Woche nicht gesehen. Das ist ziemlich abscheulich von mir, denn er hat mir mein Porträt in dem wunderbarsten, eigens von ihm entworfenen Rahmen geschickt, und obwohl ich ein bisschen eifersüchtig auf das Bild bin, weil es einen ganzen Monat jünger ist als ich, muss ich zugeben, dass ich mich daran erfreue. Vielleicht ist es besser, wenn du ihm schreibst. Ich möchte ihn nicht alleine treffen. Er sagt Dinge, die mich ärgern. Er gibt mir gute Ratschläge.«

Lord Henry lächelte. »Die Menschen geben gerne das, was sie selber am nötigsten hätten. Das nenne ich den Gipfel der Großzügigkeit.«

»Oh, Basil ist der beste Mensch, aber er scheint mir doch ein bisschen Philister zu sein. Seit ich dich kennengelernt habe, Harry, bin ich dahinter gekommen.«

»Basil, mein lieber Junge, legt alles, was er an Charme besitzt, in sein Werk hinein. Die Folge ist, dass ihm für das Leben nichts übrig bleibt als seine Vorurteile, seine Prinzipien und sein gesunder Menschenverstand. Die einzigen als Menschen anziehenden Künstler, die ich je kennengelernt habe, sind schlechte Künstler. Gute Künstler existieren nur in dem, was sie schaffen, und sind folglich vollkommen uninteressant in dem, was sie sind. Ein großer Dichter, ein wirklich großer Dichter, ist das unpoetischste aller Geschöpfe. Aber schlechte Dichter sind absolut faszinierend. Je schlechter ihre Reime sind, umso malerischer sehen sie aus. Die bloße Tatsache, einen Band mit zweitklassigen Sonetten veröffentlicht zu haben, macht einen Mann ganz unwiderstehlich. Er lebt die Poesie, die er nicht schreiben kann. Die anderen schreiben die Poesie, die sie nicht zu verwirklichen wagen.«

»Ich frage mich, ob das wirklich so ist, Harry«, sagte Dorian Gray, während er aus einer großen Flasche mit goldenem Verschluss, die auf dem Tisch stand, etwas Parfüm auf sein Taschentuch träufelte. »Es muss so sein, wenn du es sagst. Und jetzt muss ich fort. Imogen wartet auf mich. Vergiss nicht wegen morgen. Auf Wiedersehen.«

Als er das Zimmer verließ, senkten sich Lord Henrys schwere Augenlider und er begann nachzudenken. Zweifellos hatten ihn wenige Menschen jemals so sehr interessiert wie Dorian Gray, und doch verursachte ihm die zügellose Verehrung des jungen Mannes für jemand anderen nicht den geringsten Anfall von Ärger oder Eifersucht. Er freute sich darüber. Sie machte ihn zu einem noch interessanteren Studienobjekt. Die Methoden der Naturwissenschaft hatten ihn schon immer gefesselt, aber der gewöhnliche Gegenstand dieser Wissenschaft war ihm trivial und belanglos vorgekommen. Also hatte er begonnen, sich selbst zu vivisezieren, und er hatte damit geendet, andere zu vivisezieren. Das menschliche Leben – das schien ihm der einzige Gegenstand zu sein, den zu untersuchen sich lohnte. Verglichen damit gab es nichts anderes von irgendeinem Wert. Es stimmte, wenn man das Leben in seinem seltsamen Schmelztiegel aus Leid und Lust betrachtete, konnte man keine gläserne Maske über seinem Gesicht tragen noch die Schwefeldämpfe davon abhalten, das Gehirn heimzusuchen und die Einbildungskraft mit ungeheuerlichen Fantasien und missgestalteten Träumen zu trüben. Es gab Gifte, so fein, dass man durch sie krank werden musste, um ihre Eigenschaften zu erkennen. Es gab Krankheiten, so fremdartig, dass man sie durchmachen musste, wenn man ihr Wesen zu verstehen suchte. Und doch, welch großen Lohn empfing man! Wie wunderbar wurde einem dann die ganze Welt! Die eigenartig strenge Logik der Leidenschaft und das von Gefühlen gefärbte Leben des Geistes aufzuzeichnen – zu beobachten, wo sie sich trafen und wo sie auseinander gingen, an welchem Punkt sie sich im Einklang befanden und an welchem Punkt sie nicht übereinstimmten –, das war ein Genuss! Was machte es schon, was es kostete? Man konnte niemals einen zu hohen Preis für eine Sinneserfahrung bezahlen.

Er war sich bewusst – und dieser Gedanke brachte einen freudigen Glanz in seine braunen Achataugen –, dass sich durch gewisse Worte, die er gesprochen hatte, melodische Worte, mit Wohlklang ausgesprochen, Dorian Grays Seele diesem unschuldigen Mädchen zugewandt und sich in Verehrung vor ihr verneigt hatte. Der junge Mann war in hohem Maße seine eigene Schöpfung. Er hatte ihn vor der Zeit reif gemacht. Das war doch etwas. Gewöhnliche Menschen warteten, bis ihnen das Leben seine Geheimnisse enthüllte, aber den wenigen, den Auserwählten, wurden die Mysterien des Lebens offenbart, bevor der Schleier weggezogen wurde. Manchmal war das die Wirkung der Kunst, insbesondere der literarischen Kunst, die sich unmittelbar mit den Leidenschaften und dem Geist befasste. Gelegentlich aber nahm eine vielschichtige Persönlichkeit diesen Platz ein und übernahm die Aufgabe der Kunst, ja, war auf ihre Weise selbst ein wahres Kunstwerk, denn das Leben hat ebenso seine künstlerischen Meisterwerke wie die Poesie oder die Bildhauerei oder die Malerei.

Ja, der Junge war vorzeitig gereift. Er brachte seine Ernte ein, während es noch Frühling war. Der Pulsschlag und die

Leidenschaft der Jugend waren in ihm, aber er wurde sich seiner selbst bewusst. Es war eine Freude, ihn zu beobachten. Mit seinem schönen Gesicht und seiner schönen Seele war er ein Geschöpf, das man bewundern musste. Es war gleich, wie alles endete oder enden musste. Er glich einer dieser anmutigen Figuren in einem Festumzug oder einem Theaterstück, deren Freuden uns weit weg scheinen, aber deren Klagen unseren Schönheitssinn wecken und deren Wunden roten Rosen gleichen.

Seele und Leib, Leib und Seele – wie geheimnisvoll waren sie doch! Es gab Animalisches in der Seele und der Leib hatte seine Augenblicke der Spiritualität. Die Sinne konnten sich läutern und der Geist konnte sich erniedrigen. Wer konnte sagen, wo der fleischliche Trieb aufhörte oder wo der seelische Trieb anfing? Wie oberflächlich waren doch die willkürlichen Definitionen der gewöhnlichen Psychologen! Und doch, wie schwierig war es, zwischen den Behauptungen der verschiedenen Schulen zu unterscheiden! War die Seele ein Schatten, der im Haus der Sünde wohnte? Oder war der Körper wirklich innerhalb der Seele, wie Giordano Bruno glaubte? Die Trennung von Geist und Materie war ein Geheimnis und die Einheit von Geist und Materie war ebenfalls ein Geheimnis.

Er begann sich zu fragen, ob wir die Psychologie jemals zu einer so absoluten Wissenschaft machen könnten, dass uns jede kleine Triebfeder des Lebens offenbar würde. Gegenwärtig verstanden wir uns selbst stets falsch und andere Menschen verstanden wir selten. Erfahrung hatte keinerlei ethischen Wert. Sie war nur der Name, den die Menschen ihren Irrtümern verliehen. Moralisten hatten sie in der Regel als eine Art Warnung betrachtet, hatten für sie eine gewisse ethische Wirksamkeit bei der Charakterbildung beansprucht, hatten sie als etwas gepriesen, das uns lehrte, wonach wir uns richten, und das uns zeigte, was wir meiden sollten. Aber die Erfahrung besaß keine Triebkraft. Sie war ebenso wenig ein aktiver Antrieb wie das Gewissen selbst. Alles, was sie tatsächlich zeigte, war, dass unsere Zukunft genauso sein würde wie unsere Vergangenheit und dass wir die Sünde, die wir einmal mit Abscheu begangen hatten, noch viele Male begehen würden, und zwar mit Freude.

Es war ihm klar, dass die experimentelle Methode die einzige Methode war, durch die man zu irgendeiner wissenschaftlichen Analyse der Leidenschaften gelangen konnte, und zweifellos war Dorian Gray als Versuchsperson wie für ihn geschaffen und schien reichhaltige und ergiebige Erfolge zu versprechen. Seine plötzliche verrückte Liebe zu Sibyl Vane war ein durchaus interessantes psychologisches Phänomen. Zweifellos spielte Neugier dabei eine große Rolle, Neugier und das Verlangen nach neuen Erfahrungen; und doch war es keine einfache, sondern eine äußerst vielschichtige Leidenschaft. Was von dem rein sinnlichen Trieb des Knabenalters in ihr war, war durch die Wirkungsweise der Fantasie umgeformt und verwandelt worden in etwas, das dem jungen Mann selbst ganz fern von allem Sinnlichen schien und das gerade deshalb umso gefährlicher war. Gerade die Leidenschaften, über deren Ursprung wir uns selbst täuschten, tyrannisierten uns am stärksten. Unsere schwächsten Beweggründe waren die, über deren Wesen wir uns im Klaren waren. Es kam häufig vor, dass wir glaubten, mit anderen Experimente durchzuführen, in Wahrheit aber mit uns selbst experimentierten.

Während Lord Henry dasaß und über diese Dinge nachsann, klopfte es an der Tür. Sein Diener trat ein und erinnerte ihn daran, dass es Zeit war, sich für das Abendessen umzuziehen. Er stand auf und schaute auf die Straße hinaus. Der Sonnenuntergang hatte die oberen Fenster der gegenüberliegenden Häuser in scharlachrotes Gold getaucht. Die Scheiben glühten wie erhitzte Metallplatten. Der Himmel darüber glich einer verblühten Rose. Er dachte an das junge, feuerfarbene Leben seines Freundes und fragte sich, wie das alles enden würde.

Als er gegen halb eins nach Hause kam, sah er auf dem Tisch in der Eingangshalle ein Telegramm liegen. Er öffnete es und sah, dass es von Dorian Gray war. Sein Inhalt besagte, dass er sich mit Sibyl Vane verlobt hatte.

Kapitel 5

»Mutter, Mutter, ich bin so glücklich!«, flüsterte das Mädchen und barg ihr Gesicht im Schoß der verwelkten, müde aussehenden Frau, die mit dem Rücken gegen das grelle, aufdringliche Licht in dem einzigen Lehnstuhl saß, den ihr schäbiges Wohnzimmer enthielt. »Ich bin so glücklich«, wiederholte sie, »und du musst auch glücklich sein.«

Mrs. Vane zuckte zusammen und legte ihre dünnen, mit Wismutweiß geschminkten Hände auf den Kopf ihrer Tochter. »Glücklich!«, wiederholte sie. »Ich bin nur glücklich, wenn ich dich spielen sehe. Du darfst an nichts anderes denken als an deine Schauspielerei. Mr. Isaacs ist sehr gut zu uns gewesen und wir schulden ihm Geld.«

Das Mädchen sah auf und verzog den Mund. »Geld, Mutter?«, rief sie. »Was zählt schon Geld? Liebe zählt mehr als Geld.«

»Mr. Isaacs hat uns fünfzig Pfund vorgestreckt, damit wir unsere Schulden bezahlen und James eine anständige Ausstattung besorgen können. Das darfst du nicht vergessen, Sibyl. Fünfzig Pfund sind eine sehr große Summe. Mr. Isaacs war äußerst freundlich.«

»Er ist kein Gentleman, Mutter, und ich hasse die Art, wie er mit mir spricht«, sagte das Mädchen, stand auf und ging zum Fenster hinüber.

»Ich weiß nicht, wie wir ohne ihn zurechtkommen sollten«, antwortete die ältere Frau gereizt.

Sibyl Vane warf den Kopf zurück und lachte. »Wir brauchen ihn nicht mehr, Mutter. Der Märchenprinz regelt jetzt das Leben für uns.« Dann hielt sie inne. Rosenrot durchzitterte ihr Blut und färbte ihre Wangen dunkel. Rascher Atem teilte die Blütenblätter ihrer Lippen. Sie zitterten. Ein südlicher Wind der Leidenschaft fegte über sie hin und bewegte die zarten Falten ihres Kleides. »Ich liebe ihn«, sagte sie schlicht.

»Törichtes Kind! Törichtes Kind!«, lautete die papageienhafte Antwort, die ihr entgegengeschleudert wurde. Das Gefuchtel gekrümmter, mit falschen Edelsteinen geschmückter Finger verlieh den Worten etwas Groteskes.

Das Mädchen lachte erneut. Der Jubel eines gefangenen Vogels lag in ihrer Stimme. Ihre Augen fingen die Melodie auf und warfen sie strahlend zurück; dann schlossen sie sich einen Augenblick lang, als wollten sie ihr Geheimnis verbergen. Als sie sich wieder öffneten, war der Schleier eines Traumes über sie hinweggezogen.

Die schmallippige Weisheit redete aus dem abgewetzten Sessel auf sie ein, mahnte zur Besonnenheit, zitierte aus jenem Buch der Feigheit, dessen Verfasser im Namen des gesunden Menschenverstandes zu sprechen vorgibt. Sie hörte nicht hin. Sie war frei in ihrem Gefängnis der Leidenschaft. Ihr Prinz, ihr Märchenprinz, war bei ihr. Sie hatte die Erinnerung beschworen, ihn neu zu erschaffen. Sie hatte ihre Seele ausgesandt, um ihn zu suchen, und sie hatte ihn zurückgebracht. Sein Kuss brannte wieder auf ihrem Mund. Ihre Augenlider waren warm von seinem Atem.

Dann änderte die Weisheit ihre Methode und sprach von Auskundschaften und Aufdecken. Vielleicht war dieser junge Mann reich. Wenn ja, dann sollte man ans Heiraten denken. An ihre Ohrmuschel brandeten die Wellen weltlicher Durchtriebenheit. Die Pfeile der List schossen an ihr vorbei. Sie sah, wie sich die schmalen Lippen bewegten, und lächelte.

Plötzlich fühlte sie das Bedürfnis zu sprechen. Das wortreiche Schweigen quälte sie. »Mutter, Mutter«, rief sie, »warum liebt er mich so sehr? Ich weiß, warum ich ihn liebe. Ich liebe ihn, weil er so ist, wie die Liebe selbst sein sollte. Aber was sieht er in mir? Ich bin seiner nicht wert. Und doch – warum, das kann ich nicht sagen –, obwohl ich fühle, dass ich so tief unter ihm stehe, fühle ich mich nicht niedrig. Ich bin stolz, schrecklich stolz. Mutter, hast du meinen Vater so geliebt, wie ich den Märchenprinzen liebe?«

Die ältere Frau wurde bleich unter dem groben Puder, der ihre Wangen übertünchte, und ihre trockenen Lippen zuckten in einem schmerzhaften Krampf. Sibyl eilte zu ihr, schlang die Arme um ihren Hals und küsste sie. »Verzeih mir, Mutter. Ich weiß, es schmerzt dich, über unseren Vater zu reden. Aber es schmerzt dich nur, weil du ihn so sehr geliebt hast. Sieh nicht so traurig drein. Ich bin heute so glücklich, wie du es vor zwanzig Jahren warst. Ach, lass mich für immer glücklich sein!«

»Mein Kind, du bist viel zu jung, um daran zu denken, dich zu verlieben. Außerdem, was weißt du von diesem jungen Mann? Du kennst nicht einmal seinen Namen. Die ganze Sache kommt höchst ungelegen und ich muss wirklich sagen, jetzt, wo James nach Australien geht und ich an so vieles denken muss, hättest du mehr Rücksicht nehmen sollen. Allerdings, wie ich schon sagte, wenn er reich ist ...«

»Ach Mutter, Mutter, lass mich glücklich sein!«

Mrs. Vane warf ihr einen Blick zu und schloss sie mit einer jener unaufrichtigen theatralischen Gesten, wie sie Schauspielern so oft zu einer Art zweiten Natur werden, in die Arme. In diesem Augenblick öffnete sich die Tür und ein junger Mann mit struppigem braunem Haar kam ins Zimmer. Er war von untersetzter Gestalt und seine Hände und Füße waren groß und ein wenig ungelenk in ihren Bewegungen. Er war nicht so zierlich geraten wie seine Schwester. Man hätte kaum die nahe Verwandtschaft erraten können, die zwischen ihnen bestand. Mrs. Vane richtete ihre Augen auf ihn und verstärkte ihr Lächeln. Im Geiste erhob sie ihren Sohn in den Rang eines Publikums. Sie war davon überzeugt, dass die Szene interessant war.

»Ich finde, du könntest ein paar von deinen Küsse für mich aufheben, Sibyl«, sagte der junge Mann mit gutmütigem Knurren.

»Oh! Aber du magst es doch gar nicht, geküsst zu werden, Jim«, rief sie. »Du bist ein grässlicher alter Bär.« Und sie lief durch das Zimmer und umarmte ihn.

James Vane blickte voller Zärtlichkeit in das Gesicht seiner Schwester. »Ich möchte, dass du mich auf einen Spaziergang begleitest, Sibyl. Ich glaube nicht, dass ich dieses schreckliche London je wiedersehen werde. Ich bin mir sicher, dass ich es gar nicht wiedersehen will.«

»Mein Sohn, sag nicht solche entsetzlichen Dinge«, murmelte Mrs. Vane, während sie mit einem Seufzer ein geschmackloses Theaterkostüm zur Hand nahm und es auszubessern begann. Sie fühlte sich ein wenig enttäuscht, dass er sich der Gruppe nicht angeschlossen hatte. Das hätte das theatralisch Pittoreske der Situation noch gesteigert.

»Warum nicht, Mutter? Ich meine es ernst.«

»Du tust mir weh, mein Sohn. Ich vertraue darauf, dass du als reicher Mann aus Australien zurückkehren wirst. Ich glaube, in den Kolonien gibt es keinerlei Gesellschaft, nichts, was ich Gesellschaft nennen würde; wenn du also dein Glück gemacht hast, musst du zurückkommen und dich in London durchsetzen.«

»Gesellschaft!«, murrte der junge Mann. »Davon will ich nichts wissen. Ich möchte nur etwas Geld verdienen, um dich und Sibyl von der Bühne zu holen. Ich hasse sie.«

»Oh, Jim!«, sagte Sibyl lachend. »Wie unfreundlich von dir! Aber willst du wirklich mit mir spazieren gehen? Das ist schön! Ich fürchtete schon, du wolltest dich von einigen deiner Freunde verabschieden – von Tom Hardy, der dir diese grässliche Pfeife geschenkt hat, oder Ned Langton, der sich über dich lustig macht, weil du sie rauchst. Es ist sehr lieb von dir, dass du mir deinen letzten Nachmittag schenkst. Wohin sollen wir gehen? Lass uns in den Park gehen.«

»Ich bin zu schäbig angezogen«, antwortete er stirnrunzelnd. »Nur feine Leute gehen in den Park.«

»Unsinn, Jim«, flüsterte sie und strich über den Ärmel seiner Jacke.

Er zögerte einen Augenblick. »Nun gut«, sagte er schließlich, »aber brauch nicht zu lange zum Anziehen.« Sie tanzte zur Tür hinaus. Man konnte sie singen hören, während sie die Treppe hinauflief. Ihre kleinen Füße trippelten oben.

Er ging zwei-, dreimal im Zimmer auf und ab. Dann wandte er sich an die schweigsame Gestalt im Sessel. »Mutter, sind meine Sachen fertig?«, fragte er.

»Alles fertig, James«, antwortete sie, den Blick weiter auf ihre Arbeit gerichtet. Seit einigen Monaten fühlte sie sich unbehaglich, wenn sie mit ihrem ruppigen, ernsten Sohn allein war. Ihr oberflächliches, verschwiegenes Wesen war beunruhigt, wenn ihre Augen sich trafen. Sie fragte sich immer wieder, ob er etwas ahnte. Das Schweigen – denn er machte keine weitere Bemerkung – wurde ihr unerträglich. Sie begann sich zu beklagen. Frauen verteidigen sich, indem sie angreifen, geradeso, wie sie durch unerwartete und merkwürdige Unterwerfungen angreifen. »Ich hoffe, dein Seemannsleben wird dich zufriedenstellen, James«, sagte sie. »Du darfst nicht vergessen, dass es deine eigene Entscheidung ist. Du hättest in ein Anwaltsbüro eintreten können. Anwälte sind ein sehr ehrbarer Stand, und auf dem Land speisen sie oft mit den besten Familien.«

»Ich hasse Büros und ich hasse Beamte«, entgegnete er. »Aber du hast völlig recht. Ich habe mir mein Leben selbst gewählt. Alles, was ich sage, ist: Gib auf Sibyl acht. Lass ihr kein Unglück zustoßen. Mutter, du musst auf sie achtgeben.«

»James, du redest wirklich sehr seltsam daher. Natürlich gebe ich auf Sibyl acht.«

»Ich höre, ein Herr kommt jeden Abend ins Theater und geht nach hinten, um mit ihr zu sprechen. Ist das wahr? Was hat es damit auf sich?«

»Du sprichst über Dinge, die du nicht verstehst, James. In diesem Beruf sind wir es gewöhnt, eine Menge höchst erfreulicher Aufmerksamkeit zu bekommen. Ich habe früher selbst viele Blumensträuße bekommen. Das war damals, als man die Schauspielerei noch wirklich verstand. Was Sibyl angeht, so weiß ich im Augenblick nicht, ob ihre Neigung ernst ist oder nicht. Aber es steht außer Zweifel, dass der fragliche junge Mann ein vollkommener Gentleman ist. Er ist mir gegenüber immer überaus höflich. Außerdem macht er den Eindruck, als sei er reich, und die Blumen, die er schickt, sind entzückend.«

»Aber seinen Namen kennst du nicht«, sagte der Junge barsch.

»Nein«, antwortete seine Mutter mit gelassener Miene. »Er hat seinen wirklichen Namen noch nicht verraten. Ich finde das sehr romantisch von ihm. Wahrscheinlich ist er ein Mitglied des Adels.«

James Vane biss sich auf die Lippen. »Gib auf Sibyl acht, Mutter«, rief er, »gib auf sie acht.«

»Mein Sohn, du quälst mich sehr. Sibyl steht ständig unter meiner besonderen Obhut. Wenn dieser Herr wohlhabend ist, gibt es allerdings keinen Grund, warum sie nicht eine Verbindung mit ihm eingehen sollte. Ich bin mir sicher, er gehört zur Aristokratie. Er hat die entsprechende Erscheinung, muss ich sagen. Es könnte eine ganz ausgezeichnete Partie für Sibyl sein. Sie würden ein bezauberndes Paar abgeben. Sein gutes Aussehen ist wirklich ganz bemerkenswert; das fällt jedem auf.«

Der junge Mann brummte etwas vor sich hin und trommelte mit seinen groben Fingern gegen die Fensterscheibe. Er hatte sich gerade umgedreht, um etwas zu sagen, als die Tür aufging und Sibyl hereinlief.

»Wie ernst ihr beiden seid!«, rief sie. »Was ist los?«

»Nichts«, antwortete er. »Man muss wohl manchmal ernst sein. Auf Wiedersehen, Mutter; ich komme um fünf Uhr zum Essen. Es ist alles gepackt bis auf meine Hemden, du brauchst dich also um nichts zu kümmern.«

»Auf Wiedersehen, mein Sohn«, antwortete sie mit einem übertrieben würdevollen Kopfnicken.

Sie war äußerst verärgert über den Ton, den er ihr gegenüber angeschlagen hatte, und in seinem Blick lag etwas, das ihr Angst eingeflößt hatte.

»Küss mich, Mutter«, sagte das Mädchen. Ihre blumengleichen Lippen berührten die welke Wange und erwärmten ihre Eiseskälte.

»Mein Kind! Mein Kind!«, rief Mrs. Vane und blickte zur Decke empor auf der Suche nach einer imaginären Galerie.

»Komm, Sibyl«, sagte ihr Bruder ungeduldig. Er hasste die Allüren seiner Mutter.

Sie traten in das flimmernde, winddurchwehte Sonnenlicht hinaus und schlenderten die trostlose Euston Road hinab. Die Vorübergehenden blickten verwundert auf den mürrischen, schwerfälligen jungen Mann in schlecht sitzenden Kleidern, der sich in Begleitung eines so anmutigen, vornehm aussehenden Mädchens befand. Er glich einem einfachen Gärtner, der mit einer Rose spazieren geht.

Jim runzelte von Zeit zu Zeit die Stirn, wenn er den forschenden Blick irgendeines Fremden auffing. Er hatte jene Abneigung dagegen, angestarrt zu werden, welche Genies spät im Leben überkommt und welche die gewöhnlichen Menschen nie verlässt. Sibyl dagegen war sich der Wirkung, die sie hervorrief, überhaupt nicht bewusst. Ihre Liebe zitterte auf ihren lachenden Lippen. Sie dachte an den Märchenprinzen, und damit sie umso mehr an ihn denken konnte, sprach sie nicht von ihm, sondern plauderte über das Schiff, mit dem Jim auslaufen, über das Gold, das er gewiss finden, über die wunderschöne Erbin, deren Leben er vor den niederträchtigen Buschräubern in roten Hemden retten würde. Denn Matrose oder Frachtaufseher oder was auch immer er sein würde, würde er nicht bleiben. Oh nein! Das Seemannsleben war schrecklich. Man stelle sich vor, in einem entsetzlichen Schiff eingepfercht zu sein, während die rauen Wellen sich hochkrümmen, um einzudringen, und ein finsterer Wind die Masten umbläst und die Segel zu langen, heulenden Bändern zerreißt! Er sollte das Schiff in Melbourne verlassen, dem Kapitän höflich Lebewohl sagen und sich sofort zu den Goldfeldern aufmachen. Noch bevor eine Woche um war, würde er einen großen Klumpen puren Goldes finden, den größten Klumpen, der je entdeckt worden war, und ihn in einem von sechs berittenen Polizisten bewachten Wagen zur Küste schaffen. Die Buschräuber würden sie dreimal überfallen und in einem ungeheuren Gemetzel zurückgeschlagen werden. Oder nein, er sollte überhaupt nicht in die Goldfelder gehen. Das waren grauenvolle Orte, wo sich die Männer betranken, einander in Kneipen erschossen und eine unanständige Sprache gebrauchten. Er sollte ein anständiger Schafzüchter werden und eines Abends, wenn er nach Hause ritt, würde er beobachten, wie die schöne Erbin von einem Räuber auf einem Rappen entführt wird, und er würde ihn verfolgen und sie befreien. Natürlich würde sie sich in ihn verlieben und er sich in sie und sie würden heiraten und heimkehren und in einem riesigen Haus in London leben. Ja, höchst angenehme Dinge standen ihm bevor. Aber er müsse sehr brav sein und nicht die Beherrschung verlieren oder sein Geld leichtsinnig verschwenden. Sie sei nur ein Jahr älter als er, aber sie wisse schon so viel mehr vom Leben. Er müsse ihr auch zuverlässig mit jeder Post schreiben und jeden Abend seine Gebete sprechen, bevor er schlafen ging. Gott sei sehr gut und werde ihn behüten. Auch sie werde für ihn beten und in ein paar Jahren werde er sehr reich und glücklich heimkehren.

Der junge Mann hörte ihr verdrossen zu und gab keine Antwort. Er war tief betrübt, weil er von zu Hause weg musste.

Doch nicht allein das war es, was ihn düster und mürrisch machte. So unerfahren er war, hatte er doch ein starkes Gespür für die Gefährlichkeit von Sibyls Lage. Dieser junge Dandy, der ihr den Hof machte, konnte nichts Gutes für sie bedeuten. Er war ein Gentleman und dafür hasste er ihn, hasste ihn aus einem merkwürdigen Klasseninstinkt heraus, den er sich nicht erklären konnte und der ihn darum umso stärker beherrschte. Er war sich auch der Oberflächlichkeit und Eitelkeit im Wesen seiner Mutter bewusst und sah darin eine unendliche Gefahr für Sibyl und Sibyls Glück. Kinder beginnen damit, ihre Eltern zu lieben; wenn sie älter werden, richten sie über sie; manchmal vergeben sie ihnen.

Seine Mutter! Er hatte etwas auf dem Herzen, wonach er sie fragen musste, etwas, über das er viele schweigsame Monate lang angestrengt nachgedacht hatte. Ein zufälliger Satz, den er im Theater gehört hatte, eine geflüsterte spöttische Bemerkung, die eines Abends an sein Ohr gedrungen war, als er am Bühneneingang wartete, hatten eine Reihe grauenvoller Gedanken freigesetzt. Er erinnerte sich daran, als hätte er den Schlag einer Jagdgerte ins Gesicht bekommen. Seine Brauen zogen sich zu einer keilförmigen Furche zusammen und in krampfhafter Qual biss er sich auf die Unterlippe.

»Du hörst nicht ein einziges Wort, das ich sage, Jim«, rief Sibyl, »und ich schmiede die herrlichsten Pläne für deine Zukunft. Sag doch etwas.«

»Was soll ich denn sagen?«

»Oh, dass du ein braver Junge sein und uns nicht vergessen wirst«, antwortete sie und lächelte ihn an.

Er zuckte mit den Schultern. »Es ist wahrscheinlicher, dass du mich vergisst, als dass ich dich vergesse, Sibyl.«

Sie errötete. »Was meinst du damit, Jim?«, fragte sie.

»Du hast einen neuen Freund, wie ich höre. Wer ist er? Warum hast du mir nichts von ihm erzählt? Er meint es nicht gut mit dir.«

»Hör auf, Jim!«, rief sie aus. »Du darfst nichts gegen ihn sagen. Ich liebe ihn.«

»Aber du weißt nicht einmal seinen Namen«, antwortete der junge Mann. »Wer ist er? Ich habe ein Recht, das zu wissen.«

»Er heißt Märchenprinz. Gefällt dir der Name nicht? Oh, du dummer Junge! Du solltest ihn nie vergessen. Wenn du ihn nur sähest, würdest du ihn für den wunderbarsten Menschen auf der Welt halten. Eines Tages wirst du ihn kennenlernen: wenn du aus Australien zurückkommst. Du wirst ihn sehr mögen. Jeder mag ihn, und ich … liebe ihn. Ich wünschte, du könntest heute Abend ins Theater kommen. Er wird da sein und ich werde die Julia spielen. Oh, und wie ich sie spielen werde! Stell dir vor, Jim, verliebt zu sein und die Julia zu spielen! Zu wissen, dass er da sitzt! Zu seiner Freude zu spielen! Ich habe Angst, dass ich die Truppe vielleicht erschrecke, sie erschrecke oder hinreiße. Verliebt zu sein bedeutet, über sich selbst hinauszuwachsen. Der arme, grässliche Mr. Isaacs wird seinen Kumpanen am Schanktisch ›Genie‹ zurufen. Er hat mich als Dogma gepriesen; heute Abend wird er mich als Offenbarung ankündigen. Ich fühle es. Und all das gehört ihm, ihm allein, dem Märchenprinzen, meinem wunderbaren Geliebten, meinem Gott der Anmut. Doch ich bin arm neben ihm. Arm? Was macht das schon? Wenn die Armut zur Tür hereinkriecht, fliegt die Liebe zum Fenster hinein. Unsere Sprichwörter müssen umgeschrieben werden. Sie wurden im Winter gemacht, und jetzt ist Sommer; Frühling für mich, glaube ich, ein wahrer Blütentanz unter blauen Himmeln.«

»Er ist ein Gentleman«, knurrte der junge Mann mürrisch.

»Ein Prinz!«, rief sie melodisch. »Was willst du mehr?«

»Er will dich zur Sklavin machen.«

»Mich schaudert bei dem Gedanken, frei zu sein.«

»Ich will, dass du dich vor ihm in Acht nimmst.«

»Ihn sehen heißt ihn anbeten, ihn kennen heißt ihm vertrauen.«

»Sibyl, du bist verrückt nach ihm.«

Sie lachte und nahm seinen Arm. »Du lieber, alter Jim, du sprichst, als wärst du hundert Jahre alt. Eines Tages wirst du selbst verliebt sein. Dann wirst du wissen, wie das ist. Schau nicht so finster drein. Du solltest eigentlich froh sein bei dem Gedanken, dass du mich, obwohl du fortgehst, glücklicher zurücklässt, als ich es je gewesen bin. Das Leben ist hart für uns beide gewesen, schrecklich hart und schwierig. Aber jetzt wird es anders werden. Du gehst in eine neue Welt und ich habe eine gefunden. Da sind zwei Stühle; wir wollen uns hinsetzen und den eleganten Leuten zusehen, die vorbeikommen.«

Sie nahmen inmitten einer Menge von Schaulustigen Platz. Die Tulpenbeete längs des Weges flammten wie pulsierende Feuerglocken. Weißer Blütenstaub, wohl eine zitternde Wolke von Veilchenwurz, hing in der stickigen Luft. Die leuchtend bunten Sonnenschirme tanzten und taumelten wie riesige Schmetterlinge.

Sie brachte ihren Bruder dazu, von sich selbst zu sprechen, von seinen Hoffnungen, seinen Erwartungen. Er sprach langsam und angestrengt. Sie schoben einander Worte zu, wie Spieler sich während einer Partie ihre Jetons zuschieben. Sibyl fühlte sich bedrückt. Sie konnte ihre Freude nicht mitteilen. Ein schwaches Lächeln, das diesen mürrischen Mund säumte, war die ganze Resonanz, die sie hervorrufen konnte. Nach einer Weile verstummte sie. Plötzlich erhaschte sie einen flüchtigen Blick auf goldenes Haar und lachende Lippen, und Dorian Gray fuhr in einer offenen Kutsche mit zwei Damen vorüber.

Sie sprang auf die Füße. »Da ist er!«, rief sie.

»Wer?«, fragte Jim Vane.

»Der Märchenprinz«, antwortete sie, während sie der Viktoriakutsche hinterherblickte.

Er sprang auf und packte sie unsanft am Arm. »Zeig ihn mir. Welcher ist es? Zeig auf ihn, ich muss ihn sehen!«, rief er aus; aber in diesem Augenblick fuhr der Vierspänner des Herzogs von Berwick dazwischen, und als er den Platz wieder freigegeben hatte, war die Kutsche schon aus dem Park gebraust.

»Er ist fort«, murmelte Sibyl traurig. »Ich wünschte, du hättest ihn gesehen.«

»Das wünschte ich auch, denn so wahr ein Gott im Himmel ist, wenn er dir je etwas zuleide tut, bringe ich ihn um.«

Sie sah ihn entsetzt an. Er wiederholte seine Worte. Sie durchschnitten die Luft wie ein Dolch. Die Leute ringsherum begannen sie anzustarren. Eine Dame, die neben ihr stand, kicherte.

»Komm fort, Jim, komm fort«, flüsterte sie. Er folgte ihr mit verbissener Miene, als sie durch die Menge ging. Er war froh über das, was er gesagt hatte.

Als sie die Achilles-Statue erreichten, wandte sie sich um. In ihren Augen lag Mitleid, das auf ihren Lippen zum Lachen wurde. Sie schüttelte den Kopf über ihn. »Du bist töricht, Jim, vollkommen töricht; ein schlecht gelaunter Junge, das ist alles. Wie kannst du so schreckliche Dinge sagen? Du weißt nicht, wovon du sprichst. Du bist einfach eifersüchtig und unfreundlich. Ach, ich wünschte, du würdest dich verlieben. Liebe macht die Menschen gut, und was du sagtest, war böse.«

»Ich bin sechzehn«, antwortete er, »und ich weiß, wovon ich rede. Mutter ist dir keine Hilfe. Sie versteht es nicht, auf dich aufzupassen. Ich wünschte jetzt, ich ginge überhaupt nicht nach Australien. Ich habe große Lust, die ganze Sache abzublasen. Ich würde es tun, wenn meine Verträge nicht schon unterschrieben wären.«

»Ach, sei nicht so ernst, Jim. Du bist wie einer der Helden in jenen albernen Melodramen, in denen Mutter so gerne spielte. Ich werde mich nicht mit dir streiten. Ich habe ihn gesehen und, oh, ihn zu sehen ist vollkommenes Glück. Wir wollen nicht streiten. Ich weiß, du würdest niemals jemandem etwas antun, den ich liebe, nicht wahr?«

»Vermutlich nicht, solange du ihn liebst«, war die mürrische Antwort.

»Ich werde ihn immer lieben!«, rief sie.

»Und er?«

»Auch für immer!«

»Das sollte er auch besser.«

Sie wich vor ihm zurück. Dann lachte sie und legte die Hand auf seinen Arm. Er war ja noch ein Junge.

Am Marble Arch bestiegen sie einen Omnibus, der sie in der Nähe ihrer armseligen Wohnung in der Euston Road absetzte. Es war nach fünf Uhr und Sibyl musste sich ein paar Stunden hinlegen, bevor sie auftrat. Jim bestand darauf, dass sie es tat. Er sagte, er würde sich lieber von ihr verabschieden, wenn die Mutter nicht dabei war. Sie würde sicher eine Szene machen und er verabscheute Szenen aller Art.

Sie verabschiedeten sich in Sibyls Zimmer. Eifersucht war im Herzen des Jungen und ein grimmiger, mörderischer Hass auf den Fremden, der, wie ihm schien, zwischen sie getreten war. Doch als sich ihre Arme um seinen Hals schlangen und ihre Finger durch sein Haar fuhren, wurde er sanfter und küsste sie mit echter Zuneigung. In seinen Augen standen Tränen, als er die Treppe hinunterging.

Seine Mutter wartete unten auf ihn. Sie murrte über seine Unpünktlichkeit, als er eintrat. Er gab keine Antwort, sondern setzte sich an sein karges Mahl. Die Fliegen summten um den Tisch und krochen über das fleckige Tischtuch. Durch das Rumpeln der Omnibusse und das Rattern der Droschken hindurch konnte er die eintönige Stimme hören, die jede Minute verschlang, die ihm noch blieb.

Nach einer Weile schob er seinen Teller von sich und stützte den Kopf in die Hände. Er fühlte, dass er ein Recht hatte, es zu erfahren. Es hätte ihm schon längst gesagt werden müssen, wenn es so war, wie er vermutete. Seine Mutter beobachtete ihn bleiern vor Angst. Die Worte kamen ihr mechanisch über die Lippen. Ein zerschlissenes Spitzentaschentuch zuckte zwischen ihren Fingern. Als die Uhr sechs schlug, stand er auf und ging zur Tür. Dann wandte er sich um und sah sie an. Ihre Augen trafen sich. In den ihren sah er eine inbrünstige Bitte um Erbarmen. Das machte ihn wütend.

»Mutter, ich muss dich etwas fragen«, sagte er. Ihre Augen irrten ziellos im Zimmer umher. Sie gab keine Antwort. »Sag mir die Wahrheit. Ich habe ein Recht, sie zu erfahren. Warst du mit meinem Vater verheiratet?«

Sie stieß einen tiefen Seufzer aus. Es war ein Seufzer der Erleichterung. Der schreckliche Augenblick, der Augenblick, den sie seit Wochen und Monaten Tag und Nacht gefürchtet hatte, war endlich gekommen, und doch empfand sie keine Furcht. Tatsächlich war es für sie in gewisser Weise eine Enttäuschung. Die grobe Direktheit der Frage verlangte nach einer direkten Antwort. Die Situation hatte sich nicht allmählich entwickelt. Sie war stillos. Sie erinnerte sie an eine schlechte Probe.

»Nein«, antwortete sie, erstaunt über die brüske Einfachheit des Lebens.

»Mein Vater war also ein Schurke!«, rief der Junge und ballte seine Fäuste.

Sie schüttelte den Kopf. »Ich wusste, dass er nicht frei war. Wir liebten einander sehr. Wäre er am Leben geblieben, hätte er für uns gesorgt. Sag nichts gegen ihn, mein Sohn. Er war dein Vater und ein Gentleman. Er hatte sogar höchste Verbindungen.«

Ein Fluch kam über seine Lippen. »Es geht mir nicht um mich«, rief er aus, »aber lass Sibyl nicht … Es ist ein Gentleman, nicht wahr, der in sie verliebt ist, oder zumindest behauptet er, einer zu sein? Ebenfalls mit höchsten Verbindungen, nehme ich an.«

Einen Augenblick lang wurde die Frau von einem grässlichen Gefühl der Demütigung ergriffen. Ihr Kopf sank herab. Mit zitternden Händen wischte sie sich die Augen. »Sibyl hat eine Mutter«, murmelte sie; »ich hatte keine.«

Der Junge war gerührt. Er ging zu ihr hin, beugte sich nieder und küsste sie. »Es tut mir leid, wenn ich dich mit der Frage nach meinem Vater verletzt habe«, sagte er, »aber ich konnte nicht anders. Ich muss jetzt fort. Leb wohl. Vergiss nicht, dass du jetzt nur noch auf ein Kind achtgeben musst, und glaube mir, wenn dieser Mann meiner Schwester ein Unrecht zufügt, dann finde ich heraus, wer er ist, spüre ihn auf und schlage ihn tot wie einen Hund. Das schwöre ich.«

Der übertriebene Wahnwitz der Drohung, die leidenschaftliche Geste, die sie begleitete, die zornigen, melodramatischen Worte ließen ihr das Leben intensiver erscheinen. Diese Atmosphäre war ihr vertraut. Sie atmete freier und zum ersten Mal seit vielen Monaten bewunderte sie ihren Sohn wirklich. Sie hätte die Szene gern auf derselben Gefühlsebene fortgesetzt, aber er schnitt ihr das Wort ab. Koffer mussten hinuntergetragen und Schals gesucht werden. Der Hausknecht des Mietshauses eilte geschäftig ein und aus. Mit dem Kutscher musste verhandelt werden. Der Augenblick ging in gewöhnlichen Kleinigkeiten unter. Mit einem erneuten Gefühl der Enttäuschung winkte sie mit dem zerschlissenen Taschentuch aus dem Fenster, als ihr Sohn wegfuhr. Ihr war bewusst, dass eine großartige Gelegenheit verpasst worden war. Sie tröstete sich damit, dass sie Sibyl sagte, wie öde ihr Leben jetzt sein würde, wo sie nur noch für ein Kind sorgen müsse. Sie erinnerte sich an die Formulierung. Sie hatte ihr gefallen. Von der Drohung sagte sie nichts. Sie war lebhaft und dramatisch ausgestoßen worden. Sie hatte das Gefühl, dass sie eines Tages alle darüber lachen würden.

Kapitel 6

»Ich nehme an, du hast die Neuigkeit schon gehört?«, sagte Lord Henry an jenem Abend, als Hallward in ein kleines Separee im Bristol geführt wurde, wo für drei Personen zum Essen gedeckt war.

»Nein, Harry«, antwortete der Künstler, während er dem sich verbeugenden Kellner Hut und Mantel reichte. »Was ist es? Nichts Politisches, hoffe ich? Das interessiert mich nicht. Im ganzen Unterhaus gibt es kaum einen Menschen, der es wert wäre, gemalt zu werden; allerdings würde vielen von ihnen eine kleine Verschönerung gut bekommen.«

»Dorian Gray hat sich verlobt«, sagte Lord Henry und beobachtete ihn, während er sprach.

Hallward zuckte zusammen und runzelte dann die Stirn. »Dorian verlobt!«, rief er. »Unmöglich!«

»Es ist vollkommen wahr.«

»Mit wem?«

»Mit irgendeiner kleinen Schauspielerin.«

»Ich kann es nicht glauben. Dorian ist viel zu vernünftig.«

»Dorian ist viel zu klug, um nicht hin und wieder Torheiten zu begehen, mein lieber Basil.«

»Heiraten ist wohl kaum eine Sache, die man hin und wieder tun kann, Harry.«

»Außer in Amerika«, entgegnete Lord Henry lässig. »Aber ich habe nicht gesagt, dass er verheiratet sei. Ich sagte, er sei verlobt. Das ist ein großer Unterschied. Ich erinnere mich deutlich daran, dass ich verheiratet bin, aber ich habe nicht die geringste Erinnerung daran, jemals verlobt gewesen zu sein. Ich bin geneigt zu glauben, dass ich nie verlobt war.«

»Aber bedenke doch Dorians Herkunft, seine Stellung, seinen Reichtum. Es wäre absurd, wenn er so weit unter seinem Stand heiraten würde.«

»Wenn du ihn dazu bringen willst, dieses Mädchen zu heiraten, dann sag ihm das, Basil. Dann tut er es sicher. Wenn ein Mann etwas ausgesprochen Dummes tut, geschieht es immer aus den edelsten Beweggründen.«

»Ich hoffe, es ist ein anständiges Mädchen. Ich möchte Dorian nicht an irgendein gemeines Geschöpf gefesselt sehen, das sein Wesen herunterziehen und seinen Geist zugrunde richten würde.«

»Oh, sie ist mehr als anständig – sie ist schön«, sagte Lord Henry und nippte an einem Glas Wermut mit Orangenbitter. »Dorian sagt, sie ist schön, und in solchen Dingen irrt er sich selten. Dein Porträt von ihm hat sein Urteil über die persönliche Erscheinung anderer Menschen geschärft. Es hat unter anderem diese hervorragende Wirkung gehabt. Wir sollen sie heute Abend treffen, wenn dieser Junge seine Verabredung nicht vergisst.«

»Ist das dein Ernst?«

»Mein völliger Ernst, Basil. Mir wäre erbärmlich zumute bei dem Gedanken, ich müsste jemals ernsthafter sein als in diesem Augenblick.«

»Aber billigst du es denn, Harry?«, fragte der Maler, der im Separee auf und ab ging und sich auf die Lippen biss. »Du kannst es unmöglich billigen. Es ist irgendeine törichte Verliebtheit.«

»Ich billige oder missbillige niemals etwas. Das ist eine absurde Einstellung dem Leben gegenüber. Wir sind nicht in die Welt geschickt worden, um unsere moralischen Vorurteile zur Schau zu tragen. Ich nehme nie Notiz von dem, was gewöhnliche Menschen sagen, und ich mische mich nie in das ein, was reizende Menschen tun. Wenn eine Persönlichkeit mich fasziniert, dann finde ich jede Ausdrucksform, die diese Persönlichkeit wählt, absolut entzückend. Dorian Gray verliebt sich in ein schönes Mädchen, das die Julia spielt, und macht ihr einen

Heiratsantrag. Warum nicht? Wenn er Messalina heiraten würde, wäre er nicht weniger interessant. Du weißt, ich bin kein Verfechter der Ehe. Der eigentliche Nachteil der Ehe ist, dass sie einen selbstlos macht. Und selbstlose Menschen sind farblos. Ihnen mangelt es an Individualität. Trotzdem gibt es gewisse Gemüter, welche die Ehe vielschichtiger macht. Sie behalten ihren Egoismus und fügen ihm zahlreiche andere Egos hinzu. Sie sind gezwungen, mehr als ein Leben zu führen. Sie werden immer besser organisiert, und bestens organisiert zu sein scheint mir der Zweck des menschlichen Daseins. Überdies hat jede Erfahrung ihren Wert und was man auch gegen die Ehe sagen mag, eine Erfahrung ist sie sicher. Ich hoffe, Dorian Gray wird dieses Mädchen zu seiner Frau machen, sie sechs Monate lang leidenschaftlich anbeten und dann plötzlich von einer anderen angezogen werden. Er wäre ein wunderbares Studienobjekt.«

»Du glaubst kein einziges Wort von alledem, Harry; du weißt das. Wenn Dorian Grays Leben zerstört würde, wäre niemand trauriger als du. Du bist viel besser, als du vorgibst.«

Lord Henry lachte. »Der Grund, weshalb wir alle gern so gut von anderen denken, ist, dass wir alle um uns selbst fürchten. Die Grundlage des Optimismus ist nackte Angst. Wir halten uns für großmütig, weil wir unserem Nächsten den Besitz jener Tugenden zuschreiben, die uns wahrscheinlich von Nutzen sein werden. Wir loben den Bankier, damit wir unser Konto überziehen können, und entdecken gute Eigenschaften an dem Straßenräuber in der Hoffnung, er möge unsere Taschen verschonen. Ich glaube alles, was ich gesagt habe. Ich empfinde die größte Verachtung für den Optimismus. Was das ruinierte Leben angeht, so ist kein Leben ruiniert außer jenem, dessen Wachstum gehemmt wird. Willst du einen Charakter zerstören, brauchst du ihn nur zu bessern. Was die Heirat angeht, so wäre das natürlich eine Dummheit, aber es gibt andere und interessantere Verbindungen zwischen Männern und Frauen. Zu diesen werde ich selbstverständlich ermutigen. Sie haben den Reiz, in Mode zu sein. Aber da ist Dorian selbst. Er wird dir mehr erzählen, als ich es kann.«

»Mein lieber Harry, mein lieber Basil, ihr müsst mir beide gratulieren!«, sagte der junge Mann, während er seinen Abendumhang mit den atlasgefütterten Schößen abwarf und seinen Freunden nacheinander die Hand schüttelte. »Ich war noch nie so glücklich. Natürlich kommt es überraschend, wie alle wirklich entzückenden Dinge. Und doch scheint es mir das eine zu sein, wonach ich mein Leben lang gesucht habe.« Er war rot vor Aufregung und Freude und sah außerordentlich hübsch aus.

»Ich hoffe, du wirst immer sehr glücklich sein, Dorian«, sagte Hallward, »aber ich verzeihe dir nicht ganz, dass du mir deine Verlobung nicht mitgeteilt hast. Harry hast du sie mitgeteilt.«

»Und ich verzeihe dir nicht, dass du zu spät zum Essen kommst«, fiel Lord Henry ein, wobei er seine Hand auf die Schulter des jungen Mannes legte und lächelte. »Komm, wir wollen uns setzen und probieren, wie der neue Küchenchef hier ist, und dann erzählst du uns, wie alles gekommen ist.«

»Da gibt es wirklich nicht viel zu erzählen«, rief Dorian, als sie ihre Plätze an dem kleinen runden Tisch einnahmen. »Was geschah, war einfach dies. Nachdem ich dich gestern Abend zurückgelassen hatte, Harry, zog ich mich um, aß etwas in dem kleinen italienischen Restaurant in der Rupert Street, in das du mich eingeführt hast, und ging um acht Uhr zum Theater. Sibyl spielte die Rosalinde. Natürlich war die Kulisse grauenvoll und der Orlando lächerlich. Aber Sibyl! Ihr hättet sie sehen sollen! Als sie in ihren Knabenkleidern auftrat, war sie einfach wunderbar. Sie trug eine moosgrüne Samtjacke mit zimtfarbenen Ärmeln, eine eng anliegende braune Kniehose mit kreuzweise geschnürten Bändern, eine reizende kleine grüne

Mütze mit einer Falkenfeder, die von einem Edelstein gehalten wurde, und einen dunkelrot gefütterten Kapuzenmantel. Sie war mir nie edler erschienen. Sie besaß die gesamte zarte Grazie jener Tanagrafigur, die du in deinem Atelier hast, Basil. Ihr Haar umrahmte ihr Gesicht wie dunkles Laub eine blasse Rose. Was ihr Spiel angeht – nun, ihr werdet sie heute Abend sehen. Sie ist einfach eine geborene Künstlerin. Ich saß vollkommen bezaubert in der schmutzigen Loge. Ich vergaß, dass ich mich in London und im neunzehnten Jahrhundert befand. Ich war mit meiner Liebsten weit weg in einem Wald, den kein Mensch je gesehen hatte. Nachdem die Vorstellung vorüber war, ging ich nach hinten und sprach mit ihr. Als wir beieinander saßen, trat plötzlich ein Ausdruck in ihre Augen, den ich nie zuvor gesehen hatte. Meine Lippen näherten sich den ihren. Wir küssten einander. Ich kann euch nicht beschreiben, was ich in dem Augenblick fühlte. Mir kam es vor, als habe sich mein ganzes Leben auf einen vollkommenen Punkt rosenfarbener Wonne verengt. Sie zitterte am ganzen Körper und bebte wie eine weiße Narzisse. Dann warf sie sich auf die Knie und küsste meine Hände. Ich habe das Gefühl, dass ich euch all dies nicht erzählen sollte, aber ich kann nicht anders. Natürlich ist unsere Verlobung ein absolutes Geheimnis. Sie hat nicht einmal ihrer eigenen Mutter davon erzählt. Ich weiß nicht, was meine Vormünder dazu sagen werden. Lord Radley wird sicher wütend sein. Das ist mir egal. In weniger als einem Jahr werde ich volljährig sein, und dann kann ich tun, was mir gefällt. Ich habe doch recht daran getan, nicht wahr, Basil, meine Liebste aus der Poesie zu holen und meine Frau in Shakespeares Stücken zu finden? Lippen, die Shakespeare das Sprechen lehrte, haben mir ihr Geheimnis ins Ohr geflüstert. Ich habe Rosalindens Arme um mich gespürt und Julia auf den Mund geküsst.«

»Ja, Dorian, ich nehme an, du hast recht daran getan«, sagte Hallward langsam.

»Hast du sie heute schon gesehen?«, fragte Lord Henry.

Dorian Gray schüttelte den Kopf. »Ich ließ sie zurück im Wald von Arden und werde sie in einem Garten in Verona wiederfinden.«

Lord Henry nippte nachdenklich an seinem Champagner. »An welchem Punkt genau hast du das Wort Heirat erwähnt, Dorian? Und was hat sie dir zur Antwort gegeben? Vielleicht hast du das ganz vergessen.«

»Mein lieber Harry, ich habe es nicht als Geschäftsvorgang betrachtet und habe ihr keinen förmlichen Antrag gemacht. Ich sagte ihr, dass ich sie liebe, und sie sagte, sie sei nicht würdig, meine Frau zu sein. Nicht würdig! Wo mir die ganze Welt nichts bedeutet verglichen mit ihr.«

»Frauen sind wunderbar praktisch«, murmelte Lord Henry, »– viel praktischer als wir. In derartigen Situationen vergessen wir oft, etwas übers Heiraten zu sagen, und sie erinnern uns immer daran.«

Hallward legte die Hand auf seinen Arm. »Nicht, Harry. Du hast Dorian verärgert. Er ist nicht wie andere Männer. Er würde nie Elend über jemanden bringen. Dazu ist seine Natur zu edel.«

Lord Henry blickte über den Tisch. »Dorian ärgert sich nie über mich«, antwortete er. »Ich habe die Frage aus dem bestmöglichen Grund gestellt, ja, aus dem einzigen Grund, der einen dafür entschuldigt, überhaupt irgendeine Frage zu stellen – aus reiner Neugier. Ich habe eine Theorie, wonach es immer die Frauen sind, die uns einen Antrag machen, und nicht wir, die den Frauen einen Antrag machen. Ausgenommen natürlich der Mittelstand. Aber der Mittelstand ist eben nicht modern.«

Dorian Gray lachte und schüttelte den Kopf. »Du bist wirklich unverbesserlich, Harry; aber es macht mir nichts aus. Es ist unmöglich, dir böse zu sein. Wenn du Sibyl Vane siehst, wirst du spüren, dass der Mann, der ihr ein Unrecht zufügen könnte, eine Bestie wäre, eine herzlose Bestie. Ich kann nicht begreifen, wie irgendjemand danach trachten kann, Schande über das Wesen zu bringen, das er liebt. Ich liebe Sibyl Vane. Ich möchte sie auf einen goldenen Sockel stellen und die Welt die Frau anbeten sehen, die mir gehört. Was ist die Ehe? Ein unwiderrufliches Gelübde. Deshalb spottest du darüber. Oh, spotte nicht! Sie ist ein unwiderrufliches Gelübde, das ich ablegen möchte. Ihr Vertrauen macht mich treu, ihr Glaube macht mich gut. Wenn ich bei ihr bin, bereue ich alles, was du mich gelehrt hast. Ich werde ganz anders als der Mensch, den du in mir siehst. Ich bin verändert und die bloße Berührung von Sibyl Vanes Hand lässt mich dich und all deine falschen, faszinierenden, vergifteten, herrlichen Theorien vergessen.«

»Und die wären …?«, fragte Lord Henry, während er sich vom Salat nahm.

»Oh, deine Theorien über das Leben, deine Theorien über die Liebe, deine Theorien über den Genuss. Eigentlich alle deine Theorien, Harry.«

»Genuss ist das Einzige auf der Welt, worüber eine Theorie zu haben sich lohnt«, antwortete er mit seiner trägen, melodischen Stimme. »Aber ich fürchte, ich kann meine Theorie nicht als meine eigene in Anspruch nehmen. Sie gehört der Natur, nicht mir. Genuss ist der Prüfstein der Natur, ihr Zeichen der Zustimmung. Wenn wir glücklich sind, sind wir immer gut, aber wenn wir gut sind, sind wir nicht immer glücklich.«

»Oh, aber was verstehst du unter gut?«, rief Basil Hallward.

»Ja«, wiederholte Dorian, indem er sich auf seinem Stuhl zurücklehnte und Lord Henry über die schweren Gebinde purpurlippiger Schwertlilien in der Mitte des Tisches hinweg ansah, »was verstehst du unter gut, Harry?«

»Gut sein heißt mit sich selbst in Einklang sein«, entgegnete er und berührte dabei den dünnen Stiel seines Glases mit seinen blassen, feingliedrigen Fingern. »Ein Missklang ist es, zur

Harmonie mit anderen gezwungen zu sein. Das eigene Leben – das ist das Entscheidende. Was das Leben der Nächsten betrifft, kann man, wenn man ein Pharisäer oder ein Puritaner sein will, seine moralischen Ansichten darüber hinausposaunen, aber es geht einen nichts an. Außerdem hat der Individualismus in Wahrheit das höhere Ziel. Die moderne Moral besteht darin, dass man den Maßstab seiner Zeit anerkennt. Ich bin der Meinung, dass es für jeden kultivierten Menschen eine Form gröbster Unmoral ist, den Maßstab seiner Zeit anzuerkennen.«

»Wenn man aber nur für sich selbst lebt, Harry, muss man doch sicher einen schrecklichen Preis dafür zahlen?«, warf der Maler ein.

»Ja, heutzutage wird uns für alles zuviel berechnet. Ich denke mir, dass die wahre Tragödie der Armen die ist, dass sie sich nichts leisten können als Selbstverleugnung. Schöne Sünden wie schöne Dinge sind das Privileg der Reichen.«

»Man muss auf andere Art und Weise bezahlen als mit Geld.«

»Auf welche Art und Weise, Basil?«

»Oh, ich könnte mir vorstellen, mit Gewissensbissen, mit Leid, mit … nun, mit dem Bewusstsein der Erniedrigung.«

Lord Henry zuckte mit den Schultern. »Mein lieber Freund, mittelalterliche Kunst ist entzückend, aber mittelalterliche Gefühle sind außer Mode. Man kann sie natürlich in Romanen verwenden. Folglich sind die einzigen Dinge, die man in Romanen verwenden kann, jene Dinge, für die man im wirklichen Leben keine Verwendung mehr hat. Glaube mir, kein zivilisierter Mensch bereut je einen Genuss, und kein unzivilisierter Mensch weiß je, was ein Genuss ist.«

»Ich weiß, was Genuss ist«, rief Dorian Gray. »Jemanden anzubeten.«

»Das ist jedenfalls besser, als angebetet zu werden«, entgegnete Lord Henry und spielte dabei mit ein paar Früchten. »Angebetet zu werden ist eine Plage. Die Frauen behandeln uns so, wie die Menschheit ihre Götter behandelt. Sie verehren uns und belästigen uns ständig damit, etwas für sie zu tun.«

»Ich würde eher sagen, worum auch immer sie bitten, sie haben es uns vorher geschenkt«, murmelte der junge Mann ernst. »Sie erzeugen die Liebe in unserem Wesen. Sie haben ein Recht, sie zurückzuverlangen.«

»Das ist völlig richtig, Dorian«, rief Hallward.

»Nichts ist jemals völlig richtig«, sagte Lord Henry.

»Das schon«, unterbrach Dorian. »Du musst zugeben, Harry, dass die Frauen den Männern das wahre Gold ihres Lebens schenken.«

»Möglich«, seufzte er, »aber sie verlangen es ausnahmslos in sehr kleiner Münze zurück. Das ist das Übel. Die Frauen, wie es ein geistreicher Franzose einmal ausgedrückt hat, wecken in uns das Verlangen, Meisterwerke zu schaffen, und hindern uns ständig daran, sie auszuführen.«

»Harry, du bist schrecklich! Ich weiß nicht, warum ich dich so sehr mag.«

»Du wirst mich immer mögen, Dorian«, entgegnete er. »Wollt ihr Kaffee, Freunde? – Ober, bringen Sie Kaffee und *fine-champagne* und Zigaretten. Nein, lassen Sie die Zigaretten, ich habe welche. Basil, ich kann dir nicht erlauben, Zigarren zu rauchen. Du musst eine Zigarette nehmen. Eine Zigarette ist die vollendete Erscheinungsform eines vollendeten Genusses. Sie ist köstlich und sie lässt einen unbefriedigt. Was kann man mehr verlangen? Ja, Dorian, du wirst mich immer gern haben. Ich verkörpere für dich all die Sünden, die zu begehen du nie den Mut gehabt hast.«

»Was für einen Unsinn du redest, Harry!«, rief der junge Mann und zündete sich an einem Feuer speienden silbernen Drachen, den der Kellner auf den Tisch gestellt hatte, eine Zigarette an. »Lasst uns zum Theater gehen. Wenn Sibyl die

Bühne betritt, werdet ihr ein neues Lebensideal haben. Sie wird für euch etwas darstellen, das ihr nie kennengelernt habt.«

»Ich habe alles kennengelernt«, sagte Lord Henry mit einem müden Ausdruck in den Augen, »aber ich bin immer bereit für eine neue Erregung des Gefühls. Ich fürchte nur, dass es, zumindest für mich, so etwas gar nicht gibt. Dennoch vermag dein wunderbares Mädchen mich vielleicht zu berauschen. Ich liebe die Schauspielerei. Sie ist so viel wirklicher als das Leben. Lasst uns gehen. Dorian, du kommst mit mir. Es tut mir sehr leid, Basil, aber im Brougham ist nur Platz für zwei. Du musst uns in einem Hansom folgen.«

Sie standen auf, zogen ihre Mäntel an und tranken ihren Kaffee im Stehen. Der Maler war schweigsam und gedankenverloren. Eine gedrückte Stimmung lastete auf ihm. Er konnte sich mit dieser Heirat nicht abfinden und doch schien sie ihm besser als vieles andere zu sein, was hätte geschehen können. Nach ein paar Minuten gingen sie gemeinsam die Treppe hinunter. Er fuhr wie verabredet allein und sah die blitzenden Lichter des kleinen Brougham vor sich. Ein seltsames Gefühl des Verlustes überkam ihn. Er fühlte, dass Dorian Gray nie wieder all das für ihn sein würde, was er ihm früher gewesen war. Das Leben war zwischen sie getreten … Sein Blick trübte sich und die belebten, erleuchteten Straßen verschwammen vor seinen Augen. Als der Wagen vor dem Theater hielt, schien es ihm, als sei er um Jahre gealtert.

Kapitel 7

Aus irgendeinem Grund war das Haus an diesem Abend voll besetzt und der fette jüdische Direktor, der sie an der Tür empfing, strahlte mit einem öligen, bebenden Lächeln über das ganze Gesicht. Er geleitete sie mit einer gewissen wichtigtuerischen Unterwürfigkeit zu ihrer Loge, fuchtelte mit seinen dicken, juwelenbesetzten Händen herum und redete mit lauter Stimme. Dorian Gray verabscheute ihn mehr denn je. Er hatte das Gefühl, als sei er gekommen, Miranda zu suchen, und von Kaliban empfangen worden. Lord Henry dagegen gefiel er ziemlich gut. Wenigstens behauptete er das und bestand darauf, ihm die Hand zu schütteln und ihm zu versichern, dass er stolz sei, einen Mann kennenzulernen, der ein wahres Genie entdeckt habe und wegen eines Dichters Bankrott gemacht habe. Hallward unterhielt sich damit, die Gesichter im Parkett zu betrachten. Die Hitze war schrecklich drückend und der riesige Sonnenkronleuchter flammte wie eine gigantische Dahlie mit Blättern aus gelbem Feuer. Die jungen Männer auf der Galerie hatten ihre Überröcke und Westen ausgezogen und sie über die Brüstung gehängt. Sie unterhielten sich quer durch das Theater miteinander und teilten ihre Orangen mit den grell gekleideten Mädchen, die neben ihnen saßen. Ein paar Frauen im Parkett lachten. Ihre Stimmen waren entsetzlich schrill und misstönend. Das Geräusch knallender Korken drang vom Schanktisch herüber.

»Welch ein Ort, um seine Göttin zu finden!«, sagte Lord Henry.

»Ja!«, antwortete Dorian Gray. »Hier habe ich sie gefunden, und sie ist göttlicher als alles Lebendige. Wenn sie spielt, werdet ihr alles vergessen. Diese gewöhnlichen, ruppigen Menschen mit ihren derben Gesichtern und rohen Gebärden werden ganz anders, wenn sie auf der Bühne steht. Sie sitzen still da und schauen ihr zu. Sie weinen und lachen, wie sie es will. Sie spielt auf ihnen wie auf einer Geige. Sie vergeistigt sie und man fühlt, dass sie vom selben Fleisch und Blut sind wie man selbst.«

»Vom selben Fleisch und Blut wie man selbst! Oh, ich hoffe nicht!«, rief Lord Henry, der die Besucher auf der Galerie durch sein Opernglas musterte.

»Beachte ihn gar nicht, Dorian«, sagte der Maler. »Ich verstehe, was du meinst, und ich glaube an dieses Mädchen. Jeder Mensch, den du liebst, muss wunderbar sein, und jedes Mädchen, das die Wirkung hat, die du schilderst, muss schön und edel sein. Seine Zeitgenossen zu vergeistigen – das ist etwas, das sich lohnt. Wenn dieses Mädchen jenen eine Seele zu geben vermag, die ohne eine gelebt haben, wenn sie in Menschen, deren Dasein schmutzig und hässlich war, einen Sinn für Schönheit zu wecken vermag, wenn sie ihnen ihre Selbstsucht zu nehmen und ihnen Tränen zu borgen vermag für Schmerzen, die nicht ihre eigenen sind, dann ist sie deiner ganzen Verehrung würdig, der Verehrung der ganzen Welt würdig. Diese Heirat ist völlig richtig. Ich dachte zuerst nicht so, aber jetzt gebe ich es zu. Die Götter haben Sibyl Vane für dich erschaffen. Ohne sie wärst du nicht vollständig gewesen.«

»Danke, Basil«, antwortete Dorian Gray und drückte ihm die Hand. »Ich wusste, du würdest mich verstehen. Harry ist so zynisch, er erschreckt mich. Aber hier ist das Orchester. Es ist wirklich miserabel, aber es dauert nur etwa fünf Minuten. Dann geht der Vorhang auf und du wirst das Mädchen sehen, dem ich mein ganzes Leben schenken will, dem ich alles gegeben habe, was gut ist in mir.«

Eine Viertelstunde später betrat Sibyl Vane unter einem außerordentlichen Beifallssturm die Bühne. Ja, sie war zweifellos reizend anzusehen – eines der reizendsten Geschöpfe, dachte Lord Henry, die er je gesehen hatte. Es lag etwas von einem

Rehkitz in ihrer scheuen Grazie und ihren erstaunten Augen. Ein schwaches Erröten wie der Widerschein einer Rose in einem silbernen Spiegel trat auf ihre Wangen, als sie einen Blick in das voll besetzte, begeisterte Haus warf. Sie trat ein paar Schritte zurück und ihre Lippen schienen zu beben. Basil Hallward sprang auf die Füße und begann zu applaudieren. Regungslos und wie ein Träumender saß Dorian Gray da und starrte sie an. Lord Henry spähte durch sein Opernglas und murmelte: »Entzückend, entzückend!«

Die Bühne war der Saal in Capulets Haus und Romeo in seinem Pilgergewand war mit Mercutio und seinen anderen Freunden eingetreten. Das so genannte Orchester spielte ein paar Takte Musik und der Tanz begann. Durch den Haufen unbeholfener, schäbig gekleideter Schauspieler bewegte sich Sibyl Vane wie ein Geschöpf aus einer höheren Welt. Ihr Körper wiegte sich beim Tanzen, wie eine Pflanze sich im Wasser wiegt. Die Konturen ihres Halses waren wie die Konturen einer weißen Lilie. Ihre Hände schienen aus kühlem Elfenbein geschaffen zu sein.

Doch sie wirkte seltsam teilnahmslos. Sie zeigte keinerlei Zeichen der Freude, als ihr Blick auf Romeo ruhte. Die wenigen Worte, die sie zu sprechen hatte –

Nein, Pilger, lege nichts der Hand zuschulden
Für ihren sittsam-andachtsvollen Gruß;
Der Heiligen Rechte darf Berührung dulden,
und Hand in Hand ist frommer Waller Kuss –

mit dem kurzen Dialog, der folgt, wurden in durch und durch gekünstelter Manier gesprochen. Die Stimme war wunderbar, aber der Ton war vollkommen verfehlt. Er lag in der Klangfarbe falsch. Er nahm dem Vers alles Leben. Er machte die Leidenschaft unwahr.

Dorian Gray wurde blass, während er ihr zusah. Er war verwirrt und beunruhigt. Keiner seiner Freunde wagte es, irgendetwas zu ihm zu sagen. Sie erschien ihnen vollkommen untalentiert. Sie waren schrecklich enttäuscht.

Dennoch fanden sie, dass der wahre Prüfstein für jede Julia die Balkonszene im zweiten Akt war. Darauf warteten sie. Wenn sie dort versagte, war nichts an ihr.

Sie sah reizend aus, als sie im Mondlicht auftrat. Das war nicht zu leugnen. Aber das Theatralische ihres Spiels war unerträglich und wurde immer schlimmer, während sie weiterspielte. Ihre Gesten gerieten lächerlich gekünstelt. Sie übertrieb die Betonung von allem, was sie zu sagen hatte. Die schöne Stelle –

Du weißt, die Nacht verschleiert mein Gesicht,
Sonst färbte Mädchenröte meine Wangen
Um das, was du vorhin mich sagen hörtest –

wurde mit der peinlichen Genauigkeit eines Schulmädchens deklamiert, dem irgendein zweitklassiger Rhetorikprofessor das Rezitieren beigebracht hatte. Als sie sich über den Balkon beugte und zu den wunderbaren Zeilen kam –

Obwohl ich dein mich freue,
Freu' ich mich nicht des Bundes dieser Nacht:
Er ist zu rasch, zu unbedacht, zu plötzlich,
Gleicht allzusehr dem Blitz, der schon vorbei,
Noch eh' man sagen kann: es blitzt. – Schlaf süß!
Mag warmer Sommerhauch die Liebesknospe
Zur Blume bis zum Wiedersehn entfalten –

sprach sie die Worte, als enthielten sie keinen Sinn für sie. Es war nicht Nervosität. Ja, weit entfernt davon, nervös zu sein, war sie vollkommen beherrscht. Es war einfach schlechte Kunst. Sie war eine vollkommene Versagerin.

Sogar das gewöhnliche, ungebildete Publikum im Parkett und auf der Galerie verlor das Interesse an dem Stück. Die Leute wurden unruhig und fingen an, sich laut zu unterhalten und zu pfeifen. Der jüdische Direktor, der im hinteren Teil des ersten Ranges stand, stampfte und fluchte vor Wut. Die Einzige, die unbewegt blieb, war das Mädchen selbst.

Als der zweite Akt vorüber war, brach ein Sturm von Pfiffen los und Lord Henry stand von seinem Stuhl auf und zog seinen Überrock an. »Sie ist wirklich schön, Dorian«, sagte er, »aber sie kann nicht spielen. Lass uns gehen.«

»Ich werde mir das Stück ganz ansehen«, antwortete der junge Mann mit harter, bitterer Stimme. »Es tut mir furchtbar leid, dass ich dich dazu gebracht habe, einen Abend zu vergeuden, Harry. Ich bitte euch beide um Entschuldigung.«

»Mein lieber Dorian, ich glaube, Miss Vane war krank«, unterbrach Hallward. »Wir werden an einem anderen Abend wiederkommen.«

»Ich wünschte, sie wäre krank«, erwiderte er. »Aber sie scheint mir einfach gefühllos und kalt zu sein. Sie ist völlig verändert. Gestern Abend war sie eine großartige Künstlerin. Heute Abend ist sie bloß eine gewöhnliche, mittelmäßige Schauspielerin.«

»Sprich nicht so über jemanden, den du liebst, Dorian. Die Liebe ist etwas viel Wunderbareres als die Kunst.«

»Sie sind beide nur Formen der Nachahmung«, bemerkte Lord Henry. »Aber lasst uns wirklich gehen. Dorian, du darfst nicht länger hier bleiben. Es ist nicht gut für die Moral eines Menschen, schlechte Schauspielkunst zu sehen. Außerdem nehme ich nicht an, dass du deine Frau auftreten lassen willst. Was macht es also, wenn sie die Julia wie eine Holzpuppe spielt? Sie ist ganz bezaubernd, und wenn sie vom

Leben so wenig weiß wie von der Schauspielerei, dann wird sie ein köstliches Erlebnis sein. Es gibt nur zwei Arten von Menschen, die wirklich faszinierend sind – Menschen, die wirklich alles wissen, und Menschen, die rein gar nichts wissen. Um Himmels Willen, mein lieber Junge, schau nicht so tragisch drein! Das Geheimnis, jung zu bleiben, besteht darin, niemals eine Erregung zu haben, die nicht zuträglich ist. Komm mit Basil und mir in den Klub. Wir wollen Zigaretten rauchen und auf die Schönheit von Sibyl Vane trinken. Sie ist schön. Was willst du mehr?«

»Geh, Harry«, rief der junge Mann. »Ich will allein sein. Basil, du musst gehen. Ach, könnt ihr nicht sehen, wie mir das Herz bricht?« Heiße Tränen traten in seine Augen. Seine Lippen bebten, er eilte in den hinteren Teil der Loge, lehnte sich gegen die Wand und verbarg sein Gesicht in den Händen.

»Lass uns gehen, Basil«, sagte Lord Henry mit einer ungewohnten Zärtlichkeit in der Stimme; und die beiden jungen Männer gingen zusammen hinaus.

Ein paar Augenblicke später flammte das Rampenlicht wieder auf und der Vorhang hob sich zum dritten Akt. Dorian Gray ging zu seinem Platz zurück. Er sah blass und hochmütig und gleichgültig aus. Das Spiel zog sich in die Länge und schien endlos. Die Hälfte des Publikums ging mit schweren Stiefeln trampelnd und lachend hinaus. Das Ganze war ein Fiasko. Der letzte Akt wurde vor nahezu leeren Bänken gespielt. Der Vorhang fiel unter Gekicher und Geächze.

Sobald es vorbei war, stürzte Dorian Gray hinter den Kulissen in die Garderobe. Das Mädchen stand allein da, mit einem triumphierenden Ausdruck im Gesicht. In ihren Augen leuchtete ein köstliches Feuer. Ein strahlender Glanz umgab sie. Ihre geöffneten Lippen lächelten über ein Geheimnis, das nur sie kannten.

Als er eintrat, blickte sie ihn an und ein Ausdruck unendlichen Glücks kam über sie. »Wie schlecht ich heute Abend spielte, Dorian!«, rief sie.

»Entsetzlich«, antwortete er und starrte sie fassungslos an – »entsetzlich! Es war schrecklich! Bist du krank? Du hast keine Ahnung, wie es war. Du hast keine Ahnung, wie ich gelitten habe.«

Das Mädchen lächelte. »Dorian«, antwortete sie und zog seinen Namen mit melodischer Stimme in die Länge, als wäre er den roten Blütenblättern ihres Mundes süßer als Honig – »Dorian, du hättest es verstehen müssen. Aber jetzt verstehst du es, nicht wahr?«

»Was verstehe ich?«, fragte er verärgert.

»Warum ich heute Abend so schlecht war. Warum ich immer schlecht sein werde. Warum ich nie mehr gut spielen werde.«

Er zuckte mit den Schultern. »Du bist wahrscheinlich krank. Wenn du krank bist, solltest du nicht spielen. Du machst dich lächerlich. Meine Freunde haben sich gelangweilt. Ich habe mich gelangweilt.«

Sie schien ihm nicht zuzuhören. Sie war verklärt vor Freude. Ein Rausch des Glücks beherrschte sie.

»Dorian, Dorian«, rief sie, »bevor ich dich kannte, war die Schauspielerei die einzige Wirklichkeit in meinem Leben. Nur im Theater lebte ich. Ich hielt das alles für wahr. An einem Abend war ich Rosalinde, am nächsten Portia. Beatrices Freude war meine Freude und Cordelias Kummer war meiner. Ich glaubte an alles. Die gewöhnlichen Menschen, die mit mir zusammen spielten, schienen mir göttlich zu sein. Die gemalten Kulissen waren meine Welt. Ich kannte nichts als Schatten und ich hielt sie für wirklich. Dann kamst du – oh mein schöner Geliebter – und du befreitest meine Seele aus dem Gefängnis. Du lehrtest mich, was die Wirklichkeit wirklich ist. Heute Abend habe ich zum ersten Mal in meinem Leben die Hohlheit durchschaut, die Heuchelei, die Albernheit des nichtigen Maskenspiels, in dem ich immer mitgespielt habe. Heute Abend wurde mir zum ersten Mal bewusst, dass der Romeo hässlich, alt und geschminkt war, dass das Mondlicht im Garten unecht war, dass das Bühnenbild geschmacklos war und dass die Worte, die ich zu sprechen hatte, unwirklich waren, nicht meine Worte waren, nicht das waren, was ich sagen wollte. Du hattest mir etwas Höheres gebracht, etwas, wovon alle Kunst nur ein Abglanz ist. Du hast mich verstehen gelehrt, was Liebe wirklich ist. Mein Geliebter! Mein Geliebter! Märchenprinz! Prinz meines Lebens! Ich bin der Schatten überdrüssig. Du bist mir mehr als alle Kunst je sein kann. Was habe ich mit den Puppen eines Schauspiels zu schaffen? Als ich heute Abend auftrat, konnte ich nicht begreifen, wie es kam, dass alles fort war. Ich dachte, ich würde wunderbar sein. Ich merkte, dass ich nichts mehr konnte. Plötzlich dämmerte es meiner Seele, was das alles bedeutete. Diese Erkenntnis war herrlich für mich. Ich hörte sie pfeifen und ich lächelte. Was konnten sie von einer Liebe wie der unseren wissen? Bring mich fort, Dorian – nimm mich mit dir dorthin, wo wir ganz allein sein können. Ich hasse die Bühne. Ich kann eine Leidenschaft spielen, die ich nicht empfinde, aber ich kann nicht eine spielen, die mich wie Feuer verbrennt. Oh Dorian, Dorian, verstehst du jetzt, was das bedeutet? Selbst wenn ich es zustande brächte, wäre es eine Entweihung, Verliebtheit zu spielen. Du hast mich das erkennen lassen.«

Er warf sich aufs Sofa und wandte sein Gesicht ab. »Du hast meine Liebe getötet«, murmelte er.

Sie sah ihn erstaunt an und lachte. Er gab keine Antwort. Sie kam zu ihm herüber und streichelte mit ihren kleinen Fingern sein Haar. Sie kniete nieder und drückte seine Hände an ihre Lippen. Er zog sie weg und ein Schauder überlief ihn.

Dann sprang er auf und ging zur Tür. »Ja«, rief er, »du hast meine Liebe getötet. Bisher hast du meine Fantasie geweckt. Jetzt weckst du nicht einmal meine Neugier. Du rufst einfach keine Wirkung hervor. Ich liebte dich, weil du wunderbar warst, weil du Genialität und Verstand hattest, weil du die Träume großer Dichter greifbar machtest und den Schatten der Kunst Gestalt und Inhalt verliehst. All das hast du weggeworfen. Du bist oberflächlich und dumm. Mein Gott! Wie verrückt war ich doch, dich zu lieben! Was für ein Narr bin ich gewesen! Du bedeutest mir jetzt nichts mehr. Ich will dich nie wiedersehen. Ich will nie mehr an dich denken. Ich will deinen Namen nie wieder erwähnen. Du weißt nicht, was du mir einst warst. Ja, einst ... Oh, ich kann es nicht ertragen, daran zu denken. Ich wünschte, ich hätte dich niemals erblickt. Du hast die Romanze meines Lebens zerstört. Wie wenig kannst du von der Liebe wissen, wenn du sagst, sie zerstöre deine Kunst! Ohne deine Kunst bist du nichts. Ich hätte dich berühmt gemacht, strahlend, großartig. Die Welt hätte dich angebetet und du hättest meinen Namen getragen. Was bist du jetzt? Eine drittklassige Schauspielerin mit einem hübschen Gesicht.«

Das Mädchen wurde leichenblass und zitterte. Sie presste die Hände zusammen und die Stimme schien ihr in der Kehle stecken zu bleiben. »Du meinst das doch nicht ernst, Dorian?«, murmelte sie. »Du spielst Theater.«

»Theaterspielen! Das überlasse ich dir. Du kannst es so gut«, antwortete er bitter.

Sie erhob sich von den Knien und kam mit einem herzzerreißenden Ausdruck der Qual im Gesicht durch das Zimmer zu ihm. Sie legte ihm die Hand auf den Arm und sah ihm in die Augen. Er stieß sie zurück. »Rühr mich nicht an!«, schrie er.

Ein leises Stöhnen brach aus ihr heraus, sie warf sich ihm zu Füßen und lag da wie eine zertretene Blume. »Dorian, Dorian, verlass mich nicht!«, flüsterte sie. »Es tut mir so leid, dass ich nicht gut gespielt habe. Ich habe die ganze Zeit an dich gedacht. Aber ich werde mich anstrengen – ich werde mich wirklich anstrengen. Sie traf mich so unerwartet, meine Liebe zu dir. Ich glaube, ich hätte nichts davon bemerkt, wenn du mich nicht geküsst hättest – wenn wir einander nicht geküsst hätten. Küss mich noch einmal, mein Geliebter. Geh nicht fort von mir. Ich könnte es nicht ertragen. Oh, geh nicht fort von mir. Mein Bruder … nein, vergiss es. Er meinte es nicht so. Er scherzte nur … Aber du, oh, kannst du mir wegen heute Abend nicht verzeihen? Ich werde so hart arbeiten und versuchen, besser zu werden. Sei nicht grausam gegen mich, weil ich dich mehr liebe als alles auf der Welt. Schließlich habe ich dir nur ein einziges Mal nicht gefallen. Aber du hast völlig recht, Dorian. Ich hätte mich mehr als Künstlerin erweisen sollen. Es war töricht von mir; und doch konnte ich nicht anders. Oh, verlass mich nicht, verlass mich nicht.« Ein Ausbruch leidenschaftlichen Schluchzens erstickte sie. Sie kauerte auf dem Boden wie ein wundes Tier und Dorian Gray sah mit seinen schönen Augen auf sie herab und seine wohlgeformten Lippen kräuselten sich in tiefster Verachtung. Die Gefühlsregungen von Menschen, die man aufgehört hat zu lieben, haben immer etwas Lächerliches an sich. Sibyl Vane schien ihm albern melodramatisch zu sein. Ihre Tränen und ihr Schluchzen gingen ihm auf die Nerven.

»Ich gehe«, sagte er schließlich mit seiner ruhigen, klaren Stimme. »Ich will nicht unfreundlich sein, aber ich kann dich nicht wiedersehen. Du hast mich enttäuscht.«

Sie weinte still vor sich hin und gab keine Antwort, kroch aber näher. Ihre kleinen Hände streckten sich blindlings aus und schienen ihn zu suchen. Er drehte sich auf dem Absatz um und verließ das Zimmer. Wenige Augenblicke später war er aus dem Theater heraus.

Wohin er ging, wusste er kaum. Er erinnerte sich, durch schwach beleuchtete Straßen gewandert zu sein, vorbei an finsteren, in schwarze Schatten getauchte Torbogen und elend aussehenden Häusern. Frauen mit heiseren Stimmen und schrillem Lachen hatten hinter ihm hergerufen. Betrunkene waren fluchend und mit sich selbst sprechend wie riesige Affen vorbeigetorkelt. Er hatte fratzenhafte Kinder gesehen, auf Türschwellen zusammengekauert, und Schreie und Flüche aus düsteren Hinterhöfen gehört.

Als die Morgendämmerung anbrach, befand er sich in der Nähe von Covent Garden. Die Dunkelheit lichtete sich und der Himmel, gerötet von blassen Feuern, wölbte sich zu einer vollendeten Perle. Riesige Karren voller nickender Lilien rumpelten langsam die glänzende, leere Straße hinunter. Die Luft war schwer vom Duft der Blumen und ihre Schönheit schien seinem Schmerz Linderung zu bringen. Er folgte ihnen zum Markt und sah den Männern zu, die ihre Wagen ausluden. Ein Fuhrmann in weißem Kittel bot ihm ein paar Kirschen an. Er dankte ihm, fragte sich, warum er sich weigerte, Geld dafür zu nehmen, und begann zerstreut davon zu essen. Sie waren um Mitternacht gepflückt worden und die Kühle des Mondes war in sie eingedrungen. Eine lange Reihe von Jungen, die Kisten mit gestreiften Tulpen und gelben und roten Rosen schleppten, zog vor ihm vorbei und bahnte sich ihren Weg durch die riesigen jadegrünen Gemüseberge hindurch. Unter dem Portikus mit seinen grauen, sonnengebleichten Säulen lungerte eine Gruppe von schmuddeligen, barhäuptigen Mädchen herum, die warteten, bis die Versteigerung vorüber war. Andere drängten sich vor den Schwingtüren des Kaffeehauses auf der Piazza. Die schweren Zugpferde schlitterten und stampften auf den groben Pflastersteinen, ihre Glocken und Geschirre schüttelnd. Einige der Fuhrleute lagen schlafend auf einem Haufen von Säcken. Die Tauben liefen mit regenbogenfarbenen Hälsen und rosa Füßen herum und pickten Körner auf.

Nach einer Weile rief er sich einen Hansom und fuhr nach Hause. Ein paar Augenblicke zögerte er auf der Türschwelle und ließ seinen Blick über den stillen Platz mit seinen leeren, fest geschlossenen Fenstern und seinen starrenden Fensterläden schweifen. Der Himmel war inzwischen reiner Opal und die Dächer der Häuser hoben sich silbern glitzernd gegen ihn ab. Von einem Schornstein gegenüber stieg eine dünne Rauchsäule auf. Sie kräuselte sich als violettes Band durch die perlmutterfarbene Luft.

In der riesigen venezianischen Goldlaterne, einem Beutestück von der Barke irgendeines Dogen, die von der Decke der großen, eichengetäfelten Eingangshalle herabhing, brannten noch die Lichter von drei flackernden Gasflammen: Sie sahen aus wie dünne blaue Flammenblätter, umsäumt von weißem Feuer. Er drehte sie aus und ging, nachdem er Hut und Mantel auf den Tisch geworfen hatte, durch die Bibliothek zur Tür seines Schlafzimmers, einer großen, achteckigen Kammer im Erdgeschoss, die er sich in seinem neu erwachten Gefühl für Luxus erst kürzlich hatte einrichten und mit einigen eigentümlichen Renaissance-Wandteppichen bespannen lassen, die in einer ungenutzten Dachkammer in Selby Royal entdeckt worden waren. Als er den Türknauf drehte, fiel sein Blick auf das Porträt, das Basil Hallward von ihm gemalt hatte. Er schrak erstaunt zurück. Dann ging er in sein Zimmer und sah leicht verwirrt aus. Nachdem er die Blume aus dem Knopfloch seines Überrocks genommen hatte, schien er zu zögern. Schließlich kam er zurück, ging zu dem Bild hinüber und betrachtete es genau. In dem dämmrigen, verhaltenen Licht, das mühsam durch die cremefarbenen Seidenvorhänge drang, kam ihm das Gesicht ein wenig verändert vor. Der Ausdruck war anders. Man hätte sagen können, dass ein Anflug von Grausamkeit um den Mund läge. Es war wirklich eigenartig.

Er wandte sich um, ging zum Fenster und zog den Vorhang auf. Das helle Morgenlicht durchflutete das Zimmer und fegte die fantastischen Schatten in düstere Ecken, wo sie schaudernd liegen blieben. Aber der befremdliche Ausdruck, den er im Gesicht des Porträts bemerkt hatte, schien dort zu verharren und sich sogar noch verstärkt zu haben. Das zitternde, glühende Sonnenlicht zeigte ihm die Linien der Grausamkeit um den Mund so deutlich, als hätte er in einen Spiegel geschaut, nachdem er etwas Entsetzliches getan hatte.

Er zuckte zusammen, nahm vom Tisch einen ovalen Spiegel, der von elfenbeinernen Liebesgöttern eingefasst war, eines der vielen Geschenke, die Lord Henry ihm gemacht hatte, und warf einen hastigen Blick in seine glänzenden Tiefen. Keine derartige Linie entstellte seine roten Lippen. Was bedeutete das?

Er rieb sich die Augen, trat ganz nahe an das Bild heran und musterte es erneut. Als er die eigentliche Malstruktur untersuchte, gab es keinerlei Hinweise auf irgendeine Veränderung, und doch war kein Zweifel daran, dass sich der gesamte Ausdruck verändert hatte. Es war keine bloße Einbildung von ihm. Die Sache war entsetzlich offenkundig.

Er warf sich in einen Sessel und begann nachzudenken. Plötzlich blitzte in seiner Erinnerung auf, was er in Basil Hallwards Atelier an dem Tag, als das Bild fertig geworden war, gesagt hatte. Ja, er erinnerte sich genau. Er hatte den wahnsinnigen Wunsch geäußert, dass er selbst jung bleiben möge und das Porträt altern; dass seine eigene Schönheit makellos bleiben und das Gesicht auf der Leinwand die Last seiner Leidenschaften und Sünden tragen möge; dass das gemalte Abbild von den Linien des Leidens und Denkens zerfurcht werden möge und dass er die zarte Blüte und die Anmut seiner ihm damals gerade erst bewusst gewordenen Jugend behalten möge. Sein Wunsch war doch nicht etwa erfüllt worden? Solche Dinge waren unmöglich. Es schien ungeheuerlich, auch nur daran zu denken. Und doch, da stand das Bild vor ihm, mit dem Anflug von Grausamkeit um den Mund.

Grausamkeit! War er grausam gewesen? Es war die Schuld des Mädchens, nicht seine. Er hatte von ihr als einer großen Künstlerin geträumt, hatte ihr seine Liebe geschenkt, weil er sie für großartig gehalten hatte. Dann hatte sie ihn enttäuscht. Sie war oberflächlich und unwürdig gewesen. Und doch überkam ihn ein Gefühl unendlichen Mitleids, als er daran dachte, wie sie ihm, schluchzend wie ein kleines Kind, zu Füßen gelegen hatte. Er erinnerte sich, mit welcher Gefühllosigkeit er sie betrachtet hatte. Warum war er so geschaffen worden? Warum war ihm eine solche Seele verliehen worden? Aber auch er hatte gelitten. Während der drei schrecklichen Stunden, die das Stück gedauert hatte, hatte er Jahrhunderte der Qual durchlebt, Äon um Äon der Folter. Sein Leben war so viel wert wie ihres. Sie hatte ihn für einen Augenblick vernichtet, selbst wenn er sie für ein ganzes Menschenleben verletzt hatte. Außerdem waren Frauen besser geeignet, Kummer zu ertragen, als Männer. Sie lebten von ihren Gefühlen. Sie dachten nur an ihre Gefühle. Wenn sie sich Liebhaber nahmen, dann nur, um jemanden zu haben, dem sie Szenen machen konnten. Lord Henry hatte ihm das gesagt, und Lord Henry wusste, wie die Frauen waren. Warum sollte er sich wegen Sibyl Vane beunruhigen? Sie bedeutete ihm jetzt nichts mehr.

Aber das Bild? Was sollte er dazu sagen? Es barg das Geheimnis seines Lebens und erzählte seine Geschichte. Es hatte ihn gelehrt, seine eigene Schönheit zu lieben. Würde es ihn lehren, seine eigene Seele zu verabscheuen? Würde er es jemals wieder betrachten?

Nein; es war nur eine Täuschung, erdacht von den aufgewühlten Sinnen. Die entsetzliche Nacht, die er durchlebt hatte,

hatte Gespenster zurückgelassen. Plötzlich war auf sein Gehirn jener winzige scharlachrote Fleck gefallen, der Menschen in den Wahnsinn treibt. Das Bild hatte sich nicht verändert. Es war töricht, das zu glauben.

Dennoch blickte es ihn an mit seinem schönen entstellten Gesicht und seinem grausamen Lächeln. Sein helles Haar leuchtete im frühen Sonnenlicht. Seine blauen Augen trafen seine eigenen. Ein Gefühl unendlichen Mitleids, nicht mit sich selbst, sondern mit seinem gemalten Abbild, überkam ihn. Es hatte sich bereits verändert und würde sich weiter verändern. Sein Gold würde zu Grau verblassen. Seine roten und weißen Rosen würden verwelken. Für jede Sünde, die er beging, würde ein Makel seine Schönheit beflecken und verderben. Aber er würde nicht sündigen. Das Bild, verändert oder unverändert, würde für ihn das sichtbare Wahrzeichen des Gewissens sein. Er würde der Versuchung widerstehen. Er würde Lord Henry nicht wiedersehen – würde jedenfalls nicht mehr auf jene heimtückischen, vergiftenden Theorien hören, die in Basil Hallwards Garten zum ersten Mal die Leidenschaft für unvorstellbare Dinge in ihm geweckt hatten. Er würde zu Sibyl Vane zurückgehen, Wiedergutmachung leisten, sie heiraten, versuchen, sie wieder zu lieben. Ja, es war seine Pflicht, das zu tun. Sie musste mehr gelitten haben als er. Armes Kind! Er war selbstsüchtig und grausam gegen sie gewesen. Die Faszination, die sie auf ihn ausgeübt hatte, würde zurückkehren. Sie würden zusammen glücklich sein. Sein Leben mit ihr würde schön und rein sein.

Er erhob sich aus seinem Sessel und zog einen großen Wandschirm genau vor das Porträt. Ihn schauderte, als er einen Blick darauf warf. »Wie entsetzlich«, murmelte er vor sich hin, ging zur Glastür hinüber und öffnete sie. Als er auf den Rasen hinaustrat, atmete er tief ein. Die frische Morgenluft schien all seine düsteren Empfindungen zu verscheuchen. Er dachte nur noch an Sibyl. Ein schwacher Widerhall seiner Liebe kehrte zu ihm zurück. Er wiederholte ihren Namen immer und immer wieder. Die Vögel, die in dem taugetränkten Garten sangen, schienen den Blumen von ihr zu erzählen.

KAPITEL 8

Es war weit nach Mittag, als er erwachte. Sein Diener war mehrmals auf Zehenspitzen in das Zimmer geschlichen, um zu sehen, ob er sich rührte, und hatte sich gefragt, was seinen jungen Herrn so lange schlafen ließ. Schließlich erklang seine Glocke und Victor trat leise mit einer Tasse Tee und einem Stapel Briefe auf einem kleinen Tablett aus altem Sèvresporzellan ein und zog die olivfarbenen Atlasvorhänge mit ihrem blau schimmernden Futter zurück, die vor den drei großen Fenstern hingen.

»Monsieur hat heute Morgen gut geschlafen«, sagte er lächelnd.

»Wie viel Uhr ist es, Victor?«, fragte Dorian Gray schlaftrunken.

»Viertel nach eins, Monsieur.«

Wie spät es war! Er setzte sich auf, und nachdem er am Tee genippt hatte, sah er seine Briefe durch. Einer davon war von Lord Henry und war an diesem Morgen von einem Boten gebracht worden. Er zögerte einen Augenblick und legte ihn dann beiseite. Lustlos öffnete er die anderen. Sie enthielten die übliche Sammlung von Visitenkarten, Einladungen zu Essen, Eintrittskarten für Vernissagen, Programmen für Wohltätigkeitskonzerte und dergleichen, mit der junge Männer der Gesellschaft während der Saison jeden Morgen überschüttet werden. Es war auch eine recht hohe Rechnung für eine ziselierte silberne Louis-Quinze-Waschgarnitur dabei, die seinen Vormündern zu schicken er bisher noch nicht den Mut gehabt hatte, welche außerordentlich altmodische Leute waren und nicht begriffen, dass wir in einer Zeit leben, in der unnötige Dinge unsere einzigen Notwendigkeiten sind; außerdem gab es einige sehr höflich formulierte Schreiben von Geldverleihern in der Jermyn Street, die anboten, jede beliebige Geldsumme in kürzester Zeit und zum niedrigsten Zinssatz vorzustrecken.

Nach etwa zehn Minuten stand er auf, warf sich einen aufwändig gearbeiteten Schlafrock aus seidenbestickter Kaschmirwolle über und ging in das onyxgeflieste Badezimmer. Das kühle Wasser erfrischte ihn nach seinem langen Schlaf. Er schien alles vergessen zu haben, was er durchgemacht hatte. Ein- oder zweimal überkam ihn ein undeutliches Gefühl, in irgendeine seltsame Tragödie verwickelt gewesen zu sein, aber es hatte die Unwirklichkeit eines Traumes an sich.

Sobald er angezogen war, ging er in die Bibliothek und setzte sich zu einem leichten französischen Frühstück, das auf einem kleinen runden Tisch nahe dem offenen Fenster für ihn gedeckt worden war. Es war ein herrlicher Tag. Die warme Luft schien von würzigen Düften erfüllt. Eine Biene flog herein und summte um die Schale mit den blauen Drachen, die mit schwefelgelben Rosen gefüllt vor ihm stand. Er fühlte sich vollkommen glücklich.

Plötzlich fiel sein Blick auf den Wandschirm, den er vor das Porträt gestellt hatte, und er zuckte zusammen.

»Zu kalt für Monsieur?«, fragte sein Diener, während er ein Omelett auf den Tisch stellte. »Soll ich das Fenster schließen?«

Dorian schüttelte den Kopf. »Mir ist nicht kalt«, murmelte er.

War es alles wahr? Hatte sich das Porträt wirklich verändert? Oder war es lediglich seine eigene Fantasie gewesen, die ihn einen Ausdruck des Bösen hatte sehen lassen, wo ein Ausdruck der Freude gewesen war? Eine bemalte Leinwand konnte sich doch nicht verändern? Die Sache war absurd. Sie würde sich als Anekdote eignen, um sie Basil eines Tages zu erzählen. Er würde darüber lächeln.

Und doch, wie lebhaft war seine Erinnerung an das Ganze! Zuerst in dem dämmrigen Zwielicht und dann im hellen Tagesanbruch hatte er den Anflug von Grausamkeit um die verzogenen Lippen gesehen. Er fürchtete sich fast davor, dass sein Diener das Zimmer verließ. Er wusste, wenn er allein war, würde er das Porträt betrachten müssen. Er hatte Angst vor der Gewissheit. Nachdem Kaffee und Zigaretten gebracht worden waren und der Mann sich zum Gehen wandte, verspürte er den heftigen Wunsch, ihn zum Bleiben aufzufordern. Als sich die Tür hinter ihm schließen wollte, rief er ihn zurück. Der Mann stand da und wartete auf seine Anweisungen. Dorian sah ihn einen Augenblick an. »Ich bin für niemanden zu Hause, Victor«, sagte er mit einem Seufzer. Der Mann verbeugte sich und zog sich zurück.

Dann stand er vom Tisch auf, zündete sich eine Zigarette an und ließ sich auf ein luxuriös gepolstertes Sofa fallen, das dem Wandschirm gegenüber stand. Es war ein alter Wandschirm aus spanischem Goldleder, in das ein recht überladenes Louis-Quatorze-Muster geprägt und punziert war. Er betrachtete ihn neugierig und fragte sich, ob er jemals zuvor das Geheimnis eines Menschenlebens verhüllt hatte.

Sollte er ihn überhaupt beiseite schieben? Warum ihn nicht dort stehen lassen? Was half es, es zu wissen? War die Sache wahr, so war es schrecklich. War sie nicht wahr, warum sich darüber beunruhigen? Aber angenommen, dass durch irgendeine Fügung oder einen tödlichen Zufall andere Augen als seine dahinter spähten und die entsetzliche Veränderung sähen? Was sollte er tun, wenn Basil Hallward kam und sein eigenes Bild sehen wollte? Basil würde das sicher tun. Nein, die Sache musste untersucht werden, und zwar sofort. Alles wäre besser als dieser schreckliche Zustand der Ungewissheit.

Er stand auf und verschloss beide Türen. Wenigstens würde er allein sein, wenn er die Maske seiner Schande betrachtete. Daraufhin zog er den Wandschirm beiseite und sah sich selbst von Angesicht zu Angesicht. Es war vollkommen wahr. Das Porträt hatte sich verändert.

Er erinnerte sich später oft und stets mit nicht geringer Verwunderung, dass er das Porträt zuerst mit einem Gefühl von nahezu wissenschaftlichem Interesse angestarrt hatte. Dass eine derartige Veränderung stattgefunden haben sollte, erschien ihm unglaublich. Und doch war es eine Tatsache. Bestand irgendeine geheime Verbundenheit zwischen den chemischen Atomen, die auf der Leinwand Form und Farbe annahmen, und der Seele, die in ihm wohnte? Konnte es sein, dass sie veranschaulichten, was seine Seele dachte? Dass sie wahr machten, wovon jene träumte? Oder gab es eine andere, schrecklichere Ursache? Ihn schauderte und er verspürte Angst, dann ging er zum Sofa zurück, legte sich hin und starrte das Bild in krankhaftem Entsetzen an.

Eines jedoch, fühlte er, hatte es für ihn bewirkt. Es hatte ihm bewusst gemacht, wie ungerecht, wie grausam er gegen Sibyl Vane gewesen war. Es war noch nicht zu spät, dafür Wiedergutmachung zu leisten. Sie konnte immer noch seine Frau werden. Seine unwirkliche und selbstsüchtige Liebe würde einem höheren Einfluss weichen, würde sich in eine edlere Leidenschaft verwandeln, und das Porträt, das Basil Hallward von ihm gemalt hatte, würde ihm ein Wegweiser durch das Leben sein, würde ihm sein, was manchen Heiligkeit, anderen Gewissen und uns allen Gottesfurcht ist. Es gab Opiate gegen Gewissensbisse, Drogen, die den Sinn für Moral einschläfern konnten. Aber hier war ein sichtbares Symbol für die Erniedrigung durch Sünde. Hier war ein allgegenwärtiges Zeichen für das Verderben, das die Menschen über ihre Seelen brachten.

Es schlug drei Uhr, und vier, und der doppelte Glockenschlag der nächsten halben Stunde erklang, aber Dorian Gray rührte sich nicht. Er versuchte, die scharlachroten Fäden des Lebens aufzusammeln und sie zu einem Muster zu weben; seinen Weg durch das blutrote Labyrinth der Leidenschaft zu finden, durch das er irrte. Er wusste nicht, was er tun oder was er denken sollte. Schließlich ging er zum Tisch hinüber und schrieb einen leidenschaftlichen Brief an das Mädchen, das er geliebt hatte, flehte sie darin um Vergebung an und beschuldigte sich selbst des Wahnsinns. Er bedeckte Seite um Seite mit heftigen Worten des Kummers und noch heftigeren Worten des Schmerzes. Es gibt eine Verschwendungssucht in der Selbstanklage. Wenn wir uns selbst tadeln, glauben wir, kein anderer habe das Recht, uns zu tadeln. Die Beichte, nicht der Priester, erteilt uns Absolution. Als Dorian den Brief beendet hatte, fühlte er, dass ihm vergeben worden war.

Plötzlich klopfte es an der Tür und er hörte draußen Lord Henrys Stimme. »Mein lieber Junge, ich muss dich sehen. Lass mich sofort herein. Ich kann es nicht ertragen, wenn du dich so einschließt.«

Er gab zunächst keine Antwort, sondern blieb ganz still. Das Klopfen hörte nicht auf und wurde lauter. Ja, es war besser, Lord Henry einzulassen und ihm das neue Leben, das er führen wollte, zu erklären, mit ihm zu streiten, falls es notwendig sein würde zu streiten, sich von ihm zu trennen, wenn eine Trennung unvermeidlich wäre. Er sprang auf, zog hastig den Wandschirm vor das Bild und schloss die Tür auf.

»Es tut mir alles so leid, Dorian«, sagte Lord Henry, als er eintrat. »Aber du darfst nicht zu viel darüber nachdenken.«

»Du meinst, über Sibyl Vane?«, fragte der junge Mann.

»Ja, natürlich«, antwortete Lord Henry, während er sich in einen Sessel sinken ließ und langsam seine gelben Handschuhe auszog. »Es ist entsetzlich, einerseits betrachtet, aber es war nicht deine Schuld. Sag, bist du nach hinten gegangen und hast sie getroffen, nachdem das Stück vorbei war?«

»Ja.«

»Ich war mir sicher, dass du dort warst. Hast du ihr eine Szene gemacht?«

»Ich war brutal, Harry – absolut brutal. Aber jetzt ist alles in Ordnung. Ich bereue nichts von dem, was geschehen ist. Es hat mich gelehrt, mich selbst besser kennenzulernen.«

»Ach Dorian, ich bin so froh, dass du es so aufnimmst! Ich fürchtete, ich würde dich in Gewissensbisse versunken vorfinden und wie du dir die hübschen lockigen Haare raufst.«

»Das habe ich alles durchgemacht«, sagte Dorian und schüttelte lächelnd den Kopf. »Jetzt bin ich vollkommen glücklich. Zunächst einmal weiß ich jetzt, was ein Gewissen ist. Es ist nicht das, was du mir beschrieben hast. Es ist das Göttlichste in uns. Spotte nicht mehr darüber, Harry – wenigstens nicht vor mir. Ich will gut sein. Ich kann den Gedanken nicht ertragen, eine hässliche Seele zu haben.«

»Eine wirklich entzückende künstlerische Grundlage für Moral, Dorian! Ich gratuliere dir dazu. Aber wie willst du damit anfangen?«

»Indem ich Sibyl Vane heirate.«

»Sibyl Vane heiraten!«, rief Lord Henry, stand auf und sah ihn mit fassungslosem Erstaunen an. »Aber, mein lieber Dorian –«

»Ja, Harry, ich weiß, was du sagen willst. Irgendetwas Hässliches über die Ehe. Sag es nicht. Sag mir nie wieder solche Dinge. Vor zwei Tagen habe ich Sibyl gebeten, mich zu heiraten. Ich werde mein Wort ihr gegenüber nicht brechen. Sie soll meine Frau werden.«

»Deine Frau! Dorian! … Hast du meinen Brief nicht bekommen? Ich habe dir heute Morgen geschrieben und schickte die Mitteilung durch meinen eigenen Diener her.«

»Deinen Brief? Ach ja, ich erinnere mich. Ich habe ihn noch nicht gelesen, Harry. Ich fürchtete, es könnte etwas darin stehen, was mir nicht gefallen würde. Du reißt das Leben in Stücke mit deinen Epigrammen.«

»Dann weißt du nichts?«

»Was meinst du?«

Lord Henry ging durch das Zimmer, setzte sich neben Dorian Gray, nahm dessen Hände in seine und hielt sie fest.

»Dorian«, sagte er, »mein Brief – erschrick nicht – sollte dir mitteilen, dass Sibyl Vane tot ist.«

Ein Schmerzensschrei entfuhr den Lippen des jungen Mannes, er sprang auf die Füße und riss seine Hände aus Lord Henrys Umklammerung. »Tot! Sibyl tot! Das ist nicht wahr! Das ist eine abscheuliche Lüge! Wie kommst du dazu, so etwas zu behaupten?«

»Es ist ganz und gar wahr, Dorian«, sagte Lord Henry ernst. »Es steht in allen Morgenzeitungen. Ich habe dir geschrieben, um dich zu bitten, niemanden zu empfangen, bis ich käme. Es wird natürlich eine Leichenschau stattfinden müssen und du darfst da nicht hineingezogen werden. Dinge dieser Art machen einen Mann in Paris *en vogue*. Aber in London sind die Leute so voreingenommen. Hier sollte man sein *début* niemals mit einem Skandal geben. Das sollte man sich aufheben, um sich im Alter interessant zu machen. Ich nehme an, sie kennen deinen Namen im Theater nicht? Wenn sie ihn nicht kennen, ist alles in Ordnung. Hat dich jemand in ihre Garderobe gehen sehen? Das ist ein wichtiger Punkt.«

Ein paar Augenblicke lang antwortete Dorian nicht. Er war betäubt vor Entsetzen. Endlich stammelte er mit erstickter Stimme: »Harry, sagtest du Leichenschau? Was meintest du damit? Hat Sibyl –? Oh Harry, ich kann es nicht ertragen! Aber mach schnell. Erzähl mir alles, sofort.«

»Ich habe keinen Zweifel, dass es kein Unfall war, Dorian, obwohl man es der Öffentlichkeit so darstellen muss. Offensichtlich sagte sie, als sie das Theater gegen halb eins mit ihrer Mutter verließ, dass sie oben etwas vergessen habe. Man wartete eine Zeitlang auf sie, aber sie kam nicht wieder herunter. Schließlich fand man sie tot auf dem Boden ihrer Garderobe liegend. Sie hatte versehentlich etwas geschluckt, irgendein grässliches Zeug, das man in Theatern verwendet. Ich weiß nicht, was es war, aber es enthielt entweder Blausäure oder Bleiweiß. Ich vermute, es war Blausäure, denn sie scheint sofort tot gewesen zu sein.«

»Harry, Harry, das ist schrecklich!«, schrie der junge Mann.

»Ja, es ist natürlich äußerst tragisch, aber du darfst dich da nicht hineinverwickeln lassen. Ich las im *Standard*, dass sie siebzehn war. Ich hätte gedacht, sie wäre noch jünger. Sie sah so kindlich aus und schien so wenig von der Schauspielerei zu verstehen. Dorian, du darfst dir diese Sache nicht an die Nerven gehen lassen. Du musst mit mir zusammen essen und danach schauen wir in der Oper vorbei. Die Patti singt und jeder wird da sein. Du kannst mit in die Loge meiner Schwester kommen. Sie hat ein paar elegante Frauen bei sich.«

»Also habe ich Sibyl Vane ermordet«, sagte Dorian Gray halb zu sich selbst – »so sicher ermordet, als hätte ich ihre zarte Kehle mit einem Messer durchschnitten. Doch die Rosen sind trotz alledem nicht weniger lieblich. Die Vögel in meinem Garten singen genauso fröhlich. Und heute Abend werde ich mit dir essen und dann in die Oper gehen und danach vermutlich irgendwo soupieren. Wie außerordentlich dramatisch das Leben ist! Wenn ich das alles in einem Buch gelesen hätte, Harry, ich glaube, ich hätte darüber geweint. Aber jetzt, da es tatsächlich geschehen ist, und mir geschehen ist, scheint es viel zu wunderbar für Tränen. Hier ist der erste leidenschaftliche Liebesbrief, den ich je in meinem Leben geschrieben habe. Seltsam, dass mein erster leidenschaftlicher Liebesbrief an ein totes Mädchen gerichtet sein sollte. Ich frage mich, ob sie noch fühlen können, jene bleichen, stummen Menschen, die wir die Toten nennen? Sibyl! Kann sie fühlen oder wissen oder hören? Oh Harry, wie sehr ich sie einmal liebte! Es scheint mir jetzt Jahre her zu sein. Sie war alles für mich. Dann kam jener entsetzliche Abend – war es wirklich erst gestern? –, wo sie so schlecht spielte und mir beinahe das Herz brach. Sie erklärte mir alles. Es war schrecklich pathetisch. Aber ich war kein bisschen gerührt. Ich hielt sie für oberflächlich. Plötzlich geschah etwas, das mir Angst machte. Ich kann dir nicht sagen, was es war, aber es war schrecklich. Ich beschloss, zu ihr zurückzukehren. Ich spürte, dass ich einen Fehler gemacht hatte. Und jetzt ist sie tot. Mein Gott! Mein Gott! Harry, was soll ich tun? Du kennst die Gefahr nicht, in der ich mich befinde, und es gibt nichts, was mich auf dem rechten Weg halten könnte. Sie hätte das für mich getan. Sie hatte kein Recht, sich umzubringen. Das war selbstsüchtig von ihr.«

»Mein lieber Dorian«, antwortete Lord Henry, während er eine Zigarette aus seinem Etui nahm und eine mit Gold überzogene Streichholzschachtel hervorholte, »die einzige Art, auf die eine Frau einen Mann je bessern kann, besteht darin, ihn so gründlich zu langweilen, dass er alles Interesse am Leben verliert. Wenn du dieses Mädchen geheiratet hättest, hätte es dich zerrüttet. Natürlich hättest du sie freundlich behandelt. Zu Menschen, aus denen man sich nichts macht, kann man immer freundlich sein. Aber sie hätte bald herausgefunden, dass sie dir völlig gleichgültig ist. Und wenn eine Frau das über ihren Mann herausfindet, wird sie entweder entsetzlich schlampig oder sie trägt sehr elegante Hüte, die der Mann einer anderen Frau bezahlen muss. Ich sage nichts über den gesellschaftlichen Missgriff, der erbärmlich gewesen wäre und den ich natürlich niemals zugelassen hätte, aber ich versichere dir, die ganze Sache wäre auf jeden Fall ein absoluter Fehlschlag gewesen.«

»Vermutlich«, murmelte der junge Mann, der im Zimmer auf und ab ging und entsetzlich blass aussah. »Aber ich hielt es für meine Pflicht. Es ist nicht meine Schuld, dass diese schreckliche Tragödie mich daran gehindert hat, zu tun, was richtig wäre. Ich erinnere mich, dass du einmal sagtest, gute Vorsätze hätten etwas Verhängnisvolles an sich – sie würden immer zu spät gefasst. Bei meinen war das gewiss der Fall.«

»Gute Vorsätze sind nutzlose Versuche, Naturgesetze außer Kraft zu setzen. Ihr Ursprung ist reine Eitelkeit. Ihr Ergebnis ist gleich Null. Sie wecken dann und wann ein paar komfortable, unfruchtbare Gefühle in uns, die auf schwache Menschen einen gewissen Reiz ausüben. Das ist alles, was zu ihren Gunsten gesagt werden kann. Sie sind lediglich Schecks, die Menschen auf eine Bank ausstellen, bei der sie kein Konto haben.«

»Harry«, rief Dorian Gray, der herantrat und sich neben ihn setzte, »warum kann ich diese Tragödie nicht so stark empfinden, wie ich es möchte? Ich glaube nicht, dass ich herzlos bin. Glaubst du das?«

»Du hast in den letzten vierzehn Tagen zu viele törichte Dinge getan, als dass du diese Bezeichnung für dich beanspruchen dürftest, Dorian«, antwortete Lord Henry mit seinem sanften, melancholischen Lächeln.

Der junge Mann runzelte die Stirn. »Diese Erklärung gefällt mir zwar nicht, Harry«, erwiderte er, »aber ich bin froh, dass du mich nicht für herzlos hältst. Ich bin es wirklich nicht. Ich weiß, dass ich es nicht bin. Und doch muss ich zugeben, dass die Sache, die geschehen ist, mich nicht so berührt, wie sie sollte. Es kommt mir einfach wie das wunderbare Ende eines wunderbaren Stückes vor. Es hat die ganze schreckliche Schönheit einer griechischen Tragödie, einer Tragödie, in der ich eine bedeutende Rolle spielte, aber in der ich selbst nicht verwundet worden bin.«

»Das ist eine interessante Frage«, sagte Lord Henry, der ein köstliches Vergnügen daran fand, mit dem unbewussten Egoismus des jungen Mannes zu spielen – »eine außerordentlich interessante Frage. Ich glaube, die wahre Erklärung ist diese: Es kommt oft vor, dass sich die wahren Tragödien des Lebens auf derart unkünstlerische Weise abspielen, dass sie uns durch ihre rohe Gewalt, ihre vollkommene Zusammenhangslosigkeit, ihre lächerliche Sinnlosigkeit und ihre vollkommene Stillosigkeit verletzen. Sie haben auf uns dieselbe Wirkung wie etwas Anstößiges. Sie vermitteln uns den Eindruck von nackter, brutaler Gewalt und wir lehnen uns dagegen auf. Manchmal aber kreuzt eine Tragödie unser Leben, die künstlerische Momente der Schönheit besitzt. Sind diese Schönheitsmomente echt, dann spricht die ganze Sache lediglich unseren Sinn für dramatische Wirkung an. Plötzlich merken wir, dass wir nicht länger die Schauspieler, sondern die Zuschauer des Stückes sind. Oder vielmehr sind wir beides. Wir sehen uns selbst zu und das schiere Wunder des Schauspiels fesselt uns. Was ist im vorliegenden Fall tatsächlich geschehen? Eine Frau hat sich aus Liebe zu dir umgebracht. Ich wünschte, ich hätte jemals eine solche Erfahrung gemacht. Sie hätte dafür gesorgt, dass ich den Rest meines Lebens in die Liebe verliebt gewesen wäre. Die Menschen, die mich angehimmelt haben – es waren nicht sehr viele, aber doch immerhin einige –, bestanden stets darauf, weiterzuleben, noch lange nachdem ich aufgehört hatte, mich für sie zu interessieren, oder sie, sich für mich zu interessieren. Sie sind dick und langweilig geworden und wenn ich ihnen begegne, schwelgen sie sofort in Erinnerungen. Dieses schreckliche Gedächtnis der Frauen! Was für ein furchtbares Ding das ist! Und welch völligen geistigen Stillstand es offenbart! Man sollte die Farbe des Lebens in sich aufsaugen, aber man sollte sich niemals an seine Details erinnern. Details sind immer ordinär.«

»Ich muss Mohn in meinen Garten säen«, seufzte Dorian.

»Das ist nicht nötig«, erwiderte sein Freund. »Das Leben hält immer Mohn bereit. Natürlich, hin und wieder ziehen sich die Dinge hin. Ich trug einmal eine ganze Saison hindurch nichts als Veilchen als eine Art künstlerischer Trauer um eine Romanze, die nicht sterben wollte. Schließlich ist sie doch gestorben. Ich habe vergessen, was sie getötet hat. Ich glaube, es war ihr Anerbieten, mir die ganze Welt zum Opfer zu bringen. Das ist immer ein schrecklicher Augenblick. Es erfüllt einen mit der Angst vor der Ewigkeit. Nun – ist das zu glauben? –, vorige Woche bei Lady Hampshire fand ich mich beim Diner neben der fraglichen Dame wieder und sie bestand darauf, die ganze Geschichte noch einmal durchzugehen, die Vergangenheit auszugraben und die Zukunft aufzuwühlen. Ich hatte meine Romanze unter einem Affodillenbeet begraben. Sie zerrte sie wieder heraus und versicherte mir, dass ich ihr Leben zerstört habe. Ich kann nicht umhin festzustellen, dass sie ihr Diner mit großem Appetit vertilgte, daher war ich nicht beunruhigt. Aber welchen Mangel an Geschmack sie bewies! Der einzige Reiz der Vergangenheit liegt darin, dass sie Vergangenheit ist. Aber Frauen wissen nie, wann der Vorhang gefallen ist. Sie wollen immer einen sechsten Akt, und sobald das Interesse an dem Stück vollständig erloschen ist, schlagen sie vor, es fortzusetzen. Ließe man ihnen ihren Willen, hätte jede Komödie ein tragisches Ende und jede Tragödie gipfelte in einer Farce. Sie sind entzückend künstlich, aber sie haben keinen Sinn für Kunst. Du bist glücklicher als ich. Ich versichere dir, Dorian, keine einzige der Frauen, die ich gekannt habe, hätte für mich getan, was Sibyl Vane für dich getan hat. Gewöhnliche Frauen trösten sich immer. Einige von ihnen tun es, indem sie sich auf sentimentale Farben verlegen. Traue nie einer Frau, die Mauve trägt, wie alt sie auch sein mag, oder einer Frau über fünfunddreißig, die für rosa Bänder schwärmt. Das bedeutet immer, dass sie eine Geschichte haben. Andere finden großen Trost darin, plötzlich die Vorzüge ihrer Männer zu entdecken. Sie halten einem ihr eheliches Glück so stolz unter die Nase, als wäre es die faszinierendste aller Sünden. Manche tröstet die Religion. Ihre Mysterien haben ganz den Reiz einer Liebelei, sagte mir eine Frau einmal, und ich kann das gut verstehen. Außerdem macht einen nichts so eitel, als gesagt zu bekommen, man sei ein Sünder. Das Gewissen macht uns alle zu Egoisten. Ja, die Tröstungen, welche die Frauen im modernen Leben vorfinden, sind wirklich endlos. Dabei habe ich die Wichtigste noch gar nicht erwähnt.«

»Welche ist das, Harry?«, fragte der junge Mann teilnahmslos.

»Oh, der nächstliegende Trost. Sich den Verehrer einer anderen zu nehmen, wenn man den eigenen verliert. In der guten Gesellschaft stellt dies das Ansehen einer Frau wieder her. Aber wahrhaftig, Dorian, wie anders muss Sibyl Vane gewesen sein als all die Frauen, denen man sonst begegnet. Für mich hat ihr Tod etwas sehr Schönes. Ich bin froh, in einem Jahrhundert zu leben, in dem solche Wunder geschehen. Sie lassen einen an die Wirklichkeit der Dinge glauben, mit denen wir alle spielen, wie Romantik, Leidenschaft und Liebe.«

»Ich war schrecklich grausam zu ihr. Du vergisst das.«

»Ich fürchte, Frauen schätzen Grausamkeit, schonungslose Grausamkeit, mehr als alles andere. Sie haben erstaunlich primitive Instinkte. Wir haben sie emanzipiert, aber sie bleiben trotz allem Sklavinnen, die ihren Herrn suchen. Sie lieben es, beherrscht zu werden. Ich bin sicher, du warst großartig. Ich habe dich nie wirklich und wahrhaftig wütend gesehen, aber ich kann mir vorstellen, wie entzückend du ausgesehen hast. Und außerdem sagtest du vorgestern etwas zu mir, was mir damals nur wirklichkeitsfremd vorkam, das aber, wie ich jetzt sehe, völlig zutreffend war und den Schlüssel zu allem enthält.«

»Was war das, Harry?«

»Du sagtest zu mir, Sibyl Vane verkörpere für dich alle Heldinnen der Romantik – dass sie an einem Abend Desdemona war und am nächsten Ophelia; dass sie, wenn sie als Julia starb, als Imogen wieder zum Leben erwachte.«

»Jetzt wird sie nie wieder zum Leben erwachen«, sagte der junge Mann leise und begrub sein Gesicht in den Händen.

»Nein, sie wird nie wieder zum Leben erwachen. Sie hat ihre letzte Rolle gespielt. Aber du musst an diesen einsamen Tod in der schäbigen Garderobe denken wie an einen seltsam schaurigen Ausschnitt aus einer Tragödie im jakobinischen Stil, wie an eine wunderbare Szene von Webster oder Ford oder Cyril Tourneur. Das Mädchen hat nie wirklich gelebt, also ist sie auch nie wirklich gestorben. Für dich zumindest war sie immer ein Traum, eine Erscheinung, die durch Shakespeares Stücke huschte und sie durch ihre Gegenwart noch reizvoller machte, eine Flöte, durch die Shakespeares Musik reicher und freudiger erklang. In dem Augenblick, da sie das wirkliche Leben berührte, zerstörte sie es und es zerstörte sie, und so schied sie dahin. Trauere um Ophelia, wenn du willst. Streu Asche auf dein Haupt, weil Cordelia erhängt wurde. Schrei zum Himmel, weil Brabantios Tochter starb. Aber verschwende deine Tränen nicht an Sibyl Vane. Sie war weniger wirklich, als jene es sind.«

Stille trat ein. Der Abend dämmerte im Zimmer. Geräuschlos und auf silbernen Füßen schlichen die Schatten aus dem Garten herein. Die Farben schwanden müde aus allen Dingen.

Nach einer Weile sah Dorian auf. »Du hast mich mir selbst erklärt, Harry«, sagte er leise mit einer Art Seufzer der Erleichterung. »Ich empfand alles, was du gesagt hast, aber irgendwie fürchtete ich mich davor und ich konnte es mir selbst nicht zum Ausdruck bringen. Wie gut du mich kennst! Aber wir wollen von dem, was geschehen ist, nie wieder sprechen. Es war ein wundersames Erlebnis. Weiter nichts. Ich frage mich, ob das Leben noch mehr so Wundersames für mich bereithält.«

»Das Leben hält alles für dich bereit, Dorian. Es gibt nichts, was du mit deinem außergewöhnlich guten Aussehen nicht tun könntest.«

»Aber angenommen, Harry, ich würde hager und alt und runzlig? Was dann?«

»Ach, dann«, sagte Lord Henry und erhob sich zum Gehen – »dann, mein lieber Dorian, würdest du um deine Siege kämpfen müssen. Wie es jetzt ist, werden sie dir entgegengetragen. Nein, du musst dir dein gutes Aussehen bewahren. Wir leben in einer Generation, die zu viel liest, um klug zu sein, und die zu viel denkt, um schön zu sein. Wir können dich nicht entbehren. Und jetzt ziehst du dich besser um und fährst in den Klub. Wir sind ohnehin schon spät dran.«

»Ich glaube, ich werde dich in der Oper treffen, Harry. Ich fühle mich zu müde, um etwas zu essen. Welche Nummer hat die Loge deiner Schwester?«

»Siebenundzwanzig, glaube ich. Sie liegt im ersten Rang. Du findest ihren Namen an der Tür. Aber ich bedaure, dass du nicht mit zum Essen kommen willst.«

»Ich bin nicht in der Stimmung dazu«, sagte Dorian teilnahmslos. »Aber ich bin dir schrecklich dankbar für alles, was du zu mir gesagt hast. Du bist wirklich mein bester Freund. Niemand hat mich je so verstanden wie du.«

»Wir stehen erst am Beginn unserer Freundschaft, Dorian«, antwortete Lord Henry und schüttelte ihm die Hand. »Adieu! Ich sehe dich hoffentlich vor halb zehn. Denk dran, die Patti singt.«

Als er die Tür hinter sich geschlossen hatte, läutete Dorian Gray und nach einigen Minuten erschien Victor mit den Lampen und ließ die Rouleaus herunter. Er wartete ungeduldig, dass er wieder ging. Der Mann schien für alles unendlich lange zu brauchen.

Sobald er gegangen war, stürzte er zu dem Wandschirm und zog ihn zurück. Nein, es gab keine weitere Veränderung an dem Bild. Es hatte die Nachricht von Sibyl Vanes Tod erhalten, bevor er selbst davon erfahren hatte. Es wusste um die Ereignisse des Lebens, sobald sie geschahen. Die boshafte Grausamkeit, die die feinen Linien des Mundes entstellte, war zweifellos genau in dem Augenblick erschienen, in dem das Mädchen das Gift, was immer es gewesen war, getrunken hatte. Oder kümmerte es sich nicht um Auswirkungen? Nahm es nur davon Notiz, was in der Seele vorging? Das hätte er gerne gewusst und hoffte, dass er eines Tages sehen würde, wie sich die Veränderung vor seinen eigenen Augen vollzog, und ihn schauderte, als er das hoffte.

Arme Sibyl! Was das für eine Romanze gewesen war! Oft hatte sie den Tod auf der Bühne dargestellt. Dann hatte der Tod selbst sie berührt und mit sich genommen. Wie hatte sie diese grauenvolle letzte Szene gespielt? Hatte sie ihn verflucht, als sie starb? Nein, sie war aus Liebe zu ihm gestorben und die Liebe würde ihm von nun an immer ein Sakrament sein. Sie hatte alles gesühnt durch das Opfer, das sie aus ihrem Leben gemacht hatte. Er wollte nicht mehr daran denken, was er ihretwegen an jenem schrecklichen Abend im Theater durchgemacht hatte. Wenn er an sie dachte, dann als an eine wunderbare, tragische Figur, auf die Bühne der Welt gesandt, um die höchste Wirklichkeit der Liebe zu zeigen. Eine wunderbare, tragische Figur? Tränen traten ihm in die Augen, als er an ihr kindliches Aussehen, ihre gewinnende, fantasievolle Art und ihre scheue, zaghafte Anmut dachte. Er wischte alles hastig fort und blickte wieder auf das Bild.

Er fühlte, dass der Zeitpunkt für ihn gekommen war, eine Entscheidung zu treffen. Oder war seine Entscheidung bereits getroffen? Ja, das Leben hatte für ihn entschieden – das Leben und seine eigene grenzenlose Neugier auf das Leben. Ewige Jugend, grenzenlose Leidenschaft, geheimnisvolle und verborgene Genüsse, wilde Freuden und wildere Sünden – all diese Dinge sollte er haben. Das Porträt sollte die Last seiner Schande tragen: Das war alles.

Ein schmerzliches Gefühl beschlich ihn, als er an die Entweihung dachte, die dem schönen Gesicht auf der Leinwand bevorstand. Einmal hatte er in kindischer Nachahmung des Narziss die gemalten Lippen, die ihn jetzt so grausam anlächelten, geküsst oder zu küssen vorgegeben. Morgen für Morgen hatte er vor dem Porträt gesessen und seine Schönheit bestaunt, beinahe in es verliebt, wie es ihm zuweilen schien. Würde es sich jetzt mit jeder Laune, der er nachgab, verändern? Würde es ein ungeheuerliches und widerwärtiges Ding werden, in einem abgesperrten Zimmer verborgen und verschlossen vor dem Sonnenlicht, das dem gewellten Wunder seines Haars so oft einen noch glänzenderen Goldton verliehen hatte? Welch ein Jammer! Welch ein Jammer!

Einen Augenblick lang dachte er daran zu beten, dass die entsetzliche Beziehung, die zwischen ihm und dem Bild bestand, aufhören möge. Auf ein Gebet hin hatte es sich verändert; vielleicht könnte es auf ein Gebet hin unverändert bleiben. Und doch, welcher Mensch, der etwas vom Leben wusste, würde die Möglichkeit, immer jung zu bleiben, aufgeben, wie fantastisch diese Möglichkeit auch sein oder mit welch verhängnisvollen Folgen sie verknüpft sein mochte? Außerdem, stand es wirklich in seiner Macht? War es wirklich das Gebet gewesen, das die Verwandlung ausgelöst hatte? Könnte es für das Ganze nicht irgendeine merkwürdige wissenschaftliche Ursache geben? Wenn Gedanken ihren Einfluss auf einen lebenden Organismus ausüben konnten, könnten nicht auch Gedanken einen Einfluss auf tote und unorganische Dinge ausüben? Ja, abgesehen von Gedanken oder bewusstem Wollen, könnten nicht Dinge, die außerhalb unseres Körpers lagen, im Einklang mit unseren Stimmungen und Leidenschaften schwingen, konnte nicht Atom zu Atom sprechen in heimlicher Liebe oder seltsamer Verbundenheit? Aber die Ursache war nicht von Bedeutung. Er würde nie wieder irgendeine schreckliche Macht durch ein Gebet versuchen. Wenn sich das Bild verändern musste, so musste es sich verändern. Das war alles. Warum es zu eingehend untersuchen?

Denn es läge ein wahrer Genuss darin, es zu beobachten. Er wäre in der Lage, seinem Geist in seine geheimen Winkel zu folgen. Dieses Porträt würde für ihn der magischste Spiegel sein. Wie es ihm seinen Körper offenbart hatte, so würde es ihm seine Seele offenbaren. Und wenn der Winter über es hereinbrach, würde er immer noch dort stehen, wo der Frühling an der Schwelle zum Sommer zaudert. Wenn das Blut aus seinem Gesicht wich und eine bleiche Kreidemaske mit fahlen Augen zurückließ, würde er sich den Zauberglanz der Jugend bewahren. Nicht eine Blüte seiner Lieblichkeit würde je welken. Nicht ein Pulsschlag seines Lebens würde je schwächer werden. Wie die Götter der Griechen würde er stark und flink und heiter bleiben. Was machte es schon, was mit dem gemalten Bild auf der Leinwand geschah? Er würde unversehrt blieben. Darauf kam es an.

Er zog den Wandschirm an seinen alten Platz vor dem Bild zurück und lächelte dabei; dann ging er in sein Schlafzimmer, wo sein Diener schon auf ihn wartete. Eine Stunde später war er in der Oper und Lord Henry beugte sich über seinen Sessel.

Kapitel 9

Als er am nächsten Morgen beim Frühstück saß, wurde Basil Hallward ins Zimmer geführt.

»Ich bin so froh, dass ich dich antreffe, Dorian«, sagte er ernst. »Ich war gestern Abend hier und man sagte mir, du seist in der Oper. Natürlich wusste ich, dass das unmöglich war. Aber ich wünschte, du hättest eine Nachricht hinterlassen, wohin du wirklich gegangen bist. Ich verbrachte einen schrecklichen Abend und fürchtete halb, dass der einen Tragödie eine weitere folgen könnte. Ich finde, du hättest mir gleich telegrafieren können, als du es erfuhrst. Ich las es rein zufällig in einer Spätausgabe des *Globe*, die mir im Klub in die Hände fiel. Ich kam sofort hierher und war unglücklich, dich nicht anzutreffen. Ich kann dir gar nicht sagen, wie untröstlich ich über die ganze Sache bin. Ich weiß, was du leiden musst. Aber wo warst du? Bist du hingegangen und hast die Mutter des Mädchens besucht? Einen Augenblick lang dachte ich daran, dir dorthin zu folgen. In der Zeitung stand die Adresse. Irgendwo in der Euston Road, nicht wahr? Aber ich hatte Angst, mich in dem Leid aufzudrängen, das ich doch nicht lindern könnte. Die arme Frau! In was für einem Zustand muss sie sein! Noch dazu ihr einziges Kind! Was hat sie zu all dem gesagt?«

»Mein lieber Basil, woher soll ich das wissen?«, murmelte Dorian Gray, nippte etwas blassgelben Wein aus einem erlesenen, mit Goldperlen besetzten bauchigen Kelch aus venezianischem Glas und sah entsetzlich gelangweilt drein. »Ich war in der Oper. Du hättest auch hinkommen sollen. Ich lernte Lady Gwendolen kennen, Harrys Schwester. Wir waren in ihrer Loge. Sie ist ganz reizend; und die Patti sang göttlich. Sprich nicht über grauenvolle Dinge. Wenn man über eine Sache nicht spricht, ist sie nie geschehen. Nur wenn man den Dingen Ausdruck verleiht, sagt Harry, werden sie Wirklichkeit. Ich darf erwähnen, dass sie nicht das einzige Kind der Frau war. Da ist noch ein Sohn, ein liebenswerter Bursche, glaube ich. Aber er ist nicht beim Theater. Er ist Matrose oder so. Und jetzt erzähl mir von dir und was du gerade malst.«

»Du bist in die Oper gegangen?«, sagte Hallward und sprach dabei sehr langsam und mit einem angespannten schmerzhaften Ton in der Stimme. »Du bist in die Oper gegangen, während Sibyl Vane tot in irgendeiner heruntergekommenen Wohnung lag? Du kannst mir von anderen reizenden Frauen erzählen und von der göttlich singenden Patti, noch ehe das Mädchen, das du geliebt hast, die Ruhe eines Grabes gefunden hat, in dem sie schlafen kann? Mensch, auf ihren kleinen weißen Körper warten grauenvolle Dinge!«

»Hör auf, Basil! Ich will das nicht hören!«, rief Dorian und sprang auf die Füße. »Du darfst nicht darüber sprechen. Was geschehen ist, ist geschehen. Was vergangen ist, ist vergangen.«

»Du bezeichnest gestern als Vergangenheit?«

»Was hat die tatsächliche Zeitspanne damit zu tun? Nur oberflächliche Menschen brauchen Jahre, um sich von einem Gefühl zu befreien. Ein Mensch, der Herr über sich selbst ist, kann einem Kummer ebenso leicht ein Ende machen, wie er einen Genuss erfinden kann. Ich will meinen Gefühlen nicht ausgeliefert sein. Ich will sie nutzen, mich an ihnen freuen und sie beherrschen.«

»Dorian, das ist entsetzlich! Irgendetwas hat dich vollkommen verändert. Du siehst noch genauso aus wie der wunderbare Junge, der Tag für Tag in mein Atelier zu kommen pflegte, um für sein Bildnis Modell zu stehen. Aber damals warst du arglos, natürlich und herzlich. Du warst das unverdorbenste Geschöpf auf der ganzen Welt. Ich weiß nicht, was jetzt über dich gekommen ist. Du sprichst, als hättest du kein Herz, kein Mitgefühl in dir. Das ist alles Harrys Einfluss. Das sehe ich.«

Der junge Mann errötete, trat ans Fenster und schaute ein paar Augenblicke in den grünen, flirrenden, sonnendurchfluteten Garten hinaus. »Ich verdanke Harry eine Menge, Basil«, sagte er schließlich – »mehr als ich dir verdanke. Du hast mich nur gelehrt, eitel zu sein.«

»Ja, dafür bin ich bestraft worden, Dorian – oder werde es eines Tages sein.«

»Ich weiß nicht, was du meinst, Basil«, rief er aus und wandte sich um. »Ich weiß nicht, was du willst. Was willst du?«

»Ich will den Dorian Gray, den ich einst gemalt habe«, sagte der Künstler traurig.

»Basil«, sagte der junge Mann, ging zu ihm hinüber und legte ihm die Hand auf die Schulter, »du bist zu spät gekommen. Als ich gestern hörte, dass Sibyl Vane sich umgebracht hat –«

»Sich umgebracht! Großer Gott! Besteht kein Zweifel daran?«, rief Hallward und sah mit einem Ausdruck des Entsetzens zu ihm auf.

»Mein lieber Basil! Du glaubst doch nicht, dass es ein gewöhnlicher Unfall war? Natürlich hat sie sich umgebracht.«

Der Ältere vergrub sein Gesicht in den Händen. »Wie furchtbar«, murmelte er und ein Schauder überlief ihn.

»Nein«, entgegnete Dorian Gray, »es ist nichts Furchtbares daran. Es ist eine der großen romantischen Tragödien unserer Zeit. In der Regel führen Leute, die Theater spielen, das alltäglichste Leben. Sie sind gute Ehemänner oder treue Ehefrauen oder sonst etwas Langweiliges. Du weißt, was ich meine – Mittelstandstugend und lauter solche Dinge. Wie anders Sibyl war! Sie lebte ihre schönste Tragödie. Sie war immer eine Heldin. Am letzten Abend, an dem sie spielte – der Abend, an dem du sie sahst –, spielte sie schlecht, weil sie die Wirklichkeit der Liebe kennengelernt hatte. Als sie ihre Unwirklichkeit erkannte, starb sie, wie Julia gestorben wäre. Sie kehrte wieder in das Reich der Kunst zurück. Sie hat etwas von einer Märtyrerin an sich. Ihr Tod besitzt die ganze pathetische

Nutzlosigkeit des Märtyrertums, all seine vergeudete Schönheit. Aber wie ich schon sagte, du darfst nicht denken, ich hätte nicht gelitten. Wenn du gestern zu einem ganz bestimmten Zeitpunkt gekommen wärst – um halb sechs vielleicht, oder um Viertel vor sechs –, hättest du mich in Tränen gefunden. Selbst Harry, der hier war und mir die Nachricht erst überbracht hat, hatte keine Ahnung, was ich durchmachte. Ich litt unsäglich. Dann ging es vorüber. Ich kann ein Gefühl nicht wiederholen. Niemand kann das, außer Gefühlsmenschen. Und du bist schrecklich ungerecht, Basil. Du kommst hierher, um mich zu trösten. Das ist reizend von dir. Du findest mich getröstet und bist wütend. Was für ein mitfühlender Mensch! Du erinnerst mich an eine Geschichte, die mir Harry über einen Philanthropen erzählte, der zwanzig Jahre seines Lebens mit dem Versuch zubrachte, irgendeinen Missstand zu beheben oder irgendein ungerechtes Gesetz abzuändern – ich habe vergessen, was es genau war. Schließlich gelang es ihm, und nichts konnte größer sein als seine Enttäuschung. Er hatte absolut nichts mehr zu tun, starb beinahe vor *ennui* und wurde ein überzeugter Misanthrop. Und außerdem, mein lieber alter Basil, wenn du mich wirklich trösten willst, dann lehre mich lieber zu vergessen, was geschehen ist, oder es von einem rein künstlerischen Standpunkt aus zu betrachten. War es nicht Gautier, der einmal über *la consolation des arts* schrieb? Ich erinnere mich, dass ich in deinem Atelier einmal ein kleines, in Pergament gebundenes Buch zur Hand nahm und zufällig auf diesen herrlichen Satz stieß. Nun, ich bin nicht wie der junge Mann, von dem du mir erzähltest, als wir zusammen in Marlow waren, jener junge Mann, der zu sagen pflegte, gelber Atlas könne einen über alles Elend im Leben hinwegtrösten. Ich liebe schöne Dinge, die man berühren und in die Hand nehmen kann. Alte Brokatstoffe, grüne Bronzen, Lackarbeiten, geschnitztes Elfenbein, erlesene Einrichtungen, Luxus,

Prunk, all das vermag einem viel zu geben. Aber die künstlerische Stimmung, die sie erzeugen oder zumindest offenbaren, bedeutet mir noch mehr. Ein Zuschauer seines eigenen Lebens werden, wie Harry sagt, das heißt, dem Leid des Lebens zu entrinnen. Ich weiß, du bist überrascht, dass ich so zu dir spreche. Du hast nicht bemerkt, wie ich mich entwickelt habe. Ich war ein Schuljunge, als du mich kennenlerntest. Jetzt bin ich ein Mann. Ich habe neue Leidenschaften, neue Gedanken, neue Vorstellungen. Ich bin anders, aber du darfst mich nicht weniger mögen. Ich bin verändert, aber du musst immer mein Freund bleiben. Natürlich habe ich Harry sehr gern. Aber ich weiß, dass du besser bist als er. Du bist nicht stärker – du fürchtest dich zu sehr vor dem Leben –, aber du bist besser. Und wie glücklich wir immer zusammen waren! Verlass mich nicht, Basil, und streite nicht mit mir. Ich bin, was ich bin. Mehr ist dazu nicht zu sagen.«

Der Maler fühlte sich seltsam bewegt. Der junge Mann bedeutete ihm unendlich viel und seine Persönlichkeit war der große Wendepunkt in seiner Kunst gewesen. Er konnte den Gedanken nicht ertragen, ihm noch weiter Vorwürfe zu machen. Am Ende war seine Gleichgültigkeit vielleicht nur eine Laune, die vorübergehen würde. Es steckte so viel in ihm, das gut war, so viel, das edel war.

»Gut, Dorian«, sagte er endlich mit einem traurigen Lächeln. »Ich werde von heute an nie wieder mit dir über diese entsetzliche Sache sprechen. Ich hoffe nur, dein Name wird in diesem Zusammenhang nicht genannt. Die Leichenschau soll heute Nachmittag stattfinden. Hat man dich vorgeladen?«

Dorian schüttelte den Kopf und ein Ausdruck des Verdrusses glitt bei dem Wort ›Leichenschau‹ über sein Gesicht. Alle derartigen Dinge hatten etwas so Rohes und Gemeines an sich. »Sie kennen meinen Namen nicht«, antwortete er.

»Aber sie kannte ihn doch?«

»Nur meinen Vornamen, und ich bin mir ganz sicher, dass sie ihn niemandem gegenüber erwähnte. Sie erzählte mir einmal, dass alle ganz neugierig wären zu erfahren, wer ich sei, und dass sie ihnen stets sagte, mein Name sei Märchenprinz. Das war reizend von ihr. Du musst mir eine Zeichnung von Sibyl machen, Basil. Ich möchte von ihr gerne etwas mehr haben als die Erinnerung an ein paar Küsse und einige gestammelte pathetische Worte.«

»Ich will versuchen, etwas zu machen, Dorian, wenn es dir Freude bereitet. Aber du musst mir selbst wieder Modell stehen. Ohne dich komme ich nicht voran.«

»Ich kann dir nie wieder Modell stehen, Basil. Es ist unmöglich!«, rief er aus und zuckte zurück.

Der Maler starrte ihn an. »Mein lieber Junge, was für ein Unsinn!«, rief er. »Willst du damit sagen, dass dir nicht gefällt, was ich von dir gemalt habe? Wo ist es? Warum hast du den Wandschirm davorgezogen? Lass es mich anschauen. Es ist das Beste, was ich je gemacht habe. Nimm den Wandschirm weg, Dorian. Es ist einfach schändlich von deinem Diener, dass er mein Werk so versteckt. Ich merkte gleich, als ich hereinkam, dass das Zimmer anders aussah.«

»Mein Diener hat nichts damit zu tun, Basil. Du glaubst doch nicht, ich erlaubte ihm, mein Zimmer für mich einzurichten? Er arrangiert mir manchmal meine Blumen – das ist alles. Nein; ich habe es selbst getan. Das Licht war zu grell für das Porträt.«

»Zu grell! Gewiss nicht, mein Lieber. Das ist ein großartiger Platz dafür. Lass es mich sehen.« Und Hallward schritt auf die Zimmerecke zu.

Ein Schrei des Entsetzens entfuhr Dorian Grays Lippen und er stürzte sich zwischen den Maler und den Wandschirm. »Basil«, stieß er hervor und sah sehr blass aus, »du darfst es nicht ansehen. Ich will es nicht.«

»Mein eigenes Werk nicht ansehen! Das ist nicht dein Ernst. Warum sollte ich es nicht ansehen?«, rief Hallward lachend aus.

»Wenn du versuchst, es anzusehen, Basil, gebe ich dir mein Ehrenwort, dass ich nie wieder mit dir sprechen werde, so lange ich lebe. Ich meine es völlig ernst. Ich gebe dir keine Erklärung und du sollst um keine bitten. Aber denk daran, wenn du diesen Wandschirm anrührst, dann ist zwischen uns alles aus.«

Hallward war wie vom Donner gerührt. Er sah Dorian vollkommen fassungslos an. Er hatte ihn nie zuvor so gesehen. Der junge Mann war tatsächlich blass vor Zorn. Seine Hände waren zu Fäusten geballt und die Pupillen seiner Augen sahen wie Kreise aus blauem Feuer aus. Er zitterte am ganzen Körper.

»Dorian!«

»Sag nichts!«

»Aber was ist los? Natürlich schaue ich es nicht an, wenn du es nicht willst«, sagte er ziemlich kühl, drehte sich auf dem Absatz um und ging zum Fenster hinüber. »Aber es kommt mir wahrhaftig ziemlich lächerlich vor, dass ich mein eigenes Werk nicht sehen soll, vor allem, weil ich es im Herbst in Paris ausstellen will. Ich werde es wahrscheinlich vorher noch einmal mit einer zweiten Schicht Firnis überziehen müssen, daher muss ich es irgendwann sehen, warum also nicht heute?«

»Es ausstellen? Du willst es ausstellen?«, rief Dorian Gray und ein seltsames Gefühl des Entsetzens überkam ihn. Sollte der Welt sein Geheimnis gezeigt werden? Sollten die Leute das Mysterium seines Lebens begaffen? Das war unmöglich. Irgendetwas – er wusste nicht was – musste sofort geschehen.

»Ja, ich denke nicht, dass du etwas dagegen haben wirst. George Petit ist dabei, meine besten Bilder für eine Sonderausstellung in der Rue de Sèze zusammenzustellen, die in der ersten Oktoberwoche eröffnet wird. Das Porträt wird nur einen

Monat lang weg sein. Ich meine, so lange könntest du es leicht entbehren. Du bist dann bestimmt ohnehin verreist. Und wenn du es immer hinter einem Wandschirm verbirgst, kann dir nicht viel daran gelegen sein.«

Dorian Gray fuhr sich mit der Hand über die Stirn. Schweißtropfen standen darauf. Er fühlte, dass er am Rande einer entsetzlichen Gefahr stand. »Vor einem Monat sagtest du mir, du würdest es niemals ausstellen«, rief er. »Warum hast du es dir anders überlegt? Ihr Leute, die ihr so viel Wert auf Konsequenz legt, habt ebenso viele Launen wie andere. Der einzige Unterschied ist der, dass eure Launen ziemlich sinnlos sind. Du kannst nicht vergessen haben, dass du mir höchst feierlich versichert hast, nichts in der Welt könne dich dazu bewegen, es zu irgendeiner Ausstellung zu schicken. Zu Harry hast du genau dasselbe gesagt.« Er hielt plötzlich inne und ein Leuchten trat in seine Augen. Er erinnerte sich, wie Lord Henry einmal halb ernsthaft, halb scherzend zu ihm gesagt hatte: »Willst du eine merkwürdige Viertelstunde erleben, dann bring Basil dazu dir zu sagen, warum er dein Bild nicht ausstellen will. Er hat mir erzählt, warum, und es war eine Offenbarung für mich.« Ja, vielleicht hatte auch Basil sein Geheimnis. Er wollte es versuchen und ihn fragen.

»Basil«, sagte er, trat ganz nah an ihn heran und sah ihm gerade ins Gesicht, »jeder von uns hat ein Geheimnis. Lass mich deines wissen und ich werde dir meines erzählen. Aus welchem Grund hast du dich geweigert, mein Bild auszustellen?«

Der Maler erschauderte unwillkürlich. »Dorian, wenn ich es dir sagte, würdest du mich vielleicht weniger mögen als jetzt und du würdest mich bestimmt auslachen. Ich könnte beide Reaktionen von dir nicht ertragen. Wenn du wünschst, dass ich dein Bild nie wieder ansehe, dann gebe ich mich damit zufrieden. Ich kann jederzeit dich anschauen. Wenn du wünschst, dass die beste Arbeit, die ich je gemacht habe, vor der Welt verborgen bleibt, soll es mir recht sein. Deine Freundschaft ist mir mehr wert als Berühmtheit oder Ansehen.«

»Nein, Basil, du musst es mir sagen«, beharrte Dorian Gray. »Ich denke, ich habe ein Recht, es zu wissen.« Sein Gefühl der Angst war gewichen und Neugier hatte seinen Platz eingenommen. Er war entschlossen, hinter Basil Hallwards Geheimnis zu kommen.

»Setzen wir uns, Dorian«, sagte der Maler, der beunruhigt aussah. »Setzen wir uns. Und beantworte mir nur eine Frage. Hast du an dem Bild etwas Seltsames bemerkt? Etwas, das dir vielleicht zuerst nicht aufgefallen ist, was sich dir aber plötzlich offenbarte?«

»Basil!«, rief der junge Mann aus, umklammerte die Armlehnen seines Sessels mit zitternden Händen und starrte ihn mit wilden, entsetzten Augen an.

»Ich sehe, du hast es bemerkt. Sag nichts. Warte, bis du hörst, was ich zu sagen habe. Dorian, von dem Augenblick an, als ich dich kennenlernte, übte deine Persönlichkeit den außerordentlichsten Einfluss auf mich aus. Ich war beherrscht von dir mitsamt Seele, Verstand und Schaffenskraft. Du wurdest für mich die sichtbare Verkörperung jenes unsichtbaren Ideals, dessen Erinnerung uns Künstler wie ein köstlicher Traum verfolgt. Ich betete dich an. Ich wurde eifersüchtig auf jeden, mit dem du sprachst. Ich wollte dich ganz für mich allein haben. Ich war nur glücklich, wenn ich mit dir zusammen war. Warst du fort von mir, so warst du immer noch in meiner Kunst gegenwärtig … Natürlich ließ ich dich nie etwas davon wissen. Das wäre unmöglich gewesen. Du hättest es nicht verstanden. Ich habe es selbst kaum verstanden. Ich wusste nur, dass ich die Vollkommenheit von Angesicht zu Angesicht gesehen hatte und dass die Welt in meinen Augen wunderbar geworden war – vielleicht zu wunderbar, denn in so wahnsinniger Anbetung liegt Gefahr, die Gefahr, sie zu verlieren, und die nicht geringere Gefahr, sie beizubehalten … Wochen um Wochen verstrichen und ich verlor mich mehr und mehr in dir. Dann trat eine Wendung ein. Ich hatte dich als Paris in schmucker Rüstung gemalt und als Adonis im Jägergewand mit blitzendem Spieß. Gekrönt mit schweren Lotusblüten hast du auf dem Bug von Hadrians Barke gesessen und über den grünen, trüben Nil geblickt. Du hast dich über den stillen Teich einer griechischen Waldlandschaft gebeugt und im schweigenden Silber des Wassers das Wunder deines eigenen Angesichts gesehen. Und alles war gewesen, wie Kunst sein sollte, unbewusst, ideal und unnahbar. Eines Tages – eines verhängnisvollen Tages, denke ich manchmal – beschloss ich, ein wunderbares Porträt von dir zu malen, wie du wirklich bist, nicht im Kostüm toter Zeiten, sondern in deiner eigenen Kleidung und in deiner eigenen Zeit. Ob es der Realismus der Methode war oder das bloße Wunder deiner eigenen Persönlichkeit, die sich mir ohne Nebel oder Schleier unmittelbar darbot, kann ich nicht sagen. Aber ich weiß, dass mir, während ich daran arbeitete, jede aufgetragene Farbschicht mein Geheimnis zu verraten schien. Ich bekam Angst, andere könnten meine Abgötterei entdecken. Ich spürte, Dorian, dass ich zu viel gesagt, dass ich zu viel von mir selbst hineingelegt hatte. Damals beschloss ich, nicht zuzulassen, dass das Bild jemals ausgestellt wird. Du warst ein wenig verärgert; aber damals erkanntest du nicht, was es mir alles bedeutete. Harry, mit dem ich darüber sprach, lachte mich aus. Aber das machte mir nichts. Als das Bild fertig war und ich alleine davor saß, fühlte ich, dass ich recht hatte. Nun, ein paar Tage später verließ es mein Atelier, und sobald ich die unerträgliche Faszination seiner Gegenwart losgeworden war, schien es mir, es sei töricht von mir gewesen, mir einzubilden, ich hätte mehr darin gesehen, als dass du ungewöhnlich schön bist und dass ich malen kann. Selbst jetzt kann ich mich des Gefühls nicht erwehren, dass es ein Irrtum ist zu glauben, die Leidenschaft, die man beim Schaffen hat, zeige sich jemals tatsächlich in dem Werk, das man erschafft. Kunst ist immer abstrakter, als wir meinen. Form und Farbe erzählen uns von Form und Farbe – das ist alles. Oft scheint mir, dass die Kunst den Künstler weit mehr verbirgt als sie ihn jemals offenbart. Und als ich dann dieses Angebot aus Paris bekam, beschloss ich, dein Porträt zum Hauptwerk meiner Ausstellung zu machen. Es kam mir nie in den Sinn, dass du ablehnen würdest. Ich sehe jetzt, dass du recht hattest. Das Bild kann nicht gezeigt werden. Du darfst mir nicht böse sein, Dorian, wegen der Dinge, die ich dir erzählt habe. Wie ich einmal zu Harry sagte: Du bist dazu geschaffen, angebetet zu werden.«

Dorian Gray holte tief Luft. Die Farbe kehrte in seine Wangen zurück und ein Lächeln umspielte seine Lippen. Die Gefahr war vorüber. Für den Augenblick war er gerettet. Dennoch konnte er sich des Gefühls unendlichen Mitleids mit dem Maler nicht erwehren, der ihm gerade dieses seltsame Geständnis gemacht hatte, und er fragte sich, ob er selbst jemals so stark von der Persönlichkeit eines Freundes beherrscht sein würde. Lord Henry hatte den Reiz, sehr gefährlich zu sein. Aber das war alles. Er war zu klug und zu zynisch, als dass man ihn wirklich gern haben konnte. Würde es je einen Menschen geben, der ihn mit einer unnatürlichen abgöttischen Verehrung erfüllen würde? War das eines der Dinge, die das Leben für ihn bereithielt?

»Es kommt mir außergewöhnlich vor, Dorian«, sagte Hallward, »dass du dies in dem Porträt gesehen haben solltest. Hast du es wirklich gesehen?«

»Ich habe etwas darin gesehen«, erwiderte er, »etwas, das mir sehr merkwürdig vorkam.«

»Du hast doch jetzt sicher nichts mehr dagegen, dass ich es mir ansehe?«

Dorian schüttelte den Kopf. »Darum darfst du mich nicht bitten, Basil. Ich kann dich unmöglich vor dieses Bild treten lassen.«

»Aber doch ein andermal?«

»Niemals.«

»Nun, vielleicht hast du recht. Und jetzt auf Wiedersehen, Dorian. Du warst der einzige Mensch in meinem Leben, der meine Kunst wirklich beeinflusst hat. Was immer ich Gutes geschaffen habe, verdanke ich dir. Ach, du weißt ja nicht, was es mich gekostet hat, dir all das zu erzählen, was ich dir erzählt habe.«

»Mein lieber Basil«, sagte Dorian, »was hast du mir denn erzählt? Nur, dass du das Gefühl hattest, mich zu sehr zu bewundern. Das ist nicht einmal ein Kompliment.«

»Es sollte auch kein Kompliment sein. Es war ein Geständnis. Jetzt, da ich es abgelegt habe, scheint etwas in mir erloschen zu sein. Vielleicht sollte man seine Verehrung niemals in Worte fassen.«

»Es war ein sehr enttäuschendes Geständnis.«

»Warum, was hast du erwartet, Dorian? Du hast doch nicht noch etwas anderes in dem Bild gesehen, oder? Es war doch nichts anderes zu sehen?«

»Nein, es war nichts anderes zu sehen. Warum fragst du? Aber du darfst nicht von Verehrung sprechen. Das ist töricht. Du und ich, wir sind Freunde, Basil, und müssen es immer bleiben.«

»Du hast ja Harry«, sagte der Maler traurig.

»Ach, Harry!«, rief der junge Mann mit einem gedämpften Lachen. »Harry verbringt seine Tage damit, Unglaubliches zu sagen, und seine Abende damit, Unwahrscheinliches zu tun. Genau die Art von Leben, das ich gerne führen würde. Aber trotzdem glaube ich nicht, dass ich zu Harry ginge, wenn ich in Schwierigkeiten wäre. Ich würde eher zu dir gehen, Basil.«

»Wirst du mir wieder Modell stehen?«

»Unmöglich!«

»Du vernichtest mein Dasein als Künstler, wenn du dich weigerst, Dorian. Kein Mensch begegnet zwei Idealen. Wenigen begegnet eines.«

»Ich kann es dir nicht erklären, Basil, aber ich darf dir nie wieder Modell stehen. Ein Porträt hat etwas Verhängnisvolles an sich. Es hat ein Eigenleben. Ich werde dich besuchen und Tee mit dir trinken. Das wird genauso angenehm sein.«

»Angenehmer für dich, fürchte ich«, murmelte Hallward bedauernd. »Und jetzt auf Wiedersehen. Ich bin traurig, dass du mich das Bild nicht noch einmal ansehen lassen willst. Aber es lässt sich nicht ändern. Ich verstehe sehr gut, was du dabei fühlst.«

Als er das Zimmer verließ, lächelte Dorian Gray vor sich hin. Armer Basil! Wie wenig ahnte er den wahren Grund! Und wie seltsam war es, dass es ihm, anstatt gezwungen zu sein, sein eigenes Geheimnis preiszugeben, fast zufällig gelungen war, seinem Freund ein Geheimnis zu entreißen! Wie viel erklärte ihm doch dieses seltsame Geständnis! Die lächerlichen Eifersuchtsanfälle des Malers, seine ungestüme Verehrung, seine übertriebenen Lobeshymnen, seine merkwürdige Verschlossenheit – das alles verstand er jetzt und es betrübte ihn. Ihm schien einer Freundschaft, die so stark von Romantik gefärbt war, etwas Tragisches innezuwohnen.

Er seufzte und läutete die Glocke. Das Porträt musste um jeden Preis versteckt werden. Er konnte sich nicht noch einmal einer solchen Gefahr der Entdeckung aussetzen. Es war wahnsinnig von ihm gewesen, das Ding auch nur eine Stunde lang in einem Zimmer zu lassen, zu dem viele seiner Freunde Zugang hatten.

Kapitel 10

Als sein Diener eintrat, blickte er ihn forschend an und fragte sich, ob es ihm wohl eingefallen sei, hinter den Wandschirm zu spähen. Der Mann war völlig gleichmütig und wartete auf seine Befehle. Dorian zündete sich eine Zigarette an, ging zum Spiegel und schaute hinein. Er konnte das Abbild von Victors Gesicht darin deutlich sehen. Es glich einer reglosen Maske der Unterwürfigkeit. Von dieser Seite war nichts zu befürchten. Dennoch hielt er es für das Beste, auf der Hut zu sein.

In sehr bedächtigem Ton trug er ihm auf, der Haushälterin zu bestellen, dass er sie zu sehen wünsche, und dann zum Rahmenmacher zu gehen und ihn zu bitten, sofort zwei seiner Männer herzuschicken. Es schien ihm, dass die Augen des Mannes, als er das Zimmer verließ, in Richtung Wandschirm schweiften. Oder hatte er sich das nur eingebildet?

Nach wenigen Augenblicken eilte Mrs. Leaf in ihrem schwarzen Seidenkleid und mit altmodischen Zwirnhandschuhen an ihren runzligen Händen in die Bibliothek. Er bat sie um den Schlüssel zum Schulzimmer.

»Das alte Schulzimmer, Mr. Dorian?«, rief sie aus. »Aber das ist voller Staub. Ich muss es aufräumen und herrichten lassen, bevor Sie hineingehen. Es ist nicht in dem Zustand, dass Sie es sehen können, Sir. Wirklich nicht.«

»Ich will es nicht hergerichtet haben, Leaf. Ich will nur den Schlüssel.«

»Aber, Sir, Sie werden mit Spinnweben überzogen werden, wenn Sie hineingehen. Es ist doch seit fast fünf Jahren nicht aufgeschlossen worden, nicht, seit Seine Lordschaft gestorben ist.«

Bei der Erwähnung seines Großvaters zuckte er zusammen. Er hatte nur hasserfüllte Erinnerungen an ihn. »Das macht nichts«, antwortete er. »Ich will das Zimmer nur sehen – nichts weiter. Geben Sie mir den Schlüssel.«

»Hier ist der Schlüssel, Sir«, sagte die alte Dame, die mit zittrigen, unsicheren Händen den Bestand ihres Schlüsselbunds durchging. »Hier ist der Schlüssel. Ich werde ihn gleich vom Bund losgemacht haben. Aber Sie denken doch nicht daran, dort oben zu wohnen, wo Sie es hier so angenehm haben?«

»Nein, nein«, rief er gereizt. »Danke, Leaf. Das ist alles.«

Sie verweilte noch einen Moment und erging sich wortreich über irgendeine Haushaltsangelegenheit. Er seufzte und forderte sie auf, die Dinge so zu regeln, wie sie es für das Beste hielt. Lächelnd verließ sie das Zimmer.

Als sich die Tür schloss, steckte Dorian den Schlüssel in seine Tasche und sah sich im Zimmer um. Sein Blick fiel auf eine große purpurrote Atlasdecke, die reich mit Gold bestickt war, ein prachtvolles Stück venezianischer Handarbeit aus dem späten siebzehnten Jahrhundert, das sein Großvater in einem Kloster bei Bologna entdeckt hatte. Ja, die wäre geeignet, um das schreckliche Ding damit zu verhüllen. Vielleicht hatte sie oft als Bahrtuch für die Toten gedient. Jetzt sollte sie etwas verbergen, das eine Verwesung eigener Art in sich trug, eine schlimmere noch als die Verwesung des Todes selbst – etwas, das Grauenvolles gebären und trotzdem nie sterben würde. Was der Wurm für den Leichnam war, würden seine Sünden für das gemalte Bild auf der Leinwand sein. Sie würden seine Schönheit zerstören und seine Anmut zerfressen. Sie würden es beflecken und verabscheuungswürdig machen. Und doch würde das Ding immer weiterleben. Es würde immer lebendig bleiben.

Ihn schauderte und einen Augenblick lang bedauerte er, dass er Basil nicht den wahren Grund genannt hatte, warum er das Bild versteckt halten wollte. Basil hätte ihm geholfen, Lord Henrys Einfluss zu widerstehen und den noch viel giftigeren Einflüssen, die von seinem eigenen Charakter ausgingen. Die Liebe, die er für ihn hegte – denn es war wirklich Liebe –, hatte nichts an sich, was nicht edel und geistig gewesen wäre. Es war nicht jene rein physische Bewunderung der Schönheit, welche die Sinne hervorbringen und welche stirbt, wenn die Sinne ermüden. Es war eine Liebe, wie sie Michelangelo gekannt hatte und Montaigne und Winckelmann und auch Shakespeare. Ja, Basil hätte ihn retten können. Aber jetzt war es zu spät. Die Vergangenheit konnte immer ausgelöscht werden. Reue, Verleugnung oder Vergessen konnten das bewirken. Aber die Zukunft war unausweichlich. In ihm waren Leidenschaften, die ihr schreckliches Ventil finden würden, Träume, die den Schatten ihres Unheils zur Wirklichkeit machen würden.

Er nahm den großen purpur- und goldfarbenen Stoff vom Sofa, dem er als Überwurf diente, und ging damit hinter den Wandschirm. War das Gesicht auf der Leinwand niederträchtiger als vorher? Es erschien ihm unverändert; und doch hatte sich seine Abscheu dagegen verstärkt. Goldenes Haar, blaue Augen und rosenrote Lippen – all das war da. Es war nur der Ausdruck, der sich verändert hatte. Er war entsetzlich in seiner Grausamkeit. Wie oberflächlich waren Basils Vorhaltungen wegen Sibyl Vane gewesen, verglichen mit dem, was er darin an Missbilligung oder Vorwurf sah! Wie oberflächlich und von welch geringer Bedeutung! Seine eigene Seele blickte ihn aus der Leinwand heraus an und zitierte ihn vor Gericht. Ein qualvoller Ausdruck ergriff ihn und er warf das prächtige Bahrtuch über das Bild. In diesem Augenblick klopfte es an der Tür. Er trat hervor, als sein Diener eintrat.

»Die Leute sind da, Monsieur.«

Er spürte, dass er den Mann auf der Stelle loswerden musste. Er durfte nicht wissen, wohin das Bild gebracht wurde. Es war etwas Durchtriebenes an ihm und er hatte aufmerksame, verräterische Augen. Er setzte sich an den Schreibtisch, kritzelte eine Nachricht an Lord Henry, worin er ihn bat, ihm etwas zu lesen zu schicken, und ihn daran erinnerte, dass sie sich am selben Abend um Viertel nach acht treffen wollten.

»Warten Sie auf Antwort«, sagte er, indem er ihm den Brief übergab, »und führen Sie die Männer herein.«

Nach zwei oder drei Minuten klopfte es wieder und Mr. Hubbard persönlich, der berühmte Rahmenmacher aus der South Audley Street, trat zusammen mit einem etwas ruppig aussehenden jungen Gehilfen ein. Mr. Hubbard war ein rotgesichtiger kleiner Mann mit rotem Backenbart, dessen Bewunderung für die Kunst durch die chronische Mittellosigkeit der meisten Künstler, die mit ihm feilschten, beträchtlich gedämpft worden war. In der Regel verließ er seine Werkstatt nie. Er erwartete, dass die Leute zu ihm kamen. Aber bei Dorian Gray machte er immer eine Ausnahme. Dorian hatte etwas an sich, das jeden bezauberte. Allein ihn zu sehen war ein Vergnügen.

»Was kann ich für Sie tun, Mr. Gray?«, sagte er und rieb seine fleischigen, sommersprossigen Hände. »Ich dachte, ich sollte mir selbst die Ehre geben, persönlich herüberzukommen. Ich habe gerade ein Prachtstück von einem Rahmen, Sir. Bei einer Versteigerung ergattert. Altflorentinisch. Stammt aus Foothill, glaube ich. Wunderbar geeignet für ein religiöses Motiv, Mr. Gray.«

»Es tut mir sehr leid, dass Sie sich die Mühe gemacht haben, selbst herzukommen, Mr. Hubbard. Ich werde bestimmt vorbeikommen und mir den Rahmen ansehen – obwohl ich mich zur Zeit nicht sehr für religiöse Kunst interessiere –, aber heute möchte ich nur ein Bild ins Dachgeschoss tragen lassen. Es ist ziemlich schwer, deshalb dachte ich daran, Sie zu bitten, mir zwei Ihrer Männer zu leihen.«

»Macht überhaupt keine Umstände, Mr. Gray. Ich freue mich, Ihnen zu Diensten zu sein. Um welches Kunstwerk handelt es sich, Sir?«

»Um das da«, antwortete Dorian und schob den Wandschirm zurück. »Können Sie es so tragen, wie es ist, mit Decke und allem? Ich will nicht, dass es beim Hinauftragen zerkratzt wird.«

»Das wird kein Problem sein, Sir«, sagte der freundliche Rahmenmacher und begann zusammen mit seinem Gehilfen, das Bild von den langen Messingketten abzuhängen, an denen es aufgehängt war. »Und wohin sollen wir es nun tragen, Mr. Gray?«

»Ich werde Ihnen den Weg zeigen, Mr. Hubbard, wenn Sie mir freundlicherweise folgen wollen. Oder vielleicht gehen Sie besser voran. Leider ist es ganz oben unter dem Dach. Wir wollen über die Vordertreppe gehen, die ist breiter.«

Er hielt ihnen die Tür auf und sie traten in die Eingangshalle hinaus und machten sich an den Aufstieg. Die kunstvolle Beschaffenheit des Rahmens hatte das Bild äußerst sperrig gemacht, und trotz der unterwürfigen Einwände von Mr. Hubbard, der die lebhafte Abneigung eines wahren Handwerkers dagegen hatte, einen Gentleman etwas Nützliches tun zu sehen, legte Dorian von Zeit zu Zeit mit Hand an, um ihnen zu helfen.

»Hat ein ganz schönes Gewicht, Sir«, keuchte der kleine Mann, als sie den obersten Treppenabsatz erreichten. Und er wischte sich die glänzende Stirn.

»Es tut mir leid, dass es so schwer ist«, murmelte Dorian, während er die Tür zu dem Raum aufschloss, der für ihn das sonderbare Geheimnis seines Lebens bewahren und seine Seele vor den Augen der Menschen verbergen sollte.

Er hatte das Zimmer seit über vier Jahren nicht betreten – genau genommen nicht mehr, seit er es als Kind zunächst als Spielzimmer und später, als er etwas älter geworden war, als Studierzimmer genutzt hatte. Es war ein großer, gut geschnittener Raum, von dem verstorbenen Lord Kelso eigens für den kleinen Enkelsohn ausgebaut, den er wegen seiner auffallenden Ähnlichkeit mit seiner Mutter und auch aus anderen Gründen immer gehasst und von sich fernzuhalten gewünscht hatte. Er schien Dorian nur wenig verändert. Da war die riesige italienische *cassone* mit ihren fantasievoll bemalten Wänden und ihren angelaufenen Goldleisten, in der er sich als kleiner Junge so oft versteckt hatte. Dort der Bücherschrank aus Satinholz mit seinen Schulbüchern voller Eselsohren darin. An der Wand dahinter hing noch derselbe zerschlissene flämische Wandteppich, auf dem ein König und eine Königin, beide verblasst, in einem Garten Schach spielten, während ein Trupp Falkner vorbeiritt, die auf ihren Schutzhandschuhen Vögel mit Hauben trugen. Wie gut er sich an alles erinnerte! Jeder Augenblick seiner einsamen Kindheit kehrte zu ihm zurück, während er sich umsah. Er entsann sich der makellosen Reinheit seines Knabenlebens und es schien im entsetzlich, dass das verhängnisvolle Porträt ausgerechnet hier versteckt werden sollte. Wie wenig hatte er in jenen längst vergangenen Tagen an all das gedacht, was ihm bevorstand!

Aber es gab im Haus keinen anderen Ort, der vor neugierigen Augen so sicher war wie dieser. Er hatte den Schlüssel und niemand sonst konnte hinein. Unter dem purpurroten Bahrtuch konnte das auf die Leinwand gemalte Gesicht bestialisch, aufgedunsen und lasterhaft werden. Was machte das schon? Niemand konnte es sehen. Er selber wollte es nicht sehen. Warum sollte er die grässliche Verwesung seiner Seele beobachten? Er behielt seine Jugend – das war genug. Und außerdem, konnte sein Wesen nicht trotz allem edler werden? Es gab keinen Grund, warum die Zukunft so schmachvoll sein sollte. Die Liebe konnte in sein Leben treten und ihn läutern und ihn vor den Sünden beschützen, die sich im Geist und im Fleisch schon zu regen schienen – jene merkwürdigen, unvorstellbaren Sünden, deren Rätselhaftigkeit ihnen Raffinesse und Reiz verlieh. Vielleicht würde eines Tages der grausame Ausdruck um den empfindsamen, scharlachroten Mund verschwunden sein und er könnte der Welt Basil Hallwards Meisterwerk zeigen.

Nein, das war unmöglich. Stunde um Stunde und Woche um Woche wurde das Gebilde auf der Leinwand älter. Es mochte der Hässlichkeit der Sünde entfliehen, aber die Hässlichkeit des Alters stand ihm bevor. Die Wangen würden hohl oder schlaff werden. Gelbe Krähenfüße würden sich um die schwächer werdenden Augen ranken und sie grauenvoll machen. Das Haar würde seinen Glanz verlieren, der Mund würde auseinanderklaffen oder einfallen, würde töricht oder grob aussehen, wie die Münder alter Menschen es sind. Der runzlige Hals, die kalten, blau geäderten Hände und der verkrümmte Körper wären da, wie er es von seinem Großvater in Erinnerung hatte, der so streng gegen ihn gewesen war in seiner Kindheit. Das Bild musste verborgen werden. Da war nichts zu machen.

»Bringen Sie es bitte herein, Mr. Hubbard«, sagte er erschöpft und wandte sich um. »Es tut mir leid, dass ich Sie so lange warten ließ. Ich habe an etwas anderes gedacht.«

»Immer froh über eine Pause, Mr. Gray«, antwortete der Rahmenmacher, der noch immer um Luft rang. »Wo sollen wir es hinstellen?«

»Ach, irgendwohin. Hierher, das genügt. Ich will es nicht aufgehängt haben. Lehnen Sie es einfach gegen die Wand. Danke.«

»Darf man das Kunstwerk ansehen, Mr. Gray?«

Dorian zuckte zusammen. »Es würde Sie nicht interessieren, Mr. Hubbard«, sagte er und behielt den Mann im Auge. Er war bereit, sich auf ihn zu stürzen und ihn zu Boden zu werfen, wenn er es wagte, den prächtigen Behang hochzuheben, der das Geheimnis seines Lebens verbarg. »Ich will Sie jetzt nicht länger bemühen. Ich bin Ihnen sehr dankbar, dass Sie so freundlich waren, herüberzukommen.«

»Keine Ursache, keine Ursache, Mr. Gray. Jederzeit bereit, etwas für Sie zu tun, Sir.« Und Mr. Hubbard stapfte die

Treppe hinab, gefolgt von seinem Gehilfen, der sich mit einem Ausdruck scheuer Bewunderung auf seinem derben, unschönen Gesicht noch einmal nach Dorian umblickte. Er hatte noch nie einen Menschen gesehen, der so wunderschön war.

Als das Geräusch ihrer Fußtritte verklungen war, sperrte Dorian die Tür zu und steckte den Schlüssel in seine Tasche. Jetzt fühlte er sich sicher. Niemand würde das schreckliche Ding jemals betrachten. Kein Auge außer seinem würde je seine Schande sehen.

Als er die Bibliothek betrat, sah er, dass es kurz nach fünf Uhr war und dass der Tee schon gebracht worden war. Auf einem kleinen Tisch aus dunklem, wohlriechenden Holz, das reich mit Perlmutter ausgelegt war, einem Geschenk von Lady Radley, der Frau seines Vormunds, einer geradezu berufsmäßigen Invalidin, die den vergangenen Winter in Kairo verbracht hatte, lag eine Nachricht von Lord Henry und daneben ein in gelbes Papier gebundenes Buch, der Umschlag leicht eingerissen und die Kanten verschmutzt. Ein Exemplar der dritten Ausgabe der *St. James's Gazette* war auf das Teebrett gelegt worden. Offensichtlich war Victor zurückgekommen. Er fragte sich, ob er wohl die Männer in der Eingangshalle getroffen hatte, als sie das Haus verließen, und ihnen entlockt hatte, was sie gemacht hatten. Er würde das Bild sicher vermissen – hatte es ohne Zweifel schon vermisst, während er den Teetisch gedeckt hatte. Der Wandschirm war noch nicht zurückgestellt worden und der leere Platz an der Wand war unübersehbar. Vielleicht würde er ihn eines Nachts ertappen, wie er die Treppe hinaufschlich und versuchte, die Tür zu dem Zimmer gewaltsam zu öffnen. Es war etwas Entsetzliches, einen Spion im Haus zu haben. Er hatte von reichen Leuten gehört, die ihr Leben lang von irgendeinem Diener erpresst wurden, der einen Brief gelesen, ein Gespräch belauscht, eine Karte mit einer Adresse aufgelesen oder unter einem Kissen eine verwelkte Blume oder einen Fetzen zerknitterter Spitze entdeckt hatte.

Er seufzte, und nachdem er sich etwas Tee eingeschenkt hatte, öffnete er Lord Henrys Nachricht. Es stand nur darin, dass er ihm die Abendzeitung schicke sowie ein Buch, das ihn vielleicht interessiere, und dass er um Viertel nach acht im Klub sein würde. Lustlos schlug er die *St. James's* auf und blätterte sie durch. Eine Rotstiftmarkierung auf der fünften Seite fiel ihm ins Auge. Sie lenkte seine Aufmerksamkeit auf den folgenden Absatz:

›Leichenschau bei einer Schauspielerin. – Eine gerichtliche Untersuchung wurde heute Morgen in der Bell Tavern, Hoxton Road, von Mr. Danby, dem Bezirksleichenbeschauer, an der Leiche von Sibyl Vane, einer jungen Schauspielerin, die seit kurzem am Royal Theatre in Holborn engagiert war, durchgeführt. Das Urteil lautete auf Tod durch Unglücksfall. Rege Anteilnahme wurde der Mutter der Verstorbenen zuteil, die während ihrer Aussage und der von Dr. Birrell, der die Obduktion an der Leiche vorgenommen hatte, äußerst bewegt war.‹

Er runzelte die Stirn, ging, während er das Blatt entzweiriss, durch das Zimmer und warf die Papierfetzen fort. Wie hässlich das alles war! Und wie entsetzlich wirklich die Hässlichkeit alles machte! Er ärgerte sich ein wenig über Lord Henry, dass er ihm den Bericht geschickt hatte. Und es war zweifellos dumm von ihm gewesen, ihn mit Rotstift anzustreichen. Victor hätte ihn lesen können. Dafür reichte das Englisch des Mannes aus.

Vielleicht hatte er ihn tatsächlich gelesen und angefangen, Verdacht zu schöpfen. Und wenn schon, was machte das? Was hatte Dorian Gray mit Sibyl Vanes Tod zu tun? Es war nichts zu befürchten. Dorian Gray hatte sie nicht umgebracht.

Sein Blick fiel auf das gelbe Buch, das Lord Henry ihm geschickt hatte. Er fragte sich, was es wohl war. Er ging zu dem kleinen perlfarbenen achteckigen Tisch hinüber, der ihm immer wie das Werk seltsamer ägyptischer Bienen vorgekommen war, die Silber verarbeiteten, nahm das Buch, warf sich in einen Sessel und begann zu blättern. Nach wenigen Minuten war er ganz davon in Beschlag genommen. Es war das merkwürdigste Buch, das er je gelesen hatte. Es schien ihm, als zögen die Sünden der Welt in kostbaren Gewändern und zu zarten Flötenklängen in stummem Spektakel an ihm vorüber. Dinge, von denen er vage geträumt hatte, wurden auf einmal Wirklichkeit für ihn. Dinge, von denen er noch nicht einmal geträumt hatte, wurden ihm nach und nach offenbart.

Es war ein Roman ohne Handlung und mit nur einer Person, eigentlich nur eine psychologische Studie über einen gewissen jungen Pariser, der sein Leben damit zubrachte, zu versuchen, im neunzehnten Jahrhundert alle Leidenschaften und Denkweisen zu verwirklichen, die jedem Jahrhundert außer seinem eigenen angehört hatten, und auf diese Weise alle unterschiedlichen Stimmungen, die der Weltgeist je durchlebt hatte, in sich selbst gewissermaßen zu vereinigen, indem er jene Entsagungen, welche die Menschen törichterweise Tugend genannt haben, ihrer bloßen Künstlichkeit wegen ebenso liebte wie jenes natürliche Aufbegehren, das weise Menschen immer noch Sünde nennen. Der Stil, in dem es geschrieben war, war jener merkwürdige ausgeschmückte Stil, lebendig und dunkel zugleich, voller *argot* und Archaismen, Fachausdrücke und kunstreicher Umschreibungen, ein Stil, der das Werk einiger der besten Künstler der französischen Schule der *Symbolistes* kennzeichnet. Es waren Metaphern darin, so ungeheuerlich wie Orchideen und ebenso nuanciert in der Farbgebung. Das Leben der Sinne war mit der Terminologie der mystischen Philosophie beschrieben. Man wusste manchmal kaum, ob man die spirituellen Ekstasen eines mittelalterlichen

Heiligen las oder die krankhaften Bekenntnisse eines modernen Sünders. Es war ein Buch voller Gift. Der schwere Duft von Weihrauch schien seinen Seiten anzuhaften und das Gehirn zu verwirren. Der bloße Rhythmus der Sätze, die subtile Monotonie ihrer Melodie, so voller komplizierter Refrains und kunstvoll wiederholter Läufe wie sie war, erzeugten im Geist des jungen Mannes, als er von Kapitel zu Kapitel weiterlas, eine Art Träumerei, eine Traumkrankheit, sodass er den sinkenden Tag und die schleichenden Schatten nicht bemerkte.

Wolkenlos, von einem einzigen Stern durchstochen, schimmerte ein kupfergrüner Himmel durch die Fenster. Er las bei seinem fahlen Licht weiter, bis er nicht mehr lesen konnte. Dann, nachdem ihn sein Diener mehrmals an die vorgerückte Stunde erinnert hatte, stand er auf, ging ins Nebenzimmer, legte das Buch auf den kleinen Florentiner Tisch, der immer neben seinem Bett stand, und begann sich zum Abendessen umzuziehen.

Es war fast neun Uhr, als er im Klub eintraf, wo er Lord Henry allein und sehr gelangweilt dreinblickend im Salon vorfand.

»Es tut mir so leid, Harry«, rief er, »aber es ist eigentlich ganz allein deine Schuld. Das Buch, das du mir geschickt hast, fesselte mich so, dass ich gar nicht merkte, wie die Zeit verging.«

»Ja, ich dachte mir, dass es dir gefallen würde«, antwortete sein Gastgeber und erhob sich von seinem Sessel.

»Ich sagte nicht, dass es mir gefiel, Harry. Ich sagte, dass es mich fesselte. Das ist ein großer Unterschied.«

»Ach, das hast du also herausgefunden?«, murmelte Lord Henry. Und sie gingen in den Speisesaal hinüber.

Kapitel 11

Jahrelang konnte sich Dorian Gray von dem Einfluss dieses Buches nicht befreien. Oder vielleicht wäre es zutreffender zu sagen, dass er nie versuchte, sich davon zu befreien. Er besorgte sich aus Paris nicht weniger als neun Luxusexemplare der Erstausgabe und ließ sie in verschiedenen Farben binden, damit sie zu seinen unterschiedlichen Stimmungen und den wechselnden Launen einer Natur passten, über die er bisweilen jegliche Kontrolle verloren zu haben schien. Der Held, der wunderbare junge Pariser, in dem die romantischen und die wissenschaftlichen Temperamente so merkwürdig vermengt waren, wurde für ihn eine Art zukunftweisendes Vorbild seiner selbst. Und in der Tat schien ihm das ganze Buch die Geschichte seines eigenen Lebens zu enthalten, aufgeschrieben, bevor er es gelebt hatte.

In einem Punkt aber war er glücklicher als der fantastische Held des Romans. Er kannte nie – hatte in der Tat nie einen Grund dazu – jene leicht groteske Furcht vor Spiegeln und glänzenden Metallflächen und stillen Wassern, die den jungen Pariser so früh im Leben befiel und die durch den jähen Verfall einer Schönheit verursacht worden war, die offenbar einmal ganz bemerkenswert gewesen sein musste. Mit einer fast grausamen Freude – und vielleicht hat in nahezu jeder Freude, wie sicherlich in jedem Genuss, die Grausamkeit ihren Platz – pflegte er den letzten Teil des Buches zu lesen mit seiner wirklich tragischen, wenn auch etwas übertriebenen Schilderung des Leidens und der Verzweiflung eines Menschen, der selber verloren hatte, was er an anderen und an der Welt am höchsten geschätzt hatte.

Denn die wunderbare Schönheit, die Basil Hallward und viele andere außer ihm so fasziniert hatte, schien ihn nie zu verlassen. Selbst jene, die die übelsten Dinge über ihn gehört hatten – und von Zeit zu Zeit schlichen seltsame Gerüchte über seinen Lebenswandel durch London und wurden zum Klatsch in den Klubs –, konnten nichts von dem, was ihm zur Unehre gereicht hätte, glauben, wenn sie ihn sahen. Er hatte immer das Aussehen eines Menschen, der sich selbst von der Welt unbefleckt gehalten hatte. Männer, die Anstößiges erzählten, verstummten, wenn Dorian Gray ins Zimmer trat. Es lag etwas in der Reinheit seines Gesichtes, das sie zurechtwies. Seine bloße Gegenwart schien in ihnen die Erinnerung an die Unschuld wachzurufen, die sie beschmutzt hatten. Sie fragten sich, wie jemand, der so bezaubernd und anmutig war, der Besudelung eines Zeitalters hatte entgehen können, das schmutzig und sinnlich zugleich war.

Oft, wenn er von einem jener geheimnisvollen ausgedehnten Ausflüge zurückkehrte, die zu solch seltsamen Mutmaßungen unter jenen Anlass gaben, die seine Freunde waren oder sich dafür hielten, schlich er die Treppe zu dem verschlossenen Zimmer hinauf und öffnete die Tür mit dem Schlüssel, den er jetzt immer bei sich trug. Dann stand er mit einem Spiegel vor dem Porträt, das Basil Hallward von ihm gemalt hatte, und blickte bald auf das schändliche und alternde Gesicht auf der Leinwand, bald auf das schöne junge Gesicht, das ihm aus dem glänzenden Glas entgegenlachte. Gerade die Schärfe des Gegensatzes regte sein Lustgefühl stets aufs Neue an. Er verliebte sich mehr und mehr in seine eigene Schönheit und interessierte sich mehr und mehr für die Zersetzung seiner eigenen Seele. Mit peinlicher Sorgfalt und manchmal mit ungeheuerlichem und schrecklichem Vergnügen untersuchte er die hässlichen Linien, die die faltige Stirn versengten oder um den schweren, sinnlichen Mund krochen, und fragte sich manchmal, was grauenvoller war: die Spuren der Sünde oder die Spuren des Alters. Er legte seine weißen Hände neben die rauen, aufgedunsenen Hände des Bildes und lächelte. Er verhöhnte den unförmigen Körper und die erschlaffenden Gliedmaßen.

In der Nacht gab es allerdings Augenblicke, wenn er schlaflos in seinem eigenen, fein duftenden Zimmer lag oder in der schmutzigen Kammer der berüchtigten kleinen Kneipe in der Nähe der Docks, die er unter falschem Namen und in Verkleidung häufig aufzusuchen pflegte, in denen er über das Verderben nachdachte, das er über seine Seele gebracht hatte – voller Bedauern, das ihn um so mehr schmerzte, als es völlig selbstsüchtig war. Aber Augenblicke wie diese waren selten. Jene Neugier auf das Leben, die Lord Henry zuerst in ihm geweckt hatte, als sie im Garten ihres Freundes beisammen saßen, schien mit ihrer Befriedigung zu wachsen. Je mehr er wusste, umso mehr begehrte er zu wissen. Er hatte wahnsinnige Hungergelüste, die immer gieriger wurden, je mehr er sie nährte.

Und doch war er nicht wirklich leichtfertig geworden, zumindest nicht in seinen Beziehungen zur Gesellschaft. Ein- oder zweimal in jedem Monat im Winter und jeden Mittwochabend während der Saison öffnete er der Welt sein schönes Haus und hatte immer die berühmtesten Musiker der Zeit, um seine Gäste mit ihrer wunderbaren Kunst zu entzücken. Seine kleinen Diners, bei deren Ausrichtung ihn Lord Henry immer unterstützte, waren ebenso berühmt für die sorgfältige Auswahl und Platzierung der Geladenen wie für den erlesenen Geschmack, der sich in der Tischdekoration mit feinen sinfonischen Arrangements exotischer Blumen, bestickten Tischtüchern und antikem Gold- und Silbergeschirr zeigte. Tatsächlich gab es viele, besonders unter den jungen Männern, die in Dorian Gray die wahrhaftige Verkörperung eines Typus sahen oder zu sehen glaubten, von dem sie in den Tagen von Eton oder Oxford oft geträumt hatten, eines Typus, der etwas von der wahren Kultur des Gelehrten mit der Anmut und der Vornehmheit und dem vollendeten Auftreten eines Weltbürgers vereinigen sollte. Für sie schien er ein Mitglied jener Gesellschaft zu sein, von der Dante sagt, dass sie danach strebte, »sich durch die Anbetung der Schönheit vollkommen zu machen.« Wie Gautier war er ein Mensch, für den »die sichtbare Welt existierte.«

Und gewiss war für ihn das Leben selbst die erste, die großartigste der Künste, und alle anderen Künste schienen nur eine Vorbereitung darauf zu sein. Die Mode, durch die einen Moment lang allgemein gültig wird, was eigentlich launenhaft ist, und das Dandytum, das auf seine Weise ein Versuch ist, die uneingeschränkte Modernität der Schönheit zu behaupten, hatten natürlich ihren Reiz für ihn. Seine Art, sich zu kleiden, und die verschiedenen Stile, die er von Zeit zu Zeit zur Schau trug, hatten deutlichen Einfluss auf die jungen Stutzer auf den Bällen in Mayfair und in den Fenstern des Pall-Mall-Klubs, die ihn in allem, was er tat, nachahmten und den absichtslosen Charme seiner anmutigen, für ihn selbst allerdings nur halb ernst gemeinten Extravaganzen aufgriffen.

Denn obwohl er nur zu gern bereit war, die Rolle, die ihm fast unmittelbar nach seiner Volljährigkeit angeboten wurde, anzunehmen, und er tatsächlich ein heimliches Vergnügen bei dem Gedanken empfand, dass er für das London seiner Zeit tatsächlich das werden könnte, was einst für das kaiserliche Rom Neros der Verfasser des *Satyricon* gewesen war, so verlangte es ihn in seinem innersten Herzen, etwas mehr zu sein als ein bloßer *arbiter elegantiarum*, der zu Rate gezogen wurde, wenn es um das Tragen eines Edelsteins, das Binden einer Krawatte oder das Halten eines Spazierstocks ging. Er war bestrebt, einen neuen Lebensentwurf zu erarbeiten, der eine vernünftige Philosophie und geordnete Grundsätze haben und in der Vergeistigung der Sinne seine höchste Verwirklichung finden sollte.

Der Kult der Sinne ist oft und mit vielem Recht geschmäht worden, da die Menschen eine natürliche, instinktive Abscheu vor Leidenschaften und Empfindungen haben, die stärker scheinen als sie selbst und die sie, wie sie wissen, mit weniger hoch organisierten Lebensformen gemein haben. Dorian Gray aber schien es, dass die wahre Natur der Sinne nie verstanden worden sei und dass sie nur deshalb unzivilisiert und animalisch geblieben seien, weil die Welt darauf aus war, sie bis zur Unterwerfung auszuhungern oder durch Schmerz abzutöten, anstatt danach zu streben, sie zu Bestandteilen einer neuen Spiritualität zu machen, in der ein feiner Instinkt für Schönheit das vorherrschende Merkmal sein sollte. Wenn er auf den Gang des Menschen durch die Geschichte zurückblickte, wurde er von einem Gefühl des Verlustes heimgesucht. So vieles war preisgegeben worden! Und nahezu vergeblich! Es hatte wahnsinnige freiwillige Entsagungen gegeben, ungeheuerliche Formen von Selbstquälerei und Selbstverleugnung, deren Ursprung Furcht und deren Ergebnis eine unendlich schrecklichere Erniedrigung war als jene eingebildete Erniedrigung, der sie in ihrer Unwissenheit entkommen wollten, da die Natur in ihrer wunderbaren Ironie den Eremiten hinaustrieb, damit er sich zusammen mit den wilden Tieren der Wüste ernährte, und dem Einsiedler die Tiere des Feldes zu Gefährten gab.

Ja, es musste, wie Lord Henry prophezeit hatte, ein neuer Hedonismus kommen, um das Leben zu erneuern und es von jenem strengen, hässlichen Puritanismus zu erlösen, der in unseren Tagen seine sonderbare Wiedergeburt erlebt. Gewiss, er würde die Dienste des Intellekts beanspruchen müssen; doch durfte er nie irgendeine Theorie oder ein System anerkennen, die den Verzicht auf irgendeine Form der leidenschaftlichen Erfahrung beinhalteten. Sein Ziel sollte ja gerade die Erfahrung selbst sein und nicht die Früchte der Erfahrung, so süß oder bitter sie auch wären. Von der Askese, die die Sinne tötet, wie von der vulgären Lasterhaftigkeit, die sie abstumpft, sollte er nichts wissen. Aber er sollte den Menschen lehren, sich auf die Augenblicke eines Lebens zu konzentrieren, das selbst nur ein Augenblick ist.

Es gibt nur wenige unter uns, die nicht manchmal vor Morgengrauen erwacht sind, entweder nach einer jener traumlosen Nächte, die uns fast in den Tod verliebt machen, oder nach einer jener Nächte voller Grauen und entstellter Lust, wenn durch die Kammern des Gehirns Phantome brausen, die schrecklicher sind als die Wirklichkeit selbst und beseelt von jenem starken Leben, das in allem Grotesken lauert und das der gotischen Kunst ihre bleibende Kraft verleiht, denn diese Kunst, könnte man meinen, ist vor allem die Kunst jener, deren Geist durch die Krankheit des Träumens verwirrt wurde. Langsam schieben sich weiße Finger durch die Vorhänge und sie scheinen zu zittern. In fantastischen schwarzen Formen kriechen stumme Schatten in die Winkel des Zimmers und kauern sich dort nieder. Draußen hört man das Rascheln der Vögel in den Blättern oder die Schritte von Menschen, die zur Arbeit gehen, oder das Seufzen und Heulen des Windes, der von den Bergen kommt und um das stille Haus streift, als fürchte er, die Schlafenden zu wecken, und müsse dennoch notgedrungen den Schlaf aus seiner purpurnen Höhle hervorrufen. Schleier um Schleier aus feiner, dunkler Gaze hebt sich und allmählich erhalten die Dinge ihre Formen und Farben zurück und wir sehen zu, wie die Dämmerung die Welt in ihrer althergebrachten Gestalt wiederherstellt. Die matten Spiegel erlangen ihr mimisches Leben zurück. Die flammenlosen Kerzen stehen dort, wo wir sie zurückgelassen hatten, und neben ihnen liegt das halb aufgeschnittene Buch, in dem wir gelesen, oder die mit Draht verstärkte Blume, die wir auf dem Ball getragen, oder der Brief, den zu lesen wir uns gefürchtet oder den wir zu oft gelesen hatten. Nichts scheint uns verändert. Aus den unwirklichen Schatten der Nacht kehrt das wirkliche Leben zurück, das wir kannten. Wir müssen es da wieder aufnehmen, wo wir es unterbrochen hatten, und es beschleicht uns eine schreckliche Ahnung von der Notwendigkeit der Fortdauer der Tatkraft in demselben ermüdenden

Kreislauf stereotyper Gewohnheiten oder vielleicht ein unbändiges Verlangen, dass sich unsere Augenlider eines Morgens einer Welt öffnen mögen, die in der Dunkelheit zu unserer Lust neu gestaltet worden wäre, einer Welt, in der die Dinge neue Formen und Farben hätten und verändert wären oder andere Geheimnisse hätten, einer Welt, in der die Vergangenheit nur einen unbedeutenden oder gar keinen Platz hätte oder zumindest in keiner bewussten Form von Verpflichtung oder Reue weiterlebte, weil selbst die Reminiszenz an Freude Bitterkeit enthält und den Erinnerungen an Lust ein Schmerz innewohnt.

Die Erschaffung von Welten wie dieser schien Dorian Gray das wahre Ziel oder eines der wahren Ziele des Lebens zu sein; und auf seiner Suche nach Sinneseindrücken, die zugleich neu und genussvoll wären und jenes Element der Fremdartigkeit besäßen, das für die Romantik so wesentlich ist, machte er sich oft gewisse Denkweisen zu eigen, von denen er wusste, dass sie seiner Natur in Wahrheit fremd waren, gab sich ihren subtilen Einflüssen hin und verließ sie dann, nachdem er gewissermaßen ihre Farbe eingefangen und seine geistige Neugier befriedigt hatte, mit jener eigentümlichen Gleichgültigkeit, die nicht unvereinbar ist mit einer wahren Inbrunst des Gemüts und die in der Tat nach Meinung gewisser moderner Psychologen oft eine Voraussetzung dafür ist.

Einmal ging das Gerücht über ihn, er sei im Begriff, der römisch-katholischen Kirche beizutreten, und gewiss hatte der katholische Kult schon immer eine große Anziehungskraft für ihn. Das tägliche Messopfer, das in Wahrheit bedeutend Ehrfurcht gebietender ist als alle Opfer der antiken Welt, bewegte ihn ebenso sehr durch seine erhabene Zurückweisung der Beweiskraft der Sinne wie durch die primitive Schlichtheit seiner Elemente und das ewige Pathos der menschlichen Tragödie, die es zu symbolisieren suchte. Er liebte es, auf dem kalten Marmorboden niederzuknien und den Priester zu beobachten, wie er in seiner steifen, blumenbestickten Stola langsam und mit weißen Händen den Vorhang des Tabernakels zur Seite schob oder die edelsteinbesetzte, laternenförmige Monstranz mit jener blassen Oblate, von der man gern glauben möchte, sie sei zuweilen tatsächlich das *panis caelestis*, das Brot der Engel, in die Höhe hob, oder wie er, gekleidet in die Gewänder der Passion Christi, die Hostie in den Abendmahlskelch brach und sich um seiner Sünden willen die Brust schlug. Die dampfenden Weihrauchfässchen, die die ernsthaften Jungen in Spitze und Scharlachrot gleich großen goldenen Blumen durch die Luft schwangen, übten einen geheimen Zauber auf ihn aus. Beim Hinausgehen betrachtete er immer voller Staunen die schwarzen Beichtstühle und sehnte sich danach, im düsteren Schatten eines solchen zu sitzen und den Männern und Frauen zu lauschen, die durch das abgenutzte Gitter die wahre Geschichte ihres Lebens flüsterten.

Aber er beging nie den Fehler, seine geistige Entwicklung durch die förmliche Annahme irgendeines Glaubens oder Systems zu behindern oder eine Herberge, die sich nur für den kurzen Aufenthalt einer Nacht eignet oder für ein paar Stunden einer Nacht, in der es keine Sterne gibt und der Mond in Wehen liegt, mit einem Haus zu verwechseln, in dem man leben konnte. Die Mystik mit ihrer wunderbaren Macht, uns alltägliche Dinge fremdartig erscheinen zu lassen, und der subtile Antinomismus, der sie immer zu begleiten scheint, bewegte ihn eine Saison lang; eine weitere Saison neigte er zu den materialistischen Lehren der Darwinismus-Bewegung in Deutschland und fand ein merkwürdiges Vergnügen daran, die Gedanken und Leidenschaften der Menschen auf irgendeine perlengleiche Zelle im Gehirn oder auf irgendeinen weißen Nerv im Körper zurückzuführen, wobei ihn die Vorstellung der vollkommenen Abhängigkeit des Geistes von bestimmten physischen Bedingungen, kranken oder gesunden, normalen oder pathologischen, entzückte. Aber, wie bereits über ihn gesagt wurde, keine Theorie über das Leben schien, verglichen mit dem Leben selbst, von irgendeiner Bedeutung für ihn. Er war sich deutlich bewusst, wie unfruchtbar jede intellektuelle Spekulation ist, wenn sie vom Tun und vom Experiment getrennt stattfindet. Er wusste, dass die Sinne nicht weniger als die Seele ihre geistigen Geheimnisse zu offenbaren haben.

Und so analysierte er nunmehr Duftstoffe und die Geheimnisse ihrer Herstellung, indem er schwer duftende Öle destillierte und wohlriechende Gummiharze aus dem Orient verbrannte. Er erkannte, dass es keine Stimmung des Geistes gab, die nicht ihr Gegenstück im sinnlichen Leben hatte, und machte sich daran, ihre wahren Beziehungen zu erforschen, indem er sich fragte, was im Weihrauch war, der einen mystisch stimmte, und in grauer Ambra, die die Leidenschaft weckte, und in Veilchen, die die Erinnerung an vergangene Romanzen wachriefen, und in Moschus, der das Gehirn verwirrte, und in Champak, das die Fantasie befleckte; und oft bemühte er sich, eine regelrechte Psychologie der Duftstoffe zu erarbeiten und die verschiedenen Einflüsse süßlich riechender Wurzeln und duftender, pollenbeladener Blumen, aromatischer Balsame und dunkler, wohlriechender Hölzer zu bestimmen, von der Narde, die krank macht, von der Hovenia, die die Menschen wahnsinnig macht, und von der Aloe, von der es heißt, sie könne die Schwermut aus der Seele vertreiben.

Ein andermal widmete er sich ganz der Musik und pflegte in einem langen, vergitterten Raum mit einer zinnober- und goldfarbenen Decke und olivgrün lackierten Wänden sonderbare Konzerte zu veranstalten, in denen närrische Zigeuner kleinen Zithern wilde Melodien entlockten oder ernste, in gelbe Schals gehüllte Tunesier die straffen Saiten riesiger Lauten zupften, während grinsende Neger monoton auf kupferne Trommeln schlugen und schmächtige, Turban tragende Inder, auf scharlachroten Matten kauernd, auf langen Flöten aus Rohr oder Messing bliesen und große Brillenschlangen oder grauenvolle Hornvipern beschworen oder zu beschwören vorgaben. Die harschen Intervalle und die schrillen Dissonanzen barbarischer Musik erregten ihn zuweilen, wenn Schuberts Anmut und Chopins schöne Klagen und selbst die gewaltigen Harmonien Beethovens unbeachtet an sein Ohr drangen. Aus allen Teilen der Welt trug er die fremdartigsten Instrumente zusammen, die sich entweder in den Gräbern ausgestorbener Völker oder bei den wenigen wilden Stämmen, die die Berührung mit den westlichen Kulturen überlebt haben, finden ließen, und er liebte es, sie zu berühren und auszuprobieren. Er besaß die geheimnisvollen *juruparis* der Indianer vom Rio Negro, die die Frauen nicht ansehen dürfen und die selbst die jungen Männer nicht sehen dürfen, bis sie sich dem Fasten und der Selbstgeißelung unterzogen haben, und die irdenen Gefäße der Peruaner, die den schrillen Schrei der Vögel wiedergeben, und Flöten aus Menschenknochen, wie sie Alfonso de Ovalle in Chile hörte, und die tönenden grünen Jaspissteine, die bei Cuzco zu finden sind und einen Ton von einzigartiger Süße hervorbringen. Er hatte bemalte, mit Kieselsteinen gefüllte Kalebassen, die rasselten, wenn sie geschüttelt wurden; die lange *clarin* der Mexikaner, in die der Spieler nicht hineinbläst, sondern durch die er die Luft einzieht; die schrille *turé* der Amazonasstämme, welche die Wachposten ertönen lassen, die den ganzen Tag auf hohen Bäumen sitzen, und die, wie man sagt, auf eine Entfernung von drei Wegstunden zu hören ist; das *teponaztli*, das zwei vibrierende Holzzungen hat und mit Stöcken geschlagen wird, die mit einem aus milchigem Pflanzensaft gewonnenen elastischen Gummiharz bestrichen sind; die *yotl*-Glocken der Azteken, die wie Trauben in Büscheln aufgehängt sind; und eine riesige, mit den Häuten großer Schlangen bespannte zylinderförmige Trommel wie jene, die Bernal Diaz sah, als er mit Cortez in den mexikanischen Tempel ging und von deren klagendem Klang er uns eine so lebhafte Schilderung hinterlassen hat. Die wunderliche Beschaffenheit dieser Instrumente faszinierte ihn und er empfand ein seltsames Vergnügen bei dem Gedanken, dass die Kunst wie die Natur ihre Ungeheuer hatte, Dinge von wüster Gestalt und mit grässlichen Stimmen. Aber nach einiger Zeit wurde er ihrer überdrüssig und saß dann wieder in seiner Loge in der Oper, entweder allein oder mit Lord Henry, lauschte hingerissen dem *Tannhäuser* und sah im Vorspiel zu diesem großartigen Werk eine Darbietung der Tragödie seiner eigenen Seele.

Bei anderer Gelegenheit nahm er die Erforschung von Edelsteinen auf und erschien auf einem Kostümball als Herzog Anne von Joyeuse, Admiral von Frankreich, in einem mit fünfhundertundsechzig Perlen besetzten Gewand. Diese Neigung fesselte ihn jahrelang, ja, man kann sagen, sie hat ihn nie verlassen. Er brachte oft einen ganzen Tag damit zu, die verschiedenen Steine, die er gesammelt hatte, in ihren Kästchen ein- und umzuordnen, wie zum Beispiel den olivgrünen Chrysoberyll, der im Lampenlicht rot wird, den Cymophan mit seiner drahtähnlichen Silberlinie, den pistazienfarbenen Peridot, rosafarbene und weingelbe Topase, Karfunkelsteine aus feurigem Scharlachrot mit zitternden vierstrahligen Sternen, flammenrote Zimtsteine, orangefarbene und violette Spinelle und Amethyste mit ihren regelmäßig abwechselnden Schichten aus Rubin und Saphir. Er liebte das rote Gold des Sonnensteins und des Mondsteins perlgleiches Weiß und den gebrochenen Regenbogen des milchigen Opals. Aus Amsterdam ließ er drei Smaragde von außergewöhnlicher Größe und Farbpracht kommen und er besaß einen Türkis *de la vieille roche*, der den Neid aller Kenner erregte.

Er entdeckte auch wunderbare Geschichten über Edelsteine. In Alphonsos *Clericalis Disciplina* wurde eine Schlange mit Augen aus echtem braunen Zirkon erwähnt und in der romantischen Geschichte Alexanders hieß es, der Eroberer von Emathia habe im Jordantal Schlangen entdeckt mit »Bändern aus echten Smaragden, die auf ihren Rücken wuchsen.« Im Gehirn des Drachen befand sich ein Schmuckstein, erzählte uns Philostratus, und »durch das Vorzeigen goldener Buchstaben und eines scharlachroten Gewandes« konnte das Ungeheuer in einen magischen Schlaf versetzt und getötet werden. Dem großen Alchimisten Pierre de Boniface zufolge machte der Diamant einen Menschen unsichtbar und der indische Achat machte ihn beredt. Der Karneol besänftigte Zorn, der Hyazinth rief den Schlaf herbei und der Amethyst verscheuchte die Dünste des Weines. Der Granat trieb Dämonen aus und der Hydrophan beraubte den Mond seiner Farbe. Der Selenit nahm mit dem Mond zu und ab, und dem Meloceus, der Diebe entdeckt, konnte nur das Blut junger Ziegen etwas anhaben. Leonardus Camillus hatte gesehen, wie man dem Gehirn einer frisch getöteten Kröte einen weißen Stein entnommen hatte, der ein sicheres Gegenmittel gegen Gift war. Der Bezoarstein, den man im Herzen des arabischen Hirsches fand, war ein Zaubermittel, das die Pest zu heilen vermochte. In den Nestern arabischer Vögel kam der Aspilates vor, der Demokrit zufolge seinen Träger vor jeglicher Feuergefahr bewahrte.

Der König von Ceylon ritt bei den Feierlichkeiten anlässlich seiner Krönung mit einem großen Rubin in der Hand durch seine Stadt. Die Tore des Palastes von Johannes dem Priester waren »aus Sarder, in den das Horn der Hornviper eingearbeitet war, so dass kein Mensch Gift hineintragen könnte.« Über dem Giebel waren »zwei goldene Äpfel, in denen zwei Karfunkel waren«, so dass am Tag das Gold glänzen möge und die Karfunkel bei Nacht. In Lodges seltsamem Versroman *Eine Perle aus Amerika* heißt es, man könne in dem Zimmer der Königin »alle keuschen Frauen der Welt aus getriebenem Silber« betrachten, »wenn man durch helle Spiegel aus Chrysolithen, Karfunkeln, Saphiren und grünen Smaragden blicke.« Marco Polo hatte beobachtet, wie die Einwohner von Zipangu rosafarbene Perlen in die Münder der Toten legten. Ein Seeungeheuer war in die Perle verliebt gewesen, die der Taucher König Perozes brachte, und es hatte den Dieb getötet und sieben Monde lang seinen Verlust betrauert. Als die Hunnen den König in die große Grube lockten, warf er sie weg – Prokopios erzählt die Geschichte – und sie wurde nie wieder gefunden, obwohl Kaiser Anastasios fünf Zentner Goldstücke dafür bot. Der König von Malabar hatte einem gewissen Venezianer einen Rosenkranz aus dreihundertvier Perlen gezeigt, eine für jeden Gott, den er verehrte.

Als der Herzog von Valentinois, der Sohn Alexanders VI., Ludwig XII. von Frankreich besuchte, war sein Pferd Brantôme zufolge mit goldenen Blättern beladen und sein Barett hatte Doppelreihen von Rubinen, die ein herrliches Licht ausstrahlten. Karl von England war in Steigbügeln geritten, die mit vierhunderteinundzwanzig Diamanten behängt waren. Richard II. hatte einen auf dreißigtausend Mark geschätzten Mantel, der mit Balasrubinen bedeckt war. Hall schilderte, dass Heinrich VIII. auf seinem Weg zum Tower vor seiner Krönung »ein Gewand aus getriebenem Gold, die Brustplatte mit Diamanten und anderen Edelsteinen geschmückt, und eine mächtige Kette aus großen Balasrubinen um den Hals« trug. Die Günstlinge Jakobs I. trugen Ohrringe aus in Goldfiligran gefassten Smaragden. Eduard II. schenkte Piers Gaveston eine mit braunen Zirkonen übersäte rotgoldene Rüstung, ein mit Türkisen besetztes Collier aus goldenen Rosen und eine mit Perlen bespickte Scheitelkappe. Heinrich II. trug bis zum Ellbogen reichende, mit Edelsteinen besetzte Handschuhe und besaß einen Falknerhandschuh, auf den zwölf Rubine und zweiundfünfzig wertvolle echte Perlen aufgenäht waren. Der Herzogshut Karls des Kühnen, des letzten Herzogs von Burgund seines Geschlechts, war mit birnenförmigen Perlen behängt und mit Saphiren übersät.

Wie edel das Leben einst gewesen war! Wie prachtvoll in seinem Prunk und Zierrat! Von dem Luxus der Toten auch nur zu lesen war wunderbar.

Dann wandte er seine Aufmerksamkeit den Stickereien und den Wandteppichen zu, die in den frostigen Gemächern der Völker Nordeuropas die Rolle der Fresken übernahmen. Als er dieses Gebiet erforschte – und er besaß immer die außerordentliche Fähigkeit, sich für den Augenblick vollkommen in das zu vertiefen, was er in Angriff nahm –, stimmte ihn der Gedanke an die Zerstörung, welche die Zeit über schöne und wunderbare Dinge brachte, fast traurig. Wenigsten er war ihr entronnen. Sommer folgte auf Sommer, die gelben Jonquillen blühten und verwelkten viele Male und Nächte des Grauens wiederholten die Geschichte ihrer Schande, doch er war unverändert. Kein Winter entstellte sein Gesicht oder befleckte seine blumengleiche Schönheit. Wie anders war das mit materiellen Dingen! Wohin waren sie verschwunden? Wo war das prächtige krokusfarbene Gewand, auf dem die Götter gegen die Giganten kämpften und das von braunen Mädchen der Athene zur Freude gefertigt worden war? Wo war das riesige Velarium, das Nero über das Kolosseum in Rom gespannt hatte, das Titanensegel aus Purpur, auf dem der Sternenhimmel abgebildet war und Apollo, wie er einen von weißen Rossen mit goldenen Zügeln gezogenen Wagen lenkt? Es verlangte ihn, die eigentümlichen, für den Sonnenpriester gewebten Tischtücher zu sehen, auf denen all die Leckereien und Speisen dargestellt waren, die man sich für ein Festmahl wünschen konnte; das Leichentuch König Chilperichs mit seinen dreihundert goldenen Bienen; die fantastischen Gewänder, die die Entrüstung des Bischofs von Pontus hervorriefen und mit »Löwen, Panthern, Bären, Hunden, Wäldern, Felsen, Jägern – kurz, mit allem, was ein Maler der Natur abschauen kann«, geschmückt waren; und den Mantel, den Karl von Orléans einst trug, auf dessen Ärmel die Verse eines Liedes eingestickt waren, das begann mit *Madame, je suis tout joyeux*, während die musikalische Begleitung der Worte mit Goldfaden ausgearbeitet und jede Note in der damals üblichen quadratischen Form aus vier Perlen gebildet war. Er las von dem Zimmer, das man im Palast von Reims für Königin Johanna von Burgund eingerichtet hatte und das ausgeschmückt war mit »dreizehnhunderteinundzwanzig gestickten Papageien, verziert mit den Wappen den Königs, und fünfhunderteinundsechzig Schmetterlingen, die Flügel auf dieselbe Weise mit den Wappen der Königin geschmückt, das Ganze in Gold gearbeitet.« Katharina von Medici hatte sich ein Trauerbett aus schwarzem Samt anfertigen lassen, das mit Halbmonden und Sonnen übersät war. Seine Vorhänge waren aus Damast mit Mustern aus Laubkränzen und Girlanden auf goldenem und silbernem Grund und mit Perlenstickereien gesäumt, und es stand in einem Zimmer, in dem reihenweise Leitsätze der Königin in ausgeschnittenem schwarzem Samt auf silbernem Stoff hingen. Ludwig XIV. hatte in seinen Gemächern fünfzehn Fuß hohe Karyatiden. Das Prunkbett Sobieskis, König von Polen, bestand aus Smyrna-Goldbrokat, auf den mit Türkisen Verse aus dem Koran gestickt waren. Seine Pfosten waren aus vergoldetem Silber, schön ziseliert und reich mit emaillierten und edelsteinbesetzten Medaillons verziert. Es war aus einem türkischen Feldlager vor Wien entwendet worden und das Banner Mohammeds hatte unter dem flimmernden Gold seines Baldachins gestanden.

Und so suchte er ein ganzes Jahr lang die kostbarsten Muster von Stoffen und Stickereien zusammenzutragen, die er finden konnte, er erstand die feinen Musseline aus Delhi, fein durchwirkt mit Palmetten aus Goldfäden und mit irisierenden Käferflügeln bestickt; die Gaze aus Dhaka, die im Orient ihrer Durchsichtigkeit wegen als »gewebte Luft« und »fließendes Wasser« und »Abendtau« bekannt ist; fremdartig gemusterte

Stoffe aus Java; kunstvoll gearbeitete gelbe chinesische Wandbehänge; in lohfarbene Atlas- oder hellblaue Seidenstoffe gebundene Bücher mit eingearbeiteten *fleurs de lys*, Vögeln und Bildern; Schleier aus *lacis*, gearbeitet in ungarischer Nadelspitze; sizilianische Brokat- und steife spanische Samtstoffe; georgische Handarbeit mit ihren goldenen Münzen und japanische *Foukousas* mit ihren grünlichen Goldtönen und ihren herrlich gefiederten Vögeln.

Er hatte außerdem eine besondere Leidenschaft für sakrale Gewänder wie übrigens für alles, was mit dem Gottesdienst der Kirche zusammenhing. In den langen Kästen aus Zedernholz, die den westlichen Korridor seines Hauses säumten, hatte er viele seltene, schöne Exemplare des wahren Gewands der Braut Christi verstaut, die Purpur und Edelsteine und feines Leinen tragen muss, um den bleichen, abgezehrten Leib darin zu verhüllen, der erschöpft ist von dem Leiden, nach dem er sucht, und der von selbst auferlegter Qual verwundet ist. Er besaß einen prächtigen Rauchmantel aus karminroter Seide und golddurchwirktem Damast, verziert mit einem sich wiederholenden Muster aus goldenen Granatäpfeln, die in geometrische sechsblättrige Blüten gefasst waren, worunter auf jeder Seite das Ananasmotiv mit Zuchtperlen aufgestickt war. Die Bordüren waren in Felder aufgeteilt, die Szenen aus dem Leben der Jungfrau zeigten, und die Krönung der Jungfrau war in farbigen Seidenfäden auf der Kapuze dargestellt. Es war eine italienische Arbeit aus dem fünfzehnten Jahrhundert. Ein anderer Rauchmantel war aus grünem Samt, bestickt mit herzförmigen Bündeln von Akanthusblättern, aus denen langstielige weiße Blüten herauswuchsen, deren Details mit Silberfaden und farbigen Kristallen hervorgehoben waren. Die Spange trug den Kopf eines Seraphs, gearbeitet aus erhabenen Goldfäden. Die Bordüren waren in einem regelmäßigen Muster aus roter und goldener Seide gewebt und mit Medaillons zahlreicher Heiliger und Märtyrer geschmückt, unter ihnen der Heilige Sebastian. Darüber hinaus hatte er Messgewänder aus bernsteinfarbener Seide und aus blauer Seide und Goldbrokat und aus gelbem Seidendamast und goldenem Tuch, geschmückt mit Darstellungen der Passion und Kreuzigung Christi und bestickt mit Löwen und Pfauen und anderen Emblemen; Dalmatikas aus weißem Atlas und rosafarbenem Seidendamast, verziert mit Tulpen und Delfinen und *fleurs de lys*; Altardecken aus karmesinrotem Samt und blauem Leinen; und zahlreiche Korporale, Kelchdecken und Schweißtücher. In den mystischen Zeremonien, für die derartige Dinge bestimmt waren, lag etwas, das seine Fantasie beflügelte.

Denn diese Schätze und alles, was er in seinem herrlichen Haus sammelte, waren für ihn Mittel zum Vergessen, Maßnahmen, durch die er eine Zeitlang der Angst entrinnen konnte, die ihm manchmal zu groß erschien, um sie zu ertragen. An die Wand des abgeschiedenen verschlossenen Raumes, in dem er einen so großen Teil seiner Kindheit verbracht hatte, hatte er mit eigenen Händen das schreckliche Porträt gehängt, dessen sich verändernde Züge ihm die wirkliche Erniedrigung seines Lebens vor Augen führten, und davor hatte er das purpur- und goldfarbene Bahrtuch als Vorhang drapiert. Wochenlang ging er nicht dorthin, vergaß das grässliche gemalte Ding und gewann sein leichtes Herz, seine wunderbare Fröhlichkeit, seine leidenschaftliche Hingabe an das pure Leben zurück. Dann schlich er sich plötzlich eines Nachts aus dem Haus, suchte grauenvolle Orte in der Nähe der Blue Gate Fields auf und blieb dort Tag um Tag, bis es ihn forttrieb. Nach seiner Rückkehr saß er vor dem Bild, manchmal voller Verachtung für das Bild und sich selbst, ein andermal aber erfüllt mit dem Stolz des Individualismus, der die halbe Faszination der Sünde ausmacht, und den verunstalteten Schatten mit heimlichem Vergnügen belächelnd, der die Last tragen musste, die eigentlich die seine hätte sein sollen.

Nach einigen Jahren konnte er es nicht ertragen, länger außerhalb Englands zu sein, und gab die Villa auf, die er gemeinsam mit Lord Henry in Trouville besessen hatte, ebenso wie das kleine, von weißen Mauern umgebene Haus in Algier, wo sie mehr als einmal den Winter verbracht hatten. Er hasste es, von dem Bild getrennt zu sein, das so sehr Teil seines Lebens war, und fürchtete auch, dass sich jemand während seiner Abwesenheit Zugang zu dem Raum verschaffen könnte trotz der aufwändigen Riegel, die er an der Tür hatte anbringen lassen.

Er war sich durchaus bewusst, dass es ihnen nichts verraten würde. Zwar bewahrte das Porträt unter all der Verderbtheit und Hässlichkeit des Gesichts noch seine deutliche Ähnlichkeit mit ihm, aber was konnten sie daraus schließen? Er würde jeden auslachen, der ihn zu schmähen versuchte. Er hatte es nicht gemalt. Was ging es ihn an, wie abscheulich und schändlich es aussah? Selbst wenn er es ihnen erzählte, würden sie es überhaupt glauben?

Trotzdem hatte er Angst. Manchmal, wenn er in seinem großen Haus in Nottinghamshire war und die eleganten jungen Leute seines Standes zu Gast hatte, die meistens seine Gesellschaft bildeten, und die Grafschaft durch seinen verschwenderischen Luxus und den überragenden Prunk seines Lebensstils in Erstaunen versetzte, verließ er plötzlich seine Gäste und eilte in die Stadt zurück, um nachzusehen, ob sich niemand an der Tür zu schaffen gemacht hatte und ob das Bild noch da war. Was, wenn es gestohlen würde? Der bloße Gedanke ließ ihn vor kaltem Entsetzen erstarren. Gewiss würde die Welt sein Geheimnis dann erfahren. Vielleicht ahnte die Welt es bereits.

Denn während er viele bezauberte, gab es nicht wenige, die ihm misstrauten. Um ein Haar wäre ihm in einem Westend-Klub die Mitgliedschaft verweigert worden, zu der ihn seine Herkunft und gesellschaftliche Stellung voll berechtigte, und es hieß, dass einmal, als ihn ein Freund in das Raucherzimmer des Churchill mitgebracht hatte, der Herzog von Berwick und ein anderer Herr demonstrativ aufgestanden und hinausgegangen seien. Merkwürdige Geschichten waren über ihn im Umlauf, nachdem er sein fünfundzwanzigstes Lebensjahr überschritten hatte. Es wurde gemunkelt, dass er in einer üblen Spelunke in den abgelegensten Winkeln von Whitechapel mit ausländischen Matrosen grölend gesehen worden war und dass er mit Dieben und Falschmünzern verkehre und die Geheimnisse ihres Gewerbes kenne. Seine ungewöhnlichen Ausflüge wurden allgemein bekannt, und wenn er danach wieder in der Gesellschaft auftauchte, flüsterten die Männer in den Ecken miteinander oder gingen mit einem hämischen Grinsen an ihm vorbei oder musterten ihn mit einem kühlen, forschenden Blick, als seien sie entschlossen, hinter sein Geheimnis zu kommen.

Von derartigen Unverschämtheiten und versuchten Beleidigungen nahm er natürlich keine Notiz, und nach Ansicht der meisten Leute waren sein offenes, liebenswürdiges Wesen, sein reizendes jungenhaftes Lächeln und die unendliche Anmut seiner wunderbaren Jugend, die ihn nie zu verlassen schien, an sich eine hinreichende Antwort auf die – wie sie es nannten – Verleumdungen, die über ihn in Umlauf gebracht wurden. Es wurde jedoch bemerkt, dass einige von denen, die am vertrautesten mit ihm gewesen waren, ihn nach einer Weile zu meiden schienen. Frauen, die ihn stürmisch verehrt hatten und um seinetwillen allem gesellschaftlichen Tadel getrotzt und sich über die Konventionen hinweggesetzt hatten, sah man vor Scham oder Entsetzen erbleichen, wenn Dorian Gray den Raum betrat.

Doch dieses Skandalgeflüster steigerte in den Augen vieler seinen seltsamen und gefährlichen Reiz nur noch mehr. Sein großer Reichtum war ein gewisses Element der Sicherheit. Die Gesellschaft, zumindest die zivilisierte Gesellschaft, ist nie schnell bereit, etwas zum Nachteil jener zu glauben, die gleichermaßen reich und faszinierend sind. Sie spürt instinktiv, dass Manieren wichtiger sind als Moral, und ihrer Meinung nach ist die höchste Ehrbarkeit weniger wert als der Besitz eines guten Kochs. Und außerdem ist es ein sehr schwacher Trost, wenn einem gesagt wird, dass der Mann, der einem ein schlechtes Essen oder einen billigen Wein vorgesetzt hat, in seinem Privatleben untadelig dasteht. Selbst die Kardinaltugenden können nicht für lauwarme *entrées* entschädigen, wie Lord Henry einmal bemerkte, als man über dieses Thema sprach; und für seine Ansicht spricht vermutlich sehr viel. Denn die Regeln der guten Gesellschaft sind oder sollten wenigstens dieselben sein wie die Regeln der Kunst. Die Form ist für sie absolut wesentlich. Sie sollte die Würde einer Zeremonie ebenso besitzen wie deren Unwirklichkeit und sie sollte den unaufrichtigen Charakter eines romantischen Theaterstückes mit dem Witz und der Schönheit verbinden, die solche Theaterstücke für uns reizvoll machen. Ist Unaufrichtigkeit etwas so Schreckliches? Ich glaube nicht. Sie ist lediglich ein Mittel, wodurch wir unsere Persönlichkeit vervielfältigen können.

Jedenfalls war das die Meinung Dorian Grays. Er wunderte sich oft über die oberflächliche Psychologie derer, die sich das menschliche Ego als etwas Einfaches, Beständiges, Verlässliches und Einheitliches vorstellen. Für ihn war der Mensch ein Wesen mit Myriaden von Leben und Myriaden von Empfindungen, ein vielschichtiges, vielgestaltiges Geschöpf, das seltsame Vermächtnisse von Denken und Leidenschaft in sich trug und dessen Fleisch schon von den ungeheuerlichen Krankheiten der Toten angesteckt war. Er liebte es, durch die kahle, kalte Gemäldegalerie seines Landhauses zu schlendern und die verschiedenen Porträts jener zu betrachten, deren Blut in seinen Adern floss. Hier war Philip Herbert, den Francis Osborne in seinen *Erinnerungen an die Herrschaftsjahre Königin Elisabeths und König Jakobs* als jemanden beschrieb, der »vom Hof umschmeichelt wurde wegen seines hübschen Gesichtes, das ihm nicht lange Gesellschaft leistete.« War es das Leben des jungen Herbert, das er manchmal führte? War irgendein merkwürdiger, giftiger Keim von Körper zu Körper geschlichen, bis er seinen eigenen erreicht hatte? War es eine dumpfe Ahnung von jener zerstörten Anmut gewesen, die ihn in Basil Hallwards Atelier so plötzlich und beinahe ohne Grund jenes wahnsinnige Gebet aussprechen ließ, das sein Leben so sehr verändert hatte? Hier stand, in goldbesticktem roten Wams, edelsteinbesetztem Waffenrock und goldgesäumter Halskrause und Manschetten Sir Anthony Sherard, seine silbern-schwarze Rüstung zu seinen Füßen aufgetürmt. Was war das Vermächtnis dieses Mannes gewesen? Hatte ihm der Geliebte Johannas von Neapel ein Erbteil der Sünde und Schande hinterlassen? Waren seine eigenen Taten nur die Träume, die der Tote nicht zu verwirklichen gewagt hatte? Hier lächelte Lady Elizabeth Devereux in ihrer Haube aus Gaze, ihrem Perlenmieder und rosafarbenen Schlitzärmeln von der verblassenden Leinwand herab. In der rechten Hand hielt sie eine Blume und die linke umfasste ein emailliertes Halsband aus weißen und Damaszener Rosen. Auf einem Tisch neben ihr lagen eine Mandoline und ein Apfel. Auf ihren kleinen, spitzen Schuhen waren große, grüne Rosetten. Er kannte ihr Leben und die seltsamen Geschichten, die man über ihre Liebhaber erzählte. Hatte er etwas von ihrem Naturell in sich? Diese ovalen Augen mit den schweren Lidern schienen ihn neugierig anzublicken. Was war mit George Willoughby mit seinem gepuderten Haar und seinen wunderlichen Schönheitspflästerchen? Wie böse er aussah! Das Gesicht war finster und dunkelhäutig und die sinnlichen Lippen schienen verzerrt vor Verachtung. Feine Spitzenmanschetten fielen über die mageren gelben Hände, die stark mit Ringen überladen waren. Er war ein Dandy des achtzehnten Jahrhunderts gewesen und in seiner Jugend der Freund von Lord Ferrars. Was war mit dem zweiten Lord Beckenham, dem Gefährten des Prinzregenten in seinen wildesten Tagen und einem der Zeugen bei der heimlichen Eheschließung mit Mrs. Fitzherbert? Wie stolz und hübsch er war mit seinen kastanienbraunen Locken und der herausfordernden Pose! Welche Leidenschaften hatte er vererbt? Die Welt hatte ihn für ehrlos gehalten. Er hatte die Orgien im Carlton House angeführt. Der Stern des Hosenbandordens glänzte auf seiner Brust. Neben ihm hing das Porträt seiner Gemahlin, einer blassen, schmallippigen Frau in Schwarz. Auch ihr Blut regte sich in ihm. Wie merkwürdig dies alles schien! Und seine Mutter mit ihrem Lady-Hamilton-Gesicht und ihren feuchten, vom Wein benetzten Lippen – er wusste, was er von ihr mitbekommen hatte. Von ihr hatte er seine Schönheit und seine Leidenschaft für die Schönheit anderer. In ihrer losen Bacchantinnentracht lachte sie ihm zu. In ihrem Haar waren Weinblätter. Purpurrot ergoss sich aus dem Becher, den sie hielt. Die Fleischfarben des Gemäldes waren verblasst, aber die Augen waren noch wunderbar in ihrer Tiefe und der Leuchtkraft ihrer Farbe. Sie schienen ihm zu folgen, wohin er auch ging.

Doch man hatte auch, genau wie im eigenen Geschlecht, Vorfahren in der Literatur, von denen einem möglicherweise viele in Typus und Temperament näher standen und die mit Sicherheit eine Einfluss ausübten, dessen man sich deutlicher bewusst war. Es gab Zeiten, da kam es Dorian Gray so vor, als sei die gesamte Geschichte nur die Aufzeichnung seines eigenen Lebens, nicht wie er es nach Taten und Umständen gelebt hatte, sondern wie es seine Fantasie für ihn erschaffen hatte, wie es in seinem Gehirn und in seinen Leidenschaften gewesen war. Er spürte, dass er sie alle gekannt hatte, diese merkwürdigen, schrecklichen Gestalten, die über die Weltbühne geschritten waren und die Sünde so wunderbar gemacht und dem Böse so viel Raffinesse verliehen hatten. Ihm schien, als sei auf irgendeine geheimnisvolle Weise ihr Leben sein eigenes gewesen.

Der Held des wunderbaren Romans, der sein Leben so stark beeinflusst hatte, hatte diese merkwürdige Vorstellung selbst gekannt. Im siebten Kapitel erzählt er, wie er mit Lorbeer bekränzt, damit ihn der Blitz nicht treffe, als Tiberius in einem Garten auf Capri gesessen und in den schändlichen Büchern des Elephantis gelesen habe, während Zwerge und Pfauen um ihn herumstolzierten und der Flötenspieler den Weihrauchschwinger verspottete; und wie er als Caligula mit den grün gewandeten Wagenlenkern in deren Ställen zechte und mit einem Pferd mit edelsteingeschmückter Stirn aus einer Elfenbeinkrippe zu Abend aß; und als Domitian durch einen von Marmorspiegeln gesäumten Säulengang wandelte und sich mit sorgenvollen Augen nach dem Spiegelbild des Dolches umsah, der seinen Tagen ein Ende setzen sollte, und krank war vor jenem *ennui*, jenem schrecklichen *taedium vitae*, das jene befällt, denen das Leben nichts versagt; und wie er durch einen klaren Smaragd die blutrote Schlachterei im Zirkus betrachtete und dann in einer von silbern beschlagenen Maultieren getragenen Sänfte aus Perlen und Purpur durch die Granatapfelstraße zu einem Goldenen Haus getragen wurde und die Menschen ›Nero Caesar‹ rufen hörte, als er vorüberkam; und wie er als Elagabal sein Gesicht mit Farben schminkte und mitten unter den Frauen am Spinnrad hantierte und den Mond aus Karthago holte und ihn in mystischer Ehe mit der Sonne vermählte.

Wieder und wieder las Dorian dieses fantastische Kapitel und die beiden unmittelbar darauf folgenden Kapitel, in denen wie auf wundersamen Wandteppichen oder raffiniert gearbeiteten Emaillearbeiten die furchtbaren und schönen Gestalten derjenigen dargestellt waren, die Laster und Blut und Überdruss zu Ungeheuern oder zu Wahnsinnigen gemacht hatte: Filippo, der Herzog von Mailand, der seine Gemahlin erschlug und ihre Lippen mit scharlachrotem Gift färbte, damit ihr Geliebter den Tod von dem verstorbenen Geschöpf sauge, wenn er es liebkoste; der Venezianer Pietro Barbi, bekannt als Paul der Zweite, der in seiner Eitelkeit den Beinamen Formosus annehmen wollte und dessen Tiara, die auf zweihunderttausend Florin geschätzt wurde, um den Preis einer schrecklichen Sünde erkauft worden war; Gian Maria Visconti, der Hunde benutzte, um lebende Menschen zu jagen und dessen ermordeter Leib von einer Dirne, die ihn geliebt hatte, mit Rosen bedeckt wurde; der Borgia auf seinem Schimmel, der Brudermord an seiner Seite reitend und der Mantel befleckt vom Blut Perottos; Pietro Riario, der junge Kardinal-Erzbischof von Florenz, Kind und Günstling von Sixtus IV., dessen Schönheit nur seine Verkommenheit gleichkam und der Leonora von Aragon in einem Pavillon aus weißer und karmesinroter Seide voller Nymphen und Zentauren empfing und einen Knaben vergoldete, damit er bei dem Festmahl als Ganymed oder Hylas aufwarte; Ezzelino, dessen Schwermut nur durch das Schauspiel des Todes geheilt werden konnte und der eine Leidenschaft für rotes Blut hatte wie andere Menschen für roten Wein – der Sohn des Teufels, wie es hieß, und einer, der seinen Vater beim Würfelspiel betrogen hatte, als er mit ihm um seine eigene Seele spielte; Giambattista Cibo, der zum Hohn den Namen Innozenz annahm und in dessen gelähmte Venen ein jüdischer Arzt das Blut von drei Jünglingen infundierte; Sigismondo Malatesta, der Geliebte Isottas und der Herrscher von Rimini, dessen Abbild in Gestalt einer Puppe in Rom als Feind Gottes und der Menschen verbrannt wurde, der Polyssena mit einer Serviette erdrosselte und Ginevra d'Este Gift in einem Smaragdbecher reichte und zu Ehren einer schändlichen Leidenschaft eine heidnische Kirche für den christlichen Gottesdienst baute; Karl VI., der die Frau seines Bruders so heftig verehrt hatte, dass ein Aussätziger ihn vor dem Wahnsinn, der auf ihn zukam, gewarnt hatte, und der, als sein Gehirn krank und verwirrt geworden war, nur durch mit den Symbolen für Liebe, Tod und Wahnsinn bemalte sarazenische Spielkarten besänftigt werden konnte; und in seinem herausgeputzten Wams und dem edelsteinbesetzten Barett und den akanthusgleichen Locken Grifonetto Baglioni, der Astorre samt seiner Braut und Simonetto samt seinem Pagen erschlug und dessen Schönheit derart war, dass, als er sterbend auf der gelben Piazza von Perugia lag, jene, die ihn gehasst hatten, nicht anders konnten als zu weinen, und Atalanta, die ihn verflucht hatte, ihn segnete.

Eine grauenvolle Faszination lag in all diesen Geschichten. Er sah sie bei Nacht und sie verwirrten seine Fantasie bei Tag. Die Renaissance kannte seltsame Methoden der Vergiftung – Vergiftung durch einen Helm und eine angezündete Fackel, durch einen bestickten Handschuh und einen edelsteinbesetzten Fächer, durch ein vergoldetes Riechdöschen und durch eine Bernsteinkette. Dorian Gray war durch ein Buch vergiftet worden. Es gab Augenblicke, in denen er das Böse lediglich als ein Mittel ansah, durch das er seine Vorstellung von Schönheit verwirklichen konnte.

Kapitel 12

Es war am neunten November, dem Vorabend seines achtunddreißigsten Geburtstags, wie er sich später oftmals erinnerte.

Er ging gegen elf Uhr von Lord Henry, bei dem er diniert hatte, nach Hause und war in einen dicken Pelz gehüllt, da die Nacht kalt und neblig war. An der Ecke von Grosvenor Square und South Audley Street ging im Nebel ein Mann an ihm vorüber, der sehr schnell ausschritt und der den Kragen seines grauen Mantels hochgeschlagen hatte. Er trug eine Tasche in der Hand. Dorian erkannte ihn. Es war Basil Hallward. Ein seltsames Gefühl der Angst, das er sich nicht erklären konnte, überkam ihn. Er gab kein Zeichen des Erkennens und ging rasch weiter in Richtung seines Hauses.

Aber Hallward hatte ihn gesehen. Dorian hörte, wie er zunächst auf dem Gehsteig stehen blieb und ihm dann nacheilte. Wenige Augenblicke später lag seine Hand auf seinem Arm.

»Dorian! Was für ein außerordentlich glücklicher Zufall! Ich habe seit neun Uhr in deiner Bibliothek auf dich gewartet. Schließlich hatte ich Mitleid mit deinem müden Diener und sagte ihm, er solle zu Bett gehen, als er mich hinausließ. Ich fahre mit dem Mitternachtszug nach Paris und ich wollte dich unbedingt sehen, bevor ich abreise. Ich dachte mir, dass du es bist oder wenigstens dein Pelzmantel, als du an mir vorübergingst. Aber ich war mir nicht ganz sicher. Hast du mich nicht erkannt?«

»Bei diesem Nebel, mein lieber Basil? Ich kann nicht einmal Grosvenor Square erkennen. Ich glaube, mein Haus ist ungefähr hier, aber ich bin mir nicht ganz sicher. Es tut mir leid, dass du weggehst, denn ich habe dich eine Ewigkeit nicht gesehen. Aber ich nehme an, du wirst bald wieder zurück sein?«

»Nein, ich werde sechs Monate lang von England fort sein. Ich habe vor, mir in Paris ein Atelier zu mieten und mich darin einzuschließen, bis ich ein großes Gemälde fertiggestellt habe, das ich im Kopf habe. Aber ich wollte nicht über mich reden. Hier sind wir an deiner Tür. Lass mich einen Augenblick mit hineinkommen. Ich habe dir etwas zu sagen.«

»Es wird mir eine Freude sein. Aber wirst du deinen Zug nicht versäumen?«, fragte Dorian Gray träge, als er die Stufen hinaufstieg und die Tür mit seinem Hausschlüssel aufschloss.

Das Lampenlicht durchdrang mühsam den Nebel und Hallward sah auf seine Uhr. »Ich habe noch eine Menge Zeit«, antwortete er. »Der Zug fährt erst um zwölf Uhr fünfzehn, und jetzt ist es eben erst elf. Eigentlich war ich auf dem Weg in den Klub, um dich dort zu suchen, als ich dich traf. Mein Gepäck wird mich nicht aufhalten, wie du siehst, weil ich meine schweren Sachen vorausgeschickt habe. Alles, was ich dabei habe, ist in dieser Tasche, und die Victoria Station erreiche ich bequem in zwanzig Minuten.«

Dorian sah ihn an und lächelte. »Welch eine Art zu reisen für einen berühmten Maler! Eine Reisetasche und ein Ulstermantel! Komm herein, sonst dringt der Nebel ins Haus. Und sprich bitte nicht über irgendetwas Ernstes. Heutzutage ist nichts ernst. Jedenfalls sollte nichts ernst sein.«

Hallward schüttelte den Kopf, als er eintrat, und folgte Dorian in die Bibliothek. Dort brannte ein helles Holzfeuer in dem großen offenen Kamin. Die Lampen waren angezündet und ein geöffneter holländischer Spirituosenkasten aus Silber stand neben einigen Siphons mit Sodawasser und großen geschliffenen Trinkgläsern auf einem kleinen, mit Intarsien verzierten Tischchen.

»Du siehst, dein Diener hat es mir gemütlich gemacht, Dorian. Er gab mir alles, was ich brauchte, einschließlich deiner besten Zigaretten mit Goldmundstück. Er ist ein äußerst gastfreundlicher Mensch. Ich mag ihn viel lieber als den Franzosen, den du früher hattest. Was ist eigentlich aus dem Franzosen geworden?«

Dorian zuckte mit den Schultern. »Ich glaube, er heiratete Lady Radleys Zofe und etablierte sie in Paris als englische Schneiderin. *Anglomanie* ist dort drüben jetzt sehr in Mode, höre ich. Es scheint töricht von den Franzosen, nicht wahr? Aber weißt du, er war wirklich kein schlechter Diener. Ich mochte ihn nie, aber ich hatte keinen Grund zur Klage. Man bildet sich oft Dinge ein, die völlig absurd sind. Er war mir wirklich sehr ergeben und schien es zu bedauern, als er wegging. Noch einen Brandy mit Soda? Oder möchtest du einen Rheinwein mit Selters? Ich trinke immer Rheinwein mit Selters. Im Nebenzimmer ist bestimmt welcher.«

»Danke, ich möchte nichts mehr«, sagte der Maler, legte Hut und Mantel ab und warf sie auf die Tasche, die er in die Zimmerecke gestellt hatte. »Und nun, mein Lieber, möchte ich ernsthaft mit dir reden. Sieh nicht so finster drein. Dadurch machst du es mir noch viel schwerer.«

»Worum geht es denn?«, rief Dorian auf seine launische Art und warf sich auf das Sofa. »Ich hoffe, es geht nicht um mich. Ich bin heute Abend meiner überdrüssig. Ich wäre gern jemand anders.«

»Es geht um dich«, antwortete Hallward mit seiner ernsten, tiefen Stimme, »und ich muss es dir sagen. Ich werde dich nur eine halbe Stunde aufhalten.«

Dorian seufzte und zündete sich eine Zigarette an. »Eine halbe Stunde!«, murmelte er.

»Das ist nicht viel von dir verlangt, Dorian, und ich spreche nur um deinetwillen. Ich halte es für richtig, dass du erfährst, dass in London die schrecklichsten Dinge über dich erzählt werden.«

»Ich will nicht das Geringste darüber wissen. Ich liebe Skandalgeschichten über andere Leute, aber Skandalgeschichten über mich selbst interessieren mich nicht. Sie haben nicht den Reiz des Neuen.«

»Sie müssen dich interessieren, Dorian. Jeder Gentleman ist an seinem guten Ruf interessiert. Du willst doch nicht, dass die Leute über dich als einen niederträchtigen und verkommenen Menschen reden. Natürlich hast du deine gesellschaftliche Stellung und deinen Reichtum und all das. Aber Stellung und Reichtum sind nicht alles. Wohlgemerkt, ich schenke diesen Gerüchten keinerlei Glauben. Zumindest kann ich ihnen nicht glauben, wenn ich dich sehe. Sünde ist etwas, was einem Menschen ins Gesicht geschrieben steht. Sie lässt sich nicht verbergen. Die Menschen sprechen manchmal von geheimen Lastern. So etwas gibt es nicht. Wenn ein liederlicher Mensch ein Laster hat, zeigt es sich in den Linien seines Mundes, dem Erschlaffen seiner Augenlider, sogar in der Form seiner Hände. Jemand – ich will seinen Namen nicht nennen, aber du kennst ihn – kam voriges Jahr zu mir, um sich malen zu lassen. Ich hatte ihn nie zuvor gesehen und bis zu jenem Zeitpunkt nie etwas von ihm gehört, seither habe ich jedoch eine Menge über ihn gehört. Er bot mir einen außerordentlich hohen Preis dafür. Ich lehnte ab. Da war etwas an der Form seiner Finger, das mir zuwider war. Jetzt weiß ich, dass ich mit meinen Vermutungen über ihn völlig recht hatte. Sein Leben ist entsetzlich. Aber du, Dorian, mit deinem reinen, leuchtenden, unschuldigen Gesicht und deiner wunderbaren, unberührten Jugend – ich kann nichts von dem glauben, was sich gegen dich richtet. Und doch sehe ich dich sehr selten und du kommst jetzt gar nicht mehr in mein Atelier, und wenn ich dir fern bin und all diese abscheulichen Dinge höre, die sich die Leute über dich zuflüstern, weiß ich nicht, was ich sagen soll. Wie kommt es, Dorian, dass ein Mann wie der Herzog von Berwick im Klub den Raum verlässt, wenn du ihn betrittst? Wie kommt es, dass so viele Herren der Gesellschaft weder dein Haus betreten noch dich in ihres einladen? Du warst doch ein Freund von Lord Staveley. Ich traf ihn vorige Woche beim Abendessen. In der

Unterhaltung tauchte zufällig dein Name auf in Verbindung mit den Miniaturen, die du der Ausstellung in der Dudley-Galerie ausgeliehen hast. Staveley verzog den Mund und sagte, du hättest vielleicht einen höchst künstlerischen Geschmack, aber du seist ein Mann, mit dem kein reines Mädchen Bekanntschaft machen dürfe und mit dem keine anständige Frau im selben Zimmer sitzen solle. Ich erinnerte ihn daran, dass ich ein Freund von dir bin, und fragte ihn, was er damit meine. Er sagte es mir. Er sagte es mir geradeheraus, vor allen Leuten. Es war grauenvoll! Warum ist deine Freundschaft für junge Männer so verhängnisvoll? Da gab es diesen unseligen Jungen bei der berittenen Brigade, der Selbstmord begangen hat. Du warst sein bester Freund. Da war Sir Henry Ashton, der England mit angeschlagenem Ruf verlassen musste. Ihr beide wart unzertrennlich. Was ist mit Adrian Singleton und seinem furchtbaren Ende? Was mit Lord Kents einzigem Sohn und seiner Karriere? Ich traf gestern seinen Vater in der St. James's Street. Er schien vor Scham und Kummer gebrochen. Was ist mit dem jungen Herzog von Perth? Was für ein Leben führt er jetzt? Welcher Gentleman wollte mit ihm Umgang haben?«

»Hör auf, Basil. Du redest über Dinge, von denen du nichts verstehst«, sagte Dorian Gray, der sich auf die Lippen biss, mit einem Ton grenzenloser Verachtung in der Stimme. »Du fragst mich, warum Berwick den Raum verlässt, wenn ich eintrete. Er tut das, weil ich alles über sein Leben weiß, nicht, weil er irgendetwas über meines weiß. Wie könnte er bei dem Blut, das in seinen Adern fließt, eine reine Weste haben? Du fragst mich nach Henry Ashton und dem jungen Perth. Habe ich dem einen seine Laster und dem anderen seine Ausschweifungen beigebracht? Wenn sich Kents einfältiger Sohn seine Frau von der Straße holt, was geht mich das an? Wenn Adrian Singleton den Namen seines Freundes auf einen Wechsel schreibt, bin ich sein Hüter? Ich weiß, wie die Leute in England tratschen. Die

Mittelschichten tun ihre moralischen Vorurteile an ihren ungehobelten Esstischen kund und tuscheln über das, was sie als die Lasterhaftigkeiten der Bessergestellten bezeichnen, und versuchen damit so zu tun, als verkehrten sie in der feinen Gesellschaft und seien den Leuten, über die sie lästern, in enger Freundschaft verbunden. In diesem Land genügt es, dass ein Mann vornehm ist und Geist hat, damit jede gemeine Zunge gegen ihn hetzt. Und was für eine Art Leben führen diese Leute, die sich als moralisch aufspielen, selbst? Mein Lieber, du vergisst, dass wir im Heimatland der Heuchler leben.«

»Dorian«, rief Hallward, »darum geht es nicht. England ist schlimm genug, ich weiß, und die englische Gesellschaft ist durch und durch verkehrt. Das ist der Grund, warum ich will, dass du gut bist. Du bist nicht gut gewesen. Man hat ein Recht darauf, einen Menschen nach dem Einfluss zu beurteilen, den er auf seine Freunde ausübt. Deine scheinen jedes Gefühl für Ehre, für Anstand, für Reinheit zu verlieren. Du hast sie mit einer wahnsinnigen Genusssucht erfüllt. Sie sind in den Abgrund gefallen. Du hast sie dahin geführt. Ja, du hast sie dahin geführt, und doch kannst du lächeln, wie du jetzt lächelst. Und es kommt noch Schlimmeres. Ich weiß, du und Harry, ihr seid unzertrennlich. Allein aus diesem Grund, wenn schon aus keinem anderen, hättest du den Namen seiner Schwester nicht zum Gespött machen dürfen.«

»Nimm dich in Acht, Basil. Du gehst zu weit.«

»Ich muss sprechen und du musst zuhören. Du wirst zuhören. Als du Lady Gwendolen kennenlerntest, hatte sie nie auch nur der Hauch eines Skandals berührt. Gibt es in London eine einzige anständige Frau, die heute mit ihr im Park ausfahren würde? Ja, nicht einmal ihre Kinder dürfen bei ihr wohnen. Dann gibt es weitere Geschichten – Geschichten, dass du gesehen wurdest, wie du in der Morgendämmerung aus schauderhaften Häusern krochst und wie du dich verkleidet in die übelsten Spelunken Londons schlichst. Sind sie wahr? Können sie wahr sein? Als ich sie zum ersten Mal hörte, lachte ich. Höre ich sie jetzt, lassen sie mich schaudern. Was ist mit deinem Landhaus und wie geht es da zu? Dorian, du weißt nicht, was über dich erzählt wird. Ich werde nicht behaupten, dass ich dir keine Predigt halten will. Ich erinnere mich, wie Harry einmal sagte, dass jeder, der sich für einen Augenblick in einen Laienprediger verwandle, anfangs immer genau das versicherte, um im nächsten Moment sein Wort zu brechen. Ich will dir also durchaus eine Predigt halten. Ich will, dass du ein solches Leben führst, das der Welt Achtung vor dir abverlangt. Ich will, dass du einen reinen Namen und einen unbescholtenen Ruf hast. Ich will, dass du dich von den grässlichen Leuten lossagst, mit denen du verkehrst. Zuck nicht so mit den Schultern. Sei nicht so gleichgültig. Du hast einen erstaunlichen Einfluss. Lass ihn zum Guten sein und nicht zum Bösen. Man sagt, dass du jeden verdirbst, mit dem du eng befreundet bist, und dass es völlig ausreiche, dass du ein Haus betrittst, um in irgendeiner Form Schande über es zu bringen. Ich weiß nicht, ob es so ist oder nicht. Wie sollte ich es wissen? Aber es wird über dich gesagt. Man hat mir Dinge erzählt, die schier unmöglich bezweifelt werden können. Lord Gloucester war einer meiner besten Freunde in Oxford. Er zeigte mir einen Brief, den ihm seine Frau geschrieben hatte, als sie in ihrer Villa in Mentone allein im Sterben lag. Dein Name war in die furchtbarste Beichte verwickelt, die ich je gelesen habe. Ich sagte ihm, es sei absurd – dass ich dich durch und durch kenne und dass du zu etwas Derartigem nicht fähig wärst. Dich kennen? Ich frage mich, kenne ich dich? Damit ich das beantworten könnte, müsste ich deine Seele sehen.«

»Meine Seele sehen!«, murmelte Dorian Gray, stand vom Sofa auf und wurde fast weiß vor Angst.

»Ja«, antwortete Hallward ernst und mit tiefem Schmerz in der Stimme – »deine Seele sehen. Aber das kann allein Gott.«

Ein bitteres Hohngelächter entrang sich den Lippen des Jüngeren. »Du sollst sie selbst sehen, heute Nacht!«, rief er und nahm eine Lampe vom Tisch. »Komm, es ist das Werk deiner eigenen Hände. Warum solltest du es nicht sehen? Du kannst der Welt danach alles darüber erzählen, wenn du willst. Niemand würde dir glauben. Wenn sie dir doch glaubten, würden sie mich deswegen nur noch mehr mögen. Ich kenne unsere Zeit besser als du, auch wenn du noch so langweilig darüber faselst. Komm, sage ich dir. Du hast genug über Verderbtheit geschwatzt. Jetzt sollst du sie von Angesicht zu Angesicht sehen.«

In jedem Wort, das er sprach, lag der Wahnsinn des Hochmuts. Er stampfte in seiner jungenhaften, anmaßenden Art mit dem Fuß auf den Boden. Er empfand ein schreckliches Vergnügen bei dem Gedanken, dass ein anderer sein Geheimnis teilen würde und dass dem Mann, der das Porträt, das der Ursprung all seiner Schande war, gemalt hatte, für den Rest seines Lebens die Last der grässlichen Erinnerung an das, was er getan hatte, aufgebürdet würde.

»Ja«, fuhr er fort, trat näher an ihn heran und blickte ihm unverwandt in die ernsten Augen. »Ich werde dir meine Seele zeigen. Du sollst das Ding sehen, von dem du glaubst, dass nur Gott es sehen kann.«

Hallward fuhr zurück. »Das ist Gotteslästerung, Dorian!«, rief er. »Solche Dinge darfst du nicht sagen. Sie sind entsetzlich und sie ergeben keinen Sinn.«

»Glaubst du?« Er lachte wieder.

»Ich weiß es. Und was ich dir heute Abend gesagt habe, habe ich zu deinem Besten gesagt. Du weißt, ich bin dir immer ein treuer Freund gewesen.«

»Rühr mich nicht an. Komm zum Ende mit dem, was du zu sagen hast.«

Ein schmerzliches Zucken huschte über das Gesicht des Malers. Er hielt einen Augenblick inne und ein heftiges Gefühl des Mitleids überfiel ihn. Welches Recht hatte er eigentlich, in Dorian Grays Leben herumzuschnüffeln? Wenn er nur ein Zehntel von dem getan hatte, was über ihn geredet wurde, wie viel musste er gelitten haben! Dann richtete er sich auf, ging zum Kamin hinüber, blieb dort stehen und schaute auf die brennenden Holzscheite mit ihrer dem Raureif ähnlichen Asche und ihren zitternden Flammenherzen.

»Ich warte, Basil«, sagte der junge Mann mit harter, klarer Stimme.

Er wandte sich um. »Was ich noch zu sagen habe ist dieses«, rief er. »Du musst mir eine Antwort geben auf diese entsetzlichen Anschuldigungen, die gegen dich erhoben werden. Wenn du mir sagst, dass sie von Anfang bis Ende ganz und gar unwahr sind, werde ich dir glauben. Weise sie von dir, Dorian, weise sie von dir! Siehst du nicht, was ich durchmache? Mein Gott, sage mir nicht, dass du schlecht und verdorben und schändlich bist.«

Dorian Gray lächelte. Seine Lippen kräuselten sich verächtlich. »Komm nach oben, Basil«, sagte er ruhig. »Ich führe ein Tagebuch über mein Leben, Tag für Tag, und es verlässt nie das Zimmer, in dem es geschrieben wird. Ich werde es dir zeigen, wenn du mit mir kommst.«

»Ich werde mit dir kommen, Dorian, wenn du es wünschst. Ich sehe, ich habe meinen Zug versäumt. Das macht nichts. Ich kann morgen fahren. Aber verlange nicht von mir, heute Nacht etwas zu lesen. Alles, was ich will, ist eine klare Antwort auf meine Frage.«

»Die wirst du oben erhalten. Ich könnte sie dir hier nicht geben. Du wirst nicht lange zu lesen haben.«

Kapitel 13

Er ging aus dem Zimmer und begann die Treppe hinaufzusteigen, Basil Hallward folgte dicht hinter ihm. Sie gingen leise, wie man es bei Nacht unwillkürlich tut. Die Lampe warf fantastische Schatten auf Wand und Treppe. Ein aufkommender Wind ließ einige Fenster klappern.

Als sie den obersten Treppenabsatz erreichten, stellte Dorian die Lampe auf den Boden, nahm den Schlüssel heraus und drehte ihn im Schloss. »Du bestehst darauf, es zu erfahren, Basil?«, fragte er leise.

»Ja.«

»Das freut mich«, antwortete er lächelnd. Dann fügte er etwas schroff hinzu: »Du bist der einzige Mensch auf der Welt, der ein Recht darauf hat, alles über mich zu wissen. Du hast mehr mit meinem Leben zu tun gehabt, als du glaubst«, und damit nahm er die Lampe, öffnete die Tür und trat ein. Ein kalter Luftzug strich an ihnen vorbei und das Licht schoss für einen Augenblick in einer dunkelorangefarbenen Flamme empor. Ihn schauderte. »Schließ die Tür hinter dir«, flüsterte er, während er die Lampe auf den Tisch stellte.

Hallward blickte sich mit verwirrter Miene um. Das Zimmer sah aus, als sei es seit Jahren nicht bewohnt worden. Ein verblichener flämischer Wandteppich, ein verhängtes Bild, eine alte italienische *cassone* und ein fast leerer Bücherschrank – das war alles, was er, außer einem Stuhl und einem Tisch, zu enthalten schien. Als Dorian Gray eine halb heruntergebrannte Kerze anzündete, die auf dem Kaminsims stand, sah Basil, dass der ganze Raum mit Staub bedeckt und der Teppich durchlöchert war. Eine Maus lief geräuschvoll hinter der Wandtäfelung entlang. Über allem lag ein feuchter Modergeruch.

»Du glaubst also, dass nur Gott die Seele sieht, Basil? Zieh diesen Vorhang zurück und du wirst die meine sehen.«

Die Stimme, die sprach, war kalt und grausam. »Du bist wahnsinnig, Dorian, oder du spielst Theater«, murmelte Hallward stirnrunzelnd.

»Du willst nicht? Dann muss ich es selbst tun«, sagte der junge Mann; und er riss den Vorhang von seiner Stange und schleuderte ihn auf den Boden.

Ein Ausruf des Entsetzens entfuhr den Lippen des Malers, als er in dem trüben Licht das grässliche Gesicht auf der Leinwand sah, das ihm entgegengrinste. In seinem Ausdruck war etwas, das ihn mit Ekel und Abscheu erfüllte. Gütiger Himmel! Es war Dorian Grays eigenes Gesicht, in das er blickte! Das Grauenvolle, was immer es sein mochte, hatte diese wunderbare Schönheit noch nicht völlig zerstört. Noch lag etwas Gold auf dem sich lichtenden Haar und etwas Scharlachrot auf dem sinnlichen Mund. Die trüben Augen hatten sich etwas von der Lieblichkeit ihres Blaus bewahrt, die edlen Schwünge waren noch nicht ganz aus den fein geschnittenen Nasenflügeln und dem biegsamen Hals gewichen. Ja, es war Dorian selbst. Aber wer hatte das gemalt? Er glaubte seinen eigenen Pinselstrich zu erkennen, und der Rahmen war seine eigene Anfertigung. Der Gedanke war ungeheuerlich, und doch verspürte er Angst. Er ergriff die brennende Kerze und hielt sie vor das Bild. In der linken Ecke stand sein eigener Name, geschrieben in langgezogenen Buchstaben aus hellem Zinnoberrot.

Es war irgendeine schändliche Parodie, eine infame, unwürdige Satire. Er hatte das niemals gemalt. Und doch, es war sein eigenes Bild. Er wusste es und ihm war, als verwandle sich sein Blut in einem Augenblick von Feuer in erstarrtes Eis. Sein eigenes Bild! Was hatte das zu bedeuten? Warum hatte es sich verändert? Er wandte sich um und sah Dorian Gray mit den Augen eines Kranken an. Sein Mund zuckte und seine trockene Zunge schien außer Stande, einen Laut hervorzubringen. Er fuhr sich mit der Hand über die Stirn. Sie war feucht von kaltem Schweiß.

Der junge Mann lehnte am Kaminsims und beobachtete ihn mit jenem seltsamen Ausdruck, wie man ihn auf den Gesichtern derer sieht, die in ein Theaterstück versunken sind, in dem ein großer Künstler mitspielt. Es lag weder echter Kummer noch echte Freude darin. Es war lediglich die Leidenschaft des Zuschauers, vielleicht noch mit einem Aufflackern von Triumph in seinen Augen. Er hatte die Blume aus seinem Knopfloch genommen und roch daran oder gab vor, es zu tun.

»Was hat das zu bedeuten?«, rief Hallward endlich. Seine eigene Stimme klang schrill und sonderbar in seinen Ohren.

»Vor Jahren, als ich noch ein Junge war«, sagte Dorian Gray, während er die Blume in seiner Hand zerdrückte, »hast du mich kennengelernt, mir geschmeichelt und mich gelehrt, mir auf mein gutes Aussehen etwas einzubilden. Eines Tages hast du mich einem deiner Freunde vorgestellt, der mir das Wunder der Jugend erklärte, und du hast ein Porträt von mir vollendet, das mir das Wunder der Schönheit offenbarte. In einem wahnsinnigen Augenblick, von dem ich bis heute nicht weiß, ob ich ihn bedaure oder nicht, sprach ich einen Wunsch aus, vielleicht würdest du es ein Gebet nennen ...«

»Ich erinnere mich daran! Oh, wie gut ich mich daran erinnere! Nein! Das ist unmöglich. Das Zimmer ist feucht. Schimmel ist in die Leinwand gedrungen. Die Farben, die ich verwendete, enthielten irgendein mineralisches Gift. Ich sage dir, das ist unmöglich.«

»Ach, was ist schon unmöglich?«, murmelte der junge Mann, ging zum Fenster und lehnte die Stirn gegen das kalte, nebelbeschlagene Glas.

»Du sagtest mir, du hättest es zerstört.«

»Ich habe mich geirrt. Es hat mich zerstört.«

»Ich glaube nicht, dass das mein Bild ist.«

»Kannst du dein Ideal nicht darin erkennen?«, sagte Dorian bitter.

»Mein Ideal, wie du es nennst …«

»Wie du es nanntest.«

»In ihm war nichts Böses, nichts Schändliches. Du warst für mich ein Ideal, wie ich ihm nie mehr begegnen werde. Dies ist das Gesicht eines Satyrs.«

»Es ist das Gesicht meiner Seele.«

»Herrgott! Was für ein Wesen muss ich angebetet haben! Es hat die Augen eines Teufels.«

»Jeder von uns hat Himmel und Hölle in sich, Basil«, rief Dorian mit einer wilden Geste der Verzweiflung.

Hallward wandte sich wieder dem Porträt zu und starrte es an. »Mein Gott! Wenn es wahr ist«, rief er aus, »und dies hier zeigt, was du aus deinem Leben gemacht hast, dann musst du noch schlimmer sein als die Leute glauben, die schlecht über dich reden!« Wieder hielt er das Licht vor die Leinwand und untersuchte sie. Die Oberfläche schien ganz unversehrt und so, wie er sie zuletzt gesehen hatte. Allem Anschein nach waren die Verderbtheit und Grauenhaftigkeit von innen heraus gekommen. Durch irgendeine merkwürdige Belebung eines Innenlebens zerfraß der Aussatz der Sünde das Ding allmählich. Die Verwesung eines Leichnams in einem feuchten Grab war nicht so furchtbar.

Seine Hand zitterte, die Kerze fiel aus ihrer Halterung auf den Boden und lag qualmend da. Er trat mit dem Fuß darauf und löschte sie. Dann ließ er sich auf den wackeligen Stuhl fallen, der neben dem Tisch stand, und vergrub das Gesicht in den Händen.

»Guter Gott, Dorian, was für eine Lehre! Was für eine furchtbare Lehre!« Es kam keine Antwort, aber er konnte den jungen Mann am Fenster schluchzen hören. »Bete, Dorian, bete«, murmelte er. »Was war das noch, was man uns in der Kindheit zu sagen gelehrt hat? Führe uns nicht in Versuchung. Vergib uns unsere Sünden. Wasche uns rein von unseren Missetaten. Lass uns das zusammen sprechen. Das Gebet deines Stolzes ist erhört worden. Das Gebet deiner Reue wird auch erhört werden. Ich habe dich zu sehr angebetet. Dafür werde ich bestraft. Du hast dich selbst zu sehr angebetet. Wir werden beide bestraft.«

Dorian Gray wandte sich langsam um und sah ihn mit tränendunklen Augen an. »Es ist zu spät, Basil«, sagte er stockend.

»Es ist nie zu spät, Dorian. Lass und niederknien und versuchen, ob wir uns nicht an ein Gebet erinnern können. Steht nicht irgendwo der Vers: ›Wären eure Sünden auch rot wie Scharlach, so will ich sie doch so weiß machen wie Schnee‹?«

»Diese Worte bedeuten mir jetzt nichts mehr.«

»Pst! Sag das nicht. Du hast in deinem Leben genug Böses getan. Mein Gott! Siehst du nicht, wie dieses verfluchte Ding uns höhnisch angrinst?«

Dorian Gray warf einen Blick auf das Bild und plötzlich überfiel ihn ein unbezwingbares Gefühl des Hasses auf Basil Hallward, als sei es ihm von dem Bild auf der Leinwand eingegeben, von diesen grinsenden Lippen in sein Ohr geflüstert worden. Die rasende Leidenschaft eines gejagten Tieres regte sich in ihm und er verabscheute den Mann, der an dem Tisch saß, mehr, als er in seinem ganzen Leben jemals etwas verabscheut hatte. Er blickte wild um sich. Auf dem Deckel der bemalten Truhe, die ihm gegenüberstand, glänzte etwas. Sein Blick fiel darauf. Er wusste, was es war. Es war ein Messer, das er einige Tage zuvor mit heraufgebracht hatte, um ein Stück Schnur abzuschneiden, und das er vergessen hatte wieder mitzunehmen. Er bewegte sich langsam an Hallward vorbei darauf zu. Sobald er hinter ihm stand, packte er es und wandte sich um. Hallward rührte sich auf seinem Stuhl, als wolle er aufstehen. Dorian stürzte sich auf ihn und stieß das Messer in die große Ader, die hinter dem Ohr verläuft, drückte den Kopf des Mannes auf den Tisch herunter und stach wieder und wieder zu.

Ein gedämpftes Stöhnen war zu hören und das grauenvolle Geräusch eines Menschen, der an seinem Blut erstickt. Dreimal schossen die ausgestreckten Arme krampfartig hoch und groteske, steifgliedrige Hände fuhren durch die Luft. Er stach noch zweimal zu, aber der Mann rührte sich nicht mehr. Etwas begann auf den Boden zu tröpfeln. Er wartete einen Augenblick, während er den Kopf noch immer nach unten drückte. Dann warf er das Messer auf den Tisch und horchte.

Er konnte nichts hören außer dem Tropf-Tropf auf den fadenscheinigen Teppich. Er öffnete die Tür und trat auf den Treppenabsatz hinaus. Das Haus war vollkommen still. Niemand war in der Nähe. Einige Sekunden lang stand er über das Geländer gebeugt da und spähte in den schwarzen, brodelnden Schacht der Dunkelheit hinab. Dann zog er den Schlüssel heraus, kehrte in das Zimmer zurück und schloss sich darin ein.

Die Gestalt saß noch immer auf dem Stuhl und lag hingestreckt mit gebeugtem Kopf, gekrümmtem Rücken und langen, gespenstischen Armen über dem Tisch. Wären nicht der rote, klaffende Riss am Hals und die geronnene schwarze Lache gewesen, die sich langsam auf dem Tisch ausbreitete, hätte man meinen können, der Mann schlafe nur.

Wie schnell alles geschehen war! Er fühlte sich merkwürdig ruhig, ging zur Balkontür, öffnete sie und trat hinaus. Der Wind hatte den Nebel fortgeblasen und der Himmel sah wie ein riesiges Pfauenrad aus, übersät mit Myriaden goldener Augen. Er blickte hinunter und sah, wie der Polizist seine Runde machte und den langen Lichtstrahl seiner Laterne über die Türen der stillen Häuser gleiten ließ. Das karmesinrote Licht eines gemächlich vorbeifahrenden Hansom leuchtete an der Ecke auf und verschwand dann. Eine Frau in einem flatternden Umhang schlich langsam an den Gittern vorbei und taumelte beim Gehen. Hin und wieder blieb sie stehen und spähte zurück. Einmal begann sie mit heiserer Stimme zu singen. Der Polizist schlenderte hinüber und sagte etwas zu ihr. Sie stolperte lachend davon. Ein scharfer Windstoß fegte über den Platz. Die Gaslampen flackerten und wurden blau und die laublosen Bäume bewegten ihre schwarzen, eisernen Äste hin und her. Ihn fröstelte, und die Balkontür hinter sich schließend, ging er wieder hinein.

Als er die Tür erreicht hatte, drehte er den Schlüssel um und öffnete sie. Er warf nicht einmal mehr einen Blick auf den Ermordeten. Er spürte, dass das Geheimnis der ganzen Sache darin lag, sich die Situation nicht zu vergegenwärtigen. Der Freund, der das verhängnisvolle Porträt gemalt hatte, von dem all sein Elend herrührte, war aus seinem Leben verschwunden. Das war genug.

Dann fiel ihm die Lampe ein. Es war ein recht ungewöhnliches Exemplar maurischer Handwerkskunst, gefertigt aus mattem Silber mit eingelegten Arabesken aus brüniertem Stahl und mit ungeschliffenen Türkisen besetzt. Sein Diener würde sie vielleicht vermissen und es könnte danach gefragt werden. Er zögerte einen Augenblick, dann kehrte er um und nahm sie vom Tisch. Er konnte nicht umhin, die tote Gestalt zu sehen. Wie reglos sie war! Wie furchtbar weiß die langen Hände aussahen! Sie glich einer grässlichen Wachsfigur.

Nachdem er die Tür hinter sich abgeschlossen hatte, schlich er leise die Treppe hinunter. Das Holz knarrte und schien wie vor Schmerz aufzuschreien. Er hielt mehrmals inne und wartete. Nein, alles war ruhig. Es war nur das Geräusch seiner eigenen Schritte.

Als er die Bibliothek erreichte, sah er die Tasche und den Mantel in der Ecke. Sie mussten irgendwo versteckt werden. Er öffnete einen Geheimschrank, der sich in der Wandtäfelung befand, einen Schrank, in dem er seine eigenen sonderbaren Verkleidungen aufbewahrte, und legte sie hinein. Er konnte sie später mühelos verbrennen. Dann zog er seine Uhr hervor. Es war zwanzig Minuten vor zwei.

Er setzte sich und begann nachzudenken. Jedes Jahr – beinahe jeden Monat – wurden in England Menschen für eine Tat gehenkt, wie er sie begangen hatte. Eine wahnsinnige Mordlust hatte in der Luft gelegen. Irgendein roter Stern war der Erde zu nahe gekommen … Und doch, welchen Beweis gab es gegen ihn? Basil Hallward hatte um elf das Haus verlassen. Niemand hatte ihn wieder hereinkommen sehen. Die meisten Diener waren in Selby Royal. Sein Kammerdiener war zu Bett gegangen … Paris! Ja. Basil war nach Paris gefahren, und zwar mit dem Mitternachtszug, wie es seine Absicht gewesen war. Bei seiner sonderbar zurückgezogenen Lebensweise würden Monate vergehen, bevor irgendein Verdacht aufkäme. Monate! Alle Spuren konnten lange vorher vernichtet werden.

Plötzlich kam ihm ein Gedanke. Er zog seinen Pelzmantel an, setzte den Hut auf und ging in die Eingangshalle. Dort blieb er stehen, weil er den langsamen, schweren Schritt des Polizisten draußen auf dem Gehsteig hörte und den Lichtstrahl der Blendlaterne sah, der sich im Fenster widerspiegelte. Er wartete und hielt den Atem an.

Einige Augenblicke später schob er den Riegel zurück und schlüpfte hinaus, die Tür ganz behutsam hinter sich schließend. Dann begann er die Glocke zu läuten. Nach etwa fünf Minuten erschien sein Kammerdiener, halb angezogen und sehr verschlafen dreinblickend.

»Es tut mir leid, dass ich Sie wecken musste, Francis«, sagte er und trat ein, »aber ich habe meinen Hausschlüssel vergessen. Wie viel Uhr ist es?«

»Zehn Minuten nach zwei, Sir«, antwortete der Mann, der blinzelnd auf seine Uhr sah.

»Zehn Minuten nach zwei? Wie entsetzlich spät! Sie müssen mich morgen um neun wecken. Ich habe einiges zu erledigen.«

»Sehr wohl, Sir.«

»War heute Abend jemand hier?«

»Mr. Hallward, Sir. Er blieb bis elf hier und ging dann fort, um seinen Zug zu erreichen.«

»Oh! Wie schade, dass ich ihn verpasst habe. Hat er eine Nachricht hinterlassen?«

»Nein, Sir, nur dass er Ihnen aus Paris schreiben würde, falls er Sie im Klub nicht träfe.«

»Das ist alles, Francis. Vergessen Sie nicht, mich morgen um neun zu wecken.«

»Nein, Sir.«

Der Mann schlurfte in seinen Pantoffeln den Korridor hinunter.

Dorian Gray warf Hut und Stock auf den Tisch und ging in die Bibliothek. Eine Viertelstunde lang ging er im Zimmer auf und ab, biss sich auf die Lippen und dachte nach. Dann nahm er das Blaubuch aus einem der Regale und begann die Seiten umzublättern. »Alan Campbell, 152, Hertford Street, Mayfair.« Ja, das war der Mann, den er brauchte.

Kapitel 14

Um neun Uhr am nächsten Morgen kam sein Diener mit einer Tasse Schokolade auf einem Tablett herein und öffnete die Fensterläden. Dorian lag auf der rechten Seite, eine Hand unter seiner Wange, und schlief ganz friedlich. Er sah aus wie ein Junge, der vom Spielen oder Lernen müde geworden war.

Der Diener musste ihn zweimal an der Schulter berühren, bevor er aufwachte, und als er die Augen aufschlug, glitt ein schwaches Lächeln über seine Lippen, als wäre er in einen herrlichen Traum versunken gewesen. Dabei hatte er gar nicht geträumt. Seine Nacht war ungestört von Bildern der Lust oder des Leids gewesen. Doch die Jugend lächelt ohne Grund. Das ist einer ihrer größten Reize.

Er wandte sich um, stützte sich auf einen Ellbogen und begann seine Schokolade zu schlürfen. Die milde Novembersonne strömte ins Zimmer. Der Himmel war klar und eine heitere Wärme lag in der Luft. Es war fast wie ein Morgen im Mai.

Allmählich schlichen sich die Ereignisse der vergangenen Nacht auf leisen, blutbefleckten Sohlen in sein Gehirn und bauten sich dort mit schrecklicher Deutlichkeit wieder auf. Bei der Erinnerung an all das, was er durchlitten hatte, zuckte er zusammen, und einen Augenblick lang verspürte er erneut dasselbe merkwürdige Gefühl der Abscheu gegenüber Basil Hallward, das ihn dazu getrieben hatte, ihn zu töten, als dieser auf dem Stuhl saß, und er wurde kalt vor Wut. Der Tote saß noch immer dort, jetzt dazu noch im Sonnenlicht. Wie grauenvoll das war! Solch grässliche Dinge waren für die Dunkelheit, nicht für den Tag.

Er spürte, wenn er über das, was er durchgemacht hatte, ins Brüten kam, würde er krank oder wahnsinnig werden. Es gab Sünden, deren Reiz mehr in der Erinnerung als in der Ausführung lag, seltsame Triumphe, die den Stolz mehr als die Leidenschaften befriedigten und die dem Geist ein gesteigertes Gefühl der Wonne schenkten, stärker als jede Wonne, die sie den Sinnen verschafften oder jemals verschaffen konnten. Aber dies gehörte nicht dazu. Dies war eine Sache, die man aus den Gedanken verjagen, mit Mohn betäuben oder ersticken musste, damit sie einen nicht selbst erstickte.

Als es halb zehn schlug, fuhr er sich mit der Hand über die Stirn, stand dann rasch auf und zog sich mit noch größerer Sorgfalt als gewöhnlich an, indem er sehr viel Aufmerksamkeit auf die Wahl seiner Halsbinde und der Krawattennadel verwandte und seine Ringe mehr als einmal wechselte. Auch beim Frühstück verbrachte er lange Zeit, kostete von den verschiedenen Gerichten, sprach mit seinem Diener über neue Livreen, die er für die Bediensteten in Selby anfertigen lassen wollte, und sah seine Korrespondenz durch. Über einige Briefe lächelte er. Drei langweilten ihn. Einen las er mehrfach durch und zerriss ihn dann mit leicht verärgerter Miene. »Ein grässliches Ding, das Gedächtnis einer Frau!«, wie Lord Henry einmal gesagt hatte.

Nachdem er seine Tasse schwarzen Kaffee getrunken hatte, wischte er sich mit einer Serviette langsam über die Lippen, gab dem Diener ein Zeichen zu warten, ging zum Tisch hinüber, setzte sich und schrieb zwei Briefe. Einen steckte er in seine Tasche, den anderen reichte er dem Diener.

»Bringen Sie den in die Hertford Street 152, Francis, und falls Mr. Campbell nicht in der Stadt ist, lassen Sie sich seine Adresse geben.«

Sobald er allein war, zündete er sich eine Zigarette an und begann auf einem Blatt Papier Skizzen zu machen, zeichnete zuerst Blumen und architektonische Fragmente, dann menschliche Gesichter. Plötzlich bemerkte er, dass jedes Gesicht, das er zeichnete, eine wundersame Ähnlichkeit mit Basil Hallward zu haben schien. Er runzelte die Stirn, stand auf, ging zum Bücherschrank und nahm auf gut Glück einen Band heraus. Er war entschlossen, nicht eher an das Geschehene zu denken, als bis es absolut notwendig sein würde.

Als er sich auf dem Sofa ausgestreckt hatte, schaute er auf den Titel des Buches. Es war Gautiers *Émaux et Camées*, die Ausgabe von Charpentier auf Japanpapier mit einer Radierung von Jacquemart. Der Einband war aus zitronengrünem Leder mit einem Ornament aus goldenen Ranken und punktierten Granatäpfeln. Er hatte es von Adrian Singleton geschenkt bekommen. Als er die Seiten umblätterte, fiel sein Blick auf ein Gedicht über die Hand Lacenaires, die kalte gelbe Hand *du supplice encore mal lavée*, mit ihren flaumigen roten Härchen und ihren *doigts de faune*. Er blickte auf seine eigenen weißen, spitz zulaufenden Finger, fröstelte dabei unwillkürlich leicht und blätterte weiter, bis er zu jenen herrlichen Strophen über Venedig kam:

Sur une gamme chromatique,
Le sein de perles ruisselant,
La Vénus de l'Adriatique
Sort de l'eau son corps rose et blanc.

Les dômes, sur l'azur des ondes
Suivant la phrase au pur contour,
S'enflent comme des gorges rondes
Que soulève un soupir d'amour.

L'esquif aborde et me dépose,
Jetant son amarre au pilier,
Devant une façade rose,
Sur le marbre d'un escalier.

Wie köstlich sie waren! Wenn man sie las, schien man in einer schwarzen Gondel mit silbernem Bug und wehenden Vorhängen zu sitzen und die grünen Wasserstraßen der rosa- und perlweißen Stadt hinabzugleiten. Allein die Zeilen sahen für ihn aus wie jene geraden, türkisblauen Linien, die einem folgen, wenn man zum Lido hinausrudert. Die plötzlichen Farbblitze erinnerten ihn an den Schimmer der Vögel mit opal- und regenbogenfarbenen Hälsen, die den hohen, honigwabenartigen Campanile umflattern oder mit so würdevoller Anmut durch die düsteren, staubigen Arkaden stolzieren. Zurückgelehnt, mit halb geschlossenen Augen, wiederholte er wieder und wieder zu sich selbst:

Devant une façade rose,
Sur le marbre d'un escalier.

Das ganze Venedig lag in diesen zwei Zeilen. Er dachte an den Herbst, den er dort verbracht hatte, und an eine wunderbare Liebe, die ihn zu wahnsinnigen, herrlichen Torheiten getrieben hatte. Überall war Romantik. Aber wie Oxford hatte sich Venedig die Kulisse für Romantik bewahrt, und für den wahren Romantiker war Kulisse alles oder fast alles. Basil war zeitweise bei ihm gewesen und hatte sich leidenschaftlich für Tintoretto begeistert. Armer Basil! Was für eine grauenvolle Art zu sterben!

Er seufzte, nahm den Band wieder auf und versuchte zu vergessen. Er las von den Schwalben, die in dem kleinen Café in Smyrna ein- und ausfliegen, wo die Hadschis sitzen und ihre Bernsteinperlen zählen und die Turban tragenden Kaufleute ihre langen, mit Quasten verzierten Pfeifen rauchen und ernsthaft miteinander sprechen; er las von dem Obelisken auf der Place de la Concorde, der in seinem einsamen, sonnenlosen Exil Tränen aus Granit weint und sich an den heißen, lotusbedeckten Nil zurücksehnt, wo es Sphinxe gibt und rosarote Ibisse und weiße Geier mit goldenen Krallen und Krokodile mit kleinen

Beryllaugen, die über den grünen, dampfenden Schlamm kriechen; er fing an, über jene Verse nachzugrübeln, die, indem sie dem kussbefleckten Marmor Musik entlocken, von jener sonderbaren Statue erzählen, die Gautier mit einer Altstimme vergleicht, von dem *monstre charmant*, das im Porphyrsaal des Louvre steht. Doch nach einer Weile fiel ihm das Buch aus der Hand. Er wurde nervös und ein entsetzlicher Anfall von Angst überfiel ihn. Was, wenn Alan Campbell nicht in England wäre? Tage würden verstreichen, bevor er zurückkäme. Vielleicht würde er sich weigern zu kommen. Was konnte er dann tun? Jeder Augenblick war von entscheidender Bedeutung.

Sie waren einmal beste Freunde gewesen, vor fünf Jahren – ja, sogar beinahe unzertrennlich. Dann hatte die Vertrautheit ein jähes Ende genommen. Wenn sie sich jetzt in Gesellschaft begegneten, war es nur Dorian Gray, der lächelte, Alan Campbell nie.

Er war ein außerordentlich kluger junger Mann, auch wenn er kein wirkliches Verständnis für die sichtbaren Künste hatte, und das bisschen Gefühl für die Schönheit der Poesie, das er besaß, hatte er ausschließlich Dorian zu verdanken. Seine vorherrschende geistige Leidenschaft galt der Wissenschaft. In Cambridge hatte er einen großen Teil seiner Zeit mit Arbeiten im Laboratorium verbracht und in seinem Jahrgang ein gutes naturwissenschaftliches Examen abgelegt. Ja, er widmete sich noch immer dem Studium der Chemie und besaß ein eigenes Laboratorium, in dem er sich den ganzen Tag lang einzuschließen pflegte, sehr zum Kummer seiner Mutter, die ihr Herz daran gehängt hatte, dass er für das Parlament kandidieren sollte und die die vage Vorstellung hatte, ein Chemiker sei jemand, der Rezepturen zusammenstelle. Indessen war er ein ausgezeichneter Musiker und spielte besser Geige und Klavier als die meisten Dilettanten. Die Musik war es auch, die ihn und Dorian Gray ursprünglich zusammengebracht hatte – die Musik und jene unerklärliche Anziehungskraft, die Dorian auszuüben imstande schien, wann immer er wollte, und auch oft ausübte, ohne sich darüber bewusst zu sein. Sie hatten sich bei Lady Berkshire an dem Abend kennengelernt, als Rubinstein dort spielte, und danach wurden sie stets zusammen in der Oper gesehen und überall dort, wo gute Musik gespielt wurde. Achtzehn Monate dauerte ihre Freundschaft. Campbell war ständig in Selby Royal oder am Grosvenor Square. Für ihn wie für viele andere war Dorian Gray die Verkörperung all dessen, was wunderbar und faszinierend im Leben ist. Ob zwischen ihnen ein Streit vorgefallen war oder nicht, erfuhr man nie. Aber plötzlich bemerkten die Leute, dass sie kaum miteinander sprachen, wenn sie sich trafen, und dass Campbell jede Gesellschaft früh zu verlassen schien, bei der Dorian Gray anwesend war. Er hatte sich auch verändert – war zuweilen seltsam melancholisch, schien fast eine Abneigung dagegen zu haben, Musik zu hören, und wollte selbst nie mehr spielen. Wenn man ihn dazu aufforderte, führte er als Entschuldigung an, dass ihn die Wissenschaft so stark in Anspruch nehme, dass ihm keine Zeit mehr zum Üben bliebe. Und das war zweifellos wahr. Er schien sich jeden Tag mehr für Biologie zu interessieren und sein Name tauchte ein- oder zweimal im Zusammenhang mit gewissen sonderbaren Experimenten in wissenschaftlichen Zeitschriften auf.

Das war der Mann, auf den Dorian Gray wartete. Jede Sekunde blickte er auf die Uhr. Als die Minuten verstrichen, wurde er entsetzlich aufgeregt. Schließlich stand er auf und begann im Zimmer auf und ab zu gehen; er sah aus wie ein schönes Tier in einem Käfig. Er machte lange, schleichende Schritte. Seine Hände waren eigenartig kalt.

Die Spannung wurde unerträglich. Die Zeit schien mit bleiernen Füßen zu kriechen, gleichzeitig trieben ihn ungeheuerliche Windstöße auf den schroffen Rand einer schwarzen Kluft oder eines Abgrundes zu. Er wusste, was ihn dort erwartete; ja, er sah es und presste seine brennenden Lider mit feuchten Händen schaudernd zusammen, als wolle er dem Gehirn die Sehkraft rauben und die Augäpfel in ihre Höhlen zurückdrängen. Es war vergebens. Das Gehirn hatte seine eigene Nahrung, mit der es sich mästete, und die Fantasie, von der Angst ins Groteske gesteigert, verdreht und verzerrt wie ein lebendiges Wesen unter Schmerzen, tanzte wie eine garstige Marionette auf einer Bühne und grinste durch bewegliche Masken hindurch. Dann, plötzlich, blieb die Zeit für ihn stehen. Ja, dieses blinde, langsam atmende Ding kroch nicht mehr weiter und nun, da die Zeit tot war, stürmten grauenvolle Gedanken rasch in den Vordergrund, zerrten eine grässliche Zukunft aus ihrem Grab und zeigten sie ihm. Er starrte sie an. Ihre Grauenhaftigkeit ließ ihn zu Stein werden.

Endlich öffnete sich die Tür und sein Diener trat ein. Er wandte ihm seinen glasigen Blick zu.

»Mr. Campbell, Sir«, sagte der Mann.

Ein Seufzer der Erleichterung entrang sich seinen ausgedörrten Lippen und die Farbe kehrte in seine Wangen zurück.

»Bitten Sie ihn sofort herein, Francis.« Er spürte, dass er wieder er selbst war. Der Anfall von Feigheit war vorüber.

Der Diener verbeugte sich und zog sich zurück. Wenige Augenblicke später kam Alan Campbell herein; er sah sehr ernst und ziemlich blass aus, wobei seine Blässe von dem kohlschwarzen Haar und den dunklen Augenbrauen noch verstärkt wurde.

»Alan! Das ist freundlich von dir. Ich danke dir, dass du gekommen bist.«

»Ich hatte die Absicht, dein Haus nie wieder zu betreten, Gray. Aber du sagtest, es ginge um Leben und Tod.« Seine Stimme war hart und kalt. Er sprach langsam und bedächtig. Ein Ausdruck der Verachtung lag in dem festen, forschenden Blick, den er auf Dorian richtete. Er behielt die Hände in den

Taschen seines Astrachanmantels und schien die Hand, sie sich zur Begrüßung ausstreckte, nicht bemerkt zu haben.

»Ja, es geht um Leben und Tod, Alan, und zwar für mehr als einen Menschen. Setz dich.«

Campbell nahm am Tisch Platz und Dorian setzte sich ihm gegenüber. Die Blicke der beiden Männer trafen sich. In Dorians Augen lag unendliches Mitleid. Er wusste, was er vorhatte, war entsetzlich.

Nach einem Augenblick gespannten Schweigens beugte er sich vor und indem er die Wirkung jedes Wortes auf dem Gesicht dessen, nach dem er geschickt hatte, beobachtete, sagte er sehr ruhig: »Alan, in einem verschlossenen Zimmer unter dem Dach dieses Hauses, einem Zimmer, zu dem niemand außer mir Zutritt hat, sitzt ein toter Mann an einem Tisch. Er ist jetzt seit zehn Stunden tot. Rühr dich nicht und sieh mich nicht so an. Wer der Mann ist, warum er starb, wie er starb, das sind Dinge, die dich nichts angehen. Was du zu tun hast ist Folgendes –«

»Hör auf, Gray. Ich will nichts weiter wissen. Ob das, was du mir erzählt hast, wahr ist oder nicht, kümmert mich nicht. Ich lehne es entschieden ab, in dein Leben verwickelt zu werden. Behalte deine grauenvollen Geheimnisse für dich. Sie interessieren mich nicht mehr.«

»Alan, sie werden dich interessieren müssen. Dieses eine wird dich interessieren müssen. Es tut mir schrecklich leid für dich, Alan. Aber ich kann mir selbst nicht helfen. Du bist der einzige Mensch, der mich retten kann. Ich bin gezwungen, dich in die Sache hineinzuziehen. Ich habe keine Wahl. Alan, du bist ein Mann der Naturwissenschaft. Du verstehst dich auf Chemie und derlei Dinge. Du hast Experimente gemacht. Was du zu tun hast ist, das Wesen da oben zu vernichten, so zu vernichten, dass nicht eine Spur davon übrig bleibt. Niemand sah diese Person ins Haus kommen. Ja, man nimmt an, dass er zum ge-

genwärtigen Zeitpunkt in Paris ist. Er wird monatelang nicht vermisst werden. Wenn er vermisst wird, darf hier keine Spur von ihm gefunden werden. Du, Alan, du musst ihn und alles, was ihm gehört, in eine Handvoll Asche verwandeln, die ich in die Luft streuen kann.«

»Du bist verrückt, Dorian.«

»Oh! Ich habe darauf gewartet, dass du mich Dorian nennst.«

»Du bist verrückt, sage ich dir – verrückt zu glauben, ich würde auch nur einen Finger rühren, um dir zu helfen, verrückt, vor mir dieses ungeheuerliche Geständnis abzulegen. Ich will mit dieser Sache nichts zu tun haben, was immer es ist. Glaubst du, ich werde meinen guten Ruf für dich aufs Spiel setzen? Was geht es mich an, welches Teufelswerk du vorhast?«

»Es war Selbstmord, Alan.«

»Darüber bin ich froh. Aber wer trieb ihn dazu? Du vermutlich.«

»Weigerst du dich noch immer, das für mich zu tun?«

»Natürlich weigere ich mich. Ich will absolut nichts damit zu tun haben. Es ist mir gleich, welche Schande über dich kommt. Du verdienst es vollauf. Es würde mir nicht leid tun, dich entehrt zu sehen, öffentlich entehrt. Wie kannst du es wagen, von allen Menschen auf der Welt ausgerechnet mich zu bitten, mich in dieses Grauen hineinziehen zu lassen? Ich hätte gedacht, du wüsstest besser über den Charakter der Menschen Bescheid. Dein Freund Lord Henry Wotton kann dir nicht viel über Psychologie beigebracht haben, was immer er dir sonst beigebracht hat. Nichts wird mich dazu bewegen, auch nur einen Schritt zu tun, um dir zu helfen. Du hast dich an den Falschen gewandt. Geh zu einem deiner Freunde. Komm nicht zu mir.«

»Alan, es war Mord. Ich habe ihn umgebracht. Du weißt nicht, was ich durch ihn gelitten habe. Was auch immer mein

Leben ist, er hatte mehr damit zu tun, es zu erschaffen und zu zerstören, als der arme Harry. Er mag es nicht beabsichtigt haben, aber das Ergebnis war das gleiche.«

»Mord! Großer Gott, Dorian, so weit ist es mit dir gekommen? Ich werde dich nicht anzeigen. Das ist nicht meine Angelegenheit. Außerdem wirst du mit Sicherheit festgenommen werden, auch ohne dass ich in der Sache etwas unternehme. Niemand verübt jemals ein Verbrechen, ohne eine Dummheit zu begehen. Aber ich will nichts damit zu tun haben.«

»Du musst etwas damit zu tun haben. Warte, warte einen Augenblick; hör mir zu. Hör mir nur zu, Alan. Alles, worum ich dich bitte, ist, ein bestimmtes wissenschaftliches Experiment durchzuführen. Du gehst in Krankenhäuser und Leichenhallen, und die grauenvollen Dinge, die du dort tust, berühren dich nicht. Wenn du diesen Mann in irgendeinem grässlichen Seziersaal oder in einem übel riechenden Laboratorium fändest, auf einem bleiernen Tisch mit roten Rinnen liegend, die man ausgekerbt hat, damit das Blut abfließen kann, dann würdest du ihn einfach als ein großartiges Studienobjekt betrachten. Du würdest nicht mit der Wimper zucken. Du würdest nicht denken, dass du etwas Unrechtes tust. Im Gegenteil, du würdest wahrscheinlich glauben, dass du der Menschheit einen Dienst erweist oder die Summe des Wissens in der Welt erhöhst oder die intellektuelle Neugier befriedigst oder etwas Ähnliches. Was ich von dir verlange, ist lediglich etwas, was du schon oft getan hast. Wahrhaftig, einen Leichnam zu vernichten muss doch weitaus weniger grauenvoll sein als das, woran du für gewöhnlich arbeitest. Und bedenke, er ist das einzige Beweisstück gegen mich. Wenn er entdeckt wird, bin ich verloren; und er wird bestimmt entdeckt werden, wenn du mir nicht hilfst.«

»Ich habe keine Lust, dir zu helfen. Du vergisst das. Die ganze Sache ist mir schlichtweg gleichgültig. Sie hat nichts mit mir zu tun.«

»Alan, ich flehe dich an. Denk an die Lage, in der ich bin. Eben bevor du kamst, wurde ich fast ohnmächtig vor Angst. Vielleicht lernst du eines Tages selbst die Angst kennen. Nein! Denke nicht daran. Betrachte die Angelegenheit vom rein wissenschaftlichen Standpunkt aus. Du fragst nicht, woher die toten Wesen kommen, an denen du experimentierst. Frag auch jetzt nicht danach. Ich habe dir ohnehin schon zu viel erzählt. Aber ich bitte dich inständig, es zu tun. Wir waren einmal Freunde, Alan.«

»Sprich nicht von jenen Tagen, Dorian: Sie sind tot.«

»Manchmal verweilen die Toten. Der Mann dort oben wird nicht fortgehen. Er sitzt am Tisch mit gebeugtem Kopf und ausgestreckten Armen. Alan! Alan! Wenn du mir nicht zu Hilfe kommst, bin ich zerstört. Alan! Begreifst du nicht? Man wird mich hängen für das, was ich getan habe.«

»Es hat keinen Sinn, diese Szene zu verlängern. Ich weigere mich entschieden, irgendetwas in der Sache zu unternehmen. Es ist irrsinnig von dir, mich darum zu bitten.«

»Du weigerst dich?«

»Ja.«

»Ich flehe dich an, Alan.«

»Es ist zwecklos.«

Der gleiche mitleidige Ausdruck trat in Dorian Grays Augen. Dann streckte er die Hand aus, nahm ein Stück Papier und schrieb etwas darauf. Er las es zweimal durch, faltete es sorgfältig zusammen und schob es über den Tisch. Nachdem er dies getan hatte, stand er auf und ging zum Fenster hinüber.

Campbell sah ihn überrascht an, nahm dann das Papier und faltete es auseinander. Während er es las, wurde sein Gesicht totenblass und er sank in seinem Stuhl zurück. Eine grauenvolle Übelkeit überkam ihn. Ihm war, als schlüge sich sein Herz in einer leeren Höhle zu Tode.

Nach zwei oder drei Minuten schrecklichen Schweigens wandte Dorian sich um, ging zu ihm hin, stellte sich hinter ihn und legte ihm die Hand auf die Schulter.

»Es tut mir sehr leid für dich, Alan«, murmelte er, »aber du lässt mir keine andere Wahl. Ich habe den Brief schon geschrieben. Hier ist er. Du siehst die Adresse. Wenn du mir nicht hilfst, werde ich ihn abschicken. Du weißt, was dann passieren wird. Aber du wirst mir helfen. Jetzt ist es unmöglich für dich, dich zu weigern. Ich versuchte dich zu schonen. Das wirst du der Gerechtigkeit halber zugeben müssen. Du warst hart, schroff, beleidigend. Du hast mich behandelt, wie kein Mensch mich je zu behandeln gewagt hat – kein lebender Mensch jedenfalls. Ich ertrug alles. Jetzt ist es an mir, die Bedingungen zu diktieren.«

Campbell vergrub sein Gesicht in den Händen und ein Schauder überlief ihn.

»Ja, jetzt ist die Reihe an mir, die Bedingungen zu diktieren, Alan. Du weißt, worin sie bestehen. Die Sache ist ganz einfach. Komm, steigere dich nicht in ein solches Fieber hinein. Die Sache muss getan werden. Schau ihr ins Gesicht und erledige sie.«

Ein Stöhnen entfuhr Campbells Lippen und er zitterte am ganzen Leib. Das Ticken der Uhr auf dem Kaminsims schien ihm die Zeit in einzelne Atome einer Agonie zu zerteilen, von denen jedes einzelne zu entsetzlich war, um es zu ertragen. Er hatte das Gefühl, als ob ein eiserner Ring langsam um seine Stirn zusammengezogen würde, als ob die Schande, mit der man ihm drohte, schon über ihn gekommen sei. Die Hand auf seiner Schulter wog schwer wie eine Hand aus Blei. Sie war unerträglich. Sie schien ihn zu zerdrücken.

»Komm, Alan, du musst dich sofort entscheiden.«

»Ich kann es nicht tun«, sagte er mechanisch, als könnten Worte die Dinge ändern.

»Du musst. Du hast keine Wahl. Schieb es nicht auf.«

Er zögerte einen Augenblick. »Gibt es in dem Zimmer oben ein Feuer?«

»Ja, es gibt dort einen Gasofen mit Asbest.«

»Ich werde nach Hause gehen und einige Dinge aus dem Laboratorium holen müssen.«

»Nein, Alan, du darfst das Haus nicht verlassen. Schreib auf ein Blatt Papier, was du brauchst, und mein Diener wird eine Droschke nehmen und dir die Sachen bringen.«

Campbell kritzelte ein paar Zeilen, löschte sie ab und adressierte einen Umschlag an seinen Gehilfen. Dorian nahm die Notiz und las sie aufmerksam. Dann läutete er die Glocke und gab sie seinem Kammerdiener mit dem Auftrag, so rasch wie möglich zurückzukommen und die Sachen mitzubringen.

Als die Haustür ins Schloss fiel, zuckte Campbell nervös zusammen, stand vom Stuhl auf und ging zum Kaminsims hinüber. Eine Art Schüttelfrost ließ ihn zittern. Beinahe zwanzig Minuten lang sprach keiner der beiden Männer. Eine Fliege brummte geräuschvoll im Zimmer umher und das Ticken der Uhr klang wie das Schlagen eines Hammers.

Als die Uhr eins schlug, wandte Campbell sich um, blickte Dorian Gray an und sah, dass dessen Augen mit Tränen gefüllt waren. In der Reinheit und Anmut dieses traurigen Gesichts lag etwas, das ihn wütend zu machen schien. »Du bist niederträchtig, vollkommen niederträchtig!«, stieß er leise hervor.

»Pst, Alan: Du hast mein Leben gerettet«, sagte Dorian.

»Dein Leben? Gütiger Himmel! Was für ein Leben ist das! Du bist von Verderbtheit zu Verderbtheit gegangen und jetzt hast du mit einem Verbrechen den Gipfel erreicht. Wenn ich das tue, was ich tun werde, was du mich zu tun zwingst, dann denke ich dabei nicht an dein Leben.«

»Ach, Alan«, murmelte Dorian seufzend, »ich wünschte, du hättest ein Tausendstel des Mitleids, das ich mit dir habe.« Er wandte sich ab, während er sprach, und stand in den Garten blickend da. Campbell gab keine Antwort.

Etwa zehn Minuten später klopfte es an der Tür und der Diener betrat den Raum, beladen mit einem großen Mahagonikasten mit Chemikalien, einer großen Rolle Stahl- und Platindraht und zwei ziemlich eigenartig geformten Eisenklammern.

»Soll ich die Sachen hier lassen, Sir?«, fragte er Campbell.

»Ja«, sagte Dorian. »Und ich habe leider noch einen Auftrag für Sie, Francis. Wie heißt der Mann in Richmond, der die Orchideen nach Selby liefert?«

»Harden, Sir.«

»Richtig – Harden. Sie müssen unverzüglich nach Richmond hinunter, mit Harden persönlich sprechen und ihm sagen, er solle doppelt so viele Orchideen schicken, wie ich bestellt habe, und möglichst wenig weiße darunter. Eigentlich will ich überhaupt keine weißen. Es ist ein schöner Tag und Richmond ist ein sehr hübscher Ort, sonst würde ich Sie damit nicht behelligen.«

»Macht keine Umstände, Sir. Um wie viel Uhr soll ich zurück sein?«

Dorian sah Campbell an. »Wie lange wird dein Experiment dauern, Alan?«, fragte er mit ruhiger, gleichgültiger Stimme. Die Gegenwart eines Dritten im Zimmer schien ihm außerordentlichen Mut einzuflößen.

Campbell runzelte die Stirn und biss sich auf die Lippen. »Es wird etwa fünf Stunden dauern«, antwortete er.

»Dann reicht es aus, wenn Sie um halb acht zurück sind, Francis. Oder warten Sie: Legen Sie einfach meine Sachen zum Umkleiden heraus. Sie können den Abend frei haben. Ich esse nicht zu Hause, also werde ich Sie nicht brauchen.«

»Vielen Dank, Sir«, sagte der Diener und verließ das Zimmer.

»Jetzt dürfen wir keinen Augenblick verlieren, Alan. Wie schwer dieser Kasten ist! Ich werde ihn für dich tragen. Bring du die anderen Sachen.« Er sprach schnell und in befehlendem Ton. Campbell fühlte sich von ihm beherrscht. Zusammen verließen sie das Zimmer.

Als sie den obersten Treppenabsatz erreichten, nahm Dorian den Schlüssel heraus und drehte ihn im Schloss. Dann hielt er inne und ein besorgter Ausdruck trat in seine Augen. Ihn schauderte. »Ich glaube, ich kann nicht hineingehen, Alan«, flüsterte er.

»Das macht mir nichts aus. Ich brauche dich nicht«, sagte Campbell kalt.

Dorian öffnete halb die Tür. Als er dies tat, sah er das Gesicht seines Porträts höhnisch im Sonnenlicht grinsen. Auf dem Boden davor lag der heruntergerissene Vorhang. Er erinnerte sich, dass er in der vergangenen Nacht zum ersten Mal in seinem Leben vergessen hatte, die verhängnisvolle Leinwand zu verhüllen, und war gerade im Begriff, vorzustürmen, als er mit einem Schaudern zurückwich.

Was war das für ein widerlicher roter Taufleck, der feucht und glänzend auf einer der Hände schimmerte, als hätte die Leinwand Blut geschwitzt? Wie grauenvoll das war! – Grauenvoller, so schien es ihm in diesem Augenblick, als das stumme Wesen, das, wie er wusste, über den Tisch hingestreckt war, das Wesen, dessen grotesk entstellter Schatten auf dem fleckigen Teppich ihm zeigte, dass es sich nicht gerührt hatte, sondern noch immer genauso dasaß, wie er es zurückgelassen hatte.

Er atmete tief durch, öffnete die Tür etwas weiter und ging mit halb geschlossenen Augen und abgewandtem Kopf rasch hinein, entschlossen, nicht einen einzigen Blick auf den Toten zu werfen. Dann bückte er sich, hob den gold- und purpurfarbenen Vorhang auf und warf ihn über das Bild.

Er blieb dort stehen, weil er Angst hatte, sich umzudrehen, und seine Augen starrten auf das verschlungene Muster vor ihm. Er hörte, wie Campbell den schweren Kasten, die Eisen und die anderen Dinge hereinbrachte, die er für sein entsetzliches Werk hatte kommen lassen. Er begann sich zu fragen, ob er und Basil Hallward einander je begegnet waren und falls ja, was sie voneinander gehalten hatten.

»Lass mich jetzt allein«, sagte eine schroffe Stimmer hinter ihm.

Er wandte sich um und eilte hinaus, gerade noch wahrnehmend, dass der Tote auf den Stuhl zurückgestoßen worden war und dass Campbell in ein schimmerndes gelbes Gesicht starrte. Als er die Treppe hinunterging, hörte er, wie der Schlüssel im Schloss umgedreht wurde.

Es war lange nach sieben, als Campbell wieder in die Bibliothek kam. Er war blass, aber vollkommen ruhig. »Ich habe getan, was du von mir verlangt hast«, murmelte er. »Und jetzt lebe wohl. Wir wollen einander nie wieder sehen.«

»Du hast mich vor dem Untergang gerettet, Alan. Das werde ich nie vergessen«, sagte Dorian schlicht.

Sobald Campbell fort war, ging er hinauf. Ein entsetzlicher Geruch von Salpetersäure hing im Zimmer. Aber das Wesen, das am Tisch gesessen hatte, war verschwunden.

Kapitel 15

An jenem Abend um halb neun wurde Dorian Gray, elegant gekleidet und mit einem großen Knopflochsträußchen aus Parmaveilchen, von sich verbeugenden Dienern in Lady Narboroughs Salon geleitet. Wahnsinnig gewordene Nerven pochten in seiner Stirn und er fühlte sich heftig erregt, doch als er sich über die Hand seiner Gastgeberin beugte, war sein Auftreten ungezwungen und anmutig wie immer. Vielleicht wirkt man nie so gelassen, wie wenn man eine Rolle zu spielen hat. Gewiss hätte niemand, der Dorian Gray an jenem Abend sah, glauben können, dass er eine Tragödie durchgemacht hatte, die so grauenvoll war wie irgendeine Tragödie unserer Zeit. Diese fein geformten Finger konnten nie ein Messer in sündiger Absicht umklammert noch diese lächelnden Lippen gegen Gott und Güte aufbegehrt haben. Er musste sich selbst über die Ruhe seines Auftretens wundern und einen Augenblick lang empfand er deutlich die furchtbare Wonne eines Doppellebens.

Es war eine kleine Gesellschaft, von Lady Narborough recht überstürzt zusammengestellt, einer sehr klugen Frau mit, wie Lord Henry es zu beschreiben pflegte, den Überresten einer wirklich bemerkenswerten Hässlichkeit. Sie hatte sich einem unserer langweiligsten Botschafter als ausgezeichnete Ehefrau erwiesen und nachdem sie ihren Gatten in einem marmornen Mausoleum, das sie selbst entworfen hatte, angemessen bestattet und ihre Töchter an einige reiche, schon etwas ältere Männer verheiratet hatte, widmete sie sich nun den Freuden französischer Romane, französischer Küche und, wenn sie ihn auftreiben konnte, französischen Esprits.

Dorian war einer ihrer besonderen Lieblinge und sie versicherte ihm stets, sie sei außerordentlich froh darüber, ihn nicht in ihrer Jugend kennengelernt zu haben. »Ich weiß, mein Lieber, ich hätte mich wahnsinnig in Sie verliebt«, pflegte sie zu sagen, »und hätte Ihretwegen meine Haube geradewegs über die Mühlen geworfen. Es ist ein großes Glück, dass man damals noch nichts von Ihnen wusste. Unsere Hauben waren ohnehin so unkleidsam und die Mühlen so damit beschäftigt, Wind zu machen, dass ich nicht einmal eine harmlose Liebschaft mit irgendjemandem hatte. Das war allerdings allein Narboroughs Schuld. Er war schrecklich kurzsichtig und es macht keinen Spaß, einen Ehemann zu betrügen, der nie etwas sieht.«

Ihre Gäste an diesem Abend waren ziemlich langweilig. Die Sache sei die, wie sie Dorian hinter einem sehr abgenutzten Fächer erklärte, dass eine ihrer verheirateten Töchter ganz unerwartet zu Besuch gekommen sei, und, um die Sache noch schlimmer zu machen, obendrein ihren Mann mitgebracht habe. »Ich finde, das ist sehr unfreundlich von ihr, mein Lieber«, flüsterte sie. »Natürlich besuche ich sie jeden Sommer, wenn ich aus Homburg zurückkomme, aber eine alte Frau wie ich muss eben zuweilen frische Luft haben und außerdem rüttle ich sie regelrecht wach. Sie ahnen nicht, was für ein Leben sie dort unten führen. Es ist das reine, unverfälschte Landleben. Sie stehen früh auf, weil sie so viel zu tun haben, und gehen früh zu Bett, weil sie so wenig zum Nachdenken haben. Seit der Zeit Königin Elisabeths hat es in der Gegend keinen Skandal mehr gegeben und infolgedessen schlafen sie alle nach dem Abendessen ein. Sie sollen neben keinem der beiden sitzen. Sie sollen neben mir sitzen und mich unterhalten.«

Dorian murmelte ein charmantes Kompliment und blickte sich im Zimmer um. Ja, es war zweifellos eine langweilige Gesellschaft. Zwei der Anwesenden hatte er noch nie gesehen und die anderen waren Ernest Harrowden, einer der in Londoner Klubs häufig anzutreffenden Mittelmäßigen in mittleren Jahren, die zwar keine Feinde haben, bei ihren Freunden aber vollkommen unbeliebt sind; Lady Ruxton, eine übertrieben herausgeputzte Frau von siebenundvierzig Jahren mit einer Hakennase, die sich unablässig bemühte, sich selbst zu kompromittieren, aber so ungewöhnlich reizlos war, dass zu ihrer großen Enttäuschung niemals jemand etwas Schlechtes von ihr glauben wollte; Mrs. Erlynne, ein aufdringlicher Niemand mit einem entzückenden Lispeln und venezianisch rotem Haar; Lady Alice Chapman, die Tochter seiner Gastgeberin, ein schlecht gekleidetes, geistloses Mädchen mit einem jener typisch britischen Gesichter, an die man sich nie wieder erinnert, wenn man sie einmal gesehen hat; und ihr Gatte, ein rotwangiger, weißbärtiger Mensch, der, wie so viele seines Standes, die Vorstellung hatte, übermäßige Heiterkeit könne einen völligen Mangel an Einfällen wettmachen.

Es tat ihm fast leid, dass er gekommen war, bis Lady Narborough mit einem Blick auf die große vergoldete Uhr, die sich mit protzigen Rundungen auf dem malvenfarben behängten Kaminsims spreizte, ausrief: »Wie abscheulich von Henry Wotton, sich so zu verspäten! Ich schickte ihm heute Morgen auf gut Glück eine Einladung und er versprach hoch und heilig, mich nicht zu enttäuschen.«

Es war ein gewisser Trost, dass Harry kommen sollte, und als die Tür aufging und er hörte, wie seine träge, melodische Stimme irgendeiner unaufrichtigen Entschuldigung Charme verlieh, hörte er auf, gelangweilt zu sein.

Doch bei Tisch konnte er nichts essen. Ein Teller nach dem anderen ging unberührt zurück. Lady Narborough tadelte ihn in einem fort wegen dieser, wie sie es nannte, »Beleidigung für den armen Adolphe, der sich das Menü eigens für Sie ausgedacht hat«, und dann und wann blickte Lord Henry zu ihm herüber und wunderte sich über sein Schweigen und geistesabwesendes Benehmen. Von Zeit zu Zeit füllte der Diener sein Glas mit Champagner. Er trank hastig und sein Durst schien immer größer zu werden.

»Dorian«, sagte Lord Henry schließlich, als das *chaudfroid* herumgereicht wurde, »was ist heute Abend mit dir los? Du bist gar nicht gut aufgelegt.«

»Ich glaube, er ist verliebt«, rief Lady Narborough, »und er hat Angst, es mir zu sagen, weil er fürchtet, ich könnte eifersüchtig sein. Er hat völlig recht. Das wäre ich gewiss.«

»Teure Lady Narborough«, murmelte Dorian lächelnd, »ich bin seit einer ganzen Woche nicht verliebt gewesen – in der Tat nicht mehr, seit Madame de Ferrol die Stadt verlassen hat.«

»Wie könnt ihr Männer euch in diese Frau verlieben!«, rief die alte Dame aus. »Das kann ich wirklich nicht verstehen.«

»Das kommt einfach daher, weil sie sich an Sie erinnern kann, als Sie ein kleines Mädchen waren, Lady Narborough«, sagte Lord Henry. »Sie ist das einzige Verbindungsglied zwischen uns und Ihren kurzen Kleidern.«

»Sie kann sich an meine kurzen Kleider überhaupt nicht erinnern, Lord Henry. Aber ich entsinne mich sehr wohl der Zeit, da ich sie vor dreißig Jahren in Wien getroffen habe und wie *décolletée* sie damals war.«

»Sie ist noch immer *décolletée*«, antwortete er und nahm eine Olive in seine langen Finger; »und wenn sie ein sehr elegantes Abendkleid trägt, sieht sie aus wie die *édition de luxe* eines schlechten französischen Romans. Sie ist wirklich wunderbar und voller Überraschungen. Ihre Begabung für familiäre Zuneigung ist außerordentlich. Als ihr dritter Mann starb, wurde ihr Haar vor Kummer ganz golden.«

»Wie kannst du nur, Harry!«, rief Dorian.

»Das ist eine äußerst romantische Erklärung«, lachte seine Gastgeberin. »Aber ihr dritter Mann, Lord Henry! Sie wollen doch nicht sagen, dass Ferrol ihr vierter ist?«

»Gewiss, Lady Narborough.«

»Ich glaube Ihnen kein Wort.«

»Nun, dann fragen Sie Mr. Gray. Er ist einer ihrer engsten Freunde.«

»Ist das wahr, Mr. Gray?«

»Sie versichert es mir, Lady Narborough«, sagte Dorian. »Ich fragte sie, ob sie wie Margarete von Navarra ihre Herzen einbalsamiert und an ihren Gürtel gehängt habe. Sie sagte mir, das habe sie nicht getan, weil keiner von ihnen überhaupt ein Herz gehabt hätte.«

»Vier Ehemänner! Auf mein Wort, das ist *trop de zêle*.«

»*Trop d'audace*, sage ich zu ihr«, erwiderte Dorian.

»Oh! Sie ist verwegen genug für alles Mögliche, mein Lieber. Und wie ist Ferrol? Ich kenne ihn nicht.«

»Die Ehemänner sehr schöner Frauen gehören zur Klasse der Kriminellen«, sagte Lord Henry und nippte an seinem Wein.

Lady Narborough schlug ihn mit ihrem Fächer. »Lord Henry, ich bin nicht im Mindesten überrascht, dass die Welt sagt, Sie seien außerordentlich ruchlos.«

»Aber welche Welt sagt das?«, fragte Lord Henry und hob die Augenbrauen. »Es kann nur die nächste Welt sein. Diese Welt und ich kommen hervorragend miteinander aus.«

»Jeder, den ich kenne, sagt, dass Sie sehr ruchlos sind!«, rief die alte Dame kopfschüttelnd.

Lord Henry sah einige Augenblicke lang ernsthaft aus. »Es ist ganz abscheulich«, sagte er schließlich, »wie die Leute heutzutage herumgehen und hinter dem Rücken Dinge über einen erzählen, die voll und ganz wahr sind.«

»Ist er nicht unverbesserlich?«, rief Dorian und beugte sich auf seinem Stuhl vor.

»Ich hoffe es«, sagte seine Gastgeberin lachend. »Aber wenn Sie wirklich alle Madame de Ferrol auf diese lächerliche Art und Weise anbeten, werde ich wieder heiraten müssen, um mit der Mode zu gehen.«

»Sie werden nie wieder heiraten, Lady Narborough«, fiel Lord Henry ihr ins Wort. »Sie waren viel zu glücklich. Wenn eine Frau wieder heiratet, so deshalb, weil sie ihren ersten Gatten verabscheute. Wenn ein Mann wieder heiratet, so deshalb, weil er seine erste Gattin anbetete. Frauen versuchen ihr Glück; Männer setzen das ihre aufs Spiel.«

»Narborough war nicht vollkommen«, rief die alte Dame.

»Wenn er es gewesen wäre, hätten Sie ihn nicht geliebt, meine teure Dame«, war die Erwiderung. »Frauen lieben uns um unserer Fehler willen. Wenn wir genug davon haben, vergeben sie uns alles, selbst unseren Verstand. Ich fürchte, nach dieser Bemerkung werden Sie mich nie wieder zum Essen einladen, Lady Narborough, aber es ist wirklich wahr.«

»Natürlich ist es wahr, Lord Henry. Wenn wir Frauen euch nicht um eurer Fehler willen lieben würden, wo wärt ihr dann alle? Kein einziger von euch würde je verheiratet sein. Ihr wärt ein Haufen unglücklicher Junggesellen. Nicht, dass euch das sehr verändern würde. Heutzutage leben alle verheirateten Männer wie Junggesellen und alle Junggesellen wie verheiratete Männer.«

»*Fin de siècle*«, murmelte Lord Henry.

»*Fin du globe*«, antwortete seine Gastgeberin.

»Ich wünschte, es wäre *fin du globe*«, sagte Dorian mit einem Seufzer. »Das Leben ist eine große Enttäuschung.«

»Ach, mein Lieber«, rief Lady Narborough und zog ihre Handschuhe an, »erzählen Sie mir nicht, dass Sie das Leben schon ausgeschöpft haben. Wenn ein Mann das sagt, weiß man, dass das Leben ihn erschöpft hat. Lord Henry ist sehr ruchlos, und manchmal wünschte ich, ich wäre es auch gewesen; aber Sie sind dazu geschaffen, gut zu sein – Sie sehen so gut aus. Ich muss eine hübsche Frau für Sie finden. Lord Henry, meinen Sie nicht, dass Mr. Gray heiraten sollte?«

»Das sage ich ihm immer, Lady Narborough«, sagte Lord Henry mit einer Verbeugung.

»Nun, wir müssen eine geeignete Partie für ihn finden. Ich werde heute Abend den Debrett aufmerksam durchgehen und eine Liste aller in Frage kommenden jungen Damen aufstellen.«

»Mit Altersangaben, Lady Narborough?«, fragte Dorian.

»Natürlich mit ihren Altersangaben, leicht bearbeitet. Aber wir dürfen nichts übereilen. Ich will, dass es das wird, was die *Morning Post* eine passende Verbindung nennt, und ich möchte, dass Sie beide glücklich sind.«

»Welchen Unsinn die Leute doch über glückliche Ehen erzählen!«, rief Lord Henry. »Ein Mann kann mit jeder Frau glücklich sein, solange er sie nicht liebt.«

»Oh, was für ein Zyniker Sie sind!«, rief die alte Dame, schob ihren Stuhl zurück und nickte Lady Ruxton zu. »Sie müssen bald wieder zu mir zum Essen kommen. Sie sind wirklich ein großartiges Stärkungsmittel, viel besser als das, was Sir Andrew mir verschreibt. Sie müssen mir allerdings sagen, welche Leute sie gerne treffen würden. Ich möchte, dass es eine reizvolle Gesellschaft wird.«

»Ich mag Männer, die eine Zukunft haben, und Frauen, die eine Vergangenheit haben«, antwortete er. »Oder glauben Sie, es würde dann eine Weibergesellschaft?«

»Das befürchte ich«, sagte sie lachend, während sie aufstand. »Ich bitte tausendfach um Vergebung, meine liebe Lady Ruxton«, fügte sie hinzu, »ich habe nicht bemerkt, dass Sie Ihre Zigarette noch nicht zu Ende geraucht haben.«

»Das macht nichts, Lady Narborough. Ich rauche viel zu viel. Ich werde mich in Zukunft einschränken.«

»Bitte tun Sie das nicht, Lady Ruxton«, sagte Lord Henry. »Mäßigung ist eine verhängnisvolle Sache. Genug ist so schlecht wie eine Mahlzeit. Mehr als genug ist so gut wie ein Festmahl.«

Lady Ruxton sah ihn neugierig an. »Sie müssen mich einmal an einem Nachmittag besuchen und mir das erklären, Lord

Henry. Das klingt nach einer faszinierenden Theorie«, murmelte sie, während sie aus dem Zimmer rauschte.

»Jetzt sehen Sie zu, dass Sie nicht zu lange bei Ihrer Politik und Ihren Skandalgeschichten verweilen«, rief Lady Narborough von der Tür her. »Wenn Sie es tun, werden wir uns sicher oben zanken.«

Die Männer lachten und Mr. Chapman erhob sich feierlich vom Fuße der Tafel und kam zum Kopfende. Dorian Gray wechselte den Platz und setzte sich neben Lord Henry. Mr. Chapman begann mit lauter Stimme über die Zustände im Unterhaus zu sprechen. Er wieherte laut über seine Widersacher. Das Wort *doctrinaire* – ein schreckenerregendes Wort für den britischen Geist – tauchte von Zeit zu Zeit zwischen seinen Ausbrüchen auf. Eine alliterierende Vorsilbe diente zur Ausschmückung der Redekunst. Er hisste den Union Jack auf den Zinnen des Denkens. Die ererbte Dummheit der Rasse – gesunder englischer Menschenverstand nannte er sie schmunzelnd – wurde als das eigentliche Bollwerk der Gesellschaft dargestellt.

Ein Lächeln verzog Lord Henrys Lippen, er wandte sich um und sah Dorian an.

»Geht es dir besser, mein Lieber?«, fragte er. »Bei Tisch schienst du recht unpässlich zu sein.«

»Ich bin wohlauf, Harry. Ich bin müde. Das ist alles.«

»Du warst bezaubernd gestern Abend. Die kleine Herzogin ist dir völlig ergeben. Sie sagt, sie wird nach Selby hinunterfahren.«

»Sie hat versprochen, am Zwanzigsten zu kommen.«

»Wird Monmouth auch da sein?«

»Oh ja, Harry.«

»Er langweilt mich entsetzlich, fast ebenso sehr, wie er sie langweilt. Sie ist sehr klug, zu klug für eine Frau. Ihr fehlt der gewisse Reiz der Schwäche. Es sind die Füße aus Ton, die das Gold des Bildes kostbar machen. Ihre Füße sind sehr hübsch, aber es sind keine Füße aus Ton. Weiße Porzellanfüße, wenn du so willst. Sie sind durchs Feuer gegangen, und was das Feuer nicht zerstört, härtet es. Sie hat Erfahrungen gesammelt.«

»Wie lange ist sie schon verheiratet?«, fragte Dorian.

»Eine Ewigkeit, sagt sie. Ich glaube, nach dem Adelskalender sind es zehn Jahre, aber zehn Jahre mit Monmouth müssen wie eine Ewigkeit und länger gewesen sein. Wer kommt sonst noch?«

»Oh, die Willoughbys, Lord Rugby und seine Frau, unsere Gastgeberin, Geoffrey Clouston, die übliche Besetzung. Ich habe auch Lord Grotrian gebeten zu kommen.«

»Ich mag ihn«, sagte Lord Henry. »Sehr viele Leute mögen ihn nicht, aber ich finde ihn reizend. Dass er gelegentlich etwas übertrieben elegant gekleidet ist, macht er dadurch wett, dass er stets vollkommen übertrieben gebildet ist. Er ist ein sehr moderner Mensch.«

»Ich weiß nicht, ob er kommen kann, Harry. Möglicherweise muss er mit seinem Vater nach Monte Carlo.«

»Ach, was für eine Plage die Verwandten sind! Sieh zu, dass er kommt. Übrigens, Dorian, du bist gestern Abend sehr früh davongelaufen. Du bist vor elf gegangen. Was hast du danach gemacht? Bist du direkt nach Hause gegangen?«

Dorian warf ihm einen raschen Blick zu und runzelte die Stirn. »Nein, Harry«, sagte er endlich, »ich bin erst gegen drei nach Hause gekommen.«

»Bist du noch in den Klub gegangen?«

»Ja«, antwortete er. Dann biss er sich auf die Lippen. »Nein, das stimmt nicht. Ich ging nicht in den Klub. Ich bin herumgelaufen. Ich habe vergessen, was ich gemacht habe … Wie du einen ausforschst, Harry! Immer willst du wissen, was man gemacht hat. Ich will immer vergessen, was ich gemacht habe. Ich bin um halb drei nach Hause gekommen, wenn du die genaue Uhrzeit wissen willst. Ich hatte meinen Schlüssel zu

Hause vergessen und mein Diener musste mich hereinlassen. Wenn du eine beweiskräftige Aussage in der Sache brauchst, kannst du ihn ja fragen.«

Lord Henry zuckte mit den Schultern. »Als ob mich das interessierte, mein Lieber! Lass uns in den Salon hinaufgehen. Keinen Sherry, danke, Mr. Chapman. Irgendetwas ist dir zugestoßen, Dorian. Sag mir, was es ist. Du bist heute Abend nicht du selbst.«

»Kümmere dich nicht um mich, Harry. Ich bin gereizt und schlecht gelaunt. Ich werde morgen oder übermorgen bei dir vorbeischauen. Bitte entschuldige mich bei Lady Narborough. Ich werde nicht nach oben gehen. Ich werde nach Hause gehen. Ich muss nach Hause gehen.«

»Schon gut, Dorian. Ich sehe dich dann hoffentlich morgen zum Tee. Die Herzogin wird da sein.«

»Ich will versuchen zu kommen, Harry«, sagte er und verließ das Zimmer. Als er zu seinem Haus zurückfuhr, wurde ihm bewusst, dass das Gefühl der Angst, das er erstickt zu haben glaubte, wiedergekommen war. Lord Henrys beiläufiges Fragen hatte ihn einen Augenblick lang die Nerven verlieren lassen und er brauchte seine Nerven noch. Dinge, die gefährlich waren, mussten vernichtet werden. Er zuckte zusammen. Der Gedanke, sie auch nur zu berühren, war ihm zuwider.

Und doch musste es getan werden. Das war ihm klar, und als er die Tür seiner Bibliothek abgeschlossen hatte, öffnete er den Geheimschrank, in den er Basil Hallwards Mantel und Tasche gesteckt hatte. Ein riesiges Feuer loderte. Er legte noch ein Holzscheit nach. Der Gestank der versengenden Kleidung und des brennenden Leders war entsetzlich. Es dauerte eine Dreiviertelstunde, bis alles vernichtet war. Am Ende fühlte er sich schwach und krank, und nachdem er einige algerische Räucherkerzen in einer durchlöcherten Kupferpfanne angezündet hatte, badete er Hände und Stirn in einem kühlen, moschusduftenden Essig.

Plötzlich schrak er zusammen. Seine Augen bekamen einen merkwürdigen Glanz und er nagte nervös an seiner Unterlippe. Zwischen zwei Fenstern stand ein großer florentinischer Schrank aus Ebenholz mit Intarsien aus Elfenbein und blauem Lapislazuli. Er betrachtete ihn, als wäre er etwas, das faszinieren und ängstigen könne, als enthielte er etwas, wonach er sich sehnte und das er doch fast verabscheute. Sein Atem ging schneller. Eine wilde Gier überkam ihn. Er zündete sich eine Zigarette an und warf sie dann fort. Seine Lider senkten sich, bis die langen Wimpern fast die Wangen berührten. Doch noch immer betrachtete er den Schrank. Schließlich erhob er sich vom Sofa, auf dem er gelegen hatte, ging zu ihm hinüber, schloss ihn auf und berührte eine verborgene Feder. Ein dreieckiges Schubfach glitt langsam heraus. Seine Finger bewegten sich instinktiv darauf zu, griffen hinein und schlossen sich um etwas. Es war ein kleines chinesisches Kästchen aus schwarzem, goldbestäubtem Lack, kunstvoll gearbeitet, die Seiten mit geschwungenen Wellen verziert, und an den seidenen Schnüren hingen runde Kristalle und Quasten aus geflochtenen Metallfäden. Er öffnete es. Darin lag eine grüne Paste mit wachsartigem Schimmer und einem seltsam schweren und durchdringenden Geruch.

Er zögerte einige Augenblicke mit einem eigenartig unbewegten Lächeln auf dem Gesicht. Dann richtete er sich fröstelnd auf, obwohl die Luft im Zimmer schrecklich heiß war, und warf einen Blick auf die Uhr. Es war zwanzig Minuten vor zwölf. Er legte das Kästchen zurück, schloss dann die Schranktüren und ging in sein Schlafzimmer.

Als um Mitternacht bronzene Schläge durch die düstere Luft hallten, schlich Dorian Gray in gewöhnlicher Kleidung und mit einem dicken Schal um den Hals leise aus dem Haus. In der Bond Street entdeckte er einen Hansom mit einem guten Pferd. Er winkte ihn herbei und nannte dem Kutscher mit leiser Stimme eine Adresse.

Der Mann schüttelte den Kopf. »Das ist mir zu weit«, brummte er.

»Hier ist ein Sovereign für Sie«, sagte Dorian. »Wenn Sie schnell fahren, bekommen Sie noch einen.«

»Sehr wohl, Sir«, antwortete der Mann, »Sie werden in einer Stunde dort sein«, und nachdem sein Fahrgast eingestiegen war, wendete er sein Pferd und fuhr rasch in Richtung Fluss davon.

KAPITEL 16

Ein kalter Regen setzte ein und die schemenhaften Straßenlaternen in dem triefenden Nebel sahen gespenstisch aus. Die Wirtshäuser schlossen gerade und obskure Männer und Frauen standen in versprengten Gruppen vor den Türen beisammen. Aus einigen Schenken erklang entsetzliches Gelächter. In anderen lärmten und grölten Betrunkene.

In dem Hansom zurückgelehnt, den Hut in die Stirn gezogen, beobachtete Dorian Gray mit teilnahmslosem Blick die schmutzige Schande der Großstadt und dann und wann wiederholte er die Worte, die Lord Henry am ersten Tag, als sie sich kennengelernt hatten, zu ihm gesagt hatte: »Die Seele durch die Sinne und die Sinne durch die Seele heilen.« Ja, das war das Geheimnis. Er hatte es oft ausprobiert und wollte es jetzt wieder ausprobieren. Es gab Opiumhöhlen, in denen man das Vergessen kaufen, Höhlen des Grauens, in denen die Erinnerung an alte Sünden durch den Wahnsinn neuer Sünden ausgelöscht werden konnte.

Der Mond hing wie ein gelber Schädel tief am Himmel. Von Zeit zu Zeit streckte eine riesige unförmige Wolke ihren langen Arm aus und verbarg ihn. Die Gaslaternen wurden spärlicher und die Straßen enger und düsterer. Einmal verfuhr sich der Mann und musste eine halbe Meile zurückfahren. Dampf stieg von dem Pferd auf, als es die Pfützen aufspritzen ließ. Die Seitenfenster des Hansom waren vom Nebel wie mit grauem Flanell beschlagen.

»Die Seele durch die Sinne und die Sinne durch die Seele heilen.« Wie die Worte ihm in den Ohren klangen! Seine Seele war jedenfalls todkrank. Stimmte es, dass die Sinne sie heilen konnten? Unschuldiges Blut war vergossen worden. Wodurch konnte das gesühnt werden? Ach, dafür gab es keine Sühne; aber selbst wenn Vergebung unmöglich war, so war doch Vergessen möglich, und er war entschlossen, zu vergessen, die Sache auszumerzen, sie zu zertreten wie man die Natter zertreten würden, die einen gebissen hat. Welches Recht hatte Basil eigentlich gehabt, so mit ihm zu sprechen, wie er es getan hatte? Wer hatte ihn zum Richter über andere bestellt? Er hatte Dinge gesagt, die furchtbar, grauenvoll, nicht zu ertragen waren.

Immer weiter rollte der Hansom und schien ihm mit jedem Schritt langsamer zu werden. Er stieß das Klappfenster auf und rief dem Mann zu, schneller zu fahren. Der grässliche Hunger nach Opium begann an ihm zu nagen. Seine Kehle brannte und seine feinen Hände zerrten nervös aneinander. Er schlug mit dem Spazierstock wie toll auf das Pferd ein. Der Kutscher lachte und trieb es mit der Peitsche an. Er lachte ebenfalls und der Mann verstummte.

Der Weg schien endlos und die Straßen wie das schwarze Netz einer sich ausbreitenden Spinne. Die Eintönigkeit wurde unerträglich und als sich der Nebel verdichtete, bekam er Angst.

Dann fuhren sie an abgeschiedenen Ziegeleien vorbei. Hier war der Nebel lichter und er konnte die seltsamen, flaschenförmigen Brennöfen mit ihren orangefarbenen, fächerartigen Feuerzungen erkennen. Ein Hund bellte, als sie vorbeifuhren, und weit entfernt in der Dunkelheit schrie eine verirrte Möwe. Das Pferd strauchelte in einer Wagenspur, brach seitwärts aus und fiel in Galopp.

Nach einer Weile verließen sie den Lehmweg und ratterten wieder über grob gepflasterte Straßen. Die meisten Fenster waren dunkel, aber dann und wann sah man die Umrisse fantastischer Schatten hinter einem erleuchteten Vorhang. Er betrachtete sie neugierig. Sie bewegten sich wie riesenhafte Marionetten und gestikulierten wie lebendige Wesen. Er hasste sie. Eine dumpfe Wut war in seinem Herzen. Als sie um eine Ecke bogen, rief ihnen eine Frau aus einer offenen Tür etwas nach und zwei Männer liefen dem Hansom ein paar hundert Meter hinterher. Der Kutscher schlug mit seiner Peitsche nach ihnen.

Man sagt, die Leidenschaft lasse die Gedanken kreisen. Jedenfalls formten die zerbissenen Lippen Dorian Grays in grässlicher Wiederholung wieder und wieder jene eindringlichen Worte, die von Seele und Sinnen handelten, bis er in ihnen sozusagen den vollen Ausdruck seiner Stimmung gefunden und durch Zustimmung des Verstandes Leidenschaften gerechtfertigt hatte, die sein Gemüt auch ohne eine solche Rechtfertigung beherrscht hätten. Von Gehirnzelle zu Gehirnzelle kroch der eine Gedanke; und die wilde Lebensgier, das schrecklichste aller menschlichen Gelüste, erweckte jeden zitternden Nerv und jede Faser zu neuer Kraft. Die Hässlichkeit, die ihm einst verhasst gewesen war, weil sie den Dingen Wirklichkeit verlieh, wurde ihm jetzt aus eben diesem Grund lieb. Die Hässlichkeit war die einzige Wirklichkeit. Das derbe Gezänk, die abscheuliche Spelunke, die rohe Gewalt des zerrütteten Lebens, die große Niedertracht der Diebe und Ausgestoßenen waren in ihrem intensiven Wirklichkeitsbezug lebendiger als all die anmutigen Formen der Kunst, alle träumerischen Schatten der Poesie. Das war es, was er zum Vergessen brauchte. In drei Tagen würde er frei sein.

Plötzlich hielt der Mann mit einem Ruck an der Einmündung einer finsteren Straße. Über den niedrigen Dächern und gezackten Schornsteinen der Häuser ragten schwarze Schiffsmasten empor. Weiße Nebelschwaden hingen wie gespenstische Segel zwischen den Rahen.

»Hier irgendwo, Sir, nicht wahr?«, fragte der Mann mit heiserer Stimme durch das Klappfenster.

Dorian schrak auf und blickte sich um. »Es ist gut«, antwortete er, und nachdem er rasch ausgestiegen war und dem Kutscher das versprochene zusätzliche Fahrgeld gegeben hatte, ging er eilig in Richtung des Kais. Hie und da leuchtete eine

Laterne am Heck eines riesigen Handelsschiffes. Das Licht zitterte und brach sich in den Pfützen. Von einem auslaufenden Dampfer, der Kohlen an Bord nahm, kam ein rotes Blendlicht. Das glitschige Pflaster sah aus wie ein nasser Regenmantel.

Er eilte nach links weiter und warf hin und wieder einen Blick zurück um zu sehen, ob er verfolgt wurde. Nach etwa sieben oder acht Minuten erreichte er ein kleines, schäbiges Haus, das zwischen zwei heruntergekommene Fabrikgebäude gezwängt war. In einem der oberen Fenster stand eine Lampe. Er blieb stehen und gab ein bestimmtes Klopfzeichen.

Wenig später hörte er Schritte im Flur und wie die Türkette ausgehängt wurde. Die Tür öffnete sich leise und er trat ein, ohne ein Wort zu der untersetzten, entstellten Gestalt zu sagen, die sich in den Schatten drückte, als er vorbeiging. Am Ende des Flurs hing ein zerlumpter grüner Vorhang, der in dem Windstoß, der ihm von der Straße herein gefolgt war, hin und her wehte und flatterte. Er zog ihn zur Seite und betrat einen langen, niedrigen Raum, der aussah, als sei er einmal ein drittklassiger Tanzsaal gewesen. Grell flackernde Gaslampen, die sich in den fliegenbeschmutzten Spiegeln gegenüber trübe und verzerrt abbildeten, hingen ringsum an den Wänden. Schmierige Reflektoren aus Wellblech waren dahinter angebracht und warfen zitternde Lichtkreise. Der Boden war mit ockerfarbenem Sägemehl bedeckt, das hie und da zu Matsch zertreten und mit dunklen runden Flecken von verschüttetem Branntwein übersät war. Ein paar Malaien hockten neben einem kleinen Kohleofen, spielten mit knöchernen Spielmarken und zeigten beim Sprechen ihre weißen Zähne. In einer Ecke hing ein Matrose über einem Tisch, den Kopf zwischen den Armen vergraben, und an dem geschmacklos bemalten Schanktisch, der sich über eine ganze Seitenwand erstreckte, standen zwei ausgezehrte Frauen, die sich über einen alten Mann lustig machten, der mit einem Ausdruck des Ekels die Ärmel seines Mantels bürstete. »Er glaubt, er hat rote Ameisen am Leib«, lachte eine von ihnen, als Dorian vorbeiging. Der Mann sah sie entsetzt an und begann zu wimmern.

Am Ende des Raumes befand sich eine kleine Treppe, die zu einer verdunkelten Kammer führte. Als Dorian die drei wackeligen Stufen hinaufeilte, schlug ihm der schwere Duft von Opium entgegen. Er nahm einen tiefen Atemzug und seine Nasenflügel bebten vor Wonne. Als er eintrat, sah ein junger Mann mit glattem gelbem Haar, der sich gerade über eine Lampe beugte und eine lange dünne Pfeife anzündete, zu ihm auf und nickte ihm zögernd zu.

»Du hier, Adrian?«, stieß Dorian leise hervor.

»Wo sollte ich sonst sein?«, entgegnete er teilnahmslos. »Kein Mensch spricht jetzt mehr mit mir.«

»Ich dachte, du hättest England verlassen.«

»Darlington wird nichts unternehmen. Mein Bruder hat den Wechsel schließlich bezahlt. George spricht auch nicht mehr mit mir … Das kümmert mich nicht«, fügte er mit einem Seufzer hinzu. »Solange man diesen Stoff hat, braucht man keine Freunde. Ich glaube, ich habe zu viele Freunde gehabt.«

Dorian zuckte zusammen und betrachtete die grotesken Gestalten, die in so bizarren Stellungen auf den zerlumpten Matratzen lagen. Die verdrehten Glieder, die offenen Münder, die stierenden, glanzlosen Augen faszinierten ihn. Er wusste, in welch seltsamen Himmeln sie litten und welch düstere Höllen sie das Geheimnis neuer Wonnen lehrten. Sie waren besser dran als er. Er war im Denken gefangen. Die Erinnerung fraß an seiner Seele wie eine grauenvolle Krankheit. Von Zeit zu Zeit glaubte er die Augen Basil Hallwards auf sich gerichtet zu sehen. Dennoch spürte er, dass er nicht bleiben konnte. Die Anwesenheit Adrian Singletons beunruhigte ihn. Er wollte irgendwo sein, wo niemand wusste, wer er war. Er wollte sich selbst entfliehen.

»Ich gehe in das andere Haus«, sagte er nach einer Weile.

»Am Kai?«

»Ja.«

»Die Wildkatze ist sicher dort. Sie wollen sie hier nicht mehr haben.«

Dorian zuckte mit den Schultern. »Ich habe die Frauen, die einen lieben, satt. Frauen, die einen hassen, sind viel interessanter. Übrigens ist dort der Stoff besser.«

»Fast der gleiche.«

»Ich mag ihn lieber. Komm, lass uns etwas trinken. Ich muss etwas haben.«

»Ich möchte nichts«, murmelte der junge Mann.

»Das macht nichts.«

Adrian Singleton erhob sich müde und folgte Dorian an den Schanktisch. Ein Mischling in zerrissenem Turban und schäbigem Mantel begrüßte sie mit einem hässlichen Grinsen, als er eine Flasche Brandy und zwei Gläser vor sie hinstellte. Die Frauen rückten heran und begannen zu schwatzen. Dorian wandte ihnen den Rücken zu und sagte mit leiser Stimme etwas zu Adrian Singleton.

Ein schiefes Lächeln, einem malaiischen Dolch gleich, verzerrte das Gesicht einer der Frauen. »Wir sind wohl sehr stolz heute Abend«, bemerkte sie spöttisch.

»Um Himmels willen, sprich nicht mit mir«, rief Dorian und stampfte mit dem Fuß auf den Boden. »Was willst du? Geld? Hier hast du welches! Sprich mich nie wieder an!«

Zwei rote Funken blitzten einen Augenblick lang in den wässrigen Augen der Frau auf, erloschen dann und ließen sie stumpf und glasig aussehen. Sie warf den Kopf zurück und strich die Münzen auf dem Schanktisch mit gierigen Fingern ein. Ihre Gefährtin beobachtete sie neidisch.

»Es hat keinen Sinn«, seufzte Adrian Singleton. »Mir liegt nichts daran, zurückzukehren. Was macht es schon? Ich bin hier ganz glücklich.«

»Du wirst mir doch schreiben, wenn du etwas brauchst?«, fragte Dorian nach einer Weile.

»Vielleicht.«

»Also, gute Nacht.«

»Gute Nacht«, antwortete der junge Mann, ging die Stufen hinauf und wischte sich mit einem Taschentuch über den ausgetrockneten Mund.

Mit einem schmerzlichen Ausdruck im Gesicht ging Dorian zur Tür. Als er den Vorhang beiseite zog, ertönte ein grässliches Lachen von den geschminkten Lippen der Frau, die sein Geld genommen hatte. »Da geht der Pakt mit dem Teufel!«, stieß sie mit heiserer Stimme glucksend hervor.

»Hol dich der Teufel!«, erwiderte er. »Nenn mich nicht so.«

Sie schnippte mit den Fingern. »Märchenprinz wirst du wohl lieber genannt, stimmt's?«, rief sie ihm gellend nach.

Bei diesen Worten sprang der schläfrige Matrose auf die Füße und blickte wild um sich. Das Geräusch der zufallenden Haustür drang an sein Ohr. Er stürzte hinaus, als wolle er ihn verfolgen.

Dorian Gray eilte durch den Nieselregen den Kai entlang. Sein Zusammentreffen mit Adrian Singleton hatte ihn seltsam bewegt und er fragte sich, ob die Zerstörung dieses jungen Lebens wirklich ihm anzulasten war, wie Basil Hallward mit so beleidigender Unverschämtheit behauptet hatte. Er biss sich auf die Lippen und einige Sekunden lang wurden seine Augen traurig. Doch letztlich, was ging es ihn an? Das Leben war zu kurz, um sich die Bürde der Fehler anderer aufzuladen. Jeder lebte sein eigenes Leben und zahlte seinen eigenen Preis dafür, dass er es lebte. Der einzige Jammer war, dass man für einen einzigen Fehler so oft zahlen musste. Ja, man musste immer und immer wieder zahlen. In seinen Abrechnungen mit dem Menschen schloss das Schicksal seine Bücher nie.

Psychologen behaupten, es gäbe Augenblicke, in denen die Leidenschaft für die Sünde oder für das, was die Welt Sünde nennt, ein Wesen so beherrscht, dass jede Faser des Körpers und jede Zelle des Gehirns von fürchterlichen Trieben gesteuert zu werden scheint. In solchen Augenblicken verlieren Männer und Frauen ihren freien Willen. Wie Automaten bewegen sie sich auf ihr schreckliches Ende zu. Sie haben keine Wahl mehr, das Gewissen ist entweder abgetötet oder lebt, wenn es überhaupt lebt, nur, um der Auflehnung ihre Faszination und dem Ungehorsam seinen Reiz zu verleihen. Denn alle Sünden, wie die Theologen uns zu ermahnen nicht müde werden, sind Sünden des Ungehorsams. Als jener erhabene Geist, jener Morgenstern des Bösen, vom Himmel stürzte, stürzte er als Aufrührer.

Gefühllos, ganz auf das Böse konzentriert, mit verdunkeltem Geist und einer nach Auflehnung hungernden Seele hastete Dorian Gray weiter, beschleunigte seinen Schritt, während er ging, aber als er in einen düsteren Bogengang stürzte, der ihm schon oft als Abkürzung zu dem berüchtigten Ort gedient hatte, zu dem er unterwegs war, fühlte er sich plötzlich von hinten gepackt, und bevor er Zeit hatte, sich zu wehren, wurde er gegen eine Mauer geschleudert und fühlte eine brutale Hand um seine Kehle.

Er rang wild um sein Leben und mit einer fürchterlichen Anstrengung riss er die zudrückenden Hände fort. Eine Sekunde später hörte er das Klicken eines Revolvers und sah den Schimmer eines polierten Laufs, der geradewegs auf seinen Kopf gerichtet war, und die dunkle Gestalt eines kleinen, untersetzten Mannes, der ihm gegenüberstand.

»Was wollen Sie«, keuchte er.

»Sei still«, sagte der Mann. »Wenn du dich rührst, erschieße ich dich.«

»Sie sind wahnsinnig. Was habe ich Ihnen getan?«

»Du hast das Leben von Sibyl Vane zugrunde gerichtet«, war die Antwort, »und Sibyl Vane war meine Schwester. Sie hat sich umgebracht. Ich weiß es. Ihr Tod ist deine Schuld. Ich habe geschworen, dich dafür zu töten. Jahrelang habe ich dich gesucht. Ich hatte keinen Anhaltspunkt, keine Spur. Die beiden Menschen, die dich hätten beschreiben können, waren tot. Ich wusste nichts von dir als den Kosenamen, den sie dir gab. Heute Nacht habe ich ihn zufällig gehört. Mach deinen Frieden mit Gott, denn heute Nacht wirst du sterben.«

Dorian Gray wurde übel vor Angst. »Ich kannte sie gar nicht«, stammelte er. »Ich habe nie von ihr gehört. Sie sind wahnsinnig.«

»Du solltest deine Sünde lieber gestehen, denn so wahr ich James Vane bin: Du wirst sterben.« Es war ein entsetzlicher Augenblick. Dorian wusste nicht, was er sagen oder tun sollte. »Auf die Knie!«, knurrte der Mann. »Ich gebe dir eine Minute, deinen Frieden zu machen – mehr nicht. Ich gehe heute Nacht an Bord Richtung Indien und zuvor muss ich meinen Auftrag erledigen. Eine Minute. Mehr nicht.«

Dorians Arme sanken herab. Vor Entsetzen gelähmt wusste er nicht, was er tun sollte. Plötzlich durchzuckte eine wilde Hoffnung sein Gehirn. »Halt«, rief er. »Wie lange ist es her, dass Ihre Schwester starb? Rasch, sagen Sie es mir!«

»Achtzehn Jahre«, sagte der Mann. »Warum fragst du? Was spielen Jahre für eine Rolle?«

»Achtzehn Jahre«, lachte Dorian Gray mit einem Anflug von Triumph in der Stimme. »Achtzehn Jahre! Stellen Sie mich unter die Laterne und sehen Sie sich mein Gesicht an!«

James Vane zögerte einen Augenblick, weil er nicht begriff, was gemeint war. Dann packte er Dorian Gray und schleifte ihn aus dem Bogengang.

So trübe und flackernd das windverwehte Licht auch war, es genügte doch, ihm den grässlichen Irrtum zu zeigen, dem er anscheinend erlegen war, denn das Gesicht des Mannes, den er hatte töten wollen, besaß die volle Blüte der Knabenjahre, die ganze unbefleckte Reinheit der Jugend. Er schien ein junger Mann von kaum mehr als zwanzig Lenzen zu sein, kaum älter, wenn überhaupt älter, als seine Schwester gewesen war, als sie vor so vielen Jahren auseinander gegangen waren. Es war offensichtlich, dass dies nicht der Mann war, der ihr Leben zerstört hatte.

Er lockerte seinen Griff und taumelte zurück. »Mein Gott! Mein Gott!«, rief er. »Und ich hätte Sie beinahe ermordet!«

Dorian Gray holte tief Atem. »Sie waren kurz davor, ein furchtbares Verbrechen zu begehen, guter Mann«, sagte er mit ernstem Blick. »Lassen Sie sich das eine Warnung sein, die Rache nicht in die eigenen Hände zu nehmen.«

»Verzeihen Sie mir, Sir«, stieß James Vane leise hervor. »Ich habe mich getäuscht. Ein zufälliges Wort, das ich in dieser verfluchten Spelunke hörte, brachte mich auf die falsche Spur.«

»Sie sollten lieber nach Hause gehen und diese Pistole weglegen, sonst geraten Sie vielleicht noch in Schwierigkeiten«, sagte Dorian, drehte sich auf dem Absatz um und ging langsam die Straße hinunter.

Voller Entsetzen stand James Vane auf dem Gehweg. Er zitterte von Kopf bis Fuß. Nach einer Weile trat ein schwarzer Schatten, der die tropfnasse Wand entlanggeschlichen war, ins Licht hinaus und näherte sich ihm mit leisen Schritten. Er spürte eine Hand auf seinem Arm und blickte sich erschrocken um. Es war eine der Frauen, die am Schanktisch getrunken hatten.

»Warum hast du ihn nicht umgebracht?«, zischte sie und brachte ihr verhärmtes Gesicht ganz nahe an seines heran. »Ich wusste, dass du ihm gefolgt bist, als du aus Dalys Haus hinausgestürzt bist. Du Narr! Du hättest ihn umbringen sollen. Er hat einen Haufen Geld und ist schlechter als schlecht.«

»Er ist nicht der Mann, den ich suche«, antwortete er, »und ich will nicht das Geld eines Mannes, ich will sein Leben. Der Mann, dessen Leben ich will, muss heute an die vierzig sein. Dieser da ist fast noch ein Kind. Gott sei Dank klebt sein Blut nicht an meinen Händen.«

Die Frau stieß ein bitteres Lachen aus. »Fast noch ein Kind!«, höhnte sie. »Mann, es ist beinahe achtzehn Jahre her, seit der Märchenprinz mich zu dem gemacht hat, was ich bin.«

»Du lügst!«, schrie James Vane.

Sie hob ihre Hand zum Himmel. »Bei Gott, ich sage die Wahrheit«, rief sie.

»Bei Gott?«

»Die Sprache soll es mir verschlagen, wenn's nicht stimmt. Er ist der Schlimmste von allen, die herkommen. Man sagt, er hat sich dem Teufel für ein hübsches Gesicht verkauft. Es ist beinahe achtzehn Jahre her, dass ich ihn kennenlernte. Er hat sich seitdem kaum verändert. Ich umso mehr«, fügte sie mit einem matten, anzüglichen Grinsen hinzu.

»Schwörst du das?«

»Ich schwöre es«, ertönte das heisere Echo aus ihrem stumpfen Mund. »Aber verrate mich nicht«, winselte sie; »ich habe Angst vor ihm. Gib mir ein bisschen Geld für mein Nachtquartier.«

Er riss sich mit einem Fluch von ihr los und stürzte zur Straßenecke, aber Dorian Gray war verschwunden. Als er zurückblickte, was auch die Frau fort.

Kapitel 17

Eine Woche später saß Dorian Gray im Wintergarten von Selby Royal und unterhielt sich mit der hübschen Herzogin von Monmouth, die sich mit ihrem Gatten, einem verlebt aussehenden Mann von sechzig Jahren, unter seinen Gästen befand. Es war gerade Teestunde, und das milde Licht der großen, spitzenbehängten Lampe, die auf dem Tisch stand, beleuchtete das feine Porzellan und das getriebene Silber des Teeservices, mit dem die Herzogin hantierte. Ihre weißen Hände bewegten sich anmutig zwischen den Tassen und ihre vollen roten Lippen lächelten über etwas, das Dorian ihr zugeflüstert hatte. Lord Henry lehnte sich in einem mit Seide bezogenen Korbstuhl zurück und beobachtete die beiden. Auf einem pfirsichfarbenen Diwan saß Lady Narborough und tat so, als lausche sie der Beschreibung des Herzogs von dem letzten brasilianischen Käfer, den er seiner Sammlung einverleibt hatte. Drei junge Männer in gut sitzenden Smokings reichten einigen Frauen Teekuchen. Die Gesellschaft bestand aus zwölf Personen und für den nächsten Tag wurden noch mehr Gäste erwartet.

»Worüber unterhaltet ihr beiden euch?«, sagte Lord Henry, der zum Tisch hinüberschlenderte und seine Tasse abstellte. »Ich hoffe, Dorian hat dir von meinem Plan erzählt, alles umzubenennen, Gladys. Das ist eine reizvolle Vorstellung.«

»Ich möchte aber nicht umbenannt werden, Harry«, erwiderte die Herzogin und blickte mit ihren wunderbaren Augen zu ihm auf. »Ich bin mit meinem eigenen Namen ganz zufrieden und ich bin mir sicher, dass auch Mr. Gray mit dem seinen zufrieden sein dürfte.«

»Meine liebe Gladys, um nichts in der Welt würde ich einen dieser beiden Namen ändern. Sie sind beide vollkommen. Ich dachte hauptsächlich an Blumen. Gestern schnitt ich eine Orchidee für mein Knopfloch. Es war ein wunderschön gesprenkeltes Ding, so wirkungsvoll wie die sieben Todsünden. In einem unbesonnenen Augenblick fragte ich einen der Gärtner, wie sie heiße. Er sagte mir, es sei ein schönes Exemplar der Robinsoniana oder etwas ähnlich Fürchterliches. Es ist eine traurige Wahrheit, aber wir haben die Fähigkeit verloren, Dingen hübsche Namen zu geben. Namen sind alles. Ich hadere nie mit Taten. Mein einziger Kampf richtet sich gegen Wörter. Das ist der Grund, weshalb ich den vulgären Realismus in der Literatur hasse. Der Mann, der imstande war, einen Spaten einen Spaten zu nennen, sollte gezwungen werden, einen zu gebrauchen. Das ist das Einzige, wozu er taugt.«

»Wie sollen wir dich denn nennen, Harry?«, fragte sie.

»Sein Name ist Prinz Paradox«, sagte Dorian.

»Darin erkenne ich ihn sofort«, rief die Herzogin aus.

»Ich will nichts davon hören«, lachte Lord Henry, während er sich in einen Sessel sinken ließ. »Einem Etikett kann man nicht entrinnen! Ich lehne den Titel ab.«

»Königliche Hoheiten dürfen nicht abdanken«, lautete die Ermahnung von den hübschen Lippen.

»Du willst also, dass ich meinen Thron verteidige?«

»Ja.«

»Ich verkünde die Wahrheiten von morgen.«

»Ich ziehe die Irrtümer von heute vor«, antwortete sie.

»Du entwaffnest mich, Gladys«, rief er, die Übermütigkeit ihrer Laune aufgreifend.

»Deines Schildes, Harry, nicht deiner Lanze.«

»Ich kämpfe nie gegen Schönheit«, sagte er mit einer Handbewegung.

»Das ist dein Fehler, Harry, glaub es mir. Du schätzt Schönheit viel zu hoch.«

»Wie kannst du das sagen? Ich gebe zu, dass ich es für besser halte, schön zu sein als gut. Aber andererseits ist niemand eher als ich bereit anzuerkennen, dass es besser ist, gut zu sein als hässlich.«

»Hässlichkeit ist also eine der sieben Todsünden?«, rief die Herzogin. »Was ist dann mit deinem Gleichnis von der Orchidee?«

»Hässlichkeit ist eine der sieben Todtugenden, Gladys. Du als gute Tory darfst sie nicht unterschätzen. Bier, die Bibel und die sieben Todtugenden haben unser England zu dem gemacht, was es ist.«

»Du liebst dein Vaterland also nicht?«, fragte sie.

»Ich lebe darin.«

»Damit du es besser tadeln kannst.«

»Möchtest du, dass ich mich dem Urteil Europas über unser Land anschließe?«, fragte er.

»Was sagt man über uns?«

»Dass Tartuffe nach England ausgewandert sei und einen Laden aufgemacht habe.«

»Ist das von dir, Harry?«

»Ich schenke es dir.«

»Ich könnte es nicht verwenden. Es ist zu wahr.«

»Du brauchst keine Angst zu haben. Unsere Landsleute erkennen sich nie in einer Beschreibung wieder.«

»Sie sind pragmatisch.«

»Sie sind eher gerissen als pragmatisch. Wenn sie Bilanz ziehen, rechnen sie Dummheit gegen Reichtum und Laster gegen Heuchelei auf.«

»Und doch haben wir Großes vollbracht.«

»Großes ist uns auferlegt worden, Gladys.«

»Wir haben die Last getragen.«

»Nur bis zur Börse.«

Sie schüttelte den Kopf. »Ich glaube an diesen Menschenschlag«, rief sie.

»Er verkörpert das Überleben der Ellenbogengesellschaft.«

»Er hat das Zeug zur Enfaltung.«

»Verfall fasziniert mich mehr.«

»Was ist mit der Kunst?«, fragte sie.

»Sie ist eine Krankheit.«

»Liebe?«

»Eine Sinnestäuschung.«

»Religion?«

»Der modische Ersatz für den Glauben.«

»Du bist ein Skeptiker.«

»Niemals! Skeptizismus ist der Anfang des Glaubens.«

»Was bist du?«

»Definieren bedeutet einschränken.«

»Gib mir einen roten Faden.«

»Fäden reißen. Du würdest dich im Labyrinth verirren.«

»Du verwirrst mich. Lass uns über jemand anderen sprechen.«

»Unser Gastgeber ist ein reizvolles Thema. Vor Jahren wurde er Märchenprinz getauft.«

»Ach, erinnere mich nicht daran«, rief Dorian Gray.

»Unser Gastgeber ist heute Abend recht abscheulich«, antwortete die Herzogin errötend. »Er denkt wohl, Monmouth habe mich aus rein wissenschaftlichen Gründen geheiratet, als das beste Exemplar eines modernen Schmetterlings, das er finden konnte.«

»Nun, ich hoffe, er wird Sie nicht mit Nadeln aufspießen, Herzogin«, lachte Dorian.

»Oh, das besorgt schon meine Kammerzofe, Mr. Gray, wenn sie sich über mich ärgert.«

»Und warum ärgert sie sich über Sie, Herzogin?«

»Wegen der belanglosesten Dinge, Mr. Gray, das versichere ich Ihnen. Gewöhnlich deshalb, weil ich zehn Minuten vor neun daherkomme und ihr sage, dass ich bis halb neun angekleidet sein muss.«

»Wie unvernünftig von ihr! Sie sollten sie rügen.«

»Das wage ich nicht, Mr. Gray. Sie entwirft nämlich Hüte für mich. Erinnern Sie sich an den, den ich auf Lady Hilstones Gartenfest getragen habe? Natürlich nicht, aber es ist reizend von Ihnen, so zu tun, als täten Sie es. Nun, sie hat ihn aus nichts gemacht. Alle guten Hüte sind aus nichts gemacht.«

»Wie jeder gute Ruf, Gladys«, unterbrach Lord Henry. »Jeder Eindruck, den man hervorruft, bringt einem einen Feind ein. Um beliebt zu sein, muss man Mittelmaß sein.«

»Nicht bei den Frauen«, sagte die Herzogin und schüttelte den Kopf; »und die Frauen regieren die Welt. Ich versichere dir, wir können Mittelmäßigkeiten nicht ausstehen. Wir Frauen, hat einmal jemand gesagt, lieben mit den Ohren, so wie ihr Männer mit den Augen liebt, wenn ihr überhaupt liebt.«

»Mir scheint, dass wir nie etwas anderes tun«, murmelte Dorian.

»Ach, dann lieben Sie niemals wirklich, Mr. Gray«, antwortete die Herzogin mit gespielter Betrübtheit.

»Meine liebe Gladys!«, rief Lord Henry. »Wie kannst du das sagen? Romantik lebt von der Wiederholung und die Wiederholung verwandelt Verlangen in eine Kunst. Außerdem ist es jedes Mal, wenn man liebt, das einzige Mal, dass man je geliebt hat. Die Verschiedenheit des Objekts ändert nichts an der Einmaligkeit der Leidenschaft. Es macht sie nur stärker. Wir können im Leben bestenfalls eine großartige Erfahrung machen und das Geheimnis des Lebens besteht darin, diese Erfahrung so oft wie möglich zu reproduzieren.«

»Selbst wenn sie einen verwundet hat, Harry?«, fragte die Herzogin nach einer Pause.

»Gerade wenn sie einen verwundet hat«, antwortete Lord Henry.

Die Herzogin wandte sich um und sah Dorian Gray mit einem seltsamen Ausdruck in den Augen an. »Was sagen Sie dazu, Mr. Gray?«, fragte sie.

Dorian zögerte einen Augenblick. Dann warf er den Kopf zurück und lachte. »Ich stimme immer mit Harry überein, Herzogin.«

»Selbst wenn er unrecht hat?«

»Harry hat nie unrecht, Herzogin.«

»Und macht seine Philosophie Sie glücklich?«

»Ich habe nie das Glück gesucht. Wer braucht schon Glück? Ich habe den Genuss gesucht.«

»Und ihn gefunden, Mr. Gray?«

»Oft. Zu oft.«

Die Herzogin seufzte. »Ich suche Frieden«, sagte sie, »und wenn ich nicht gehe und mich umziehe, werde ich heute Abend keinen haben.«

»Lassen Sie mich Ihnen ein paar Orchideen holen, Herzogin«, rief Dorian, sprang auf und ging den Wintergarten hinunter.

»Du flirtest schamlos mit ihm«, sagte Lord Henry zu seiner Cousine. »Du solltest dich lieber in Acht nehmen. Er ist äußerst faszinierend.«

»Wäre er es nicht, gäbe es keinen Kampf.«

»Grieche trifft also Griechin?«

»Ich stehe auf Seiten der Trojaner. Sie kämpften für eine Frau.«

»Sie wurden besiegt.«

»Es gibt Schlimmeres als Gefangenschaft«, antwortete sie.

»Du galoppierst mit lockerem Zügel.«

»Tempo verleiht Leben«, war die *riposte*.

»Das werde ich heute Abend in mein Tagebuch schreiben.«

»Was?«

»Dass ein gebranntes Kind das Feuer liebt.«

»Ich bin nicht einmal versengt. Meine Flügel sind unversehrt.«

»Du gebrauchst sie zu allem, nur nicht zur Flucht.«

»Der Mut ist von den Männern auf die Frauen übergegangen. Das ist eine neue Erfahrung für uns.«

»Du hast eine Rivalin.«

»Wen?«

Er lachte. »Lady Narborough«, flüsterte er. »Sie betet ihn hoffnungslos an.«

»Du machst mir Angst. Die Berufung auf das Altertum ist für uns Romantiker verhängnisvoll.«

»Romantiker! Du beherrschst alle Methoden der Wissenschaft.«

»Die Männer haben uns erzogen.«

»Aber euch nicht erklärt.«

»Beschreibe uns als Geschlecht«, forderte sie ihn heraus.

»Sphinxe ohne Rätsel.«

Sie sah ihn lächelnd an. »Wie lange Mr. Gray fortbleibt!«, sagte sie. »Lass uns gehen und ihm helfen. Ich habe ihm noch nicht die Farbe meines Kleides verraten.«

»Ach! Du musst dein Kleid auf seine Blumen abstimmen, Gladys.«

»Das wäre eine vorzeitige Kapitulation.«

»Die romantische Kunst beginnt mit ihrem Höhepunkt.«

»Ich muss mir eine Möglichkeit zum Rückzug offenhalten.«

»Nach Art der Parther?«

»Sie fanden Schutz in der Wüste. Das wäre nichts für mich.«

»Man lässt Frauen nicht immer die Wahl«, antwortete er, aber kaum hatte er den Satz zu Ende gesprochen, als vom anderen Ende des Wintergartens ein unterdrücktes Stöhnen kam, gefolgt von dem dumpfen Geräusch eines schweren Sturzes. Alle sprangen auf. Die Herzogin stand vor Schreck reglos da. Mit besorgtem Blick stürzte Lord Henry zwischen den schwankenden Palmen hindurch und fand Dorian Gray mit dem Gesicht nach unten in einer todesähnlichen Ohnmacht auf dem gefliesten Fußboden liegen.

Er wurde sofort in den blauen Salon getragen und auf eines der Sofas gelegt. Nach kurzer Zeit kam er wieder zu sich und blickte mit einem benommenen Gesichtsausdruck um sich.

»Was ist geschehen?«, fragte er. »Oh! Ich erinnere mich. Bin ich hier sicher, Harry?« Er begann zu zittern.

»Mein lieber Dorian«, antwortete Lord Henry, »du bist nur ohnmächtig geworden. Das war alles. Du musst übermüdet sein. Komm lieber nicht zum Abendessen hinunter. Ich werde dich vertreten.«

»Nein, ich werde hinunterkommen«, sagte er und rappelte sich hoch. »Ich möchte lieber hinunterkommen. Ich darf nicht allein sein.«

Er ging in sein Zimmer und zog sich um. Als er bei Tisch saß, zeigte er eine unbekümmerte, unbändige Ausgelassenheit, doch hin und wieder durchrieselte ihn ein Angstschauer, wenn er sich daran erinnerte, dass er, wie ein weißes Taschentuch gegen das Fenster des Wintergartens gepresst, James Vanes Gesicht gesehen hatte, das ihn beobachtete.

Kapitel 18

Am nächsten Tag verließ er das Haus nicht, verbrachte sogar die meiste Zeit in seinem Zimmer, krank vor heftiger Todesangst und doch dem Leben selbst gegenüber gleichgültig. Das Bewusstsein, gejagt, in eine Falle geraten, aufgespürt zu sein, hatte begonnen, ihn zu beherrschen. Wenn der Wandteppich nur im Wind flatterte, zitterte er. Die toten Blätter, die gegen die Bleiglasfenster geweht wurden, erschienen ihm wie seine eigenen vertanen Vorsätze und heftigen Gewissensbisse. Wenn er die Augen schloss, sah er wieder das Gesicht des Matrosen durch das feuchtbeschlagene Glas spähen und das Grauen schien ihm erneut seine Hand aufs Herz zu legen.

Aber vielleicht war es ja nur seine Einbildungskraft gewesen, die die Vergeltung aus der Nacht heraufbeschworen und ihm die grässlichen Formen der Bestrafung vor Augen geführt hatte. Das wirkliche Leben war ein Chaos, aber die Fantasie hatte etwas schrecklich Logisches. Es war die Fantasie, die der Sünde die Reue auf den Fuß folgen ließ. Es war die Fantasie, die jedes Verbrechen seine missgestaltete Brut gebären ließ. In der alltäglichen Welt der Tatsachen wurden weder die Bösen bestraft noch die Guten belohnt. Erfolg wurde den Starken zuteil, Misserfolg den Schwachen auferlegt. Das war alles. Außerdem, wäre irgendein Fremder um das Haus herumgeschlichen, so wäre er von den Bediensteten oder den Wachleuten gesehen worden. Wären irgendwelche Fußspuren in den Blumenbeeten entdeckt worden, hätten es die Gärtner gemeldet. Ja: Es war bloße Einbildung gewesen. Sibyl Vanes Bruder war nicht zurückgekommen, um ihn zu töten. Er war mit seinem Schiff fortgesegelt, um in irgendeiner winterlichen See zu ertrinken. Jedenfalls war er vor ihm sicher. Der Mann wusste ja gar nicht, wer er war, konnte nicht wissen, wer er war. Die Maske der Jugend hatte ihn gerettet.

Doch selbst wenn es nur eine Sinnestäuschung gewesen war, wie schrecklich war doch der Gedanke, dass das Gewissen so furchtbare Hirngespinste hervorrufen, ihnen sichtbare Gestalt geben und sie vor einem in Bewegung setzen konnte! Welch ein Leben würde er führen, wenn ihn Tag und Nacht die Schatten seines Verbrechens aus stillen Ecken heraus anstarrten, ihn von verborgenen Orten aus verhöhnten, ihm ins Ohr flüsterten, wenn er beim Festmahl saß, ihn mit eisigen Fingern weckten, wenn er schlief! Als dieser Gedanke durch sein Gehirn kroch, wurde er blass vor Entsetzen und die Luft schien ihm plötzlich kälter geworden zu sein. Oh, in welch rasender Stunde des Wahnsinns hatte er seinen Freund getötet! Wie entsetzlich war die bloße Erinnerung an die Szene! Er sah alles wieder vor sich. Jede grässliche Einzelheit kehrte mit verstärktem Grauen zu ihm zurück. Aus der schwarzen Höhle der Zeit stieg, schrecklich und in Scharlachrot gehüllt, das Abbild seiner Sünde empor. Als Lord Henry um sechs Uhr hereinkam, fand er ihn schluchzend wie jemand, dessen Herz brechen will.

Erst am dritten Tag wagte er aus dem Haus zu gehen. Es lag etwas in der klaren, nach Kiefern duftenden Luft dieses Wintermorgens, das ihm seine Fröhlichkeit und Lebenslust wiederzugeben schien. Aber es waren nicht nur die äußeren Umstände der Umgebung, die diese Veränderung herbeigeführt hatten. Seine eigene Natur hatte sich gegen das Übermaß der Angst aufgelehnt, das die Vollkommenheit ihrer Ruhe zu beschneiden und zu zerstören gesucht hatte. Bei empfindsamen und feinsinnigen Gemütern ist es immer so. Ihre starken Leidenschaften müssen entweder zermalmen oder sich unterwerfen. Entweder töten sie den Menschen oder sie sterben selbst. Oberflächlicher Kummer und oberflächliche Liebe leben weiter. Die Liebe und der Kummer, die tief sind, gehen an ihrer eigenen Heftigkeit zugrunde. Außerdem hatte er sich selbst davon überzeugt, dass er das Opfer einer Schreckensfantasie gewesen war, und blickte auf seine Ängste nun mit einer Art Mitleid und ziemlicher Verachtung zurück.

Nach dem Frühstück ging er mit der Herzogin eine Stunde lang im Garten spazieren und fuhr dann durch den Park, um sich der Jagdgesellschaft anzuschließen. Der spröde Raureif lag wie Salz über dem Gras. Der Himmel glich einer umgestülpten Schale aus blauem Metall. Ein dünner Eisfilm säumte den seichten, schilfbewachsenen See.

Am Rande des Kiefernwaldes erblickte er Sir Geoffrey Clouston, den Bruder der Herzogin, der gerade zwei leere Patronenhülsen aus seinem Gewehr stieß. Er sprang vom Wagen, und nachdem er dem Stallknecht befohlen hatte, die Stute nach Hause zu bringen, bahnte er sich durch das welke Farnkraut und das buschige Unterholz einen Weg zu seinem Gast.

»Hattest du eine gute Jagd, Geoffrey?«, fragte er.

»Nicht besonders, Dorian. Ich glaube, die meisten Vögel sind aufs freie Feld geflüchtet. Vermutlich wird es nach dem Mittagessen besser, wenn wir in neues Gelände kommen.«

Dorian schlenderte an seiner Seite weiter. Die kalte, aromatische Luft, die braunen und roten Lichter, die im Wald schimmerten, die heiseren Rufe der Treiber, die von Zeit zu Zeit erschallten, und das scharfe Knallen der Gewehre, das dann folgte, faszinierten ihn und erfüllten ihn mit einem Gefühl köstlicher Freiheit. Er war von der Sorglosigkeit des Glücks durchdrungen, dem erhabenen Gleichmut der Freude.

Plötzlich schoss etwa zwanzig Meter vor ihnen aus einem dicken Büschel alten Grases ein Hase heraus, die schwarz auslaufenden Ohren aufgerichtet und die langen Hinterläufe vorwärtswerfend. Er schnellte auf ein Erlendickicht zu. Sir Geoffrey schulterte sein Gewehr, aber in der anmutigen Bewegung des Tieres lag etwas, das Dorian Gray seltsam bezauberte, und er rief hastig: »Erschieß' ihn nicht, Geoffrey. Lass ihn leben.«

»Was für ein Unsinn, Dorian!«, lachte sein Gefährte, und als der Hase ins Dickicht sprang, schoss er. Man hörte zwei Schreie, den gequälten Schrei eines Hasen, der entsetzlich ist, und den Schmerzensschrei eines Menschen, der noch schlimmer ist.

»Um Himmels willen! Ich habe einen Treiber getroffen!«, rief Sir Geoffrey aus. »Welcher Dummkopf ist direkt vor die Gewehre gelaufen! Hört auf zu schießen!«, brüllte er so laut er konnte. »Ein Mann ist verwundet.«

Der oberste Wildhüter kam mit einem Stock in der Hand herbeigelaufen.

»Wo, Sir? Wo ist er?«, rief er. Im selben Augenblick hörte das Feuern auf der ganzen Linie auf.

»Hier«, erwiderte Sir Geoffrey verärgert und rannte auf das Dickicht zu. »Warum um alles in der Welt halten Sie Ihre Männer nicht zurück? Hat mir für heute die Jagd verdorben.«

Dorian beobachtete sie, wie sie in das Erlengebüsch eindrangen und dabei die biegsamen, schwingenden Zweige zur Seite bogen. Kurz darauf traten sie heraus und zogen einen Körper hinter sich her ans Sonnenlicht. Entsetzt wandte er sich ab. Es schien ihm, als folge ihm das Unglück, wohin er auch ging. Er hörte Sir Geoffrey fragen, ob der Mann wirklich tot sei, und die bestätigende Antwort des Wildhüters. Der Wald schien auf einmal voller lebendiger Gesichter. Er hörte das Trampeln unzähliger Füße und ein gedämpftes Stimmengewirr. Ein großer Fasan mit kupferfarbener Brust rauschte durch die Äste über ihm dahin.

Nach einigen Augenblicken, die ihm in seinem verstörten Zustand wie endlose Stunden der Qual vorkamen, fühlte er, wie sich ihm eine Hand auf die Schulter legte. Er zuckte zusammen und wandte sich um.

»Dorian«, sagte Lord Henry, »ich sage ihnen wohl besser, dass die Jagd für heute beendet ist. Es würde keinen guten Eindruck machen, sie fortzusetzen.«

»Ich wünschte, sie wäre für immer beendet, Harry«, antwortete er bitter. »Die ganze Sache ist grässlich und grausam. Ist der Mann …?«

Er konnte den Satz nicht vollenden.

»Ich fürchte, ja«, antwortete Lord Henry. »Er hat die ganze Ladung Schrot in die Brust bekommen. Er muss fast auf der Stelle tot gewesen sein. Komm; lass uns nach Hause gehen.«

Seite an Seite gingen sie fast fünfzig Yard in Richtung der Allee, ohne miteinander zu sprechen. Dann sah Dorian Lord Henry an und sagte mit einem tiefen Seufzer: »Das ist ein böses Omen, Harry, ein sehr böses Omen.«

»Was denn?«, fragte Lord Henry. »Ach, vermutlich dieser Zwischenfall. Mein Lieber, es ist nicht zu ändern. Der Mann war selbst schuld. Warum lief er vor die Gewehre? Außerdem betrifft es nicht uns. Für Geoffrey ist es natürlich ziemlich unangenehm. Es ist nicht gut, Treiber zu durchsieben. Es lässt die Leute glauben, man sei ein kopfloser Schütze. Und das ist Geoffrey nicht; er zielt sehr genau. Aber es hat keinen Sinn, über die Sache zu reden.«

Dorian schüttelte den Kopf. »Es ist ein böses Omen, Harry. Ich habe das Gefühl, als würde irgendeinem von uns etwas Entsetzliches zustoßen. Vielleicht mir selbst«, fügte er hinzu und fuhr sich in einer gequälten Bewegung mit der Hand über die Augen.

Der Ältere lachte. »Das einzig Entsetzliche auf der Welt ist *ennui*, Dorian. Das ist die einzige Sünde, für die es keine Vergebung gibt. Aber wir werden wohl kaum darunter leiden, es sei denn, diese Burschen tratschen beim Abendessen weiter über diese Sache. Ich muss ihnen sagen, dass das Thema tabu ist. Und was das Omen angeht, so etwas wie ein Omen gibt es gar nicht. Das Schicksal sendet uns keine Vorboten. Dazu ist es zu weise oder zu grausam. Außerdem, was in aller Welt könnte dir zustoßen, Dorian? Du hast alles auf der Welt, was sich ein

Mensch wünschen kann. Es gibt niemanden, der nicht entzückt wäre, mit dir zu tauschen.«

»Es gibt niemanden, mit dem ich nicht tauschen würde, Harry. Lach nicht so. Ich sage die Wahrheit. Der elende Bauer, der gerade gestorben ist, ist besser dran als ich. Ich habe keine Angst vor dem Tod. Das Herannahen des Todes ist es, was mich in Schrecken versetzt. Seine ungeheuren Flügel scheinen in der bleiernen Luft um mich zu kreisen. Gütiger Himmel! Siehst du nicht einen Mann dort hinter den Bäumen, der mich beobachtet, der mir auflauert?«

Lord Henry sah in die Richtung, in die die zitternde behandschuhte Hand zeigte. »Ja«, sagte er lächelnd, »ich sehe den Gärtner auf dich warten. Vermutlich will er dich fragen, welche Blumen du heute Abend auf dem Tisch haben willst. Wie lächerlich nervös du bist, mein Lieber! Du musst meinen Arzt aufsuchen, wenn wir wieder in der Stadt sind.«

Dorian stieß einen Seufzer der Erleichterung aus, als er den Gärtner kommen sah. Der Mann tippte an seinen Hut, blickte einen Augenblick lang zögernd zu Lord Henry hin und zog dann einen Brief hervor, den er seinem Herrn reichte. »Ihre Gnaden hat mir aufgetragen, auf Antwort zu warten«, murmelte er.

Dorian steckte den Brief in die Tasche. »Sagen Sie Ihrer Gnaden, dass ich hereinkäme«, sagte er kühl. Der Mann machte kehrt und ging rasch in Richtung des Hauses.

»Wie gern die Frauen doch gefährliche Dinge tun!«, lachte Lord Henry. »Das ist eine der Eigenschaften, die ich am meisten an ihnen bewundere. Eine Frau wird mit jedem Mann auf der Welt flirten, solange andere Leute dabei zuschauen.«

»Wie gern du doch gefährliche Dinge sagst, Harry! In diesem Fall bist du völlig auf dem Holzweg. Ich mag die Herzogin sehr, aber ich liebe sie nicht.«

»Und die Herzogin liebt dich sehr, aber sie mag dich weniger, also passt ihr hervorragend zusammen.«

»Du erzählst Klatschgeschichten, Harry, und Klatsch hat niemals eine Grundlage.«

»Die Grundlage jeden Klatsches ist eine unmoralische Gewissheit«, sagte Lord Henry und zündete sich eine Zigarette an.

»Um einer Pointe willen würdest du jeden opfern, Harry.«

»Die Welt geht aus freien Stücken zum Altar«, war die Antwort.

»Ich wünschte, ich könnte lieben«, rief Dorian Gray mit inbrünstigem Pathos in der Stimme. »Aber ich scheine die Leidenschaft verloren und das Verlangen vergessen zu haben. Ich bin zu sehr auf mich selbst konzentriert. Mein eigenes Wesen ist mir zur Last geworden. Ich möchte fliehen, weglaufen, vergessen. Es war töricht von mir, überhaupt hierherzukommen. Ich glaube, ich werde Harvey telegrafieren, dass er die Jacht fertig machen lässt. Auf einer Jacht ist man sicher.«

»Sicher wovor, Dorian? Du bist in irgendwelchen Schwierigkeiten. Warum sagst du mir nicht, was es ist? Du weißt, ich würde dir helfen.«

»Ich kann es dir nicht sagen, Harry«, antwortete er traurig. »Und wahrscheinlich ist es nur eine Einbildung von mir. Dieser unglückselige Unfall hat mich aus der Fassung gebracht. Ich habe eine schreckliche Vorahnung, dass mir etwas Ähnliches zustoßen könnte.«

»Was für ein Unsinn!«

»Ich hoffe, es ist Unsinn, aber ich kann dieses Gefühl nicht loswerden. Oh, hier ist die Herzogin, sie sieht aus wie Artemis in einem maßgeschneiderten Kleid. Sie sehen, wir sind zurück, Herzogin.«

»Ich habe schon alles gehört, Mr. Gray«, antwortete sie. »Der arme Geoffrey ist schrecklich aufgebracht. Und anscheinend hatten Sie ihn noch gebeten, den Hasen nicht zu erschießen. Wie merkwürdig!«

»Ja, es war sehr merkwürdig. Ich weiß nicht, was mich bewogen hat, das zu sagen. Irgendeine Laune vermutlich. Es sah aus wie das niedlichste aller kleinen Lebewesen. Aber es tut mir leid, dass man Ihnen von dem Mann erzählt hat. Es ist ein grässliches Thema.«

»Es ist ein langweiliges Thema«, unterbrach ihn Lord Henry. »Es hat keinerlei psychologischen Wert. Hätte Geoffrey es hingegen mit Absicht getan, wie interessant wäre er jetzt! Ich würde gern jemanden kennen, der einen wirklichen Mord begangen hat.«

»Wie abscheulich von dir, Harry«, rief die Herzogin. »Nicht wahr, Mr. Gray? Harry, Mr. Gray ist wieder unwohl. Er wird gleich ohnmächtig werden.«

Dorian hielt sich mit Mühe aufrecht und lächelte. »Es ist nichts, Herzogin«, murmelte er; »meine Nerven sind schrecklich durcheinander. Das ist alles. Ich fürchte, ich bin heute Morgen zu viel spazieren gegangen. Ich habe nicht gehört, was Harry sagte. War es sehr schlimm? Sie müssen es mir ein andermal erzählen. Ich glaube, ich muss mich jetzt hinlegen. Sie entschuldigen mich, nicht wahr?«

Sie hatten die große Treppe erreicht, die vom Wintergarten auf die Terrasse führte. Als sich die Glastür hinter Dorian schloss, wandte sich Lord Henry um und betrachtete die Herzogin mit seinen schläfrigen Augen. »Bist du sehr in ihn verliebt?«, fragte er.

Sie gab eine Weile keine Antwort, sondern stand da und blickte in die Landschaft. »Ich wünschte, ich wüsste es«, sagte sie schließlich.

Er schüttelte den Kopf. »Das Wissen wäre fatal. Es ist die Ungewissheit, die einen reizt. Ein Nebel macht die Dinge wunderbar.«

»Man könnte vom Weg abkommen.«

»Alle Wege enden am selben Punkt, meine liebe Gladys.«

»An welchem?«
»Ernüchterung.«
»Sie war mein *début* im Leben«, seufzte sie.
»Sie kam gekrönt zu dir.«
»Ich bin der Erdbeerblätter überdrüssig.«
»Sie stehen dir gut.«
»Nur in der Öffentlichkeit.«
»Sie würden dir fehlen«, sagte Lord Henry.
»Ich werde mich von keinem einzigen Blatt trennen.«
»Monmouth hat Ohren.«
»Das Alter ist schwerhörig.«
»Ist er nie eifersüchtig gewesen?«
»Ich wünschte, er wäre es gewesen.«

Er blickte sich um, als suche er etwas. »Was suchst du?«, fragte sie.

»Den Knopf deines Floretts«, antwortete er. »Du hast ihn fallen lassen.«

Sie lachte. »Ich habe immer noch die Maske.«

»Sie macht deine Augen noch hübscher«, war seine Antwort.

Sie lachte erneut. Ihre Zähne sahen aus wie weiße Kerne in einer scharlachroten Frucht.

Oben in seinem Zimmer lag Dorian Gray auf einem Sofa, Entsetzen durchzuckte jede Faser seines Körpers. Das Leben war ihm plötzlich zu einer allzu furchtbaren Bürde geworden, die unerträglich war. Der schreckliche Tod des unglücklichen Treibers, in dem Dickicht erschossen wie ein wildes Tier, war ihm so vorgekommen, als kündige er auch ihm selbst den Tod an. Er wäre fast in Ohnmacht gefallen bei der Bemerkung, die Lord Henry aus einer zufälligen Laune heraus mit einem zynischen Scherz gemacht hatte.

Um fünf Uhr läutete er mit der Glocke nach seinem Diener und wies ihn an, seine Sachen für den Nachtexpress in die Stadt zu packen und den Wagen für halb neun ans Tor zu bestellen.

Er war entschlossen, keine weitere Nacht in Selby Royal zu schlafen. Es war ein Ort mit einem bösen Omen. Der Tod ging hier im Sonnenlicht um. Das Gras des Waldes war mit Blut befleckt.

Dann schrieb er eine Nachricht an Lord Henry, in der er ihm mitteilte, dass er in die Stadt fahre, um seinen Arzt aufzusuchen, und ihn bat, sich während seiner Abwesenheit um seine Gäste zu kümmern. Als er den Brief in den Umschlag steckte, klopfte es an der Tür und sein Diener meldete ihm, dass der oberste Wildhüter ihn sprechen wolle. Er runzelte die Stirn und biss sich auf die Lippen. »Schicken Sie ihn herein«, murmelte er nach kurzem Zögern.

Als der Mann eintrat, zog Dorian sein Scheckbuch aus einer Schublade heraus und legte es aufgeschlagen vor sich hin.

»Sie kommen vermutlich wegen des unglücklichen Vorfalls von heute Vormittag, Thornton?«, sagte er und nahm eine Feder zur Hand.

»Ja, Sir«, antwortete der Wildhüter.

»War der arme Kerl verheiratet? Hatte er für irgendwelche Angehörige zu sorgen?«, fragte Dorian mit gelangweilter Miene. »Wenn ja, so möchte ich nicht, dass sie in Not zurückbleiben, und werde ihnen jeden Betrag schicken, den Sie für notwendig halten.«

»Wir wissen nicht, wer er ist, Sir. Deshalb war ich so frei, Sie aufzusuchen.«

»Wissen nicht, wer er ist?«, sagte Dorian teilnahmslos. »Wie meinen Sie das? War er nicht einer von Ihren Leuten?«

»Nein, Sir. Hab ihn nie zuvor gesehen. Sieht wie ein Matrose aus, Sir.«

Die Feder fiel Dorian Gray aus der Hand und ihm war, als hätte sein Herz plötzlich aufgehört zu schlagen. »Ein Matrose?«, rief er aus. »Sagten Sie ein Matrose?«

»Ja, Sir. Er sieht aus, als sei er eine Art Matrose gewesen; an beiden Armen tätowiert und solche Sachen.«

»Wurde irgendetwas bei ihm gefunden?«, sagte Dorian, beugte sich vor und sah den Mann mit aufgerissenen Augen an. »Etwas, das seinen Namen verraten könnte?«

»Etwas Geld, Sir – nicht viel, und ein Sechsschüsser. Keine Spur von einem Namen. Ein anständig aussehender Mann, Sir, aber ein rauer Typ. Eine Art Matrose, nehmen wir an.«

Dorian sprang auf. Eine schreckliche Hoffnung durchzuckte ihn. Er klammerte sich daran wie ein Wahnsinniger. »Wo ist der Leichnam?«, rief er aus. »Rasch! Ich muss ihn sofort sehen.«

»Er liegt in einem leeren Stall auf der Home Farm, Sir. Die Leute haben so was nicht gern in ihren Häusern. Sie sagen, eine Leiche bringt Unglück.«

»Auf der Home Farm! Gehen Sie sofort dorthin und warten Sie da auf mich. Sagen Sie einem der Stallknechte, er soll mein Pferd herbringen. Nein. Lassen Sie es. Ich werde selbst zu den Ställen gehen. Das spart Zeit.«

Kaum eine Viertelstunde später galoppierte Dorian Gray so schnell er konnte die lange Allee hinunter. Die Bäume schienen in gespenstischer Prozession an ihm vorbeizufliegen und wilde Schatten sich vor ihm auf den Weg zu schleudern. Einmal scheute die Stute an einem weißen Torpfosten und warf ihn fast ab. Er schlug ihr mit seiner Gerte auf den Hals. Sie durchschnitt die dämmrige Luft wie ein Pfeil. Die Steine stoben unter ihren Hufen davon.

Endlich erreichte er die Home Farm. Zwei Männer lungerten im Hof herum. Er sprang aus dem Sattel und warf einem von ihnen die Zügel zu. Im hintersten Stall schimmerte Licht. Etwas schien ihm zu sagen, dass dort der Leichnam liege, und er eilte zur Tür und legte die Hand auf den Riegel.

Da hielt er einen Augenblick inne, weil er spürte, dass er kurz vor einer Entdeckung stand, die sein Leben entweder retten oder zerstören würde. Dann stieß er die Tür auf und trat ein.

Auf einem Haufen Sackleinen im hintersten Winkel lag der tote Körper eines Mannes, bekleidet mit einem groben Hemd und einer blauen Hose. Ein fleckiges Taschentuch war über sein Gesicht gebreitet. Eine billige Kerze, in eine Flasche gesteckt, brannte knisternd neben ihm.

Dorian Gray schauderte. Er fühlte, dass er nicht mit eigener Hand das Taschentuch wegziehen konnte, und rief einen der Knechte zu sich.

»Nehmen Sie das Ding vom Gesicht. Ich möchte ihn sehen«, sagte er und hielt sich Halt suchend am Türpfosten fest.

Als der Knecht das getan hatte, trat er heran. Ein Freudenschrei entfuhr seinen Lippen. Der Mann, der im Dickicht erschossen worden war, war James Vane.

Er stand einige Minuten lang da und betrachtete den toten Körper. Als er nach Hause ritt, standen seine Augen voller Tränen, denn er wusste jetzt, dass er sicher war.

Kapitel 19

»Es hat keinen Sinn, mir zu erzählen, dass du gut werden willst«, rief Lord Henry, während er seine weißen Finger in eine rote, mit Rosenwasser gefüllte Kupferschale tauchte. »Du bist ganz vollkommen. Bitte ändere dich nicht.«

Dorian Gray schüttelte den Kopf. »Nein, Harry. Ich habe in meinem Leben zu viele schreckliche Dinge getan. Ich werde nicht noch mehr tun. Gestern habe ich mit meinen guten Taten angefangen.«

»Wo warst du gestern?«

»Auf dem Land, Harry. Ich war allein in einem kleinen Gasthof.«

»Mein lieber Junge«, sagte Lord Henry lächelnd, »auf dem Land kann jeder gut sein. Dort gibt es keine Versuchungen. Das ist der Grund, weshalb Leute, die nicht in der Stadt wohnen, so völlig unzivilisiert sind. Zivilisation ist keineswegs leicht zu erlangen. Es gibt nur zwei Arten, wie man sie erreichen kann. Die eine besteht darin, dass man kultiviert ist, die andere, dass man verderbt ist. Die Landbewohner haben weder zum einen noch zum anderen Gelegenheit, deshalb bleiben sie in ihrer Entwicklung stehen.«

»Kultur und Verderbtheit«, wiederholte Dorian. »Ich habe von beidem etwas kennengelernt. Heute erscheint es mir schrecklich, dass sie immer zusammen anzutreffen sein sollten. Denn ich habe ein neues Ideal, Harry. Ich werde mich ändern. Ich glaube, ich habe mich schon geändert.«

»Du hast mir noch nicht erzählt, worin deine gute Tat bestand. Oder sagtest du, du hättest mehr als eine getan?«, fragte sein Freund, während er eine kleine karmesinrote Pyramide aus Erdbeeren auf seinen Teller schüttete und mit einem muschelförmigen Sieblöffel weißen Zucker darüber schneien ließ.

»Dir kann ich es erzählen, Harry. Es ist eine Geschichte, die ich sonst keinem erzählen könnte. Ich habe jemanden verschont. Es klingt eitel, aber du verstehst, was ich meine. Sie war sehr schön und glich auf wunderbare Weise Sibyl Vane. Ich glaube, das war es, was mich zuerst zu ihr hinzog. Du erinnerst dich doch an Sibyl, nicht wahr? Wie lange das her zu sein scheint! Nun, Hetty gehörte natürlich nicht unserem Stand an. Sie war nur ein Dorfmädchen. Aber ich liebte sie wirklich. Ich bin ganz sicher, dass ich sie liebte. Den ganzen wunderbaren Mai hindurch, den wir hatten, bin ich zwei- oder dreimal in der Woche hingefahren, um sie zu sehen. Gestern empfing sie mich in einem kleinen Obstgarten. Die Apfelblüten fielen in einem fort auf ihr Haar herab und sie lachte. Wir hatten vor, heute früh bei Tagesanbruch zusammen fortzugehen. Plötzlich entschloss ich mich, sie so blumengleich zu verlassen, wie ich sie gefunden hatte.«

»Ich vermute, die Neuartigkeit dieses Gefühls hat dir einen wahren Wonneschauer bereitet, Dorian«, unterbrach ihn Lord Henry. »Aber ich kann dir dein Idyll zu Ende erzählen. Du gabst ihr gute Ratschläge und brachst ihr das Herz. Das war der Anfang deiner Besserung.«

»Harry, du bist abscheulich! Du darfst nicht so furchtbare Dinge sagen. Hettys Herz ist nicht gebrochen. Natürlich weinte sie und all das. Aber es liegt keine Schande auf ihr. Sie kann weiterleben wie Perdita in ihrem Garten voller Minze und Ringelblumen.«

»Und über einen treulosen Florizel weinen«, sagte Lord Henry lachend, während er sich in seinem Sessel zurücklehnte. »Mein lieber Dorian, du hast höchst merkwürdige, kindische Anwandlungen. Glaubst du, dieses Mädchen wird jetzt jemals mit einem Mann ihres Standes wirklich zufrieden sein? Vermutlich wird sie eines Tages einen derben Fuhrmann oder einen grinsenden Feldarbeiter heiraten. Nun, die Tatsache, dass sie dich kennengelernt und geliebt hat, wird sie lehren, ihren Ehemann zu verachten, und sie wird unglücklich sein. Vom moralischen Standpunkt aus kann ich nicht sagen, dass ich viel von deiner großartigen Entsagung halte. Selbst für einen Anfang ist es kläglich. Außerdem, woher weißt du, dass Hetty in diesem Augenblick nicht von lieblichen Wasserlilien umgeben in irgendeinem sternbeschienenen Mühlenteich treibt wie Ophelia?«

»Ich ertrage das nicht, Harry! Erst spottest du über alles und dann deutest du die schlimmsten Tragödien an. Jetzt tut es mir leid, dass ich es dir erzählt habe. Es kümmert mich nicht, was du mir sagst. Ich weiß, dass ich richtig gehandelt habe. Arme Hetty! Als ich heute Morgen an dem Hof vorbeiritt, sah ich ihr weißes Gesicht am Fenster wie einen Jasminzweig. Lass uns nicht mehr darüber sprechen und versuche nicht, mich davon zu überzeugen, die erste gute Tat, die ich seit Jahren getan habe, das erste bisschen Selbstaufopferung, das ich je gekannt habe, sei in Wirklichkeit eine Art Sünde. Ich will mich bessern. Ich werde mich bessern. Erzähle mir etwas von dir. Was ist in der Stadt los? Ich war seit Tagen nicht im Klub.«

»Die Leute reden noch immer über das Verschwinden des armen Basil.«

»Ich hätte gedacht, sie wären der Sache inzwischen überdrüssig«, sagte Dorian, während er sich etwas Wein einschenkte und leicht die Stirn runzelte.

»Mein lieber Junge, sie reden erst seit sechs Wochen darüber und die britische Öffentlichkeit ist der geistigen Anstrengung wirklich nicht gewachsen, innerhalb von drei Monaten mehr als ein Gesprächsthema zu haben. Allerdings haben sie in letzter Zeit großes Glück gehabt. Sie hatten meine Scheidung und Alan Campbells Selbstmord. Jetzt haben sie das mysteriöse Verschwinden eines Künstlers. Scotland Yard beharrt noch immer darauf, dass der Mann in dem grauen Ulstermantel, der am neunten November mit dem Mitternachtszug nach Paris abreiste, der arme Basil war, und die französische Polizei erklärt, Basil sei gar nie in Paris angekommen. Vermutlich wird man uns in etwa vierzehn Tagen erzählen, er sei in San Francisco gesehen worden. Es ist seltsam, aber jeder Mensch, der verschwindet, ist angeblich in San Francisco gesehen worden. Das muss eine entzückende Stadt sein und sie muss offenbar alle Reize der nächsten Welt besitzen.«

»Was, glaubst du, ist Basil zugestoßen?«, fragte Dorian, wobei er seinen Burgunder gegen das Licht hielt und sich wunderte, dass er so ruhig über die Sache sprechen konnte.

»Ich habe nicht die leiseste Ahnung. Wenn Basil es vorzieht, sich zu verstecken, so ist das nicht meine Sache. Wenn er tot ist, will ich nicht an ihn denken. Der Tod ist das Einzige, was mir jemals Angst macht. Ich hasse ihn.«

»Warum?«, fragte der Jüngere müde.

»Weil«, erwiderte Lord Henry und führte sich das vergoldete Gitter eines geöffneten Riechdöschens zur Nase, »man heutzutage alles überleben kann bis auf ihn. Tod und Vulgarität sind die beiden einzigen Tatsachen im neunzehnten Jahrhundert, die man nicht wegerklären kann. Lass uns den Kaffee im Musikzimmer trinken, Dorian. Du musst mir etwas von Chopin vorspielen. Der Mann, mit dem meine Frau davongelaufen ist, spielte Chopin hinreißend. Arme Victoria! Ich hatte sie sehr gern. Das Haus ist recht einsam ohne sie. Natürlich ist das Eheleben nur eine Gewohnheit, eine schlechte Gewohnheit. Aber schließlich bedauert man selbst den Verlust seiner schlimmsten Gewohnheiten. Vielleicht trauert man diesen am meisten nach. Sie sind ein so wesentlicher Teil unserer Persönlichkeit.«

Dorian sagte nichts, sondern stand vom Tisch auf, ging ins Nebenzimmer hinüber, setzte sich an das Klavier und ließ seine Finger über das weiße und schwarze Elfenbein der Tasten gleiten. Nachdem der Kaffee gebracht worden war, hörte er auf, sah zu Lord Henry hinüber und sagte: »Harry, ist dir je in den Sinn gekommen, dass Basil ermordet wurde?«

Lord Henry gähnte. »Basil war sehr beliebt und trug immer nur eine Waterbury-Uhr. Warum sollte er ermordet worden sein? Er war nicht klug genug, um Feinde zu haben. Natürlich hatte er eine wunderbare Begabung als Maler. Aber ein Mensch kann malen wie Velazquez und trotzdem denkbar langweilig sein. Basil war wirklich ziemlich langweilig. Er weckte nur einmal mein Interesse, und das war, als er mir vor Jahren erzählte, dass er eine leidenschaftliche Verehrung für dich empfinde und dass du das beherrschende Motiv seiner Kunst seist.«

»Ich hatte Basil sehr gern«, sagte Dorian mit einem traurigen Klang in der Stimme. »Aber behaupten die Leute nicht, er sei ermordet worden?«

»Ach, einige Zeitungen behaupten das. Es kommt mir völlig unwahrscheinlich vor. Ich weiß, es gibt fürchterliche Gegenden in Paris, aber Basil war nicht der Mann, der dorthin gegangen wäre. Er war nicht neugierig. Das war sein Hauptfehler.«

»Was würdest du sagen, Harry, wenn ich dir erzählte, ich hätte Basil ermordet?«, fragte der Jüngere. Er beobachtete ihn gespannt, nachdem er gesprochen hatte.

»Ich würde sagen, mein Lieber, dass du eine Rolle spielst, die nicht zu dir passt. Jedes Verbrechen ist vulgär, so wie alles Vulgäre ein Verbrechen ist. Es ist dir nicht gegeben, Dorian, einen Mord zu begehen. Es tut mir leid, wenn ich deine Eitelkeit verletze, indem ich das sage, aber ich versichere dir, es ist wahr. Das Verbrechen steht ausschließlich den unteren Schichten zu. Ich werfe es ihnen nicht im Geringsten vor. Ich könnte mir vorstellen, das Verbrechen ist für sie das, was die Kunst für uns ist, nämlich schlicht eine Methode, sich außergewöhnliche Empfindungen zu verschaffen.«

»Eine Methode, sich Empfindungen zu verschaffen? Glaubst du also, dass ein Mensch, der einmal einen Mord begangen hat, das gleiche Verbrechen womöglich wieder begehen könnte? Sag so etwas nicht.«

»Oh, alles wird zum Vergnügen, wenn man es zu oft tut«, erklärte Lord Henry lachend. »Das ist eines der wichtigsten Geheimnisse des Lebens. Ich glaube allerdings, dass Mord immer ein Fehler ist. Man sollte nie etwas tun, worüber man nicht nach dem Abendessen plaudern kann. Aber lassen wir den armen Basil. Ich wünschte, ich könnte glauben, dass er ein so wahrhaft romantisches Ende gefunden hat, wie du andeutest; aber ich kann es nicht. Wahrscheinlich ist er aus einem Omnibus heraus in die Seine gefallen und der Schaffner hat den Skandal vertuscht. Ja, ich könnte mir vorstellen, dass das sein Ende war. Ich sehe ihn jetzt auf seinem Rücken unter den dunkelgrünen Wassern liegen und die schweren Lastkähne gleiten über ihn hinweg und lange Wasserpflanzen verfangen sich in seinem Haar. Weißt du, ich glaube nicht, dass er noch viel Gutes zustande gebracht hätte. In den letzten zehn Jahren hatte seine Malerei sehr nachgelassen.«

Dorian stieß einen Seufzer aus und Lord Henry schlenderte durch das Zimmer und begann, einem wunderlichen Java-Papageien den Kopf zu kraulen, einem großen, graugefiederten Vogel mit rosafarbenem Schopf und Schwanz, der auf einer Bambusstange balancierte. Als seine spitzen Finger ihn berührten, ließ er die weißen Schuppen seiner faltigen Lider über die schwarzen, glasähnlichen Augen fallen und fing an, sich vor und zurück zu wiegen.

»Ja«, fuhr er fort, während er sich umwandte und sein Taschentuch aus der Tasche zog; »seine Malerei hatte ziemlich nachgelassen. Sie schien mir etwas verloren zu haben. Sie hatte ein Ideal verloren. Als du mit ihm nicht mehr so eng befreundet warst, hörte er auf, ein großer Künstler zu sein. Was hat euch auseinandergebracht? Ich nehme an, er langweilte dich. Wenn das der Fall war, hat er dir das nie verziehen. Das ist bei langweiligen Menschen gewöhnlich so. Was ist übrigens aus dem wunderbaren Porträt geworden, das er von dir gemalt hat? Ich glaube, ich habe es nicht mehr gesehen, seit er es vollendet hat. Ach, ich erinnere mich, dass du mir vor Jahren erzählt hast, du habest es nach Selby hinunter geschickt und es sei unterwegs verloren gegangen oder gestohlen worden. Hast du es nie zurückbekommen? Wie schade! Es war wirklich ein Meisterwerk. Ich erinnere mich, dass ich es kaufen wollte. Jetzt wünschte ich, ich hätte es getan. Es stammte aus Basils bester Schaffensperiode. Seitdem bestand sein Werk aus jener eigenartigen Mischung aus schlechter Malerei und guten Absichten, die einen Mann stets dazu berechtigt, als repräsentativer britischer Künstler bezeichnet zu werden. Hast du eine Anzeige deswegen aufgegeben? Das hättest du tun sollen.«

»Ich kann mich nicht erinnern«, sagte Dorian. »Vermutlich schon. Aber ich habe es nie wirklich gemocht. Es tut mir leid, dass ich dafür Modell gestanden habe. Schon die Erinnerung an das Ding ist mir zuwider. Warum sprichst du davon? Es hat mich immer an jene merkwürdigen Zeilen aus irgendeinem Theaterstück erinnert – aus Hamlet, glaube ich – wie lauten sie?

›*… gleich dem Gram im Bilde,*
Ein Antlitz ohne Herz.‹

Ja: Genau so war es.«

Lord Henry lachte. »Wenn ein Mensch das Leben künstlerisch betrachtet, ist sein Hirn sein Herz«, antwortete er und ließ sich in einen Sessel sinken.

Dorian Gray schüttelte den Kopf und schlug leise ein paar Akkorde auf dem Klavier an. »Gleich dem Gram im Bilde«, wiederholte er, »ein Antlitz ohne Herz.«

Der Ältere lehnte sich zurück und sah ihn mit halb geschlossenen Augen an. »Übrigens, Dorian«, sagte er nach einer Pause, »was hülfe es dem Menschen, wenn er die ganze Welt gewönne und doch – wie lautet die Stelle noch? – seine eigene Seele verlöre?«

Die Musik brach abrupt ab, Dorian Gray fuhr auf und starrte seinen Freund an. »Warum fragst du mich das, Harry?«

»Mein lieber Freund«, sagte Lord Henry und hob überrascht die Augenbrauen. »Ich fragte dich, weil ich dachte, du könntest mir vielleicht eine Antwort geben. Das ist alles. Letzten Sonntag bin ich durch den Park gegangen, und in der Nähe von Marble Arch stand eine kleine Ansammlung ärmlich aussehender Leute, die irgendeinem ordinären Straßenprediger lauschten. Als ich vorbeiging, hörte ich den Mann diese Frage seinem Publikum entgegenschreien. Es hörte sich für mich ziemlich dramatisch an. London ist sehr reich an kuriosen Eindrücken solcher Art. Ein regnerischer Sonntag, ein ungehobelter Christ in einem Regenmantel, ein Kreis kränklich bleicher Gesichter unter einem lückenhaften Dach triefender Regenschirme und ein wunderbarer Satz, gellend und hysterisch in die Luft geschleudert – das war auf seine Art wirklich sehr gut, geradezu eine Anregung. Ich dachte daran, dem Propheten zu sagen, dass die Kunst eine Seele habe, der Mensch aber nicht. Aber ich fürchte, er hätte mich nicht verstanden.«

»Nein, Harry. Die Seele ist eine schreckliche Wirklichkeit. Man kann sie kaufen und verkaufen und eintauschen. Man kann sie vergiften oder vervollkommnen. In jedem von uns ist eine Seele. Ich weiß es.«

»Bist du dir da ganz sicher, Dorian?«

»Ganz sicher.«

»Ach, dann muss es sich um eine Sinnestäuschung handeln. Die Dinge, deren man sich vollkommen sicher fühlt, sind niemals wahr. Das ist das Verhängnis des Glaubens und die Lehre der romantischen Liebe. Wie düster du bist! Sei nicht so ernsthaft. Was haben du oder ich mit dem Aberglauben unserer Zeit zu schaffen? Nein: Wir haben unseren Glauben an die Seele aufgegeben. Spiel mir etwas vor. Spiel mir ein Nocturne, Dorian, und, während du spielst, erzähle mir leise, wie du dir deine Jugend bewahrt hast. Du musst irgendein Geheimnis haben. Ich bin nur zehn Jahre älter als du und bin faltig und verwelkt und gelb. Du bist wirklich wunderschön, Dorian. Nie hast du bezaubernder ausgesehen als heute Abend. Du erinnerst mich an den Tag, an dem ich dich zum ersten Mal sah. Du warst ziemlich schnippisch, sehr schüchtern und ganz und gar außergewöhnlich. Natürlich hast du dich verändert, aber nicht im Aussehen. Ich wünschte, du würdest mir dein Geheimnis verraten. Um meine Jugend zurückzubekommen, würde ich alles auf der Welt tun, außer Gymnastik treiben, früh aufstehen oder ehrbar sein. Jugend! Nichts kommt ihr gleich. Es ist lächerlich, von der Unwissenheit der Jugend zu reden. Die einzigen Leute, deren Ansichten ich mir heute mit einigem Respekt anhöre, sind Leute, die viel jünger sind als ich. Sie scheinen mir voraus zu sein. Das Leben hat ihnen sein jüngstes Wunder enthüllt. Was die Alten angeht, so widerspreche ich den Alten stets. Ich tue es aus Prinzip. Wenn man sie nach ihrer Meinung zu etwas fragt, das gestern geschehen ist, dann geben sie feierlich die Ansichten von sich, die 1820 aktuell waren, als die Leute hohe Halsbinden trugen, alles glaubten und absolut nichts wussten. Wie hübsch das ist, was du da spielst! Ob Chopin es auf Mallorca geschrieben hat, während das Meer die Villa umflutete und die salzige Gischt gegen die Fensterscheiben spritzte? Es ist wunderbar romantisch. Was für ein Segen, dass uns wenigstens eine Kunst geblieben ist, die nicht aus Nachahmung besteht! Hör nicht auf. Heute Abend will ich Musik hören. Es kommt mir vor, als ob du der junge Apoll wärst und ich Marsyas, der dir zuhört. Ich habe meine eigenen Sorgen, Dorian, von denen selbst du nichts weißt. Die Tragödie des Alters ist nicht, dass man alt ist, sondern dass man jung ist. Manchmal bin ich über meine eigene Aufrichtigkeit überrascht. Ach Dorian, wie glücklich du bist! Was für ein köstliches Leben hast du gehabt! Du hast von allem reichlich getrunken! Du hast die Trauben an deinem Gaumen zerdrückt. Nichts ist dir verborgen geblieben. Und all das war für dich nicht mehr als der Klang von Musik. Es hat dich nicht verdorben. Du bist noch immer derselbe.«

»Ich bin nicht mehr derselbe, Harry.«

»Doch: Du bist derselbe. Ich frage mich, wie der Rest deines Lebens sein wird. Verdirb es nicht durch Entsagung. Gegenwärtig verkörperst du einen vollkommenen Menschen. Mach dich nicht selbst unvollkommen. Du bist jetzt völlig makellos. Du brauchst nicht den Kopf zu schütteln: Du weißt, dass du es bist. Außerdem, Dorian, betrüge dich nicht selbst. Das Leben wird nicht durch Wille oder Absicht gelenkt. Das Leben ist eine Frage der Nerven und Fasern und langsam aufgebauten Zellen, in denen sich das Denken versteckt und die Leidenschaft ihren Träumen nachhängt. Du glaubst vielleicht, du wärst sicher, und hältst dich für stark. Doch ein zufälliger Farbton in einem Zimmer oder am Morgenhimmel, ein bestimmter Duft, den du einmal geliebt hast und der zarte Erinnerungen mit sich bringt, eine Zeile aus einem vergessenen Gedicht, auf das du zufällig wieder gestoßen bist, einige Takte aus einem Musikstück, das du längst nicht mehr spielst – ich sage dir, Dorian, von solchen Dingen hängt unser Leben ab. Browning schreibt irgendwo darüber, aber unsere eigenen Sinne werden sie uns vor Augen führen. Es gibt Augenblicke, da durchströmt mich plötzlich der Geruch von *lilas blanc* und ich muss den sonderbarsten Monat meines Lebens noch einmal durchleben. Ich wünschte, ich könnte mit dir tauschen, Dorian. Die Welt hat ihre Stimme gegen uns beide erhoben, aber dich hat sie immer angebetet. Sie wird dich immer anbeten. Du bist die Verkörperung dessen, was unsere Zeit sucht und was sie fürchtet, gefunden zu haben. Ich bin so froh, dass du nie etwas geschaffen hast, nie eine Statue gemeißelt oder ein Bild gemalt oder irgendetwas außer dir selbst hervorgebracht hast! Das Leben war deine Kunst. Du hast dich selbst vertont. Deine Tage sind deine Sonette.«

Dorian stand vom Klavier auf und fuhr sich mit der Hand durchs Haar. »Ja, das Leben ist köstlich gewesen«, murmelte er, »aber ich werde dieses Leben nicht so weiterführen, Harry. Und du darfst nicht solche überspannten Dinge zu mir sagen. Du weißt nicht alles von mir. Ich glaube, wenn du es wüsstest, würdest selbst du dich von mir abwenden. Du lachst. Lach nicht.«

»Warum hast du aufgehört zu spielen, Dorian? Geh wieder ans Klavier und spiel mir nochmals das Nocturne. Sieh dir diesen großen, honigfarbenen Mond an, der in der dunklen Luft hängt. Er wartet darauf, dass du ihn bezauberst, und wenn du spielst, wird er sich der Erde nähern. Du willst nicht? Dann lass uns in den Klub gehen. Es war ein reizender Abend und wir müssen ihn reizend beenden. Im White's ist jemand, der dich unbedingt kennenlernen will – der junge Lord Poole, Bournemouth' ältester Sohn. Er hat bereits deine Krawatten imitiert und mich angefleht, ihn dir vorzustellen. Er ist ganz entzückend und erinnert mich ein wenig an dich.«

»Hoffentlich nicht«, sagte Dorian mit einem traurigen Ausdruck in den Augen. »Aber ich bin heute Abend müde, Harry. Ich werde nicht mehr in den Klub gehen. Es ist fast elf und ich will früh zu Bett gehen.«

»Bleib doch noch. Du hast noch nie so gut gespielt wie heute Abend. Es lag etwas Wunderbares in deinem Anschlag. Er hatte mehr Ausdruck als ich je bei dir gehört habe.«

»Das kommt daher, weil ich gut sein werde«, antwortete er lächelnd. »Ich bin schon ein wenig verändert.«

»Für mich kannst du dich nicht ändern, Dorian«, sagte Lord Henry. »Du und ich, wir werden immer Freunde sein.«

»Und doch hast du mich einst mit einem Buch vergiftet. Das sollte ich dir nicht verzeihen. Harry, versprich mir, dass du dieses Buch nie wieder jemandem leihen wirst. Es stiftet Unheil.«

»Mein lieber Junge, du fängst wirklich an, Moralpredigten zu halten. Bald wirst du umherlaufen wie ein Bekehrter und Erweckungsprediger und die Leute vor all den Sünden warnen, derer du überdrüssig geworden bist. Du bist viel zu entzückend, um das zu tun. Außerdem ist es sinnlos. Du und ich, wir sind, was wir sind, und werden sein, was wir sein werden. Und vergiftet werden durch ein Buch: So etwas gibt es nicht. Kunst hat keinen Einfluss auf das Handeln. Sie löscht das Verlangen zu handeln aus. Sie ist herrlich unfruchtbar. Die Bücher, die die Welt unmoralisch nennt, sind Bücher, die der Welt ihre eigene Schande vorhalten. Das ist alles. Aber wir wollen nicht über Literatur diskutieren. Komm morgen bei mir vorbei. Ich werde um elf ausreiten. Wir könnten zusammen ausreiten und danach nehme ich dich zum Mittagessen bei Lady Branksome mit. Sie ist eine entzückende Frau und will dich wegen einiger Wandteppiche um Rat fragen, die sie kaufen möchte. Komm also. Oder sollen wir bei unserer kleinen Herzogin essen? Sie sagt, sie sieht dich jetzt gar nicht mehr. Hast du vielleicht genug von Gladys? Das dachte ich mir schon. Ihre kluge Zunge geht einem auf die Nerven. Also, sei auf jeden Fall um elf hier.«

»Muss ich wirklich kommen, Harry?«

»Unbedingt. Der Park ist jetzt ganz herrlich. Ich glaube, seit dem Jahr, in dem ich dich kennenlernte, hat es keinen solchen Flieder mehr gegeben.«

»Also gut. Ich werde um elf hier sein«, sagte Dorian. »Gute Nacht, Harry.« Als er an der Tür war, zögerte er einen Augenblick, als hätte er noch etwas zu sagen. Dann seufzte er und ging hinaus.

Kapitel 20

Es war eine herrliche Nacht, so warm, dass er seinen Mantel über den Arm warf und nicht einmal seinen Seidenschal umlegte. Als er, seine Zigarette rauchend, nach Hause schlenderte, gingen zwei junge Männer in Abendgarderobe an ihm vorüber. Er hörte, wie der eine dem anderen zuflüsterte: »Das ist Dorian Gray.« Er erinnerte sich, wie erfreut er früher gewesen war, wenn man auf ihn zeigte oder ihn anstarrte oder über ihn sprach. Jetzt war er es leid, seinen eigenen Namen zu hören. Der halbe Reiz des kleinen Dorfes, wo er in der letzten Zeit so oft gewesen war, bestand darin, dass dort niemand wusste, wer er war. Er hatte dem Mädchen, das er in sich verliebt gemacht hatte, oft erzählt, er sei arm, und sie hatte ihm geglaubt. Einmal hatte er ihr gesagt, er sei böse, und sie hatte ihn ausgelacht und geantwortet, böse Menschen seien immer sehr alt und sehr hässlich. Was für ein Lachen sie hatte! Wie eine singende Drossel. Und wie hübsch sie gewesen war in ihren Baumwollkleidern und ihren großen Hüten! Sie wusste nichts, aber sie besaß alles, was er verloren hatte.

Als er nach Hause kam, stellte er fest, dass sein Diener auf ihn gewartet hatte. Er schickte ihn zu Bett, warf sich auf das Sofa in der Bibliothek und begann über einige der Dinge nachzudenken, die Lord Henry zu ihm gesagt hatte.

War es wirklich wahr, dass man sich niemals ändern konnte? Er spürte eine wilde Sehnsucht nach der unbefleckten Reinheit seines Knabenalters – seines rosenweißen Knabenalters, wie Lord Henry es einmal genannt hatte. Er wusste, dass er sich besudelt hatte, seinen Geist mit Verderbtheit angefüllt und seiner Fantasie Schrecken eingeflößt hatte; dass er einen schlimmen Einfluss auf andere ausgeübt und dabei eine schreckliche Freude empfunden hatte; und dass er von den Menschenleben, die das seine gekreuzt hatten, gerade die schönsten und verheißungsvollsten in Schande gestürzt hatte. Aber war das alles nicht wiedergutzumachen? Gab es keine Hoffnung für ihn?

Ach, in was für einem ungeheuerlichen Augenblick des Hochmuts und der Leidenschaft hatte er gebetet, das Porträt möge die Bürde seiner Tage tragen und er sich den ungetrübten Glanz ewiger Jugend bewahren! Sein ganzes Scheitern war darauf zurückzuführen. Es wäre besser für ihn gewesen, wenn jede Sünde seines Lebens ihre sichere, schnelle Strafe mit sich gebracht hätte. In der Bestrafung lag Reinigung. Nicht ›Vergib uns unsere Sünden‹, sondern ›Züchtige uns für unsere Missetaten‹ sollte das Gebet eines Menschen an einen allgerechten Gott lauten.

Der eigentümlich geschnitzte Spiegel, den Lord Henry ihm vor nunmehr so vielen Jahren geschenkt hatte, stand auf dem Tisch, und die weißgliedrigen Liebesgötter ringsum lachten wie eh und je. Er nahm ihn zur Hand, wie er es ihn jener Schreckensnacht getan hatte, als er zum ersten Mal die Veränderung an dem verhängnisvollen Porträt bemerkt hatte, und blickte mit wildem, tränenverhangenem Blick in seinen glänzenden Schild. Einmal hatte ihm jemand, der ihn schrecklich geliebt hatte, einen wahnsinnigen Brief geschrieben, der mit diesen abgöttischen Worten schloss: ›Die Welt ist anders geworden, weil du aus Elfenbein und Gold geschaffen bist. Die geschwungenen Linien deiner Lippen schreiben die Geschichte neu.‹ Diese Sätze kamen ihm ins Gedächtnis zurück und er sprach sie immer und immer wieder vor sich hin. Dann erfasste ihn eine Abscheu gegen seine eigene Schönheit und er schleuderte den Spiegel zu Boden und zertrat ihn unter seinem Absatz zu silbernen Splittern. Seine Schönheit war es, die ihn zugrunde gerichtet hatte, seine Schönheit und die Jugend, um die er gebetet hatte. Ohne diese beiden Dinge wäre sein Leben vielleicht makellos geblieben. Seine Schönheit war für ihn nur eine Maske, seine Jugend nur Blendwerk gewesen. Was war die Jugend denn bestenfalls? Eine grüne, unreife Zeit, eine Zeit oberflächlicher Stimmungen und kranker Gedanken. Warum hatte er ihre Livree getragen? Die Jugend hatte ihn verdorben.

Es war besser, nicht an die Vergangenheit zu denken. Sie war durch nichts mehr zu ändern. An sich selbst und seine eigene Zukunft musste er denken. James Vane war in einem namenlosen Grab auf dem Friedhof von Selby verborgen. Alan Campbell hatte sich eines Nachts in seinem Laboratorium erschossen, doch das Geheimnis, dessen Mitwisserschaft ihm aufgezwungen worden war, hatte er nicht verraten. Die augenblickliche Aufregung über Basil Hallwards Verschwinden würde sich bald legen. Sie ließ bereits nach. In dieser Sache war er vollkommen außer Gefahr. Es war auch in der Tat nicht Basil Hallwards Tod, der am schwersten auf seinem Gemüt lastete. Es war der lebendige Tod seiner eigenen Seele, der ihn quälte. Basil hatte das Porträt gemalt, das sein Leben zerstört hatte. Das konnte er ihm nicht verzeihen. Das Porträt war an allem schuld. Basil hatte Dinge zu ihm gesagt, die unerträglich waren und die er dennoch geduldig ertragen hatte. Zu dem Mord war es einfach aus dem Wahnsinn eines Augenblicks heraus gekommen. Was Alan Campbell betraf, so war der Selbstmord dessen eigene Tat gewesen. Er hatte ihn selbst gewählt. Ihn ging das nichts an.

Ein neues Leben! Das war es, was er wollte. Das war es, worauf er wartete. Ja, er hatte es bereits begonnen. Jedenfalls hatte er ein unschuldiges Wesen verschont. Nie wieder wollte er Unschuld in Versuchung führen. Er würde gut sein.

Als er an Hetty Merton dachte, begann er sich zu fragen, ob sich das Porträt in dem verschlossenen Zimmer verändert hatte. Bestimmt war es nicht mehr ganz so grauenvoll, wie es gewesen war? Vielleicht könnte er, wenn sein Leben rein würde, jede Spur böser Leidenschaft aus dem Gesicht verbannen. Vielleicht waren die Spuren des Bösen schon verschwunden. Er wollte nachsehen.

Er nahm die Lampe vom Tisch und schlich die Treppe hinauf. Als er die Tür entriegelte, huschte ein freudiges Lächeln über sein seltsam jung aussehendes Gesicht und verweilte einen Augenblick auf seinen Lippen. Ja, er wollte gut sein, und das grässliche Ding, das er verborgen hatte, würde nicht länger ein Schrecken für ihn sein. Ihm war, als sei die Last schon jetzt von ihm genommen.

Er ging ruhig hinein, schloss die Tür wie üblich hinter sich ab und zog den purpurroten Vorhang von dem Porträt. Ein Schrei des Schmerzes und der Entrüstung brach aus ihm heraus. Er konnte keine Veränderung entdecken, außer dass ein durchtriebener Ausdruck in den Augen lag und um den Mund der verkniffene Zug des Heuchlers. Das Ding war noch immer abscheulich – abscheulicher als zuvor, wenn das überhaupt möglich war –, und der scharlachrote Tau, der die Hand befleckte, sah glänzender und noch mehr wie frisch vergossenes Blut aus. Dann erzitterte er. War es bloße Eitelkeit gewesen, die ihn zu seiner einzigen guten Tat getrieben hatte? Oder das Verlangen nach einer neuen Empfindung, wie Lord Henry mit seinem spöttischen Lachen angedeutet hatte? Oder jene Lust, eine Rolle zu spielen, die uns manchmal Dinge tun lässt, die edler sind als wir selbst? Oder vielleicht all das zusammen? Und warum war der rote Fleck größer, als er gewesen war? Er schien wie eine entsetzliche Krankheit über die runzligen Finger gekrochen zu sein. Blut war auf den gemalten Füßen, als ob das Zeug herabgetropft wäre – Blut sogar auf der Hand, die nicht das Messer gehalten hatte. Gestehen? Bedeutete dies, dass er gestehen sollte? Sich stellen und hingerichtet werden? Er lachte. Er fühlte, dass diese Vorstellung ungeheuerlich war. Außerdem, selbst wenn er gestehen würde, wer würde ihm glauben? Nirgends gab es eine Spur des Ermordeten. Alles, was ihm gehört hatte, war vernichtet worden. Er selbst hatte verbrannt, was unten gewesen war. Die Welt würde einfach sagen, dass er wahnsinnig sei. Man würde ihn einsperren, wenn er auf seiner Geschichte beharrte … Und doch war es seine Pflicht, zu gestehen, öffentlich Schande zu erleiden und öffentlich Buße zu tun. Es gab einen Gott, der die Menschen aufforderte, ihre Sünden vor der Erde und dem Himmel zu bekennen. Nichts, was er tun konnte, würde ihn reinwaschen, ehe er seine Sünde bekannt hatte. Seine Sünde? Er zuckte mit den Schultern. Der Tod Basil Hallwards kam ihm bedeutungslos vor. Er dachte an Hetty Merton. Denn es war ein ungerechter Spiegel, dieser Spiegel seiner Seele, in den er hineinblickte. Eitelkeit? Neugier? Heuchelei? War in seiner Entsagung nicht mehr gewesen als das? Da war mehr gewesen. Zumindest glaubte er das. Aber wer konnte das sagen? … Nein. Da war nicht mehr gewesen. Aus Eitelkeit hatte er sie verschont. Aus Heuchelei hatte er die Maske der Güte getragen. Aus Neugier hatte er sich in Selbstverleugnung versucht. Jetzt erkannte er es.

Aber dieser Mord – sollte er ihn sein ganzes Leben lang verfolgen? Sollte er immer die Bürde seiner Vergangenheit tragen müssen? Sollte er wirklich gestehen? Niemals. Es war nur noch ein einziges Beweisstück gegen ihn übrig geblieben. Das Bild selbst – das war der Beweis. Er würde es zerstören. Warum hatte er es so lange aufbewahrt? Einst hatte es ihm Vergnügen bereitet, zu beobachten, wie es sich veränderte und älter wurde. In der letzten Zeit hatte er dieses Vergnügen nicht mehr empfunden. Es hatte ihn nachts nicht schlafen lassen. Wenn er fort gewesen war, hatte ihn eine schreckliche Angst erfüllt, andere Augen als die seinen könnten es erblicken. Es hatte Schwermut über seine Leidenschaften gebracht. Die bloße Erinnerung daran hatte ihm viele Momente der Freude verdorben. Es war für ihn wie sein Gewissen gewesen. Ja, es war sein Gewissen gewesen. Er würde es zerstören.

Er sah sich um und entdeckte das Messer, das Basil Hallward erstochen hatte. Er hatte es oft gereinigt, bis kein Fleck mehr darauf zurückgeblieben war. Es war blank und glänzte. So, wie es den Maler getötet hatte, so würde es das Werk des Malers töten und alles, was es bedeutete. Es würde die Vergangenheit töten, und wenn diese tot war, würde er frei sein. Es würde dieses ungeheuerliche Seelenleben töten, und ohne dessen grässliche Mahnungen würde er Frieden haben. Er ergriff es und stach damit auf das Bild ein.

Man hörte einen Schrei und einen Sturz. Der Schrei war so entsetzlich in seiner Todesangst, dass die Dienstboten erschreckt aufwachten und aus ihren Zimmern hervorkrochen. Zwei Herren, die gerade den Platz unten überquerten, blieben stehen und sahen zu dem großen Haus hinüber. Sie gingen weiter, bis sie einen Polizisten trafen, und brachten ihn mit zurück. Der Mann läutete mehrmals die Glocke, aber es kam keine Antwort. Bis auf ein Licht in einem der Dachfenster war das Haus vollkommen dunkel. Nach einer Weile ging er fort, stellte sich in einen angrenzenden Toreingang und schaute herüber.

»Wem gehört das Haus, Wachtmeister?«, fragte der ältere der beiden Herren.

»Mr. Dorian Gray, Sir«, antwortete der Polizist.

Sie sahen einander an, als sie weitergingen, und lachten höhnisch. Einer der beiden war der Onkel von Sir Henry Ashton.

Drinnen, im Dienstbotentrakt des Hauses, sprachen die halb angekleideten Bediensteten leise flüsternd miteinander. Die alte Mrs. Leaf weinte und rang die Hände. Francis war totenbleich.

Nach etwa einer Viertelstunde holte er den Kutscher und einen der Lakaien und schlich mit ihnen hinauf. Sie klopften, aber es kam keine Antwort. Sie riefen. Alles war still. Schließlich, nachdem sie vergeblich versucht hatten, die Tür aufzubrechen, kletterten sie auf das Dach und ließen sich auf den Balkon fallen. Die Glastüren gaben leicht nach: Ihre Riegel waren alt.

Als sie eintraten, sahen sie ein wunderbares Porträt ihres Herrn an der Wand hängen, so wie sie ihn zuletzt gesehen hatten, in all dem Zauber seiner köstlichen Jugend und Schönheit. Auf dem Boden lag ein Toter im Abendanzug mit einem Messer im Herzen. Er hatte ein verlebtes, runzliges, widerliches Gesicht. Erst als sie die Ringe genauer betrachteten, erkannten sie, wer es war.

Glossar

anglomanie – Schwärmerei für englisches Wesen
arbiter elegantiarum (lat.) – Schiedsrichter/Sachverständiger des guten Geschmacks
argot – Umgangssprache
cassone (ital.) – Truhe
chaudfroid – Vorspeisen aus Fleisch oder Fisch in Gelee
de la vieille roche – aus der besten Türkismine im ehemaligen Persien (Ali-Mersai-Berg)
décolletée – dekolletiert
doctrinaire – Doktrinär, Prinzipienreiter
doigts de faune – Faunsfinger
du supplice encore mal lavée – von der Marter noch immer schlecht gereinigt
édition de luxe – Luxusausgabe
Émaux et Camées – *Emaillen und Kameen,* Gedichtsammlung von Théophile Gautier, 1852
ennui – Langeweile, Überdruss
entrées – Vorspeisen
fin de siècle – Ende des Jahrhunderts
fin du globe – Ende der Welt
fine-champagne – Cognac aus der Champagne
fleurs de lys – Lilien
grande passion – große Leidenschaft
la consolation des arts – der Trost der Künste
lacis – Netzstoff
les grand-pères ont toujours tort – die Großväter haben immer unrecht
lilas blanc – weißer Flieder
Madame, je suis tout joyeux – Madame, ich bin ganz fröhlich
précis – kurze Zusammenfassung

riposte – schlagfertige Antwort
taedium vitae (lat.) – Lebensüberdruss
trop d'audace – zuviel Kühnheit
trop de zêle – zuviel Eifer